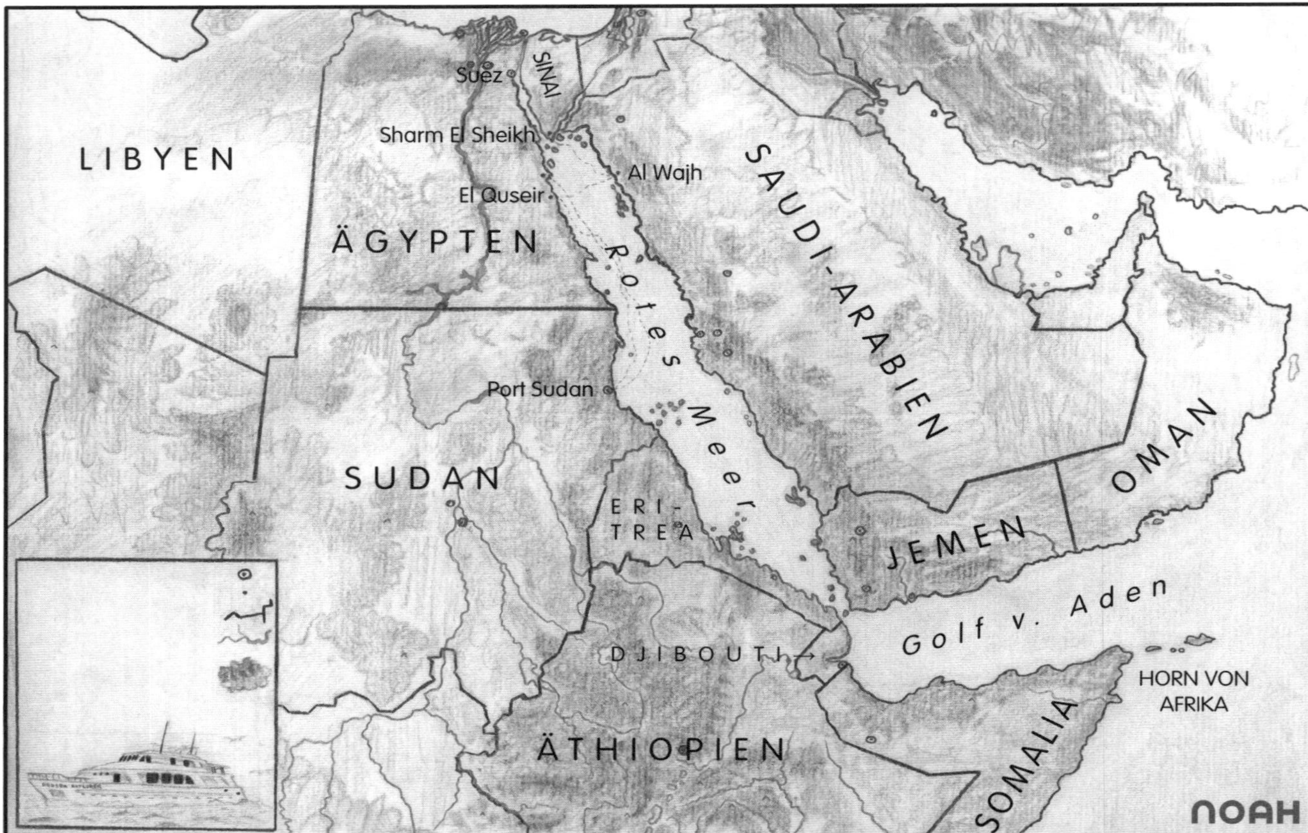
LIBYEN
ÄGYPTEN
SINAI
Suez
Sharm El Sheikh
El Quseir
Al Wajh
SAUDI-ARABIEN
Rotes Meer
Port Sudan
SUDAN
ERI-
TREA
DJIBOUTI
ÄTHIOPIEN
JEMEN
OMAN
Golf v. Aden
SOMALIA
HORN VON
AFRIKA
NOAH

Ian Krüger

ALLEINGANG

Thriller

SCHEYRING VERLAG
NEUSS

Die Handlung und alle handelnden Personen sind frei erfunden. Jegliche Ähnlichkeit mit lebenden oder realen Personen wäre rein zufällig.

Originalausgabe

www.scheyring.de
Lektorat: Fabian Schamoni
Autorenfoto: privat
Umschlagfoto: Ann-Kathrin Fischer,
Marine, mit freundlicher Genehmigung

Satz, Druck und Bindung: CPI books GmbH, Leck
ISBN 978-3-944977-24-9
Printed in Germany

Meinen Eltern, stets in Gedenken

Die Gewalt lebt davon, dass sie von den Anständigen nicht für möglich gehalten wird.

Jean-Paul Sartre

Personen

Dr. Karl Steinberg	–	Chef des Kanzleramts
Sayed al-Hauari	–	Mastermind, die *Basis*
Milan Nedic	–	Waffenhändler
Jan Steiger	–	Marineoffizier im Urlaub
Nidal al-Suri	–	Kapitän, die *Basis*
Rasul Khan	–	Kommandoführer, die *Basis*
Hisham Hamad	–	Oberst, ägyptischer militärischer ND
Jörn Rickmers	–	Fregattenkapitän, Kommandeur KSM
Omar Hussein	–	Tauchlehrer in Sharm el Sheikh
Scott MacKenzie	–	Fallführer, NCS / CIA
Mirko Wolff	–	Hauptfeldwebel, AMK
Stephan Seitz	–	Kommandant der Korvette *Erfurt*
Paul Otersen	–	Kommandant der Fregatte *Sachsen*
Dirk Jochum	–	Vizepräsident BND / mil. Zweig

Prolog

In der nicht allzu fernen Zukunft
Na'ama Bay, Sharm El Sheikh
Sinai-Halbinsel, Ägypten

Vor wenigen Stunden hatte sich die Sonne als orangefarbener Feuerball über dem Meer erhoben, und obwohl der Winter langsam Einzug hielt, schien es, als habe sie nichts von ihrer Kraft eingebüßt. Es war noch immer angenehm warm in Sharm El Sheikh. In Na'ama Bay, dem beschaulichen kleinen Naturhafen von Sharm El Sheikh, einem pulsierenden Touristenort an der Südspitze der ägyptischen Sinaihalbinsel, herrschte reges Treiben.

Auch wenn Ägypten seine politische Stabilität längst noch nicht wiedergefunden hatte, war es Militär und Geheimdiensten doch gelungen, für Stabilität und Sicherheit auf der südlichen Sinaihalbinsel zu sorgen. Der Tourismus war eine der wichtigsten Einnahmequellen des Landes, und diese Region spielte dabei eine herausragende Rolle.

Der neue ägyptische Präsident agierte im Innern des Landes noch immer vorsichtig und ging nur bedingt auf die Forderungen der Opposition ein. Nach außen bemühte er sich, die inneren Spannungen in seinem Land als Teil eines »postrevolutionären Entwicklungsprozesses« kleinzureden. In Kairo und Alexandria wurden nachts noch immer regelmäßig Ausgangssperren verhängt. Im touristischen Süden des Landes indes herrschte Ruhe.

Vorerst.

Bekannt für den Fischreichtum und die schillernden Farben seiner Tauchreviere, hatte Sharm, wie es Tauchtouristen der Einfachheit halber nannten, dieses Jahr endlich wieder zahlreiche Urlauber angezogen. Zuvor hatten die politischen Unruhen bei Ägyptens Besucherzahlen zu massiven Einbrüchen geführt. Doch dies hatte auch positive Konsequenzen: Großfische und Meeressäuger waren in größeren Zahlen in die nördlichen Gewässer des Roten

Meeres zurückgekehrt. Die Populationen der Rochen und Schildkröten waren wieder angewachsen und die Riffe hatten sich zum Teil sichtbar erholt.

Die meisten Gäste in Sharm stammten aus Russland, Großbritannien, den Niederlanden, Deutschland und der Schweiz. Viele genossen es sichtlich, für ein paar Tage dem nasskalten Klima ihrer Heimat entflohen zu sein.

Am heutigen Tag hatte die Stadt Sharm zu einem Hafenfest geladen und Dutzende von arabischen Händlern hatten ihre Stände auf dem langen Sandstrand, in unmittelbarer Nähe des Wassers, aufgebaut. Einige der Händler waren von weit her gekommen und hatten große Wüstenzelte, wie die Beduinen sie seit Jahrhunderten verwenden, aufgeschlagen. In einfachen Steinöfen wurde Fladenbrot gebacken. Es duftete nach einer Melange der exotischen Aromen des Nahen Ostens: nach den kräftigen arabischen Kaffeesorten, nach Myrrhe, Apfeltabak, Zimt und diversen frisch geernteten Kräutern. Westliche Touristen saßen zusammen mit Ägyptern bei einem Glas Tee auf samtenen Kissen und rauchten die Haschischa, die traditionelle Wasserpfeife der Araber. Eine große Tauchschule feierte ihr dreißigjähriges Bestehen und bot am Strand für einen Tag kostenlose Schnuppertauchkurse an. Kinder spielten ausgelassen zwischen Zelten und Verkaufsständen. Paare machten Urlaubsfotos und an den Souvenirständen fand ein reges Feilschen um die dort angebotenen Waren statt.

Die Pier, ein etwa 250 Meter langer, aus massiven Holzbohlen gezimmerter, vier Meter breiter Steg, ragte weit in die Bucht hinein. Hier lag eine wahre Armada von Tauchgastschiffen ordentlich nebeneinander vertäut. Viele Kapitäne hofften im Zusammenhang mit dem Hafenfest auf Laufkundschaft.

Die ersten, vereinzelten Rufe verhallten ungehört. Doch es dauerte nicht lange, und sie wurden zahlreicher und lauter. Wortfetzen drangen von der Pier der Taucherboote herüber. Dann veränderten sich die Stimmen, Männer redeten aufgeregt auf Arabisch und zeigten auf das Meer, welches ruhig das Sonnenlicht reflektierte. Frauen begannen ängstlich nach ihren Kindern zu rufen. Vom Lärm alarmiert, wandten sich viele Besucher des Festes nun dem Wasser zu.

Viel war nicht zu sehen, außer einem weißen Schiff, dessen schäumende Bugwelle seine hohe Geschwindigkeit verriet. Ein dumpfer Knall, wie von einer Kanone, lenkte nun die Aufmerksamkeit der Touristen auf das Meer. Kurz darauf war ein weiterer Knall zu hören.

Die Menschen auf der Pier, dem Geschehen weitaus näher, zogen sich langsam zurück, die Augen weiter aufs Wasser gerichtet. Binnen Sekunden hatte sich das Ereignis an Land herumgesprochen und Veranstalter wie Gäste standen neugierig am Strand, um das seltsame Schauspiel zu beobachten.

Vor dem Hafen, weit draußen auf dem Meer, befand sich ein graues Kriegsschiff, das aber nicht näher zu kommen schien. Es sah fast so aus, als habe das Kriegsschiff dem weißen Taucherschiff nachgestellt. Die Yacht näherte sich nun immer schneller der Pier. Ein Ausweichen kam nicht mehr infrage.

Einige Jugendliche lachten noch, gingen ein paar Schritte ins flache Wasser, um besser sehen zu können, zeigten mit dem Finger auf das Schiff, das unbeirrt seinen Kurs zu halten schien.

Doch langsam begann ihre Neugier einem ersten Unbehagen zu weichen. Dann vernahmen sie mehrere Schüsse. Offensichtlich handelte es sich um Gewehrfeuer. Die Yacht wurde von einem großen Schlauchboot verfolgt.

Blitzartig schlug die Stimmung auf der Pier um. Wer konnte, rannte in Richtung Hafen. Einige Ägypter, Crews der anderen Tauchboote, sprangen auf der Innenseite der Pier ins Wasser, um dem drohenden Aufprall zu entgehen. Andere blickten weiter wie gelähmt auf das nahende Schiff, anstatt ihr Heil in der Flucht zu suchen. Endlich wandten sich auch die Menschen am Strand um und begannen, zu ihren Hotelanlagen zu laufen. Panik setzte ein. Wer im Weg stand, wurde niedergetrampelt. Die Ersten erreichten noch ihre Hotels.

Doch für sie alle war es zu spät.

1

Im Sommer zuvor
London Underground, Victoria Line
Vauxhall Cross
London, UK

»Next station Vauxhall Cross«, ertönte es blechern aus den Lautsprechern. Mit immer noch hoher Geschwindigkeit fuhr der Zug der Victoria Line in den tristen Bahnhof ein. Die Bremsen quietschten und die Bahn kam rasch zum Stehen. Zusammen mit vielen anderen Pendlern erhob sich der Mann mit dem dunklen Regenmantel und drängte sich zügig nach draußen auf den Bahnsteig. In der linken Hand hielt er eine Laptoptasche, in der rechten einen kleinen Regenschirm.

»Sir! Sie haben etwas vergessen! Ihre Tasche! Sir!« Angestrengt versuchte eine junge Frau, dem Mann hinterherzukommen. Sie hielt dabei eine flache, dunkelbraune Aktentasche wedelnd über ihren Kopf.

Doch der Mann mit dem Regenmantel war bereits im Gedränge verschwunden.

Kurz bevor er das Gelände des MI6 – oder auch »Six«, wie der britische Auslandsgeheimdienst SIS nach wie vor genannt wurde – betrat, durchfuhr es ihn: Seine Aktentasche! Er musste sie vergessen haben.

Der Adrenalinausstoß seines Körpers signalisierte höchste Aufregung. Nervös blickte er sich um. Er spürte, wie ihm der Schweiß ausbrach.

Die Tasche!
Verdammt!
In der Bahn liegen gelassen …
Um Gottes Willen!
Was konnte er tun?
Nichts …

Den Verlust melden und sich einen Anschiss einholen?

Das war's dann, Adam …

Innendienst! Mit viel Glück keine Suspendierung …

Idiot!

Verdammter Mist!

Obwohl es nun zu spät war, musste er die Nachricht aus Washington zumindest mündlich überbringen, bevor es morgen mit Sicherheit in der *Sun* zu lesen sein würde. Das hieß, wenn der Finder den Datenträger aufmerksam durchforstete …

Doch Adam Quinn, Außendienstmitarbeiter des Secret Intelligence Service MI6, sollte sich irren. Nicht die *Sun* veröffentlichte das vertrauliche Dossier, sondern der *Guardian* war es, der den Artikel zwei Tage später brachte. Allerdings ohne die Herkunft der Informationen zu nennen.

Die Finderin, eine Studentin aus Kapstadt, hatte sich an dem regnerischen Nachmittag bei einem Tee intensiv dem Verschlüsselungsmechanismus des Dokuments gewidmet. Es handelte sich um ein Programm, das sie in seinen Grundzügen kannte. Für jeden Normalsterblichen hätte es eine unüberwindbare Hürde dargestellt. Doch Johanna de Villiers, IT-Studentin und Programmiererin im letzten Semester, sah es als eine Herausforderung an, den Mechanismus zu knacken. Nach drei Stunden war sie am Ziel. Sie brauchte nicht lange, um zu begreifen, dass diese Nachricht es wert war, der Öffentlichkeit präsentiert zu werden.

Die Redakteure des *Guardian,* einer liberalen und vor allem verantwortungsbewussten Institution der britischen Medienlandschaft, hatten sich nach langer Diskussion dazu entschieden, eine stark verkürzte Version des Inhaltes zu veröffentlichen. Die Schlagzeile:

US considers dodgy candidate for Syrian presidency *

verfehlte ihre Wirkung nicht.

Was die Journalisten nicht wissen konnten:

* USA führen zweifelhaften Kandidaten für die syrische Präsidentschaft ins Feld

Ursprünglich sollte der amerikanische Wunschkandidat erst in sechs Wochen bei einem geheimen Treffen in Washington D.C., zu dem nur ein paar erlesene westliche Vertreter eingeladen worden waren, vorgestellt werden.

Doch *Her Majesty's Government* hatte MI6 beauftragt, Informationen über die amerikanische Vorgehensweise im Vorfeld zu beschaffen. Man hatte, was den jungen syrischen Staat betraf, eben auch eigene Interessen. Das Prekäre daran war nicht der Umstand der vorzeitigen Veröffentlichung, sondern die Tatsache, dass Quinn die Informationen von einem amerikanischen CIA-Mitarbeiter quasi gekauft hatte – zum Preis eines zugegebenermaßen opulenten Abendessens. Und genau dieser Umstand belastete nun die historisch gewachsene »besondere Beziehung«, die amerikanische und britische Geheimdienste seit dem Zweiten Weltkrieg pflegten.

Israel würde den Kandidaten, dem der Geruch einer antisemitischen Gesinnung anhing, niemals akzeptieren. So viel stand fest.

Nun aber konnten die USA den Israelis ihre Pläne nicht mehr schonend beibringen. Der Geist war aus der Flasche.

2

Bundeskanzleramt
Spreeufer
Berlin, Deutschland
Heute

»Mein lieber Herr Doktor Steinberg!« So nannte der Kanzler seinen Kanzleramtschef nur, wenn er sich aufregte.

»Der Artikel im *Guardian* gibt es uns schwarz auf weiß. Kaum ist ein Ende des Bürgerkriegs in Syrien in Sicht, da preschen die Amerikaner vor und bringen ihren Wunschkandidaten ins Spiel. Natürlich an allen vorbei. Und dann eine solche Figur. Natürlich ein Exilsyrer. Es würde mich wundern, wenn den Mann in Syrien überhaupt jemand kennt. Sie werden es nie lernen! Ein Politiker in dieser Position muss vom *Volk* akzeptiert sein!«

Der Bundeskanzler war sichtlich irritiert.

»Haben Sie etwas anderes erwartet?«, fragte Steinberg lakonisch.

Der Kanzler legte seinen Kopf zur Seite und antwortete:

»Ehrlich gesagt: ja. Ich dachte, man hätte in Washington aus Afghanistan und Irak seine Lehren gezogen. Zudem überrascht mich der frühe Zeitpunkt, wir haben noch nicht einmal ein syrisches Parlament.«

»Hm.«

Dr. Karl Steinberg war nachdenklich:

»Die Genfer Verhandlungen ...«

»... haben bislang nichts wirklich Wesentliches erbracht ...«, vollendete der Kanzler den begonnenen Satz.

Steinberg zuckte resigniert mit den Schultern und argumentierte:

»Die Amerikaner machen, was sie wollen, weil sie es können.«

»Das ist wohl so. Aber deswegen müssen wir noch lange nicht tatenlos zuschauen. Bitte veranlassen Sie ein Treffen des Rates in einer Stunde. Der Zeitpunkt ist gekommen. Wir sollten nun langsam handeln.«

Kanzleramtschef Dr. Karl Steinberg zog die Augenbrauen hoch:

»In einer Stunde? Dann können ...«

»... nicht alle teilnehmen – ich bin mir dessen bewusst.«

»In Ordnung, ich leite das in die Wege.«

»Danke.«

»Selbstverständlich. Ich brauche Ihnen wohl nicht zu sagen, dass die Amerikaner versuchen werden, ihre Interessen in jedem Fall durchzudrücken?«

»Nicht unbedingt – wir müssen eben überzeugend sein. Der amerikanische Präsident ist kein Dummkopf, er wird vernünftigen Argumenten Gehör schenken. Wir haben die Vorarbeit zu einem geheimen Gipfeltreffen nicht umsonst vor einigen Monaten begonnen. Die momentane Situation war, mit Abweichungen, absehbar und nun scheren die Amerikaner aus und schützen nach dem üblichen Muster ihre Interessen.«

»Die möchten verständlicherweise nicht sehen, dass die neue syrische Regierung den Russen wieder einen großen Kriegshafen im Mittelmeer zur Verfügung stellt«, wandte Dr. Steinberg ein.

»Das möchten wir ja auch nicht, aber wir benötigen in dieser Region zunächst eine perspektivisch stabile Regierung, in der die Masse der syrischen Bevölkerung repräsentiert ist und in der die Islamisten nur eine kleine Minderheit bilden. Ein seriöses Gipfeltreffen zu diesem Thema an einem neutralen Ort könnte, vorausgesetzt, es sind alle wesentlichen Parteien vor Ort, die Weichen für weitere Gespräche stellen«, entgegnete der Bundeskanzler.

»Und die Gespräche in Genf?«

»Sie wissen doch, dass sich die syrische Opposition für einen neutralen Ort im Nahen Osten ausgesprochen hat.«

»Und ausgerechnet Ägypten hat sich bereiterklärt, die Patenschaft für das Gipfeltreffen zu übernehmen«, stellte Dr. Steinberg ungläubig fest.

»Ja, die Syrer haben nach einem Ort im Orient verlangt, wie ich es erwartet habe, und die junge ägyptische Regierung, die bemüht ist, Normalität zu demonstrieren, hat die Lage erkannt und sich gleich angeboten.«

»Was sagt denn der BND dazu? Man hört doch nach wie vor nicht viel Gutes aus Ägypten«, meinte Dr. Steinberg.

»Der BND sagt, dass das ägyptische Militär im Sinai den Daumen draufhat und Sicherheit für einen überschaubaren Zeitraum gewährleisten kann. Der Ort ist hermetisch abgeriegelt. Das BKA schickt ein Vorauskommando hin, das noch einmal genauer hinschaut.«

»Das akzeptiere ich fürs Erste, gestatten Sie mir aber, dass ich skeptisch bleibe.« Dr. Steinberg machte sich aufrichtige Sorgen um seinen Kanzler.

»Wir werden sehen, mein lieber Steinberg, wir werden sehen …«

Der Kanzleramtschef wandte sich zum Gehen.

»Ach, Steinberg?«

»Ja?«

»Sein Sie so gut und bringen Sie mir doch bitte eine Tasse Tee.«

Dr. Steinberg zog zunächst die Augenbrauen hoch, lächelte dann aber in sich hinein, nickte und schloss leise hinter sich die Tür.

3

Sechs Jahre zuvor
Waziristan, Nordwest-Pakistan
Grenzgebiet zu Afghanistan

Der Raum war halbdunkel und feucht. Sayed wusste, er befand sich in einer Art Souterrain. Durch einen knappen Spalt zwischen Dach und Erdreich, den man offenbar bewusst offen gelassen hatte, konnte er das dichte Buschwerk sehen, das diesen Teil der überwiegend unterirdisch angelegten Bunkeranlage bedeckte. Auf ein Fenster hatte man beim Bau des Komplexes verzichtet. An die Wand gelehnt standen verkleidete Bretter, die offenbar angefertigt worden waren, um diese Öffnungen bei Nacht zu verschließen.

Das mit Stahlbeton gepanzerte Dach über ihm war mit Rasen und Sträuchern bepflanzt. Er hatte es bei seiner Ankunft nicht als solches wahrgenommen, nachdem man ihm die Binde von den Augen genommen hatte. Die Anlage, in der er sich befand, schien ein perfekt getarntes Bunkersystem zu sein, das über eine Vielzahl von weit verzweigten Gängen verfügte und aus der Luft nicht zu erkennen war.

Auf seinem langen, beschwerlichen Weg hierher hatte er furchtbare Dinge zu sehen bekommen. Noch in der Khyberregion im Nordwesten Pakistans waren sie an den Überresten eines Weilers vorbeigekommen. Drei Häuser waren nahezu vollständig zerstört worden, dreiunddreißig Menschen hatten den Tod gefunden. Auf seine Frage, was passiert sei, hatte sein Führer geantwortet:

»Das waren die Amerikaner, sie machen Werbung für uns.« Der Führer schnaubte durch die Nasenlöcher, es klang wie ein unterdrücktes Lachen. Dann führte er weiter aus:

»Das ist das Werk einer Drohne. Die Kuffar * nennen sie *Reaper*. Sie haben den *Scheich* in einem der Häuser vermutet. Aber der ist ihnen stets eine Nasenlänge voraus.« Der Mann lachte. »Nach solchen Aktionen stehen die Freiwilligen bei uns Schlange.«

Sayed nickte. Er schwieg und dachte nach. Eigentlich wusste er über diese Angriffe bestens Bescheid, aber es war schon ein Unterschied, hierüber lediglich gelesen zu haben oder die Folgen nun in der Realität zu sehen und dem Gestank von verbranntem Menschenfleisch ausgesetzt zu sein.

Die Amerikaner verwendeten unbemannte Flugzeuge, sogenannte Drohnen, um von ihnen aus ferngesteuerte Raketen auf Häuser zu feuern, in denen sie Mujaheddin ** vermuteten. Dabei starben regelmäßig viele Unschuldige, was den Hass der Zivilbevölkerung schürte.

Sein Führer riss ihn wieder aus seinen Gedanken:

»Bald, sehr bald wird Pakistan wieder frei sein! Wir erhalten von der Bevölkerung sehr viel Unterstützung. Die Marionetten in Islamabad beweisen tagtäglich, wie inkompetent sie sind ...«

Diese Worte klangen Sayed noch in den Ohren, während sie ihren Weg durch das unwegsame Gelände fortsetzten.

Er erinnerte sich. Vor einigen Jahren hatten heftige Monsunregenfälle den Fluss Indus über die Ufer treten lassen und große Teile Pakistans überschwemmt. Es war die größte Flutkatastrophe, die es jemals auf dem indischen Subkontinent gegeben hatte. Die *Tehrik-i-Taliban*, die größte Talibanbewegung in Pakistan, hatte durch ihre Hilfsaktionen viele Sympathien im Lande gewonnen.

Im weiteren Verlauf der Reise hatte Sayed die Schönheit unberührter Natur erfahren. Klare Seen, Pinienwälder, Haine voller Apfel- und Orangenbäume und um ihn herum die schneebedeckten Wipfel der Berge.

»Dies ist das Swat-Tal. Früher war die Region das Traumziel frisch vermählter Hochzeitspaare«, hatte sein Führer ihm gesagt. »Wir befinden uns nun im Islamischen Emirat. Abdul Shakeer

* arabisch: Ungläubige
** arabisch: Gotteskrieger

Khan wird die Natur erhalten, aber die Menschen werden sich umstellen müssen. Aufgrund der Scharia herrscht hier wieder Recht und Ordnung – nicht so wie in Islamabad!«

Davon, dass er die Wahrheit sprach, hatte sich Sayed in den vergangenen Tagen überzeugen können. Sie hatten mehrere Leichen an Bäumen oder an Straßenlaternen baumeln sehen. Der süßliche Geruch von Verwesung hatte in der Luft gehangen.

»Das wird die Menschen lehren, dass wir keine leeren Drohungen aussprechen. Wer mit den Marionetten in Islamabad kooperiert, muss sterben!«

Noch vor gut drei Jahren, als der öffentliche Druck zu groß geworden war, hatte die pakistanische Regierung eine Vielzahl regulärer Infanterieeinheiten ins Swat-Tal entsendet. Nach einer zermürbenden Offensive konnten Teile des Gebietes von der pakistanischen Armee zurückerobert werden. Doch die Angst unter den dort lebenden Menschen war geblieben. Wie lange würden die Regierungstruppen bleiben? Was käme nach einem Truppenabzug?

Die pakistanischen Taliban hatten sich letztendlich als die zäheren Kämpfer erwiesen und das Gebiet innerhalb weniger Monate zurückgewonnen. Mit ihnen hatte die Scharia, das fundamentalistische islamische Rechtssystem, wieder Einzug gehalten. Die Bemühungen der pakistanischen Streitkräfte, das Swat-Tal aus den Händen der Taliban zu befreien, waren gescheitert.

Allah sei Dank!

Nach einem weiteren Tag hatte sich Sayed eine Augenbinde aufsetzen müssen und kurz darauf hatten sich unbemerkt Männer zu ihnen gesellt. Wie viele es waren, wusste er nicht. Er hatte nur ihre Schritte vernommen. Einen halben Tag später waren sie endlich an ihrem Ziel angekommen.

Zwei Wachen, die ihn seit seiner Ankunft im Lager auf Schritt und Tritt begleitet hatten, standen hinter ihm und schwiegen. Er sah sich in dem trostlosen, muffigen Raum um. Der Lehmboden war festgetreten. Inventar gab es nicht, aber in einer Ecke konnte er eine Feuerstelle ausmachen. Er fragte sich, wann man hier ein Feuer entzünden würde und wohin der Rauchabzug wohl führte. Aus Sicherheitsgründen würde man den Rauch des Nachts vermutlich umlenken, wenn die Temperatur sank und die Öffnungen verschlossen waren. Er wusste, dass Wärmebildkameras heutzutage in der Lage waren, auch noch aus größten Höhen kleinere Temperaturveränderungen festzustellen.

Es war so kühl, dass er fröstelte. Nach einer intensiven und stellenweise unangenehmen Durchsuchung – man hatte ihn sogar geröntgt – hatte er sich umziehen müssen. Außer einem langen, dicken Baumwollgewand trug er nur noch Sandalen, darunter war er nackt.

Die Zeit schien stillzustehen.

Ob es wohl jedem Besucher so erging?

Vermutlich.

Sicherheit hatte oberste Priorität.

Das war zu erwarten gewesen.

An der Wand hing ein Spiegel, dem die Feuchtigkeit bereits arg zugesetzt hatte. Gedankenverloren betrachtete Sayed sein zerfurchtes Gesicht. Es hatte durchaus etwas Sympathisches. Wenn er lächelte, wurde dies von Frauen und Kindern gleichermaßen geschätzt. Doch ließ er seine dunklen Augen in den tiefliegenden Höhlen funkeln, dann machte sich bei seinem Gegenüber schnell ein Gefühl des Unwohlseins breit. Sayed war zwar nicht sonderlich groß und eher drahtig als muskulös, aber das hatte in seinem Leben nie eine Rolle gespielt. Seit seinem sechzehnten Lebensjahr war er ein echter Mujahed, der seine Vorstellungen mit Intelligenz und gezielter Gewalt durchsetzte. Allah war groß und seine Gesetze waren über jeden Zweifel erhaben. Einer Interpretation, wie sie von vielen sogenannten Reformern gefordert wurde, bedurfte es nicht. Reformer waren Schwächlinge, ungerade Menschen, wie er sie nannte. Oft vom Westen korrumpiert, wollten diese Menschen den Islam verfälschen.

Nach einer Zeit, die ihm wie eine Ewigkeit vorkam, öffnete sich im hinteren Teil des Raumes eine Tür und ein Lichtstrahl fiel hinein. Ein bärtiger Mann mit einem Turban, wie die Paschtunen ihn trugen, nickte ihnen zu. Sayed fühlte die Hände seiner beiden Begleiter auf seinem Rücken, wie sie ihn sanft in Richtung Tür schoben. Dabei ließen sie keinen Zweifel daran, dass sie ihn augenblicklich töten würden, sollte er sich gegenüber seinem Gastgeber einen Fehler erlauben.

Der Raum, den sie nun betraten, war hell erleuchtet, überall brannten Kerzen. Als er seinen Fuß in den Raum setzte, stutzte er. Er blickte zu Boden.

Der Boden war hier mit kostbaren Teppichen ausgelegt, die vermutlich aus dem Iran stammten. Innerhalb weniger Sekunden hatte Sayed sein Umfeld erfasst. An einer Wand hing ein großes gesticktes Banner, auf dem ein dunkler Reiter abgebildet war, der zu Pferde mit einer großen schwarzen Flagge durch die Nacht ritt. Darunter stand in eleganten arabischen Lettern geschrieben:

Ritter unter dem Banner des Propheten

An der gegenüberliegenden Wand erkannte er eine Karte mit den Umrissen der afghanischen Stadt Kandahar. Im hinteren Bereich entdeckte er ein kleines Bücherregal. Sein Hirn hatte Mühe, die vielen Eindrücke zu verarbeiten.

Ein flacher Holztisch aus dunklem Tropenholz stand in der Mitte des Raumes vor einem Diwan. Auf dem Tisch befanden sich ein Schachspiel und eine Ausgabe des Koran. Das heilige Buch war aufgeschlagen.

Hinter dem Tisch saß ein Mann aufrecht auf einem thronartigen Holzstuhl, seine Hände auf die Armlehnen gelegt. Die Augen halbgeschlossen, strahlte er eine außergewöhnliche Ruhe aus.

Rasch kniete Sayed nieder.

»Sei willkommen, mein Bruder! Bitte erhebe dich wieder!«

»Scheich!«

»Ich freue mich, dass es Allah gefallen hat, uns heute hier zusammenzuführen!«

»Allahu Akbar! *«

»Allahu Akbar!«

»Du hast eine lange Reise hinter dir. Bist du durstig oder verspürst du Hunger?«

* Allah ist groß!

»Ihr seid sehr gütig, ich fühle mich geehrt, dass Ihr mich empfangt, mein Scheich!«

»Du sollst uns willkommen sein, wir werden später noch Gelegenheit haben, zusammen zu speisen!«

Sein Gastgeber bedeutete ihm mit der rechten Hand, er solle Platz nehmen. Dann schloss der *Scheich* die Augen.

Für einige Sekunden herrschte absolute Stille.

Sayed zwang sich, nicht zu lange in das Gesicht seines Gegenübers zu blicken, denn das galt als unhöflich. Kurz schaute er auf und sein Blick streifte das Angesicht des *Scheichs*.

Es war nicht zu übersehen, dass der Mann gezeichnet war. Die Augen waren tief umrändert, die Wangen eingefallen und seine Haut aschfahl. Auch glaubte Sayed, Schweißperlen auf seiner Stirn festgestellt zu haben. Ein dünner schwarzer Bart fiel dem Mann bis auf die Brust. Sayed wusste, dass die Haare gefärbt waren, um Gesundheit und Kraft vorzutäuschen. Ein makellos gebundener weißer Turban bildete einen starken Kontrast zum dunklen Gewand der Paschtunen, das der Mann mit besonderer Würde trug.

Erinnerungen an früher wurden in ihm wach, als dieser Mann noch eine »Woodland« Camouflage-Jacke bevorzugt hatte. Diese tarnfarbene Feldjacke der Amerikaner hatte ihm jahrelang einen martialischen Ausdruck verliehen.

Auch stellte er fest, dass der *Scheich* stark an Gewicht verloren hatte.

Für ihn unerwartet öffnete der *Scheich* plötzlich die Augen.

Sayed erschrak und für eine Sekunde glaubte er, sein Gegenüber habe ihn während der ganzen Zeit beobachtet und in seinen Gedanken gelesen.

»Du weißt, dass die Regeln es normalerweise nicht zulassen, dass man mich besucht.«

»Ja, Herr!«

»Wir, die *Basis*, sind aktiv. Wir haben über 20 000 Kämpfer weltweit unter Waffen. Doch wir haben uns lange zurückgehalten. Es gilt, die Kraft auf einen bestimmten Punkt zu konzentrieren, und es sind intelligente Brüder wie du, die mir Hoffnung geben.«

Sayed schwieg und verneigte sich.

»Du hast einen kühnen Plan gefasst.« Der *Scheich* neigte den Kopf und es schien, als zollte er seinem Besucher Respekt.

»Wenn Ihr es sagt, Scheich.«

»Ich habe mit Ayman lange darüber gesprochen und er war von deinem Plan sehr angetan. Er sagt, er kenne dich noch von früher.«

»Von früher, Scheich?«

»Damals in Naga Hammadi – das ägyptische Militär tötete über einhundert Brüder und Schwestern.«

Sayed hielt inne. Gedanken schossen durch seinen Kopf. Dr. Aiman az-Zawahiri, die rechte Hand des *Scheichs*, ein Kinderarzt und Landsmann, kannte ihn? Er konnte es sich kaum vorstellen. An die brutale Beendigung der Demonstration, bei der seine kleine Schwester und seine zwei Cousins den Tod gefunden hatten, würde er sich jedoch immer wieder erinnern.

»Ihr seid sehr gütig, Scheich.«

»Du hast damals Steine auf die Soldaten geworfen, bis ältere Muslimbrüder sich deiner annahmen und dich mitnahmen und somit vor der sicheren Gefangennahme und anschließenden Folter retteten.«

Sayed spürte sein Herz vor Erregung stärker schlagen. Mit einem Mal begann die Vergangenheit vor seinem inneren Auge wieder aufzuleben.

Ein Durcheinander an wehenden weißen Kleidern von Menschen, die flohen, das beißende Tränengas in den Augen ... Weinend hatte er sich damals über den Leichnam seiner kleinen Schwester gebeugt, bis kräftige Männer ihn mitgeschleift hatten. Es waren jedoch keine Sicherheitskräfte gewesen, sondern Muslimbrüder in weißen Gewändern und Sandalen. Hier hatte er zum ersten Mal ihre direkte Bekanntschaft gemacht.

Der *Scheich* schien bis ins Detail über sein Leben informiert zu sein.

Natürlich, was dachtest du denn? Dass jeder, der ihm einen Plan für eine Operation präsentieren möchte, einfach so vorgelassen wird?

Die Stimme des *Scheichs* riss ihn aus seinen Gedanken.

»Dennoch würde ich dir gerne einige Fragen stellen.«

Es war keine Kritik.

Noch nicht.

Seine Kehle schnürte sich zusammen. Sayed verneigte sich tief.

»Du hast mit einem Ungläubigen Geschäfte gemacht, einem orthodoxen Christen, diesem Serben ... War das unbedingt notwendig?«

Sayed spürte, wie sich sein Magen verkrampfte. Obwohl mit weicher Stimme formuliert, traf ihn die Frage, die ein Vorwurf war, wie ein Fausthieb. Er riss sich zusammen und blickte demütig auf den Boden.

»Scheich, wenn Ihr erlaubt ... der Feind unseres Feindes muss nicht unser Freund sein, aber ich dachte, der Serbe könnte zu einem vorübergehenden Verbündeten werden. Zudem war er der Einzige, der unsere Anforderungen im vorgegebenen Zeitrahmen erfüllen konnte. Ich habe zudem eine falsche Fährte in den Libanon gelegt.«

Bedächtiges Nicken.

»So sei es denn. Ich vertraue auf dein Urteilsvermögen, auch wenn ich einen anderen Weg bevorzugt hätte – es dürfen keine Spuren zurückbleiben!«

»Ihr habt recht, doch es wird nichts geben, das man nachverfolgen könnte.«

Einige Sekunden herrschte Stille. Dann ergriff der Gastgeber erneut das Wort.

»Meine Erfahrungen in technischen Dingen sind begrenzt, aber ich mache mir natürlich meine Gedanken. Sag', sind diese Behälter wirklich dicht?«

»Wir werden Spezialbehälter verwenden, es kann nichts schiefgehen. Wir haben sie intensiv getestet. Außerdem haben wir großzügig geplant, alles ist doppelt vorhanden. Wir wollten das Risiko so gering wie möglich halten.«

Der *Scheich* lehnte sich ein wenig nach vorn und blickte ihn prüfend an.

»Könnten die Behälter in einer solchen Tiefe nicht unter Umständen verloren gehen?«

»Nicht von selbst.«

»Hmm.« Der *Scheich* zögerte. Schließlich sagte er:

»Dann ist es recht.«

Der *Scheich* rieb sich mit beiden Händen über die Augen. *Er wirkt erschöpft, fast schwach*, dachte Sayed.

»Euch allen sei gesagt: Seid kühn bei der Ausführung eures Planes, doch hütet euch davor, den Gegner zu unterschätzen!«

»Wir werden ihn nicht unterschätzen, mein Scheich.«

»Möge Allah euch beistehen!«

»Allahu Akbar!«

»Allahu Akbar!«

Der *Scheich* hob den rechten Zeigefinger und seine dunklen Augen wurden kalt und entschlossen, für einige Sekunden schien er seine Energie zurückgewonnen zu haben:

»Es ist an der Zeit, dass die Welt wieder spürt, wie mächtig wir sind! Ihr werdet ein neues Zeichen setzen!« Eine neue, jüngere Generation bereitet sich vor, den Kampf in die Städte zu tragen. Unsere Brüder verfügen über Ausbildungen, die sie den westlichen Universitäten zu verdanken haben. Wir werden die Ungläubigen mit ihren eigenen Waffen schlagen! Der Westen soll erzittern! Wir werden seine Arroganz bestrafen und ihn dort treffen, wo der Schmerz am größten ist: In der Heimat seiner Krieger!«

»So ist es!«, entgegnete Sayed und verneigte sich wieder.

»Ihr habt hart gearbeitet und ich unterstütze euer Vorhaben. Nun ist es an Euch, dem Islam erneut zu weltweitem Ruhm zu verhelfen.«

Sayed schluckte, er war gerührt und auch stolz über das Vertrauen, das der *Scheich* ihm entgegenbrachte.

»Und nun wollen wir etwas essen …«, sagte der *Scheich* und klatschte in die Hände. Sayed sah, wie im hinteren Teil des Raumes ein Vorhang zur Seite gezogen wurde und sich eine kleine Nebentür öffnete. Nachdem sie sich erhoben hatten, bemerkte er, dass er einen ganzen Kopf kleiner war als sein Gastgeber.

4

Ravna-Gora-Gebirge
120 km südlich von Belgrad
Serbien

Ein Teil des Gebäudes war bereits aus der Ferne gut zu erkennen. Insbesondere nachts, wenn die hellen Mauern angestrahlt wurden, erhob sich das Gebäude herrschaftlich über das kleine Tal. Dieser Effekt war erwünscht und war den leistungsstarken Halogenscheinwerfern geschuldet, die zahlreich bei den umfangreichen Sanierungsarbeiten der Villa in den Rasen eingelassen worden waren.

Das Anwesen befand sich auf einem vorgelagerten Berg des Ravna-Gora-Gebirges, etwa eine Autostunde von der Hauptstadt Belgrad entfernt. Es war größtenteils von dichtem Mischwald umgeben. Eine Schneise im Baumbestand ließ Platz für eine Zufahrtsstraße und erlaubte vorbeifahrenden Autofahrern einen flüchtigen Blick auf die majestätische Villa.

Unerwünschte Besucher wurden von einer vier Meter hohen Betonmauer ferngehalten, an der in regelmäßigen Abständen hochauflösende Kameras mit Restlichtverstärkern jede Bewegung dokumentierten. Hinter der Villa befand sich ein Hubschrauberlandeplatz. Eine dichte Hecke verdeckte die Sicht auf einen geparkten französischen Dauphin-Helikopter.

Milan Nedic stand in der Küche seiner Winterresidenz – seiner »Festung«, wie er sie nannte – und trank Kaffee. Die mit einem dünnen blauen Ring versehene Kaffeetasse wies am Boden ein kleines Hakenkreuz auf. Das Service stammte aus dem Vermächtnis seines Großonkels, der es einst einem kroatischen Kollaborateur abgenommen hatte. Es war halb sechs Uhr morgens.

Er fuhr sich mit der Hand durch die graumelierten Haare, die bereits perfekt lagen, obwohl er gerade erst aufgestanden war. Über einem blauen Pyjama trug er einen anthrazitfarbenen Bademantel eines italienischen Modedesigners. Am vierten Finger seiner rechten Hand prangte ein auffälliger Siegelring.

Nedic blickte aus dem Fenster in den dichter werdenden Nebel. Colette, eine junge Französin, mit der er sich seit zwei Tagen vergnügte, lag noch im Bett und schlief.

Der Serbe bevorzugte die frühen Morgenstunden, um die geschäftliche Korrespondenz zu erledigen. Sie bestand ausschließlich aus E-Mails – in diesem Fall speziell verschlüsselte E-Mails.

»Diesen Code kann selbst die amerikanische NSA nicht knacken!«, hatte Sergej nicht ohne Stolz behauptet. Noch vor einem Jahr hatte er für den russischen technischen Geheimdienst FAPSI gearbeitet.

Bei dem horrenden Preis, den er dem Russen gezahlt hatte, war das nur recht und billig. In seinem Geschäft bildeten sichere Kommunikationswege eine Grundvoraussetzung für den Erfolg.

Mit der Kaffeetasse in der Hand ging er in sein Arbeitszimmer, das einer Mischung aus antiquarischer Bibliothek und hochmodernem Kommunikationszentrum glich.

Hohe Decken waren mit aufwendigen Stuckelementen verziert. In einem offenen, mit Marmor umrahmten Kamin glimmte noch etwas Asche. Ein großer Perserteppich bedeckte einen Teil der Fliesen, die ursprünglich aus einem alten toskanischen Bergkloster stammten. Unter einem großen Eichenholzschreibtisch befanden sich hinter der Vertäfelung leistungsstarke, moderne Computer.

Auf einem Sekretär brannte eine Petroleumlampe, deren schwacher Schein die Bibliothek in ein warmes Licht hüllte. Die Stimmung wurde nur vom gelegentlichen Flimmern der Bildschirmschoner, die über die Flachbildschirme wanderten, gestört.

An einer Wand hing ein großes Ölgemälde. Es stellte auf dramatische Weise eine Kampfszene aus einer historischen Schlacht dar. Bei genauerem Hinsehen konnte man erkennen, dass es sich um die legendäre Schlacht auf dem Amselfeld handelte. Nur Nedic und einige wenige Eingeweihte wussten, dass es das Original des berühmten serbischen Künstlers Adam Stefanovic war. Eine exakte Kopie, im Jahr 1991 von einem französischen Spezialisten angefertigt, hing stattdessen im Nationalen Kunstmuseum in Belgrad.

Diese Schlacht zwischen Serben und Türken war für ihn, wie für viele andere Serben, der Inbegriff des serbischen Kampfes gegen die Osmanen.

Den serbischen Helden, Fürst Lazar, betrachtete Nedic als sein Vorbild. Mehr noch, Lazar war für ihn eine Ikone. Als Anführer der serbischen Streitmacht hatte Lazar vor der Schlacht die Wahl gehabt zwischen einem irdischen und einem himmlischen Reich. Er hatte sich für das ewige Leben entschieden. Da er einen Märtyrertod starb, wurde er noch heute von der serbisch-orthodoxen Kirche als Heiliger verehrt.

Und das zu Recht, dachte Nedic.

Die Unabhängigkeit des Kosovo war ein Frevel und die Unterstützung des sogenannten »Westens« nichts anderes als ein Versuch, Serbien noch weiter zu demütigen und zu schwächen. Dann hatte die serbische Regierung auch noch den Antrag gestellt, in die EU aufgenommen zu werden. Der Beitritt war jetzt nur noch eine Frage der Zeit. Seit kurzem war Serbien offizieller EU-Beitrittskandidat. Eine Katastrophe!

Er wollte sich gar nicht ausmalen, was sich noch alles ändern würde, und er war davon überzeugt, dass die meisten seiner serbischen Landsleute genauso dachten wie er.

In Gedanken versunken saß er über seinem Posteingang. Er hatte soeben einige Anweisungen nach Paris gesendet und malte sich gerade aus, wie er Colette später auf seine ganz spezielle Art wecken würde, als ein Telefon auf seinem Schreibtisch leise klingelte.

Die verschlüsselte Leitung, dachte er. Ungehalten griff er nach dem Hörer.

»Ja?«

»Drazen hier, entschuldige die frühe Störung. Ich hoffe, ich habe dich nicht geweckt.«

»Nein!«, antwortete Nedic gereizt. Mit Jovanovic hatte er nicht gerechnet.

»Du hast gesagt, du willst sofort unterrichtet werden«, erklärte sich der Anrufer zögerlich.

»Das habe ich. Also, ich höre?«, sagte Nedic, der seine Ruhe wiedergefunden hatte.

»Ich wollte nur wie gewünscht Bescheid geben.« Jovanovic räusperte sich. »Unsere Maschine aus Angola ist sicher in Lissabon gelandet.«

»Gut, sonst noch was?«

»Allerdings. Du wirst es nicht glauben: Der zweite Teil der Zahlung aus unserem jüngsten Geschäft im nördlichen Sudan ...«, er machte eine Pause, »... wurde bereits gestern am späten Nachmittag überwiesen.«

Nedic dachte nach.

Sudan? Unmöglich, jetzt schon?

»Die Ware kann unmöglich schon an ihrem Bestimmungsort sein«, sagte Nedic. Und dachte: *So schnell können sie die Ladung unmöglich kontrolliert haben.*

»Wenn ich's dir doch sage! Das Geld wurde komplett überwiesen.«

»Hmm ... na schön. Sonst noch was?«

»Nein, nichts weiter, ich dachte nur ... Du hast gesagt ...«

»Ich weiß. Danke!«, sagte Nedic knapp und legte auf.

Nedic war ungehalten, irritiert, wusste aber eigentlich nicht, warum. Er hatte Jovanovic vor zwei Wochen explizit angewiesen, ihn genauestens über die Abwicklung des letzten Geschäfts zu informieren. Direkte Sorgen machte er sich nicht, der Kunde war ihm jedoch nicht völlig geheuer.

In einem Business, in dem es meistens um große Summen ging und in dem Diskretion ein Understatement war, sollte sich zwar keine der beteiligten Parteien zu sehr über das Geschäft hinaus für die andere interessieren; manchmal konnte es allerdings wichtig sein, zu wissen, wo die eigene Ware letztendlich eingesetzt wurde. Bei allzu kritischen Verwendungszwecken fühlten sich westliche Geheimdienste je nach politischer Lage bemüßigt, Nachforschungen anzustellen. Das konnte dann zu einem späteren Zeitpunkt unangenehm werden und zusätzliche Arbeit verursachen.

Milan Nedic zählte bei weitem nicht zu den Großen seiner Branche. Das Massengeschäft überließ er anderen, etwa Leuten wie dem Russen Victor Bout, der den thailändischen Sicherheitsbehörden vor einigen Jahren in die Falle gegangen war. Nedic war eher für seine besonderen Beziehungen bekannt und stand im Ruf, Dinge rasch liefern zu können, die nicht den üblichen Anforderungen entsprachen.

Das Geschäft mit Zimbabwe war bequem und einfach gewesen. Man kannte sich schon länger. Der andere Auftrag hingegen, eine verhältnismäßig kleine, wenn auch brisante Lieferung in den nördlichen Sudan, war in jeder Hinsicht unkonventionell. Er dachte an den libanesischen Auftraggeber, der seinerzeit an einen seiner Agenten in Antwerpen herangetreten war. Antwerpen war heute eher als Drehscheibe für den Handel mit Diamanten bekannt als, wie noch in den 60er- und 70er-Jahren, für Söldner und illegalen Waffenhandel. Häufig ließen sich diese beiden Dinge jedoch auf angenehme und praktische Art und Weise miteinander verbinden.

Er konnte sich noch genau an die detaillierten Wünsche des Kunden erinnern. Ungewöhnlich war der Auftrag bereits aufgrund des geringen Volumens. Was die Ware selbst betraf, so waren die Forderungen ebenfalls exotisch gewesen. Die meisten Kunden verlangten, insbesondere auf dem afrikanischen Kontinent, Sturmgewehre vom Typ Automat Kalaschnikow, eine Waffe, die fälschlicherweise noch immer von vielen AK47 genannt wurde. Seit 1972 existierte eine modernere Version in einem etwas leichteren Kaliber, das AK74. Seine Kunden bevorzugten häufig diese Version, da sich das Gewehr im Dauerfeuer leichter kontrollieren ließ und in puncto Präzision deutlich besser abschnitt als sein Vorgänger.

Dieser Kunde nun hatte keine Kalaschnikows gewollt, sondern englische Sturmgewehre der Marke Enfield. Nedic hatte sich damals über die Bestellung gewundert. Bei einem derartigen Preis hätte er österreichische Waffen von Steyr oder deutsche Ware von Heckler & Koch empfohlen. Doch sein Kunde hatte sehr konkrete Vorstellungen gehabt.

Seit langem einmal hatte er wieder seine guten Kontakte spielen lassen müssen, um Teile der gewünschten Ausrüstung zu beschaffen. Allerdings war er über einen vertrauenswürdigen Zwischenhändler, der seinerseits ebenfalls Strohmänner einsetzte, an die Waffen gekommen. Was die Briten betraf, so durfte man sich keine

Fehler erlauben. Das Vereinigte Königreich war für seine hervorragenden Geheimdienste bekannt.

Auch über die Gewehre hinaus hatte der Kunde ausgefallene Wünsche gehabt. Claymore-Antipersonenminen waren beispielsweise ein Teil des Anforderungskatalogs gewesen.

Nedic musste lächeln. Die internationale Staatengemeinschaft versuchte seit langem vergebens, Antipersonenminen mit einem Bann zu belegen. Besonders die heuchlerischen Amerikaner weigerten sich hartnäckig, den entsprechenden Vertrag zu unterzeichnen. Daran hatten auch die US-Demokraten nichts geändert.

Selbst die Liefermodalitäten waren ungewöhnlich. Für den Kunden beinhaltete die Umladung auf kleine Boote ein zusätzliches Risiko. Seit dem Anstieg der Piraterie am Horn von Afrika patrouillierten die Marinen diverser Nationen in diesen Gewässern. Die europäischen Marinen nannten ihren Einsatz *Atalanta,* NATO-Einheiten bildeten den *Ocean Shield.* Dies hatte eine Eindämmung und Verlagerung der Aktivitäten der Seeräuber zur Folge. Keine zwanzig Seemeilen südlich der sudanesischen Küste gab es immer wieder Zwischenfälle, die nicht aufgeklärt wurden, dachte Nedic, während er sich Kaffee aus einer silbernen Kanne nachgoss.

Erst vor kurzem hatte er über Beziehungen erwirken können, dass die serbische Regierung seiner eigenen Fluglinie wieder Starterlaubnis gab. Seine *Radovan Air* machte vieles möglich, in diesem Fall hatte er sie aber bewusst nur begrenzt eingesetzt. Aus Vorsicht war er auf einen kleinen, privaten afrikanischen Carrier ausgewichen. Besitzer der Airline waren zwei weiße Südafrikaner, die keine Fragen stellten. Die Ware war von Europa aus auf eine Sandpiste an der libysch-tunesischen Grenze geflogen worden. Nachdem sie dort umgeladen worden war, war sie weiter an die sudanesische Küste geflogen worden. Nach einer erneuten Umladung hatten sie seine »Associates« mit einem schnellen Küstenmotorschiff in internationale Gewässer verbracht, wo sie von einem anderen Schiff aufgenommen worden war. Hierzu waren lediglich GPS-Koordinaten ausgetauscht worden. Der Kunde hatte darauf bestanden, die Ware auf See selbst zu übernehmen.

Nedic hatte von seinem Auftraggeber einen unverschämt hohen

Preis verlangt. Der hatte ohne mit der Wimper zu zucken zugesagt und die geforderte üppige Anzahlung sofort überwiesen. Und das, ohne zuvor Proben sehen zu wollen. Das hatte seinen Agenten Jovanovic in Belgien seinerzeit stutzig gemacht. Vertrauen konnte man nur Leuten, die man kannte. Mit diesem Libanesen hatte sein Unternehmen bislang noch nie zu tun gehabt. Also hatte er versucht, sich über ihn und seine Geschäfte vorab zu informieren.

Mehr als einige lose Kontakte zur früheren terroristischen Organisation *Fatah al-Islam*, was im Libanon nicht ungewöhnlich war, brachte diese Hintergrundabklärung des Libanesen nicht hervor. Unterschwellig hatte Nedic jedoch eine dunkle Ahnung, mit wem er es zu tun hatte. Daher hatte er die Anweisung gegeben, unverzüglich auf die komplexen Lieferwünsche des Kunden einzugehen, bei den Zahlungsmodalitäten jedoch Vorsicht walten zu lassen. Er wollte sich nichts nachweisen lassen.

Der Sudan war ein wunderbares Land, um Geschäfte abzuwickeln, dachte er. Die Macht war nicht klar verteilt. Seit der Teilung in Norden und Süden herrschte insbesondere im Südsudan noch immer weitgehend Chaos. Der Hafen im Norden, Port Sudan, war für das Geschäft im Norden von höchster Bedeutung, und einmal mehr hatte er sich den Umstand zunutze gemacht, dass man Menschen und deren Dienste kaufen konnte. Im Sudan war alles nur eine Frage des Preises.

Der Rest seines Kaffees war derweil kalt geworden. Er fuhr sich durch die Haare und warf einen raschen Blick auf seine Rolex Submariner. Gleich halb acht. Er stand auf und beschloss, sich nicht mehr über die prompte Zahlung seines Kunden zu wundern, Jovanovic hatte mit Sicherheit alles unter Kontrolle. Stattdessen, so dachte er sich, war es allmählich an der Zeit, sich seiner zarten Colette zu widmen. Er liebte zierliche Frauen und genoss es, ihnen Schmerzen zu bereiten.

5

Eckernförde
Deutsche Ostseeküste
Heute

Es hatte wieder angefangen zu regnen. Ein böiger Wind wehte mit fünf Beaufort aus Nordost und Möwen kreischten über der grauen Förde. Auf dem Wasser hatten sich weiße Schaumkronen gebildet. Der Sand war vom Regen klebrig und schwer.

Dem Wetter zum Trotz trug der Ausbilder kurze Hosen und braune Hanwag-Wanderstiefel. Auf einem grünen Fleece-Pullover prangte ein dunkelblauer Sägezahnfisch vor einem Fallschirm, der mit Eichenlaub umrahmt war. Zwei kurze Balken auf dem Ärmel gaben Aufschluss über den Dienstgrad.

Er brüllte die Soldaten an:

»Was seid ihr, Männer?«

Die durchnässten Männer antworteten im Chor:

»Diamanten, Herr Oberleutnant!«

»Und was macht man mit Diamanten, Männer?«

»Schleifen, Herr Oberleutnant!«

»Das ist richtig!«

Das Gesicht des Ausbilders war nass. Regentropfen liefen an seinem Kinn entlang in den Ausschnitt seines hochgestellten Fleece-Kragens. Alle Männer waren bis auf die Haut durchnässt.

»Und, wollt ihr geschliffen werden?«, donnerte der Ausbilder weiter.

»Jawohl, Herr Oberleutnant!«

»Kein Problem, Männer – das könnt ihr haben!«

»Ein Sprint runter zum Wasser, das sind nicht mal vierhundert Meter, der Erste kann sich ins Wochenende verabschieden. Die letzten drei pumpen Serien. Los!«

Völlig entkräftet stolperten die Männer dem Wasser entgegen.

Die Temperatur war im Laufe des Nachmittags rasch gefallen. In wenigen Tagen begann der kalendarische Winter.

OLZS * Steiger war seiner Schar weit voraus und wartete auf die Ankömmlinge. Langsam schüttelte er den Kopf. Er brüllte:

»Mann, Mann, Mann! So wird das nichts … und ihr wollt zur Elite gehören? Dann macht mal hinne! Viel Zeit habt ihr nicht mehr, bald stehen Evaluierungen an!«

Ein Mann trat auf ihn zu und stammelte: »Herr Leutnant …«

»Leutnant?«, donnerte Steiger mit gespielter Entrüstung, »das war ich vor drei Jahren, Herr Maat!«

»Verzeihung, Herr *Ober*leutnant!« Der Mann war völlig fertig. »Es … es ist Althans. Er lässt sich nicht helfen.«

Steiger schaltete sofort, aus seinem Gesicht sprach ehrliche Besorgnis.

»Schauen wir mal, kommen Sie!«

Etwa vierzig Meter hinter ihnen lag ein Mann auf dem Bauch, das Gesicht im Sand. Ihm näherte sich ein weiterer Ausbilder. Steiger warf Oberbootsmann Tettow einen raschen Blick zu, doch dieser, die Lippen zusammengepresst, schüttelte nur den Kopf.

Steiger wandte sich dem im Sand liegenden Soldaten zu, hockte sich neben ihn und flüsterte leise, sodass die anderen ihn nicht hören konnten:

»Althans, stehen Sie gefälligst auf und reihen Sie sich ein. Sie haben den heutigen Tag fast überstanden!«

Althans hob langsam den Kopf. Sein Gesicht glich einem Totenschädel. Seine Augen tränten. »Ich … ich kann nicht mehr …«, sagte er leise.

Steiger runzelte die Stirn. Dann sagte er ruhig:

»Althans, nichts übereilen, überlegen Sie sich das gut, wenn Sie jetzt hinschmeißen, dann war es das!«

Der Mann schüttelte den Kopf und mit zusammengepressten Zähnen stammelte er: »Ich … kann nicht mehr und … und bitte um meine Ablösung!« Althans wischte sich mit seinen sandigen

* Oberleutnant zur See

Händen die Tränen aus dem Gesicht und damit nur noch mehr Sand in die Augen.

Steiger kannte das. Der Mann war total erschöpft, wütend, enttäuscht und frustriert, dass sein Körper sich seinem Geist zu verweigern schien.

Dabei war es in Wahrheit umgekehrt. Es war der Geist, der nicht mehr in der Lage war, den Körper weiter anzutreiben. Althans hatte aufgegeben. Das war's.

Steiger nickte langsam. Hier war nichts mehr zu machen. Er winkte zwei weitere Anwärter heran.

»Helfen Sie dem Kameraden auf!«

Die übrigen Männer traten herbei und die Gruppe versammelte sich am unteren Ende des Strandes. Die letzte Anweisung hatte sich angesichts des aktuellen Ausfalls erledigt. Dies war kein Parcours für Egoisten. Die Ausbilder wollten Teamgeist sehen.

Steiger ließ alle Männer noch einmal antreten.

»Stillgestanden!«

Die Männer rissen sich zusammen.

»Frisch seht ihr nicht gerade aus, Männer!«, rief er den nunmehr sechzehn Soldaten zu. Ein allgemeines Drucksen war die Reaktion. Müde Blicke endeten im Nichts, die Gesichter von Erschöpfung gezeichnet.

»Althans ist damit auf eigenen Wunsch raus!« Er machte bewusst eine Pause und ließ die Tatsache, dass einer von ihnen nicht wiederkehren würde, auf sie einwirken.

»Glaubt bloß nicht, euch könne das nicht passieren!«, rief er den Männern zu.

Die Drohung verfehlte ihre Wirkung nicht. Obwohl viele der Männer aussahen, als würden sie im Stehen einschlafen, sickerten die Worte in ihr Unterbewusstsein. Ein mattes »Jawohl, Herr Oberleutnant« kam ihnen noch über die Lippen.

»Drei von euch haben heute geschwächelt!«, stichelte er weiter. »Einen hat's erwischt, ich bin gespannt, wen es als Nächstes trifft. Die Betroffenen wissen Bescheid, denke ich!«

Unsichere Blicke, die Männer zitterten am ganzen Körper.

»Wir werden jeden Einzelnen von euch im Auge behalten!«,

setzte Steiger nach. »So und nun ab ins Wochenende, das habt ihr euch verdient. Wegtreten!«

Die Männer schleppten sich wortlos in die Duschräume der nahe gelegenen Kaserne. Die Ablösung ihres Kameradens lastete schwer auf ihren Gemütern.

Der von allen Anwärtern gefürchtete »Psycho-Freitagslauf« hatte den Männern wieder einmal stark zugesetzt, dachte Steiger. Das war Sinn und Zweck der ganzen Veranstaltung. Man musste aussieben, wenn man den hohen Standard in der Kompanie aufrechterhalten wollte.

Auch Steiger wollte endlich raus aus den schlammigen, sandigen, kalten Klamotten. Er hatte einige Schürfwunden vom Sand und sein Körper schrie nach einer ausgiebigen warmen Dusche. Natürlich war auch er hundemüde. Doch das konnte er nicht zeigen, schließlich war er Vorbild für die Männer.

Oberleutnant zur See Jan Steiger war kein Unmensch. Im Gegenteil. Es bereitete ihm keine Freude die Männer derart zu schinden, doch er wusste, dass es lebensnotwendig war.

Es galt, eine gnadenlose Auslese zu treffen, die Spreu vom Weizen zu trennen, wie es so schön hieß. Die Absolventen würden es der Ausbildungskompanie eines Tages danken, wenn sie im Kampfeinsatz die Haut eines Kameraden oder ihre eigene retten konnten. Schweiß in der Ausbildung ersparte Blut im Gefecht. Dieser Grundsatz verlor seine Gültigkeit auch nach Jahrhunderten nicht.

Hinzu kam, dass diese harte Ausbildung ausschließlich Freiwilligen zuteil wurde. Jedem Soldaten stand es jederzeit frei zu gehen. Nach der »Ablösung«, ein Wort, das ungleich sanfter als »Versagen« oder »Aufgeben« klang, wurde der Mann dann wieder in seiner alten Einheit aufgenommen. Das war keine Schande. Innerhalb der Flotte wusste man um die Härten dieser Ausbildung.

Um Obermaat Althans tat es ihm leid. Althans war als Funker aus der Flotte zu ihnen gestoßen. Als Marathonläufer war er zwar ein hervorragender Ausdauersportler, aber vielleicht etwas zu filigran. Vor allem mental hatte er sich als wenig belastbar erwiesen. Zu häufig hatte er Entscheidungen hinausgezögert – im Ernstfall konnte das tödlich sein. Das Ausbilderteam war schon länger auf den Mann aufmerksam geworden. Über die Wochen hatte sich bei Althans eine permanente Angst vor der Herausforderung des nächsten Tages eingeschlichen. Der Mann hatte angefangen, an sich zu zweifeln, und war stellenweise unkonzentriert gewesen. Der permanente psychische Stress hatte ihm letztendlich das Genick gebrochen.

Doch Steigers Gedanken an Althans verflogen schnell und als er sich nach der Dusche abtrocknete, war er im Geiste bereits ganz woanders. Seit fast einem Jahr hatte er keinen Urlaub mehr gehabt und den heutigen Abend würde er mit Packen und Urlaubsvorbereitungen verbringen.

OLZS Jan Steiger war kein gewöhnlicher Soldat. Er gehörte vielmehr zu einer kleinen, verschworenen Gemeinschaft von Spezialisten, über deren Einsätze die deutsche Marine generell nicht viel verlauten ließ.

Steiger war Offizier in der Kampfschwimmerkompanie der Marine. Sah man ihn in Zivil auf der Straße, dachte man zunächst an einen Berufssportler. Er hatte die Statur eines Boxers oder Schwimmers. Obwohl er für seine Größe von 1,88 Metern sehr muskulös war, bewegte er sich geschmeidig. Seine dunkelblonden Haare trug er kurz geschnitten. Sein Gesicht hatte etwas Kantiges und seine graublauen Augen schienen stets wachsam zu sein. Für sein Alter strahlte Steiger eine bemerkenswerte Ruhe und Gelassenheit aus.

An sich war es nicht üblich, dass Offiziere die Ausbildung von Anwärtern übernahmen. An diesem Freitag jedoch war Steiger kurzfristig für einen verletzten Kameraden eingesprungen. Oberbootsmann Lorenz war ein erfahrener Ausbilder, der sich beim Fallschirmspringen am Wochenende auf dem Flugplatz in Hartenholm bei der Landung mit einem privaten, kleinen Flächenfallschirm den rechten Knöchel verstaucht hatte. Lorenz würde sich die nächsten Tage einige dumme Sprüche in der Kompanie anhören müssen.

Als Steiger mit seinem Mountainbike auf das Haupttor zufuhr, summte er fröhlich vor sich. Er dachte an das türkisblaue Wasser, die Korallenriffe und die ausgefallene tropische Fauna und Flora, die ihn erwarteten.

Zwei Wochen Urlaub hatte er seinem Vorgesetzten abgerungen.

Seine Kameraden hielten ihn zwar für verrückt, dass er den Urlaub wieder im bzw. unter Wasser verbringen wollte, aber so war er nun mal. Seit er denken konnte, fühlte sich Steiger im nassen Element wohl.

—

Die Einwohner des beschaulichen kleinen Ostsee-Ortes Eckernförde, in dem im Sommer viele Deutsche ihre Ferien verbrachten, hatten sich über die Jahrzehnte daran gewöhnt, an Freitagen des Öfteren bis auf die Haut durchnässte Soldaten in Tarnanzügen im Wald oder am Strand herumrennen zu sehen. Nicht selten trugen die jungen Männer zu mehreren lange Baumstämme auf ihren Schultern. Manchmal waren es auch große Felsbrocken, die sie umständlich vor sich her schleppten. Ihre Gesichter sahen dabei immer gleich aus: leidend.

Oftmals sah man sie auch unter der Woche in blauen Trainingsanzügen mit olivgrünen Rucksäcken und schwarzen Wollmützen auf dem Kopf in den Feldern und Wäldern von Eckernförde. Im Gegensatz zu den Einheimischen konnten sich die Touristen darauf keinen rechten Reim machen.

Wieder andere Soldaten wurden meist im Monat September von den Gästen der Butterdampfer gemeldet, die ungläubig berichteten, sie hätten von der Bordwand aus Taucher im Wasser gesehen, die mit Gepäck im Schlepptau die Küste entlanggeschwommen seien.

Die Kurgäste hatten sich nicht geirrt: Es handelte sich dabei um angehende Kampfschwimmer, die eine wesentliche Bewährungsprobe ihrer langen, entbehrungsreichen Ausbildung absolvierten: das Dreißig-Kilometer-Abschluss-Schwimmen von Olpenitz nach Eckernförde.

Bereits seit Jahrzehnten waren die Kampfschwimmer in Eckernförde eine Institution.

Beheimatet waren sie in Gebäuden, deren rote, ausgeblichene Backsteine auf ein hohes Alter hindeuteten. Doch der erste Eindruck trog. Die Kasernenanlagen waren aufwendig renoviert worden. An der Zufahrt zum hinteren Teil des Kasernentrakts deutete ein Wappen auf die Truppenteile hin, die hier stationiert waren.

Das Wappen zeigte ein gerades Schwert vor einem geflügelten Anker auf einem strahlend blauen Schild.

An den einzelnen Gebäuden waren hellblau gestrichene Holzschilder angebracht, auf denen die Namen diverser Städte Norddeutschlands in Messingbuchstaben geschrieben standen. Sie gaben Auskunft über die Heimat der unterschiedlichen Truppenteile.

Eine Vielzahl von Mythen rankte sich um diese kleine Truppe wie auch um die Minentaucher, von denen naturgemäß etwa die Hälfte der Wahrheit entsprach. Sicher jedoch war, dass jeder »KS« (Kampfschwimmer) und jeder »MiTa« (Minentaucher), wie sie sich selbst nannten, innerhalb der Bundeswehr wie auch im Ausland ein hohes Ansehen genoss – und das aus gutem Grund.

In schier endlosen körperlichen und mentalen Strapazen wurden diese Männer zunächst immer und immer wieder auf Nerven- und Charakterstärke geprüft. Erst nachdem Tauglichkeit und Leidensfähigkeit des Aspiranten zweifelsfrei ermittelt worden waren, konnte ein Mann die Ausbildung antreten, von der so viele junge Soldaten träumten. Das Motto:

»Lerne leiden, ohne zu klagen«

wurde in Eckernförde jeden Tag gelebt. Erfahrene Kampfschwimmer sprachen davon, dass es galt, *den Schalter umzulegen,* wollte man die Strapazen der Ausbildung ertragen. Man musste stumpf sein und den permanenten Schmerz ignorieren können – erst dann hatte man eine reelle Chance.

Die Kompanie bildete nicht nur hervorragende Schwimmer und Taucher aus, sie stellte der Flotte auch sorgfältig ausgebildete Infanteristen, Einzelkämpfer, Sprengmeister, Fallschirmjäger und in nicht wenigen Fällen auch Präzisionsschützen zur Verfügung. Viele der Kampfschwimmer waren hochqualifizierte Rettungssanitäter und verfügten über sämtliche Führerscheine, deren Erwerb das Militär anzubieten hatte. Sie gehörten zusammen mit dem Kommando Spezialkräfte des Heeres (KSK) und einigen anderen Einheiten zur Elite der deutschen Streitkräfte.

Die Ausbildung selbst wurde ständig angepasst. Bei Bekleidung, Waffensystemen, Tauchausrüstung und Technik, Fallschirmen, elektronischen Kommunikations- und Navigationssystemen, Booten und deren Antriebssystemen gab es ständig neue Entwicklungen, die nach mehrfachen Tests unter unterschiedlichsten klimatischen Bedingungen Einzug in die Ausrüstung hielten.

Um den hohen physischen Leistungsstandard zu halten, änderte sich das Trainingspensum auch nach der Aufnahme in die Kompanie nur marginal. Man trainierte effizienter, schlief mehr und konnte ab und zu auch einmal richtig feiern. Einsätze und Wettkämpfe taten ihr Übriges, die Truppe auf Trab zu halten.

Früher waren die Kampfschwimmer zusammen mit den Minentauchern auch »Waffentaucher« genannt worden. Diese Bezeichnung war heute überholt, mittlerweile zählten die Einheiten zusammen mit der Boardingkompanie zum sogenannten KSM, dem Kommando Spezialkräfte Marine.

6

Fort Meade
Hauptquartier der National Security Agency (NSA)*
Maryland, USA

»Haben Sie das? Ich will das ganze Gespräch! Übersetzt! Und eine sofortige Identifizierung des Angerufenen! Und zwar bis gestern!«

Dave Levine, technischer Leiter Auswertung/Naher Osten, war aufgeregt. Sie hatten die Spur wiederaufgenommen. Ein libanesischer Kontakt, dessen Stimme sich mit der Audiosignatur eines mutmaßlichen Logistikers des Terrornetzwerks *die Basis* deckte, hatte vor rund acht Wochen eine Nummer in Belgien

* Technischer Nachrichtendienst der USA

angewählt. Leider hatte das Gespräch nur eine Minute und neunzehn Sekunden gedauert. Nicht wirklich lange genug, um mit Sicherheit eine Übereinstimmung der Stimmsignaturen feststellen zu können.

Die Kollegen von der belgischen Sureté waren sehr kooperativ gewesen und hatten die angerufene Nummer rasch identifiziert. Der belgische Telefonanschluss war auf die Filiale einer bosnischen Import- und Exportfirma angemeldet gewesen. Von diesem Anschluss aus hatte der Mann, der zuvor von dem Libanesen angerufen worden war, eine Nummer in Serbien angewählt. So viel immerhin wussten sie.

Der junge Auswerter, der die Aufregung seines Vorgesetzten teilte, schüttelte langsam den Kopf.

»Mist ...«

»Was? Was ist Mist?«, wollte Levine wissen.

»Ich kann nichts hören.«

»Was? Wieso?«

»Wir haben hier ein fast zweiminütiges Gespräch zwischen dem Anschluss in Antwerpen und der serbischen Nummer, aber ich kann nichts hören, der Typ muss eine geschützte Leitung verwenden.«

»Das gibt's nicht, das würde bedeuten, die stehen regelmäßig in Kontakt. Diese Scheißkerle! Geben Sie her!«

Levine setzte sich einen Kopfhörer auf.

Doch er hörte nur ein dumpfes Rauschen.

»Mist!«

Sein Mitarbeiter schaukelte auf seinem Stuhl, biss sich auf die Unterlippe und nickte nur, als wolle er sagen: *Sie sagen es, Chef!*

»Identifizieren Sie wenigstens die Nummer des Angerufenen.«

»Der Anschluss liegt in Serbien, Chef.«

»Und wenn er in der Antarktis läge – ich will verdammt nochmal wissen, wer da spricht! Verstanden?«

»Chef, unsere Beziehungen zu Serbien sind seit der Anerkennung des unabhängigen Kosovo ...«

Levine fiel seinem Untergebenen ins Wort:

»Hören Sie, Matt, es ist mir gelinde gesagt scheißegal, wie gut oder wie schlecht unsere Beziehungen zu Serbien sind – wenn einer dieser Handtuchschädel * eine serbische Import- und Exportfirma anruft, die wir seit knapp zwei Jahren mit illegalen Waffentransporten in Verbindung bringen, dann ist das eine wertvolle Information, der wir nachgehen müssen. Wir sind die NSA und nicht die verdammte Heilsarmee!«

»Eine bosnische Firma, Chef!«

»Was?« Levine war irritiert.

»Es ist eine bosnische, keine serbische Firma, und ich sage ja nur, dass das nicht einfach wird.«

Levine presste die Lippen zusammen und schwieg. Dann sagte er: »Leiten Sie die Anfragen sofort in die Wege. Unsere kroatischen Freunde schulden uns noch einen Gefallen. Vielleicht können die uns weiterhelfen, setzen Sie alle Hebel in Bewegung. Ich zähle auf Sie, Matt!«

Levine verließ das Büro. Heftig knallte die Tür ins Schloss.

7

Hafen von Safaga
Rotes Meer
Ägypten

Kapitän Nidal al-Suri war mit sich und seinem Werk zufrieden. Der gebürtige Syrer schwitzte, sein Kaftan war von Seesalz, Schweiß und Maschinenöl verdreckt und seine Hände schmerzten. Doch das war jetzt unwichtig. Er blickte über die verrostete Außenpier, an der alte Autoreifen zum Abfendern der anlegenden Schiffe befestigt waren. Das Wasser im Hafenbecken strahlte in einem hellen Blau.

Die Hände hinter seinem Rücken verschränkt, wanderte er die

* engl. towelhead, Schimpfwort für Turbanträger, bes. Muslime

Pier auf und ab. Er war stolz, dass er den Zeitplan eingehalten hatte. Und doch plagte ihn die Sorge, möglicherweise etwas Wichtiges vergessen zu haben. Seine Aufmerksamkeit war einzig und allein dem Schiff gewidmet, das an der Pier festgemacht war.

Durch seine große Oberfläche dem Wind ausgesetzt, zurrte es wie ein träges, großes Tier an den Festmacherleinen. Der böige Wind drückte den Rumpf immer wieder ein wenig von der Pier weg, soweit es die Leinen erlaubten, und ließ das Schiff sanft hin und her schaukeln. Ließ der Wind für einige Sekunden nach, zogen die Leinen das Schiff wieder an die Pier heran. Kleine Wellen, die zwischen der Pier und Bordwand durchliefen, schlugen dabei mit glucksenden Geräuschen gegen den Schiffsrumpf.

Mit wachen Augen inspizierte Nidal jede Kante, jedes Detail. Es schien, als wollte er das Schiff mit seinen Augen durchleuchten, während er die Pier abschritt.

»Das Schiff ist ein wesentlicher Bestandteil unserer Planung!«, hatte man ihm zu verstehen gegeben.

Ganz in Weiß, mit einem leicht hochgezogenen Bug, passte sich das Schiff bei einer Gesamtlänge von knapp 30 Metern dem klassischen Design der Tauchsafariboote an, wie sie im Roten Meer häufig anzutreffen waren.

Anders als in diesen Breiten üblich, war das Schiff kein klassischer Verdränger, sondern ein sogenannter Halbgleiter. Das bedeutete, das Schiff konnte Geschwindigkeiten erreichen, die deutlich über seiner sogenannten Rumpfgeschwindigkeit lagen. Auch war es nicht aus Holz konstruiert, sondern aus Glasfaserkunststoff (GFK), der überall mit Kevlarmatten verstärkt war. Das sparte enorm Gewicht und ermöglichte sowohl eine höhere Beschleunigung als auch eine deutlich höhere Endgeschwindigkeit.

Mit zwei Oberdecks und einer offenen Brücke, einer sogenannten Flybridge, boten die Taucherboote ihren Gästen reichlich Platz zum Sonnen und zum Schlafen. Nidal wusste, dass, wenn es während der Sommermonate in den Kajüten nachts zum Schlafen zu heiß wurde (nur selten ließen sich die Klimaanlagen fein regulieren), viele Taucher an Oberdeck flüchteten, um von dem eisigen Gebläse keinen Schnupfen zu bekommen. Eine Erkältung bedeutete, dass man nicht tauchen konnte. Dies hatte er in den zehn Monaten gelernt, in denen er als Skipper auf einem anderen, älteren Taucherschiff in Hurghada gefahren war.

Über dem zweiten Deck des Schiffes war im hinteren Teil ein kleines Sonnendach geriggt. Das hinderte die Gäste zwar daran, nachts den Sternenhimmel zu sehen, spendete mittags aber angenehmen Schatten.

Eine Kombüse befand sich auf Höhe des ersten Decks weiter vorne, eine Durchreiche verband sie mit der dahinter gelegenen Messe. In der Messe hielt man sich, wenn nicht gerade gegessen wurde, in aller Regel nur bei schlechtem Wetter auf oder wenn, was nur wenige zugaben, einen die Seekrankheit erwischt hatte. Nidal dachte daran, wie bei starkem Seegang vermeintlich »müde« Taucher kreidebleich in den Salon gekrochen kamen und sich in eine der salzverkrusteten Polstergarnituren warfen, bis die sogenannte Oberflächenpause beendet war und sie durch einen Folgetauchgang »erlöst« wurden.

Nidal al-Suris Magen knurrte. Vor lauter Arbeit und Termindruck hatte er völlig vergessen zu essen. Seinen Söhnen musste es ähnlich gehen.

»Mohammed!«, rief er zum Schiff herüber.

Ein gedämpftes »Ja?« war die Antwort.

Der Junge ist bestimmt im Maschinenraum, dachte er.

»Bereite uns eine Mahlzeit, damit wir etwas im Bauch haben, wenn wir später ablegen.«

»Ja, Vater.«

Nun ließ er seinen Blick weiter über die dunkel getönten, trapezförmigen Seitenfenster wandern. Sie gaben dem Schiff ein schnittiges Aussehen.

Um ein halbwegs »ägyptisches« Design zu erhalten, hatte er seinerzeit vorgeschlagen, sich bei der Werft als im Dienste eines reichen Privatiers mit Beziehungen zur Familie eines ranghohen Generals stehend vorzustellen. Das war vor der Revolution gewesen. Ganz wie bei einem Auftrag eines kommerziellen Tauchunternehmens, hatte er eine renommierte Werft ausgewählt, die für Geld eine entsprechende Qualität lieferte. Geld war für die *Basis* kein Problem. Auch wenn westliche Geheimdienste oft und gerne das Gegenteil behaupteten.

Mit der Einhaltung des Zeitplans hatte die Werft allerdings ihre liebe Not gehabt. Das hatte er einkalkuliert, man war schließlich nicht in Deutschland oder in der Schweiz. Außerdem gab es andere, wichtigere Kunden, die auf möglichst schneller Lieferung ihrer Schiffe bestanden und auch bevorzugt bedient wurden.

Eine namhafte Tauchschiffflotte hatte einmal sogar das gesamte Material mitsamt eines Teils der Werftarbeiter aus Alexandria in den etwas südlich von Hurghada gelegenen Hafen von Safaga einfliegen lassen, um direkt vom Ort des Stapellaufes die Ziele im südlichen Roten Meer anfahren zu können. Die Arbeitskosten hatten dabei allerdings die wesentliche Rolle gespielt, denn Alexandria war schon lange berühmt für seine kompetenten Werften und daher auch deutlich teurer als Hurghada oder Safaga.

Für ihn war allerdings entscheidend, dass die Aufsicht der Behörden, wie sie im Hafen von Alexandria praktiziert wurde, hier im Süden de facto nicht existierte. Die Werften sahen zum Teil aus wie das sprichwörtliche Chaos, und da man sich nahezu ausschließlich auf Taucherschiffe spezialisiert hatte und eines dem nächsten glich, wurden keine Fragen gestellt. Insbesondere dann nicht, wenn man ein wenig Geld fließen ließ.

Doch sein Schiff war kein gewöhnliches Safarischiff und dieser Umstand machte ihn besonders stolz. Unter dem Vorwand, reiche Westeuropäer schneller an die begehrten Riffe tief im Süden des Roten Meeres zu bringen, verfügte es nicht, wie so oft, über eine einzelne Standardmotorisierung, sondern über zwei starke Turbodieselaggregate von jeweils 1300 PS. Der Ingenieur, der den Einbau der Diesel beaufsichtigt hatte, schätzte, dass das Schiff bei ruhiger See an die 27 Knoten laufen konnte, möglicherweise sogar mehr.

Auf der Taucherplattform unter dem Achterdeck lag ein ebenfalls stark motorisiertes, sechseinhalb Meter langes Hartschalen-Schlauchboot vertäut. Ein zweites identisches Schlauchboot befand sich über dem zweiten Hochdeck hinter dem Sonnendach und konnte bei Bedarf, ähnlich wie bei Hochseeyachten, mit einem kleinen Kran rasch zu Wasser gelassen werden.

Den Heckspiegel zierte der Name des Schiffes. In großen blauen Lettern war der Name

Red Sea Explorer

auf der glänzend weißen Fläche aufgetragen worden.

Zufrieden begab sich Nidal al-Suri an Bord und verschwand in der Messe.

—

Nach dem Essen wischte er sich mit einem breiten Lächeln seine Hände am Kaftan ab.

»Du hast gut gekocht, Sohn!«

»Danke, Vater.«

»Ihr beide habt in den letzten Wochen gute Arbeit geleistet. Radar, Maschinen, Treibstofftanks, Tauchausrüstungen, Kompressor, Verpflegung, Ersatzteile. Ich habe alles noch einmal überprüft. Soweit ich feststellen konnte, fehlt nichts.«

»Danke, Vater«, antworteten die jungen Männer wie aus einem Munde.

»Wann werden wir ablegen?«, fragte Hassan ernst.

»Bald, mein Sohn, aber frag' nicht so viel. Auch ich kenne nicht den ganzen Plan. Ich erwarte zu einem späteren Zeitpunkt weitere Instruktionen.«

»Wird man uns beschießen?«

»Möglicherweise, doch werden wir die Kuffar empfindlich treffen. Wir sind mit einer besonderen Aufgabe betraut und die Kevlar-Panzerung wird uns dabei helfen.«

»Welchen Kalibern kann die Bordwand denn standhalten?«, wollte Hassan wissen.

»Je nach Beschusswinkel und Distanz können wir schweren Maschinengewehren und sogar Panzerfäusten trotzen. Möglicherweise auch stärkeren Geschossen. Für wie lange, lässt sich schwer sagen. Doch wir sind schnell und werden uns dem Feind nicht lange als Ziel präsentieren.«

»Und wir sind wendiger als andere Schiffe!«, wusste Mohammed.

»Das ist richtig. Und nun fragt nicht so viel, sondern räumt ab.«

Nidal al-Suri hatte dafür gesorgt, dass sich die Ruderblätter nicht, wie bei diesen Schiffen normalerweise üblich, weit hinten am Heck befanden, sondern weiter nach vorne gezogen und nach innen versetzt angebracht waren. Sie wurden direkt von den zwei großen Schiffschrauben angeströmt.

Ein kräftiges, an der Wasserlinie nicht markiertes sogenanntes Bugstrahlruder, quasi eine im Bug quer eingebaute Schiffschraube, die in beide Richtungen drehen konnte, machte die Manövrierbarkeit des Schiffes perfekt. Die *Red Sea Explorer* konnte »auf dem Teller drehen« und war damit für ihre Größe äußerst schnell und wendig.

»So …«

Nidal al-Suri erhob sich.

»Ihr zwei macht das Schiff jetzt klar zum Auslaufen.«

Al-Suri war, nachdem er in den späten 80er-Jahren an der Universität Kiel Schiffbau studiert hatte, anschließend als Ingenieur in seine Heimat zurückgekehrt und hatte zunächst als Wachoffizier und später als Kommandant auf den Torpedobooten der syrischen Marine gedient. Doch seit dem Tod seiner vierzehn Jahre jüngeren Frau hatte sich sein Leben drastisch verändert. Seine neue, dritte Frau hatte den Verlust nicht ersetzen können.

Er hatte damals in der Moschee nach Antworten auf die drängenden Fragen des Lebens gesucht und hatte sie im Islam gefunden. Anders als in der seinerzeit in Syrien allmächtigen Baath-Partei zählte in der Moschee, so nahm er es wahr, auch das Individuum. Viele, die sich dem Widerstand angeschlossen hatten, dachten ähnlich.

Innerhalb von zwei Jahren hatte sich Nidal al-Suri, angeleitet von einem radikalen Imam, der in einem kleinen Gebetsraum in einem Hinterhof predigte, von einem konservativen, aber moderaten Muslim zu einem glühenden Anhänger des Netzwerks der *Basis* entwickelt. Dann hatten sich die Menschen gegen Assad und sein Regime aufgelehnt. Die *Basis* hatte ihn aufgrund seiner Qualifikationen rasch für sich entdeckt und ihn gefördert.

Die militärische Führung der *Basis* hatte nach einer genauen

Überprüfung seiner Person beschlossen, sich sein nautisches Potenzial zunutze zu machen, und seinen weiteren Weg genau geplant. Auch sein zehnmonatiger Abstecher in die Tourismusbranche ging auf ihre Initiative zurück. Dieser hatte ihn mit den Manövern und Gepflogenheiten der Tauchsafarischiffe im Roten Meer vertraut gemacht.

Während er in die Sonne blinzelte, fingerte er ein altes Nokia-Handy aus einer Tasche. Seine wettergegerbten Finger tippten eine SMS. Sie lautete:

»Ich habe die Reise gebucht und freue mich darauf, dich wiederzusehen, inschallah! *«

Binnen Sekunden war die SMS beim Empfänger angekommen. Dann öffnete al-Suri das Handy, löste die Prepaid-SIM-Karte heraus und warf sie ins Hafenbecken.

Dieses Schiff wird einen großen Beitrag im Kampf gegen die Ungläubigen leisten, dachte er. Man würde von dem großen Tag noch lange sprechen, sowohl in der seinigen Welt als auch in der Welt der anderen …

8

Fort Meade
NSA-Hauptquartier
Maryland, USA

Das Telefon klingelte.

Dave Levine sah im Display, dass es Matt Porter war, sein junger Staranalytiker.

»Matt, was gibt's?«

»Ich glaube, ich hab' was, Chef. Am besten, Sie hören es sich selbst an.«

* So Gott will!

»Ich komme sofort!«

Keine drei Minuten später stand Levine in Porters kleinem Büro.

»Ich habe die Nummer des in Serbien liegenden Anschlusses mal durch unsere Rechner laufen lassen.«

»Ja, und?«

»Na, nichts, aber ...«

Levine verdrehte die Augen.

»Aber was?«

»Also: Die Nummer endet mit einer 1351!«

»1351, hm? Das ist toll Matt, wirklich!« Levine kniff die Augen zusammen, als wolle er sagen: *Kommt da noch was? Ich habe nicht den ganzen Tag Zeit!*

»Nur die Ruhe, Chef. Sie müssen wissen, 1351 war das Jahr der Schlacht auf dem Amselfeld!«

»Was für ein Feld?«

»Na, die legendäre Schlacht zwischen Christen und Osmanen, Chef. Der Typ ist Serbe durch und durch und er hat im letzten vierstelligen Nummernstrang dieser kryptierten Nummer die Konfiguration 1351.«

»Und?«

»Wie gesagt, die Nummer mit der 1351 ist bislang noch nicht bei uns aufgetaucht und ist nirgendwo verzeichnet. Aber zwei andere Nummern sind uns bekannt. Ich habe versuchsweise den gleichen Nummernstrang einmal mit 1352 und einmal mit 1353 am Ende durch den Rechner laufen lassen. Wenn eine Firma oder eine Einrichtung mehrere Nummern hat, dann werden diese oft aufeinander folgend belegt. Und, was glauben Sie? Diese beiden anderen Nummern waren Treffer! Nach einigen Recherchen habe ich herausgefunden, dass beide Nummern auf ein und dieselbe Import/Export-Firma eingetragen sind, von deren Filiale aus in Belgien telefoniert wurde. Die belgische Nummer, die mit diesem Libanesen in Kontakt stand.«

»Ich bin sprachlos, Matt!«

»Die anderen Anschlüsse liegen allerdings beide in Belgrad.«

»Moment. Sehe ich das richtig? Sie glauben, da besteht ein Zusammenhang zwischen den beiden Anschlüssen in Belgrad und dieser neuen serbischen Patriotennummer?« Levine war verwirrt.

»Ja, das glaube ich. Geschäftsführer der Firma in Belgrad ist ein gewisser Drazen Jovanovic. Dieser Name ist den Kollegen in Langley nicht unbekannt. Jovanovic soll Kontakte zu einem oder mehreren Waffenhändlern haben und er hat auch bei den Kollegen vom FBI 'ne dicke Akte wegen gewerbsmäßiger Prostitution und Menschenhandel. Bislang konnte man ihm aber nie etwas nachweisen, er soll aber für jemanden arbeiten, dem wir schon lange auf den Fersen sind.«

»Aha! Und wer soll das sein?«

»Moment, ich bin noch nicht fertig.« Porter hob stolz den Zeigefinger und fuhr fort:

»Die Import/Export-Firma verfügt über Lagerhäuser im Ortsteil Zemun in Belgrad. Hier enden die zwei Nummern. Die Nummer 1351 könnte theoretisch auch dort sein, sie könnte aber auch umgeleitet worden sein. Nach einigen Nachforschungen und dem Einsatz unserer traumhaften neuen Technik, dem *creeper*, konnte ich feststellen, dass die Nummer 1351 in der Tat von Belgrad aus umgeleitet wird und zwar auf einen Anschluss mit der Nummer 280614, der nicht in Belgrad liegt!«

Levine starrte seinen Mitarbeiter an. Ein Comiczeichner hätte ein Fragezeichen über Levines Kopf gemalt.

»Aha, und?«

»Na, die Nummer 280614, auf die umgeleitet wurde, ist identisch mit dem Datum des Anschlags auf den österreichisch-ungarischen Thronfolger Erzherzog Franz Ferdinand und seine Frau, ausgeführt durch Gavrilo Princip, einem bosnischen Serben, Chef. Der 28. Juni 1914! Der Anschlag war der Auslöser des Ersten Weltkriegs, verstehen Sie? Princip ist in Serbien ein Nationalheld. Das alles ist garantiert kein Zufall. Der Typ mit dem Anschluss ist ein fanatischer Nationalist – und wohl keiner von der friedlichen Sorte.«

Levine war sprachlos.

»Und jetzt kommt der *Burner*:« Matt Porter war nun sichtlich in seinem Element.

»Unsere kroatischen Freunde waren diesbezüglich sehr hilfreich. Sie konnten bestätigen, dass sich hinter dem Anschluss mit der Nummer 280 614 ein Milan Nedic verbirgt.«

»Nedic, der Name sagt mir was – ein Banker?«

»Na ja ... fast! Nedic ist ein steinreicher Tycoon und hält angeblich große Anteile an einer Schweizer Privatbank. Er steht aber auch in Verbindung mit dem Who is Who des internationalen Waffenhandels, und soweit ich feststellen konnte, verfügt er über exzellente Kontakte nach Frankreich, China, Saudi-Arabien, Pakistan und in den Iran.«

»Donnerwetter! Wie haben Sie das alles so schnell herausgefunden?«

»Die englische BBC hat vor knapp zwei Monaten einen langen Sonderbericht über ihn und andere Größen seines Metiers gebracht, vieles davon steht im Internet. Und der Rest ... na ja, es hilft halt auch, wenn man eine Top-Secret-Clearance * hat«

»Gut gemacht, Matt! Können Sie die Rufumleitung schon offiziell bestätigen?«

»Noch nicht! Aber ich bin dran. Chef, Sie sagen doch immer:,Wenn es aussieht wie 'ne Ente, schwimmt wie 'ne Ente, fliegt wie 'ne Ente und watschelt wie 'ne Ente ...«

»... dann *ist* es eine Ente! Ich weiß, Matt, ausgezeichnete Arbeit! Hören Sie, wir müssen unbedingt wissen, was da gesprochen wurde. Finden Sie heraus, über welche Anschlüsse dieser Nedic noch verfügt: Mobiltelefone, E-Mail-Accounts etc. Da ist was im Busch! Ich brauche das alles elektronisch in Form eines kurzen Berichts. Ach – und Porter: Sagen Sie, kann man sich bei uns eigentlich auch solche Wunschnummern zulegen?«

»Ich glaube schon, wenn AT&T mitspielt ...«

»Hm, ich bin beeindruckt, Matt. Schicken Sie mir das alles, sobald Sie es zusammengefasst haben – ASAP **! Ich werde mal mit Langley *** reden.«

* Freigabe
** as soon as possible – so schnell wie möglich
*** Hauptsitz der Central Intelligence Agency CIA

»Geht klar, Chef!«

Matthew Porter lehnte sich zufrieden in seinem Bürostuhl zurück und genoss es, ein weiteres Rätsel in dieser hochkonspirativen Welt gelöst zu haben. Schon seit langem hatte er sich nicht mehr so gut gefühlt. Vielleicht würde ja diesmal eine Prämie rausspringen, dachte er.

9

Ein verlassenes Dorf
20 km nördlich von Al Muwaylih
Saudi-Arabien, Westküste

Die Sonne schien nun die Wasseroberfläche zu berühren. In wenigen Minuten würde sie untergehen. Das Meer hatte sich beruhigt und glitzerte geheimnisvoll.

Noch immer blies ein frischer Wind, wie so häufig zu dieser Jahreszeit, aus Nord / Nordwest.

Die aufgeheizten Steinplatten der mittlerweile verfallenen Terrasse gaben die Wärme des Tages ab und verhinderten, dass er fröstelte. *Der Winter kündigt sich langsam an,* dachte er, während er seinen Gebetsteppich ausbreitete.

Die Arme auf der Brust verschränkt, begann Sayed im Stehen sein Gebet. Dann kniete er nieder und verneigte sich gen Mekka.

Die Gegend hier war seit Jahren unbewohnt. Der Strand in dieser Region bestand im Gegensatz zu seinem steinigen ägyptischen Gegenüber auf der anderen Seite des Roten Meeres, seiner Heimat, aus feinem weißen Sand.

Nicht weit von hier gab es eine Vielzahl von unberührten Korallenriffen, die ihren Zustand den extrem strengen Vorschriften des Landes verdankten. Tourismus, wie er in Ägypten existierte, gab es in Saudi-Arabien Allah sei Dank nicht. Auch stellte die parallel zur Küste verlaufende Bergkette, der Hedschas, eine zusätzliche kleine

Barriere zwischen der kargen Küstenregion und dem Landesinneren dar.

Früher hatte es hier einmal ein kleines Fischerdorf gegeben. Am Wasser standen noch einige Häuser und Hütten, die langsam verfielen. Die Landflucht hatte bereits in den späten 70er-Jahren eingesetzt. Die Menschen waren in die großen Städte gezogen, um dort Arbeit zu finden. Der nächste Ort lag 20 Kilometer entfernt und war nur über eine schlecht ausgebaute Straße zu erreichen. Einen richtigen, befestigten Hafen suchte man vergebens, der Aufwand dafür schien sich nie gelohnt zu haben. Lediglich eine kleine Bucht war auszumachen; wenn aber der Wind auf West drehte, stand Schwell in der Bucht und ein Schiff konnte dort nicht ruhig ankern.

Nachdem er sein Gebet beendet hatte, rollte er den kleinen Teppich zusammen. Ein Junge hatte schwarzen Tee gebracht.

»Danke, Ahmad.«

Der Junge zögerte.

»Gibt es noch etwas?«

Der Junge nickte.

»Die Männer … sie haben sich zusammengefunden«, sagte er leise.

»Ah, danke. Gut, ich komme gleich.«

Der Junge nickte hastig und verschwand.

Der heiße Tee tat gut, Sayed spürte, wie die Flüssigkeit seinen Körper wärmte, und während er den süßen Tee schlürfte, dachte er über die Ereignisse der letzten Wochen und Monate nach.

Alles war so, wie es sein sollte. Die meisten Vorbereitungen waren abgeschlossen, und der Zeitpunkt, an dem er eine Botschaft absenden sollte, rückte näher.

Das Projekt nahm nun konkrete Formen an. Das Schiff war nach den besonderen Wünschen und Vorstellungen eines kundigen Seemanns aus Syrien konstruiert worden. Ursprünglich hatte die Führung andere Pläne verfolgt, aber man durfte, was taktische Optionen betraf, nicht unflexibel sein, sondern musste die Gelegenheiten nutzen, die sich boten. Sturheit konnte eine Organisation lähmen, wusste er.

Behutsam stellte er das leere Teeglas auf das von der Sonne ausgeblichene Tablett, erhob sich und ging langsam zum Haus, wo eine Gruppe junger Männer bereits auf ihn wartete. Mit einer kaum wahrnehmbaren Geste bedeutete er ihnen, sich hineinzubegeben. Die Männer versammelten sich in einem Raum, der früher einmal ein Wohnzimmer gewesen sein musste. Auf einem verstaubten Teppich ließ sich Sayed nieder.

Erst danach nahmen die Männer ehrfürchtig vor ihm Platz.

Äußerlich wirkten sie nicht so, wie man sich Mujaheddin im Allgemeinen vorstellte, dachte er. Sie kleideten sich nicht religiös, manche trugen die Haare zu einem Pferdeschwanz gebunden, andere hatten Kurzhaarfrisuren nach dem Vorbild international bekannter Fußballspieler. Alle waren rasiert. Nichts deutete darauf hin, dass es sich um die Speerspitze der *Basis* handelte. Sie sahen eher aus wie junge Athleten, die einer Sportmannschaft angehörten. Neugierig schauten sie ihn an.

Sayed schloss die Augen. Er hatte eine natürliche Autorität und wusste, dass die jungen Männer ihn aufgrund seiner Erfahrung und auch wegen seiner Selbstlosigkeit verehrten. Nach einer Weile erhob er seine tiefe, raue Stimme:

»Meine Brüder!«, begann er seine Ansprache.

Die Männer verneigten sich.

»Es nähert sich der Zeitpunkt, auf den wir uns so lange vorbereitet haben. Bald wird ein Schiff kommen, das uns an unser Ziel bringen wird.«

Die Männer schwiegen.

»Es wird aussehen wie ein Touristenschiff, ein Tauchsafarischiff, wie sie in diesen Gewässern zahlreich vorkommen. Und von heute an *seid* ihr Touristen, genauer gesagt: Sporttaucher, die die hiesige Unterwasserwelt kennenlernen möchten. Ihr seid wohlhabend und kommt aus Westeuropa, Kuwait und den Emiraten. Eure Legenden solltet ihr mittlerweile verinnerlicht haben.«

Ein leises, zustimmendes Gemurmel erklang.

»Die Taucher unter euch mögen sich zu erkennen geben.«

Acht Arme erhoben sich.

»Ah – sehr gut. Euch kommt eine ganz besondere Aufgabe zu.

Doch mehr dazu später. Ich habe euch alle vor vierzehn Monaten persönlich mit ausgesucht, und man hat euch seitdem mit großem Interesse beobachtet. Geheimhaltung hat noch immer höchste Priorität. Daher werde ich jetzt noch nicht zu viel über operative Details sprechen. Nur so viel: Wir werden zuschlagen, sobald ich die Anweisung dazu gebe.«

Er schaute in ihre regungslosen Gesichter.

»Es ist unwahrscheinlich, dass auch nur einer von uns überleben wird. Ihr alle wusstet das. Sollte sich einer unter euch anders entschieden haben, so ist es nun zu spät. Ihr alle wisst bereits zu viel.«

Sayed machte eine Pause und ließ seine Worte auf die Zuhörer wirken.

Die Männer zeigten keine Reaktion.

»Der genaue Zeitpunkt wird für uns über Erfolg oder Misserfolg entscheiden. Wir werden Tod und Verderben bringen. In unserer Welt, der *Dar ul'Islam,* wird man voller Bewunderung über euch sprechen. Ihr werdet Helden sein, eure Taten noch in Jahrzehnten weitererzählt werden. Euer Tun wird euren Familien zur Ehre gereichen, auch werden sie für alle Zeit gut versorgt und finanziell abgesichert sein. Dafür sorgt die *Basis.*«

Er blickte ernst in ihre offenen Gesichter.

Sie saßen aufrecht da und schwiegen. Sie wussten, dass etwas sehr Bedeutendes bevorstand, und er fühlte, dass sie innerlich stolz waren, ausgewählt worden zu sein.

Sie waren jung, athletisch und auch die Nichteuropäer unter ihnen hatten einige Zeit im Westen verbracht. Der jüngste war 28 und der älteste 37 Jahre alt. Sayed selbst war mit seinen 49 Jahren der Senior und obendrein der mit Abstand erfahrenste Kämpfer.

Manche kannten sich noch aus dem Irak, hatten in Basra und Falludscha gekämpft. Andere waren in Kandahar, Afghanistan, aufeinandergetroffen. Die meisten waren sich jedoch nie zuvor begegnet.

Er hatte sich seine Mujaheddin genau angesehen. Einige von ihnen hatten eine helle Hautfarbe und sahen nicht wie Araber aus. Es waren Konvertiten. Ihr Arabisch war perfekt, zwei von ihnen, so viel wusste er, hatten viel Zeit in Waziristan und in der Khyber-

Region im Nordwesten Pakistans verbracht. Dort hatten sie sich im Kampf gegen paramilitärische Einheiten der pakistanischen Regierung, das Frontier Corps, bewährt. Einer der Männer war Engländer, der vor sechs Jahren zum Islam konvertiert war. Ein anderer war Niederländer, der sich bereits 2001 in Amsterdam hatte bekehren lassen. Michiel, der sich fortan Meschal nannte, kannte den Koran besser als mancher Araber. Ein weiterer Mujahed war in Schweden geboren und in der bekannten Brandbergen-Moschee zum Islam konvertiert. Er hatte bereits für die somalische al-Shabaab-Miliz gekämpft und war über den Jemen zu ihnen gestoßen.

Zwei der Kämpfer waren Einheimische. Sie sprachen den saudischen Dialekt, der im Hedschas gebräuchlich war. Die übrigen stammten aus Pakistan, Afghanistan und Marokko.

Fragen hatte noch keiner an ihn gerichtet, es war nicht gut, allzu neugierig zu erscheinen.

Er fuhr sich mit seiner Hand über den grauen Bart. Auch er würde sich bald rasieren müssen und hasste bereits den Gedanken daran.

Was die künftige Ladung des Schiffes betraf, so hatte er Meldung erhalten, dass man im Sudan zur Übergabe bereit sei. Dieser Termin war ein weiterer wichtiger Meilenstein in der Planung und ließ sich nicht verschieben. Die Logistik war aufgrund der schwierigen Verhältnisse im Sudan eine Herausforderung gewesen. Wenngleich unwahrscheinlich, konnte es sein, dass die Übergabe nicht zustande kam und der Kapitän unverrichteter Dinge weiterfahren musste. Dann wäre alles umsonst gewesen.

»Nutzt die letzten Stunden, denn morgen gegen Mitternacht werden wir abgeholt. Bis dahin habt ihr Zeit zur freien Verfügung«, richtete Sayed erneut das Wort an die Männer. Die Männer verneigten sich und warteten, bis er sich erhoben hatte.

Er verließ das Haus und schritt langsam zum Strand hinunter. Gedankenversunken blickte er auf das Wasser, und obschon er wusste, dass es viele Widrigkeiten geben würde, war er innerlich zum ersten Mal seit langer Zeit wieder voller Zuversicht.

10

Sinai-Halbinsel
Ägypten

Zwischen dem afrikanischen Kontinent und der arabischen Halbinsel liegt die wesentlich kleinere Halbinsel Sinai – eine etwa 60 000 Quadratkilometer große, keilförmig in das Rote Meer hineinragende Landmasse. Im Westen ist sie begrenzt durch den Golf von Suez, der das Rote Meer durch den gleichnamigen Kanal mit dem Mittelmeer verbindet. Im Osten grenzt die Halbinsel an den Golf von Aqaba. Geografisch zählt der Sinai zu Asien.

Seine Landschaft ist rau und stellenweise wüstenhaft. Besonders der Süden ist von kahlen, schroffen Gebirgen geprägt.

Die wesentliche Bedeutung der Halbinsel Sinai liegt im Suezkanal begründet. Jährlich nutzen Tausende von Schiffen diese bedeutend kürzere Route, um das Kap der Guten Hoffnung an der Südspitze Afrikas nicht umfahren zu müssen. Nicht zuletzt aufgrund dieser Bedeutung wurde der Sinai in der Vergangenheit immer wieder zum Schauplatz von Kriegen und Konflikten.

Als die USA und Großbritannien im Jahr 1956 aus politischen Gründen massiven finanziellen Druck auf Ägypten ausübten, sah sich die damalige ägyptische Regierung binnen kürzester Zeit gezwungen, den Suezkanal zu verstaatlichen. Um diesen politischen Entschluss zu untermauern, folgte ein sofortiger Einmarsch ägyptischer Truppen in den nordwestlichen Teil des Sinai.

Der damals noch junge Staat Israel sah seine Sicherheit durch das weitaus größere und schwer bewaffnete Ägypten, das seine Truppen nun nahe der israelischen Grenze positioniert hatte, gefährdet. Am 29. Oktober 1956 marschierten israelische Truppen durch den Sinai in Richtung Suezkanal.

Die Kolonialmächte Großbritannien und Frankreich sahen ihre eigenen Interessen in der Region bedroht und forderten den sofortigen Rückzug der israelischen und ägyptischen Truppen aus dem Kanalgebiet.

Sowohl England als auch Frankreich unterhielten seit Jahrhunderten Kriegsflotten zur Aufrechterhaltung ihrer Macht. Es waren diese Kriegsflotten, welche die Kolonien und die dazugehörigen Seehandelswege sicherten. Beide Staaten waren gewillt, noch möglichst lange an ihrem bereits schwindenden Einfluss auf die ehemaligen Herrschaftsgebiete festzuhalten. Daher war es für England und Frankreich von großem Interesse, die Vorteile des Suezkanals auch weiterhin uneingeschränkt und vor allem kostenlos für ihre Handels- und Kriegsflotten nutzen zu können. Man wollte den »Status quo ante« möglichst schnell wiederherstellen.

Am 31. Oktober begannen die französische und die britische Luftwaffe mit der Bombardierung ägyptischer Städte. Französische und britische Fallschirmtruppen landeten kurze Zeit später in Port Said, das zusammen mit der Stadt Suez nahezu komplett zerstört wurde.

Erst auf politischen Druck der Vereinigten Staaten von Amerika und der damaligen Sowjetunion, die beide kein Interesse an einer Fortsetzung der Kolonialpolitik Frankreichs und Großbritanniens hatten, zogen sich die französischen und britischen Einheiten wieder zurück. Israel zog seine Truppen ebenfalls aus dem Sinai ab. Doch dies sollte sich nachträglich als Fehler erweisen.

Im anschließenden sogenannten »Sechstagekrieg« von 1967 wurde Israel gleichzeitig von ägyptischen, syrischen und jordanischen Truppen angegriffen. Nach diesem kurzen, aber mit äußerster Härte geführten Krieg, den Israel souverän innerhalb von einer Woche für sich entscheiden konnte, wurde die Sinaihalbinsel schließlich erneut von israelischen Truppen besetzt. Der Sinai sollte fortan eine Pufferzone zu den kriegerischen Nachbarn bilden. Es war dieser Krieg, der den Nimbus der Unbesiegbarkeit der israelischen Streitkräfte begründete.

Erst nach dem Camp-David-Abkommen im Jahr 1978 und der Unterzeichnung des israelisch-ägyptischen Friedensvertrages ein Jahr später wurde die Sinai-Halbinsel im Jahr 1982 wieder an Ägypten zurückgegeben.

Heute erinnerte nicht mehr viel an die kriegerischen Zeiten von einst. Touristen aus aller Welt reisten in die Region, die in westlichen Reiseprospekten oft als *Red Sea Riviera* angepriesen wurde und neben den weltbekannten Tauchgründen auch Strände, Einkaufsmöglichkeiten und eine große Dichte an Luxushotels bot. Das Militär sicherte Zufahrtsstraßen und sorgte für Ruhe und Stabilität in den Touristenhochburgen.

Es waren vor allem die traumhaften Tauchgründe, die den Tourismus in der Region begründeten. Sowohl die vielen Wracks als auch die Unterwasserlandschaften um das Riff Ras Mohammed und die Straße von Tiran galten bis zum heutigen Tage als Highlights unter Tauchern.

Für diejenigen, die Wert auf Großfische und noch spektakulärere Rifflandschaften legten und bereit waren, auf die Weitläufigkeit eines Luxushotels zu verzichten, gab es sogenannte Tauchsafarischiffe oder »Liveabords«, die, von unterschiedlichen Häfen aus startend, bis weit in die südlichen Gewässer des Roten Meeres vordrangen.

Alle diese Schiffe hatten eine verblüffende Ähnlichkeit mit Nidal al-Suris Schiff, der *Red Sea Explorer*.

11

Saudi-Arabien
Westküste

Immer wenn er am Strand spazieren ging, schwelgte Sayed ein wenig melancholisch in Erinnerungen. Es war dunkel, doch das Mondlicht reichte, um gut sehen zu können.

Unweit von sich entfernt erblickte er am Wasser einen Mann, den er bereits aufgrund seiner Statur und seines aufrechten Gangs als Rasul Khan identifizierte. Rasul war ein hochgewachsener, kräftig gebauter Pakistaner und sein Stellvertreter und erster Zugführer.

»Was treibt dich um, mein Bruder?«, fragte der Ägypter.

»Mein Emir, es ist gut, ein wenig Zeit zum Nachdenken zu haben, und hier am Wasser herrscht angenehme Ruhe. Das leise Spülen der Wellen, der Wind … An Bord wird es unruhiger zugehen, wir werden auf engem Raum zusammenleben müssen.«

»Wahr gesprochen, Rasul.«

»Glaubt Ihr, unser Unternehmen wird Erfolg haben?«

»Davon bin ich überzeugt. Die Seelen der unterdrückten Muslime in der ganzen Welt sehnen sich nach einem neuen symbolkräftigen Schlag gegen den arroganten Westen. *Ihr* seid in der Lage, diesen Wunsch erfüllen, wenn es Allah gefällt.«

»Die zerstörten Hotels in Mumbai sowie die geglückten Anschläge in Kenia und in Europa waren ein guter Anfang.«

Der Ägypter schwieg eine Weile, bevor er antwortete.

»Genau das, Rasul, sie waren erst der Anfang!«

»Noch ist es uns nicht gelungen, die Verluste der Vergangenheit zu rächen. Doch nun werden wir unter Beweis stellen können, dass die *Basis* in der Lage ist, viele Gegner mit einem einzigen Streich zu schwächen.«

»Die Verluste der Vergangenheit, Emir?«

»Zum Beispiel unsere getöteten Brüder, Abu Musab al-Zarqawi, Baitulla Mehsud oder Yahya al-Libi …« Er brachte den Satz nicht zu Ende.

»Abu Musab al-Zarqawi ist noch immer ein großes Vorbild für die Männer«, erwiderte Rasul Khan.

»In Bezug auf seinen Mut und seine Kühnheit soll er uns stets ein Vorbild bleiben.«

Sayed hatte den Jordanier al-Zarqawi, der von seinem Naturell her ungestüm und furchtlos gewesen war, ebenfalls nicht vergessen. Er hatte ihn gut vierzehn Jahre zuvor in der Nähe von Herat, im Nordwesten Afghanistans, kennengelernt und in dessen Ausbildungslager junge Mujaheddin unterrichtet, bis sie das Lager hatten räumen müssen. Die Intervention der Amerikaner nach dem 11. September war plötzlich und nachhaltig gewesen und hatte die Machtverhältnisse im Land völlig auf den Kopf gestellt.

»Aber unser Bruder Abu Musab al-Zarqawi war auch sehr unvorsichtig«, fuhr Sayed fort. »Er war zu kühn in der Ausführung seiner Handlungen.«

Zarqawi hatte Amerikanern und Briten vor laufender Kamera bei lebendigem Leibe den Kopf vom Rumpf getrennt und trotz Vermummung stets darauf geachtet, dass ersichtlich war, dass *er* es war, der die Tat vollbrachte. Doch der Ägypter erinnerte sich auch daran, dass Zarqawi, bevor er zum Mujahed wurde, eine zweifelhafte Vergangenheit gehabt hatte. Er war erst spät geläutert worden, erst in seinen späten Dreißigern hatte al-Zarqawi zum Islam zurückgefunden. Während einer früheren Haftstrafe in Jordanien hatte er als aufbrausender, dem Alkohol nicht immer abgeneigter Schläger die Aufmerksamkeit des damals ebenfalls einsitzenden Religionsgelehrten Mohammed al-Maqdisi auf sich gezogen. Al-Maqdisi war ein unter Extremisten weltweit respektierter Schriftgelehrter, der es sich zur Aufgabe gemacht hatte, diesen »harten Brocken« al-Zarqawi auf den »rechten Pfad« zu bringen. Das war ihm schließlich gelungen.

»Was meint Ihr mit ›zu unvorsichtig‹, Emir?«, wollte Rasul Khan wissen.

»Mein Sohn, unser getöteter Bruder al-Zarqawi erlag mitunter auch seiner Eitelkeit – genauso wie unser pakistanischer Bruder Mullah Hakim. Erfolg und Ruhm machen leichtsinnig. Man sollte sein Abbild nicht zu häufig im Fernsehen oder Internet zeigen. al-Zarqawi war zu sehr bestrebt, sich unserem *großen Scheich* als ebenbürtig zu erweisen.«

Rasul Khan zog die Stirn in Falten.

»Vergiss nie, Rasul, dass wir die Instrumente Allahs sind und dass persönliche Dinge immer im Hintergrund stehen müssen! Das, was wir tun, hat stets Vorrang vor dem, was wir sind!«

Rasul Khan schwieg. Dann schließlich sagte er:

»Ihr sprecht sehr weise, Emir.«

»Hätten unsere Brüder ihrer Eitelkeit widerstanden und sich auf den Kampf gegen die Ungläubigen und die Einheit der Gläubigen beschränkt, wären sie womöglich noch am Leben.«

Der Ägypter konnte sich noch genau daran erinnern, wie al-Zarqawi von einer von einem amerikanischen F16-Kampfjet abgeworfenen 500-Pfund-Bombe getötet worden war, als er bei einem Bruder außerhalb von Bagdad vorübergehend Schutz gesucht hatte.

»Das habe ich bisher nie so gesehen …«, erwiderte Rasul Khan.

»Möge Allah unseren pakistanischen Führer Abdul Shakeer Khan beschützen! Allah sei Dank lebt er noch. Er hat viel Glück gehabt.«

»Al-hamdu lillah! *«

»Du musst wissen, Rasul, die Medien sind verführerisch wie ein schmeichlerisches Weib. Man kann sich mit ihnen schmücken, muss aber sehr auf der Hut sein. Man muss sich vorsehen. Überall, wo man auftritt, hinterlässt man eine Spur.«

Aufmerksam lauschte der junge Pakistaner den Worten des Ägypters.

»Rasul, mein Sohn, ich werde noch ein paar Schritte gehen und die Ruhe genießen, die du eben so trefflich beschrieben hast.«

»Gut, mein Emir.«

Rasul verneigte sich und die Männer gingen ihrer Wege, jeder in seine eigenen Gedanken versunken.

Die Zeiten hatten sich in vielerlei Hinsicht geändert, dachte Sayed. Mit einer Mischung aus Frustration und Hass hatte man die wachsenden technologischen Aufklärungsmittel des Westens wahrgenommen. Viele Brüder hatten bereits durch Drohnenangriffe ihr Leben verloren. Die amerikanischen Hunde verwendeten optimierte Hellfire-Raketen, die, wie er sich erinnerte, ganze Siedlungen vernichten konnten. Ihre Satelliten lieferten den Amerikanern immer bessere Ergebnisse. Zugriffe amerikanischer und pakistanischer Spezialeinheiten waren die Folge. Die Bewegungsfreiheit war innerhalb der letzten vier Jahre immer stärker eingeschränkt worden, sämtliche Aktivitäten der Kämpfer waren erschwert.

Aber die *Basis* war nicht untätig gewesen. Man passte sich an, änderte sein operatives Verhalten, verkleidete sich und entwickelte ständig neue Gegenstrategien. Allah sei Dank, war die *Basis* längst über den Status eines losen Mujaheddin-Verbundes hinausgewach-

* Allah sei Dank!

sen. Sie operierte mittlerweile aus dem Maghreb, dem Irak und von Afrika aus, auch in Saudi-Arabien und insbesondere im Jemen und in Mali erstarkte die Bewegung deutlich.

Seit vielen Jahren spielte man gegen die Ungläubigen eine blutige Schachpartie. Nur die Zukunft würde Aufschluss über Erfolg und Niederlage geben. Im Irak griff nun der IS * ins Geschehen ein. Auch hatte sich die Levante als neuer Brennpunkt herauskristallisiert. Hier konzentrierten sich mittlerweile viele Veteranen, unterstützt von jungen Europäern, die dem sunnitischen Islam zum Sieg verhelfen wollten.

Wir werden den Kampf letztendlich in euren westlichen Heimatländern gewinnen und das Fernsehen und das Internet werden uns dabei helfen. Wenn eure Verluste erst einmal hoch genug sind und ihr den Anblick von Zinksärgen nicht mehr ertragt, werdet ihr eure politischen Führer anbetteln, eure Soldaten nach Hause zurückzuholen, dachte er.

Äußerlich sah man es Sayed dem Ägypter nicht an, doch er brannte darauf, endlich ein neues Zeichen setzen zu dürfen. Jedes Mal, wenn es einen von der Führung erwischte, war dies ein Schlag gegen das gesamte Netzwerk, dachte er.

Dies alles galt natürlich ausschließlich für den sunnitischen Islam. Der christliche Westen war ignorant und begriff nicht, dass sich im Irak Sunniten erbitterte Gefechte gegen die zahlenmäßig überlegenen Schiiten lieferten, die zum Teil noch immer vom verlogenen Iran unterstützt wurden. Diesem verhassten Staat, der sich »Islamische Republik« nannte und in dem sunnitische Muslime lediglich mehr oder weniger geduldet wurden.

Doch die Führung hatte recht. Zunächst galt es, die westlichen Ungläubigen, Amerikaner, Briten und deren Helfer zu bekämpfen.

Als Sayed der Ägypter die SMS erhielt, saß er gerade zu Tisch und genoss ein bescheidenes Frühstück.

Allah sei Dank!, dachte er, bemüht, sich die Erleichterung nicht anmerken zu lassen. Die SMS lautete: »Ich habe die Reise gebucht und freue mich darauf, dich wiederzusehen, inschallah!«

* Terrororganisation Islamischer Staat

Das hieß, das Schiff war bereit und bald unterwegs zu seiner zweiten Fahrt. Seine Sorgen waren also unbegründet gewesen, das Unternehmen konnte beginnen. Nun galt es sich zu gedulden, etwas, das ihm grundsätzlich nicht schwer fiel. Doch hasste er es, die Zügel nicht in der Hand zu halten. Er war es gewohnt, die Kontrolle zu haben, aber diese Nachricht war zumindest eine kleine Beruhigung.

Er entfernte die SIM-Karte und ersetzte sie durch eine andere. Dann tippte er eine neue Nachricht an eine neue Nummer, die nicht eingespeichert war, die er aber auswendig kannte: »Ich freue mich, Bruder, dich auf der Haddsch * wiederzusehen, inschallah!«

Nachdem er die SMS versendet hatte, entnahm er die SIM-Karte, winkte den kleinen Ahmad zu sich, gab ihm die Karte und flüsterte ihm etwas ins Ohr. Der Junge eilte davon.

Er war zufrieden. Mit seiner SMS hatte er den Erhalt der letzten Kurzmitteilung an anderer Stelle bestätigt.

Die Führung wurde aus Sicherheitsgründen grundsätzlich per Kurier verständigt. In etwa sechs Tagen würde auch sie Bescheid wissen.

Die Küche, in der er saß, war spartanisch eingerichtet und staubig, doch das störte ihn nicht. Er hatte sein Leben lang nichts anderes gekannt. Das Wort »Askese« beschrieb seinen Lebensstil, seitdem er denken konnte, perfekt. Man konnte mit erstaunlich wenig auskommen, wenn man wollte. *Das wird der Westen nie lernen,* dachte er.

Die Männer absolvierten draußen gerade einen Teil ihres täglichen Sportprogramms, auch glaubte er, sie bereits frühmorgens gehört zu haben. Sein Kommandeur Rasul hatte die Männer im Griff. Rasul Khan war ideologisch gefestigt, ein Produkt der berüchtigten pakistanischen Jamia-Binoria-Schule. Ein disziplinierter Hüne mit einem klugen Kopf. Zusammen würden sie ihr Ziel erreichen.

* Pilgerreise nach Mekka

12

Hafen von Safaga
Rotes Meer
Ägypten

Die Sonne brannte heiß und der strahlend blaue Himmel war von dünnen Zirruswolken durchzogen, die gen Süden zogen. Auf dem dunkelblauen Meer zeigten sich hier und da kleine Schaumkronen.

Nidal al-Suri hatte nochmals alles überprüft. Die Treibstoffbunker und die Frischwassertanks waren gefüllt. Die schweren Bleibatterien waren aufgeladen. Ersatzbatterien waren ebenfalls an Bord genommen und wasserfest verstaut worden. Verpflegung für zwanzig Mann und etwa vierzehn Tage hatten sie im Rumpf des Schiffes gebunkert. Der Kompressor für die Taucherflaschen war zwar nicht mehr ganz neu, aber er erfüllte seinen Zweck. Gut sichtbar hingen die Luftladeschläuche vom Achterdeck auf die Taucherplattform herunter, wo sie an einer Öse eingehakt waren. Zwei Reihen von jeweils acht festgezurrten unlackierten Aluminium-Taucherflaschen säumten die hinteren Seiten des Achterdecks. Sie waren bereits mit 200 bar Atemluft gefüllt. Für den Stromgenerator hatte al-Suri ebenfalls Ersatzteile und Betriebsflüssigkeiten an Bord bringen lassen.

Zusammen mit seinen Söhnen hatte er an alles gedacht. In etwa neun Stunden würden sie in sudanesischen Gewässern sein, ohne weiter Verdacht zu erregen. Er wusste, er brauchte sich der Küste nicht ungebührlich zu nähern, denn das würde nur die Neugier der Amerikaner auf sich ziehen, die den Sudan nie ganz aus den Augen ließen.

Insofern war die internationale *Task Force 151* ein Problem. Dieser Verbund von NATO-Einheiten patrouillierte im Rahmen der *Operation Enduring Freedom* (OEF) im gesamten Arabischen Meer. Die *Operation Atalanta* der Europäischen Union zur Bekämpfung der Piraterie am Horn von Afrika machte die Situation nicht besser.

Obendrein gab es Marineflieger weiterer Nationen, die am Horn von Afrika patrouillierten und dabei riesige Gebiete abdeckten. Und was moderne Hochleistungskameras leisten konnten, hatten die Brüder in der Vergangenheit oft schmerzhaft erfahren müssen. Man hatte ihm daher geraten, sich unauffällig, eben wie der Kapitän eines Tauchsafarischiffs, zu verhalten. Man würde ihn zum vereinbarten Zeitpunkt an den entsprechenden Koordinaten und ggf. einen Tag später an den vereinbarten Ausweichkoordinaten treffen. Danach hieß es, Kurs auf die saudische Küste zu nehmen.

Der syrische Kapitän Nidal al-Suri stand hoch oben auf der offenen Brücke. Sein beigefarbener Kaftan flatterte im Wind. Die Sonne stand bereits tief. Er ließ seinen Blick noch einmal über den Hafen gleiten.

»Mohammed!«

»Ja, Vater?«

»Halte dich bereit da hinten!«

»Ja! Ich habe die Springleinen bereits eingeholt.«

Nidal al-Suri bestätigte mit der rechten Hand, dann nickte er seinem Sohn Hassan nach vorne zu und dieser holte die Vorleine ein. Als Nidal al-Suri sich demonstrativ umsah, tat Mohammed es seinem Bruder wortlos nach. Der Wind drückte das Schiff langsam von der Pier weg, sodass er das kräftige Bugstrahlruder gar nicht benötigte. Unter dem tiefen Grollen der mächtigen Dieselmaschinen setzte sich die *Red Sea Explorer* langsam in Bewegung. Sie nahm Kurs 170° in Richtung Süden.

13

Royal Garden Hotel
Sharm El Sheikh
Sinai, Ägypten

Gedankenversunken stand der hagere Mann auf dem Balkon des Hotels. Hier, vom siebten Stockwerk aus, blickte er lange Zeit auf das Meer hinaus. Und während er seinen Blick über das Wasser schweifen ließ, dachte er an die Flammenhölle des Krieges. Diese Wassermengen hätte man damals in der Wüste gebraucht, um die Flammen zu löschen.

Vor seinem geistigen Auge sah er sich, wie er 1973 als frischgebackener Leutnant der ägyptischen Armee im Yom-Kippur-Krieg einen russischen T-55-Panzer gegen die Israelis befehligt hatte.

Heiß war es damals gewesen. Unerträglich heiß.

Im Verbund mit Infanterieeinheiten waren seine Männer zunächst erfolgreich gewesen und extrem weit gegen den jüdischen Feind vorgedrungen. Dann hatte es ihn erwischt. Sein Kampfpanzer war vorne an der linken Kette getroffen worden. Hilflos steckten sie fest. Doch er hatte seiner Besatzung befohlen durchzuhalten und sie hatten auch weiterhin tapfer die Israelis beschossen. Bis ihnen die Munition ausging.

Kurze Zeit später hatten die Israelis bei einem Luftangriff einen weiteren Panzer seiner Einheit, der in seiner Nähe kämpfte, in Brand gesetzt. Dieser war anschließend »blind« weitergefahren und schließlich mit seinem eigenen Panzer kollidiert. Die beiden monströsen Fahrzeuge hatten sich regelrecht ineinander verkeilt.

Da sein Panzer seine linke Kette eingebüßt hatte, war er nicht mehr in der Lage gewesen, sich aus eigener Kraft aus der Situation zu befreien. Ihm war damals, als schmelze der Stahl. Durch die Sonne waren die Panzer bereits aufgeheizt und die Flammen des anderen Panzers leckten nun an seiner rechten Flanke. Im Turm stank es nach verbranntem Fleisch. Es war, als stehe die Wüste in Flammen. Die Haut verkohlte langsam und die vom Schweiß durchnässten Uniformen waren binnen Sekunden getrocknet. Sie hatten die grauenhaften Schreie hören können, als die Besatzung des anderen Panzers bei lebendigem Leibe verbrannte.

Sein Leben verdankte er einer Eisenstange. Mit ihrer Hilfe hatte er es letzten Endes geschafft, das verklemmte, glühend heiße Turmluk zu öffnen und schließlich zusammen mit dem Richtschützen dem Inferno zu entkommen.

Seine Haare waren nachgewachsen, seine Narben im Gesicht waren weitestgehend verheilt. Geistesgegenwärtig hatte er sich damals eine Baumwolldecke vors Gesicht gehalten. Doch die Ärzte hatten lange daran gezweifelt, ob er seine Hände jemals wieder richtig würde gebrauchen können. Seit jenem Tag mied er jede Art von offenem Feuer. Selbst der kleine, offene Ofen der Straßenbäckerei gegenüber seiner Dienststelle machte ihm Angst. Er hatte erlebt, was Feuer anrichten konnte. Fortan hasste er Flammen.

–

Der Krieg, der zunächst fast zu einem Sieg gegen die Israelis geführt hatte, hatte schließlich sein Ende in einem panarabischen Desaster gefunden. Sämtliche arabischen Einheiten waren letztendlich zurückgeschlagen worden und hatten ihr Heil in der Flucht gesucht. Dabei war eine Unmenge an militärischem Gerät zurückgelassen worden. Von der Schmach ganz zu schweigen. Es war den vereinigten ägyptischen, syrischen und palästinensischen Truppen auch bei diesem »zweiten Anlauf«, dem Yom-Kippur-Krieg, sechs Jahre nach dem sogenannten Sechs-Tage-Krieg nicht gelungen, einen zahlenmäßig stark unterlegenen Gegner zu bezwingen.

Heute fühlte er so etwas wie Genugtuung. Nach all den Jahren hatte es den Anschein, als solle sich eine Art von gerechtem Ausgleich in seinem Leben einstellen. Die Hunde, die die Israelis stets vorausschickten, um die Drecksarbeit für sie zu erledigen, sollten endlich eine Lektion erhalten.

Er blickte an sich herab. Der dunkelgraue Anzug war schäbig, die Hosenbeine waren zu kurz und seine schwarzen Schuhe waren verstaubt. All das würde sich bald ändern. Dann würde er Designeranzüge aus London tragen. Die *Savile Row* war berühmt für erstklassige Ware.

Die dunkel getönte Fensterscheibe seines Hotelzimmers wirkte wie ein Spiegel und reflektierte das Sonnenlicht. Er öffnete sein Hemd und setzte seine Ray Ban Aviator Sonnenbrille auf. In Kombination mit seinen kurzgeschnittenen graumelierten Haaren verlieh sie ihm ein militärisches Aussehen. Das gefiel ihm.

Betrachtete er sich jedoch länger, so kam er nicht umhin, auf seine Hände zu schauen. Sie waren zwar kräftig, aber die Narben überlagerten alles. Er hasste den Umstand, dass fremde Augen stets an seinen Händen haften blieben. Jedem Betrachter wurde augenblicklich klar, dass es sich um Narben handelte. Ein Kriegsversehrter. Frauen schauderten bei dem Anblick. Selbst die Nutten stellten immer die gleichen dummen Fragen.

Er hasste seine Hände.

In der Schweiz würde er erneut einen Spezialisten aufsuchen, in der kosmetischen Chirurgie war heute vieles möglich. Er hatte gelesen, dass man Narben heutzutage sogar abschleifen konnte. Vielleicht würde er auch in einem gemäßigteren Klima elegante Handschuhe tragen, dann wären seine Hände vor neugierigen Blicken geschützt.

Oberst Hamad betrat wieder die Suite, in der er sich regelmäßig mit europäischen Prostituierten vergnügte. Das Mädchen stand noch unter der Dusche. Er legte einen Umschlag mit Geld auf den Clubtisch, verließ das üppige Hotelzimmer und begab sich zum Aufzug. In der Lobby bemerkte er das gefällige Lächeln des Concierge. Dieser wusste, dass sich ein falsches Wort an falscher Stelle ungünstig auf die eigene Gesundheit auswirken konnte. Es war klüger, sich mit Oberst Hamad gutzustellen.

Vor dem Hotel erwartete ihn bereits sein Fahrer und öffnete die Tür einer verstaubten weißen Peugeot-Limousine. Er würde sich mal wieder in seinem Büro blicken lassen. Sein unfähiger Vorgesetzter befand sich, Allah sei Dank, in Kairo und verließ sich, außer in politischen Fragen, ganz auf ihn.

Hamads Dienststelle befand sich unweit der Haupteinkaufsstraße von Sharm in einem unauffälligen Bürokomplex. Sie war über zwei Nebenstraßen bequem anzufahren. Der Generalstab in Kairo hatte auf die Hiobsbotschaften, die seit 2012 aus dem nördlichen Sinai eintrafen, reagiert und dem Geheimdienst in Sharm El Sheikh eine große Außenstelle bewilligt. Es gab sogar eine Tiefgarage.

Die Front des Gebäudes war ein Ladenlokal, in dem allerlei Kitsch an westliche Touristen verkauft wurde. Im Keller befanden sich weitere, schalldichte Räumlichkeiten, in denen regelmäßig Verhöre durchgeführt wurden. Ausgestattet mit sämtlichen Kommunikationsmitteln, verfügte das hiesige Büro über mehrere Standleitungen zu den großen Niederlassungen des Dienstes in Kairo und Alexandria.

Hamad hatte bereits über fünfzig Leute vor Ort. Es sollten noch weitere zehn eintreffen, da, wie erwartet, das Militär den größten Teil der allgemeinen Sicherungsaufgaben übernommen hatte. Alles unterstand seiner Befehlsgewalt.

Durch die Tiefgarage betrat er das Büro und gab einem Stabsmitarbeiter die Anweisung, einen Tee zu kochen. Nachdem er seine E-Mails überprüft hatte, wechselte er kurz ein paar Worte mit den zwei Wachhabenden.

Die Nacht war lang gewesen.

Er bemerkte drei einfach gekleidete Männer, die in zwei der zehn Zellen saßen. Es waren Angehörige der verfolgten Salafisten. Ihre Gesichter waren blutig und aufgequollen, die Augen zu Schlitzen verengt und ihre Wunden dick verkrustet. Die roten Flecken auf ihren Kleidern sprachen Bände.

»Haben sie schon geredet?«

»Geredet schon, aber nur dummes Zeug.«

Das hämische Grinsen seines kräftig gebauten Kollegen entblößte eine breite Zahnlücke.

»Dann dreht sie eben noch mal durch die Mangel! Ich will wissen, was sie planen und wer ihre Kontakte sind. Sollten sie wieder mal Medikamente geschmuggelt haben, sorgen Sie dafür, dass meine Provision auf die bekannten Konten fließt. Wie immer. Haben Sie das verstanden?«

»Jawohl, Herr Oberst!«

Die meisten seiner Männer waren bereits seit über drei Monaten in der Region unterwegs und hörten sich um. Gefunden hatten sie außer ein paar jungen, naiven Sympathisanten der *Basis* nichts. Dies hier waren junge Muslimbrüder, die noch nicht begriffen hatten, dass in Sharm alles über seinen Tisch ging.

Oberst Hisham Hamad arbeitete für den einzigen Geheimdienst, der die ägyptische Revolution nahezu ohne Schaden überstanden hatte. Er war Leiter für spezielle Operationen beim gefürchteten militärischen Geheimdienst *Idarat al-Mukhabarat al-Harbyya wa al-Istitla*.

14

Schleswig
Deutschland

Die attraktive Nachrichtensprecherin der Tagesschau blickte ernst in die Kamera.

»… Der aktuelle Anschlag in Beirut verdeutlicht einmal mehr, dass sich die kritische Situation in Syrien längst auf die Lage im Libanon ausgewirkt hat. Experten zufolge ist eine baldige Einigung der syrischen Konfliktparteien unbedingt notwendig, um die Region wieder zu stabilisieren. Wir schalten nun zu unserem Auslandskorrespondenten in Beirut, Werner Müller – Werner?«

Ein Foto war in der linken oberen Ecke des Bildschirms eingeblendet worden und zeigte einen Mann mittleren Alters mit lockigen Haaren und einer kleinen Brille. Den Hemdkragen hatte er aufgeknöpft.

»Tja, Judith, es scheint, als habe sich der Syrienkonflikt auch in den Libanon verlagert. Man hat mehr und mehr den Eindruck, dass die Verhandlungspartner doch nicht die Kontrolle über ihre Waffenbrüder ausüben, wie sie es immer vorgeben. Fest steht, dass die Menschen sehr verunsichert sind. Viele blicken gespannt auf Syrien, den Irak und die anstehenden Krisengespräche. Der jüngste

Vorstoß der Amerikaner wird hier allerdings mit sehr gemischten Gefühlen aufgenommen. Und damit zurück nach Hamburg.«

»Vielen Dank nach Beirut – Werner Müller. Das Erste sendet im Anschluss an diese Sendung einen Brennpunkt. Weitere Informationen und Hintergründe zur jüngsten Anschlagsserie erfahren Sie auf tagesschau.de.«

Ein synthetisch klingender Laut, der dem Sonar-Ping eines U-Bootes täuschend ähnlich war, ließ Steiger den Kopf heben. Sein Mobiltelefon meldete einen Anruf.

Steiger, der gerade sein Abendbrot einnehmen wollte, stand auf.

»Oh, hallo Herbert!«

»'n Abend Jan, na wie geht et dir?«

Sein Onkel Herbert. Der hatte ihm gerade noch gefehlt! Steiger antwortete etwas lahm:

»Ich hätte dich auch nachher angerufen ...«

»Na, getz bin ich dir eben zuvorgekommen. Ich muss doch mal hörn, watte so machst. Und, freusse dich auf deinen Urlaub?«

»Worauf du dich verlassen kannst! Und du, was macht die Arbeit?«

Jan Steiger war ein Sohn des Ruhrgebiets. In Essen-Rüttenscheid geboren und in Duisburg aufgewachsen, entstammte er, wie man seinem Nachnamen entnehmen konnte, einer alten Bergmannsfamilie. Schon sein Großvater Anton Steiger hatte unter Tage gearbeitet.

Im Gegensatz zu seinem älteren Bruder Karl-Axel, Jans Vater, hatte Herbert Steiger als einfacher Bergmann unter Tage begonnen wie Tausende andere mit ihm. Er hatte sein Leben lang hart gearbeitet und versucht, seiner Frau Hilde ein Leben in Sicherheit zu ermöglichen. Durch Umsicht und Gewissenhaftigkeit hatte er es bis zum Reviersteiger gebracht. Die Ehe war kinderlos geblieben.

Jedes Mal, wenn Steiger mit seinem Onkel, seinem Bruder oder Freunden aus der Heimat telefonierte, musste er an früher denken. Seine Kindheit hatte er viel mit Lesen und Sport zugebracht. Anders als sein älterer Bruder Martin, der sich nahezu ausschließlich auf dem Fußballplatz herumgetrieben hatte, hatte Jan Steiger im Schwimmbad »Kacheln gezählt«. Im Alter von fünf Jahren war er dem Schwimmclub in Duisburg-Wedau beigetreten und mit zwölf war er zu den Wasserballern gewechselt.

Kurz bevor er in die zehnte Klasse kam, schickten ihn seine wohlhabenden Eltern auf eine öffentliche Schule in der Nähe von Dublin, wo er ein Auslandsjahr verbringen sollte. Einige Jahre zuvor hatten seine Eltern während eines Urlaubs im irischen Connemara eine Familie aus Dublin kennengelernt. Man hatte sich rasch angefreundet. Die O'Reillys hatten geholfen, den Kontakt zur Schule herzustellen, da sie ihre Tochter Meghan ebenfalls dort untergebracht hatten.

Er hatte gerade das 14. Lebensjahr vollendet, als seine Mutter ihrem Krebsleiden erlag. Sein Vater hatte damals spontan entschieden, seinen Jüngsten für weitere zwei Jahre auf der Schule in Irland zu lassen. So kam es, dass Steiger insgesamt drei Jahre in Irland blieb.

Der Tod seiner Mutter hatte ihm zugesetzt und er hatte versucht, sich mit intensivem Lernen und viel Sport abzulenken, so gut es eben ging. Sein geliebtes Wasserball konnte er an seiner neuen Schule nicht spielen, dafür lernte er dort die Härten des Rugby-Sports kennen.

Er dachte oft an seine Mutter, sah ihr Lächeln vor seinem inneren Auge. Auch heute gab es immer wieder Momente, an denen er sich nichts sehnlicher wünschte, als mit seiner Mutter sprechen zu können, sie nach ihrer Meinung oder einfach nur um Rat zu fragen.

Vor zehn Jahren hatte das Schicksal dann erneut zugeschlagen.

Steigers Vater, Dr. med. Karl-Axel Steiger, hatte als niedergelassener Internist im Ruhrgebiet gearbeitet. Während eines nächtlichen Hausbesuchs war er vor acht Jahren bei einem Verkehrsunfall tödlich verunglückt. Ein dunkler 5er-BMW, dessen Fahrer nie ermittelt werden konnte, hatte ihn kurz vor der Autobahnausfahrt auf der A 59 noch überholt und geschnitten, um dann selbst die Ausfahrt zu nehmen. Bei seinem abrupten Brems- und Ausweichmanöver verlor der Arzt die Kontrolle über seinen Wagen. Der alte Passat hatte sich mehrfach überschlagen. Dr. med. Karl-Axel Steiger war bereits vor Ankunft des Rettungswagens einer schweren Hirnblutung erlegen. Seitdem war Jan Steiger Vollwaise. Für Herbert Steiger waren Jan und Martin wie Söhne.

»Wat sachse, Arbeit? Hm, da gibbet nix zu erzählen ...«, kam die knappe Antwort.

Steiger kannte seinen Onkel Herbert gut genug, um zu wissen, dass genau das Gegenteil der Fall war.

»Na was, erzähl mir nix!«

»Ach Junge, du weiß doch, et iss immer dat Gleiche! Erst erzählen se, dass die Kohle immer billiger wird und sich dat Ganze nich mehr rentiert. Dann machen se alles dicht und getz heißtet, die Qualität vonner importierten Kohle iss doch nich mit unserer vergleichbar. Getz, wo se den Atomausstieg nach un nach durchsetzen, ham se überlegt, ob se 'n paar Zechen doch noch weitermachen lassen, aber dat hat sich getz auch erledigt. Sicherheit gibbet für die paar Zechen nur noch für zwei, höchsens drei Jahre, danach iss Feierabend, sagen se!«

Steiger kannte die Problematik zur Genüge. Sein Onkel Herbert war Bergmann durch und durch und litt an dem unabwendbaren Niedergang der deutschen Steinkohle. Gegen Mitte der 90er-Jahre waren zahlreiche Kokereien und Hochöfen stillgelegt worden und in letzter Konsequenz mussten nun auch immer mehr Zechen geschlossen werden. Herbert Steiger wurde nicht müde zu erwähnen, dass die ausländische Kohle oft nicht die gleiche Qualität wie die aus dem Ruhrgebiet hatte. Seinem Neffen Jan war jedoch klar, dass sie der heimischen Kohle, was die Kosten betraf, hoffnungslos überlegen war.

Zu Recht beanstandete Herbert Steiger die niedrigen Sicherheitsstandards im Ausland. Natürlich war chinesische Kohle billiger, aber es schien dort eben auch an der Tagesordnung zu sein, dass Bergarbeiter unter Tage ums Leben kamen. Vor Jahren hatte man ähnliches aus chilenischen Zechen vernommen.

»Sicherheit gibbet nich umsonst, außerdem hängen an jedem Arbeitsplatz unter Tage zehn über Tage«, hatte er immer wieder gesagt.

»Ich weiß, Herbert. Aber du wirst die Lage nicht ändern können! Statt dich zu ärgern, solltest du dich lieber schon mal innerlich auf deinen Ruhestand vorbereiten. Den hast du dir weiß Gott verdient!«

»Du hass ja recht, trotzdem iss dat alles sehr traurig ...«

»Denk an Bayern! Dort geht ihr im Sommer wandern und im Winter macht ihr Langlauf, so wie du und Hilde es euch immer ausgemalt habt ...«

»So iss dat, Jan!«

Es herrschte eine kurze Pause.

»Bisse schon wieder am Nölen?«

Steiger vernahm die unverwechselbare Stimme seiner Tante Hilde aus dem Hintergrund.

»Sei domma ruhig getz! Getz quatsch ich mit Jan! Du kanns ja später nomma telefonieren, machse ja eh immer!«, kam Herbert Steigers empörte Antwort.

»So'n Stuss, Herbert, ehrlich!«

Jan Steiger konnte sich ein Grinsen nicht verkneifen.

Dann hörte er seinen Onkel wieder sprechen.

»Hömma, bestell deinen Freunden Omar und Samira mal ganz liebe Grüße und entspann dich da ein bisschen! Mach auch noch ma wat anderes als tauchen. Vielleicht lernste da ja mal ein nettes Mädchen kennen ...« Natürlich nich, wenn du nur unter Wasser biss!«

»Getz lass den Jungen domma in Ruhe, Herbert! Hömma, du biss ja schlimmer als die Kuppler im Mittelalter. Jan, Schätzeken, machet dir schön und mach dir keinen Kopp! So, ich hab dich lieb! Schüsskes!«

»Boa, die mischt sich immer ein, ich hab dat gar nich so gemeint, Jan, ehrlich!«

»Weiß ich, Herbert, alles gut!«

Steiger musste lächeln, sein Onkel schien sich in den letzten Jahren Sorgen um seinen »kleinen Neffen« zu machen. Es hatte den Anschein, als könne er nicht gut damit umgehen, dass Jan Single war. Oft bekam Steiger zu hören, wie schön es sei, wenn sein Onkel und seine Tante zu Besuch bei seinem älterem Bruder Martin gewesen waren, der bereits verheiratet war und zwei Kinder hatte.

»Klassefrauen gibt's nicht wie Sand am Meer, Herbert. Mach' dir mal keine Sorgen, irgendwann find ich auch noch eine, die es mit mir aushält!«

»Na dat verhält sich doch wohl eher umgekehrt. Außerdem musst du dazu auch die Augen aufhalten und mal 'n Gang runterschalten!«, kam die prompte Antwort.

Obwohl Steiger wusste, dass sein Onkel es nicht böse meinte, spürte er eine leichte Verärgerung in sich aufsteigen. Er wechselte das Thema.

»Herbert, Omar hat ein neues Boot, eine schnelle Motoryacht, die werden wir ein wenig testen und, du wirst es kaum glauben, ich habe mir zwei Bücher mitgenommen. Ich werde mich zwischendurch an den Strand packen und lesen. Und was die Frauen angeht: Ich werde schon noch eine kennenlernen, macht euch mal keine Gedanken!«

»Dat hört sich gut an. Ach, hömma, ich soll dich auch von deinem Bruder Martin grüßen, er …«

»… hat beruflich viel zu tun und kümmert sich vorbildlich um seine Familie, ich weiß«, ergänzte Steiger mürrisch den Satz.

»Ja, dat iss wohl so …« erwiderte Herbert Steiger. In seiner Stimme schwang so etwas wie Resignation mit. Aus dem Hintergrund kamen keine Kommentare mehr, Hilde musste das Wohnzimmer verlassen haben.

Für einige Sekunden herrschte Schweigen.

Steiger bereute schon, den Satz gesagt zu haben.

»Danke für deinen Anruf, Onkel Herbert. Ich schick' euch 'ne Karte!«

»Na gut, Junge«, die Stimme von Herbert Steiger hatte nun wieder einen liebevollen, fast versöhnlichen Ton. »Ich wollt dir auch nur nen schönen Urlaub wünschen, getz lass ich dich auch in Ruhe. Wann fliechse?«

»Um viertel nach sechs, ein Kamerad holt mich um halb fünf ab und bringt mich nach Hamburg zum Flughafen.«

»Na gut, dann viel Spass und lass dich danach mal wieder in der alten Heimat blicken!«

»Mach ich!«

Dann war die Leitung tot. Sein Onkel hatte aufgelegt. Steiger ging in die Küche, um sich endlich seinem Abendbrot zu widmen.

15

Duisburg-Walsum
Ruhrgebiet
Deutschland

Am anderen Ende der Telefonleitung ließ sich Herbert Steiger in einen großen ledernen Fernsehsessel fallen und öffnete eine Flasche König Pilsener. Hilde war bei Freunden zum wöchentlichen Doppelkopf verabredet und hatte das Haus bereits verlassen.

Noch eine Minute bis zum »Tatort«. Der spielte heute in Dortmund, also im *Revier*. Herbert Steiger mochte den ermittelnden Kommissar, ein geradliniger Mann, der oft schonungslos sagte, was er dachte.

Langsam nahm Herbert Steiger einen großen Schluck. Während das kühle Bier durch seine Kehle rann, dachte er an das gerade geführte Telefongespräch.

Seine beiden Neffen waren sein ein und alles.

»Martin ist diszipliniert und sehr fleißig. Aber der Jan ist ein echter Pfiffikus«, hatte sein Bruder einmal zu ihm gesagt.

Martin Steiger arbeitete bereits seit einigen Jahren bei einem privaten Institut in Düsseldorf als Bankkaufmann und verdiente gutes Geld. Jan hatten hingegen seine ehemaligen Klassenkameraden aus Irland, mit denen er nach wie vor engen Kontakt pflegte, den Floh ins Ohr gesetzt, an einer Elitehochschule wie Oxford, Cambridge oder der schottischen St Andrews University zu studieren.

Er hatte sich für Geschichte und Politikwissenschaften entschieden. Für Herbert wie auch seinen Bruder Karl-Axel Steiger waren diese Fächer »böhmische Dörfer« gewesen, aber sie wussten, dass Kommentare wie »Und wat willse damit machen?« ihn nicht im Geringsten beeinflussen konnten. Jan Steiger hatte die Sturheit seiner Mutter geerbt und er zog alles durch, was er sich einmal in den Kopf gesetzt hatte.

Viel Gutes von deutschen Universitäten hatte Steiger damals

nicht zu hören bekommen. Von zu hohen Studentenzahlen, schlecht bestückten Bibliotheken und oft abwesenden Professoren war die Rede. Hauptsächlich bestand das Studium aus Vorlesungen, die im Vortragsstil bestritten wurden. Von einem kreativen Lernumfeld wie in England, Kanada oder den USA schienen viele deutsche Universitäten damals noch weit entfernt zu sein.

Ein weiterer Grund, im Ausland zu studieren, war für Steiger, dass dort auch in den geisteswissenschaftlichen Fächern äußerst strukturiert vorgegangen wurde und man üblicherweise schnell damit durch war. In Deutschland führte die große Freiheit oft auch zum großen Gammeln mit 20 oder mehr Semestern. Steiger kannte sich gut genug, sich besser nicht dieser Versuchung auszusetzen und sich stattdessen einem festen äußeren Rahmen zu unterwerfen.

So hatte er sich an diversen ausländischen Hochschulen beworben, hatte Empfehlungsschreiben eingeholt, die nötigen Aufnahme- und Sprachtests absolviert, Interviews bestritten und war schließlich in Schottland an der renommierten St Andrews University zum Studium »Internationale Beziehungen in Verbindung mit Fremdsprachen«, einer Ausbildung für angehende Diplomaten, angenommen worden.

Auch wenn Herbert Steiger die Interessen seines Neffen nicht teilte, war er dennoch stolz auf ihn. Sein Instinkt sagte ihm, dass es sein Neffe noch zu etwas bringen würde. Mit Hilfe eines kleinen Stipendiums, mit Steigers Erspartem (er hatte sogar seine heiß geliebte KTM-Geländemaschine verkaufen müssen) und mit dem Geld der Waisenrente hatte es dann geklappt. Große Sprünge waren allerdings nicht drin gewesen.

Diplomat war sein »kleiner Neffe« schließlich nicht geworden, dafür diente er heute mit dem Dienstgrad Oberleutnant zur See in einer knochenharten Tauchereinheit der deutschen Marine. Herbert Steiger fragte sich, was sein Neffe machen würde, wenn er einmal zu alt für diese körperlich fordernde Arbeit war.

»Der kommt schon klar, da mach dir mal keine Sorgen!«, hatte Hilde gesagt. Vermutlich hatte sie recht.

Zufrieden seufzend öffnete Herbert Steiger ein zweites Pils und lehnte sich zurück, um den Tatort zu genießen.

16

Bundeskanzleramt
Spreeufer
Berlin, Deutschland

Kanzleramtschef Dr. Karl Steinberg schloss seine Aktentasche, knipste seine Schreibtischlampe aus und wandte sich zum Gehen. Müde rieb er sich die geröteten Augen.

Die Gespräche hatten wieder einmal wesentlich länger gedauert als ursprünglich geplant. Der Kanzler hatte ein Machtwort sprechen müssen und damit einen sich anbahnenden größeren Disput zwischen dem Auswärtigen Amt und dem Verteidigungsministerium im Keim erstickt.

Dieser Konflikt, der die Herangehensweise in Bezug auf Syrien direkt berührte, würde aber in absehbarer Zeit wieder hochkochen und man konnte nur hoffen, dass sich die Parteikollegen damit vor der Presse zurückhalten würden. Jeder Gefühlsausbruch und jede unüberlegte Äußerung waren ein gefundenes Fressen für die Opposition, und für eine innenpolitische Schlammschlacht war dieses Thema einfach zu bedeutend.

Beide Behörden hatten naturgemäß unterschiedliche Aufträge, verfolgten aber häufig ähnliche Ziele. Nebenbei war die Diskussion in diesem Fall auch stark personenabhängig. Oft stand die Selbstdarstellung im Vordergrund und nicht die Lösung von Problemen. Ein BND-Angehöriger hatte es in einem vertraulichen Gespräch einmal so ausgedrückt:

»Wissen Sie, fachliche Erwägungen gehen in der Praxis regelmäßig unter. Die Bundeswehr, die Polizei und die Geheimdienste bringen häufig Leute hervor, die etwas *tun* wollen, in der Ministerialbürokratie hingegen finden sich ständig Leute, die etwas *werden* wollen. Letztere benutzen dabei gern die Erstgenannten. Das Primat der Politik, Sie verstehen?«

Diese Aussage, die die Zustände in Deutschland treffend beschrieb, stimmte den Patrioten Steinberg traurig. Wer nichts machte, machte auch keine Fehler. Probleme konnte man auch aussitzen. Das Wohl Deutschlands war nachrangig.

Das außenpolitische Geschäft wurde jedoch zunehmend wichtiger und dabei auch heikler und komplexer. Das wachsende Engagement der deutschen Streitkräfte in gefährlichen Krisenregionen war ein deutliches Zeichen für eine zumindest halbherzige Wahrnehmung deutscher Interessen im Ausland. Und die Wahrnehmung deutscher Interessen war nichts für profilneurotische Anfänger oder parteipolitische Kader, die meinten, jetzt »an der Reihe« zu sein.

Steinberg selbst hatte nicht zielstrebig auf seinen Posten hingearbeitet. Er war lange Zeit als Fachmann für innere Sicherheit bekannt gewesen und dafür, dass er sich nie verbog. Seine unbestechliche Ehrlichkeit und Geradlinigkeit hatten seine Karriere nicht immer befördert. Das wiederum hatte sich in anderen Kreisen herumgesprochen, die dies offenbar zu schätzen wussten. So kam es, dass der Kanzler ihn ins Amt berufen hatte, ohne vorher mit ihm zusammengearbeitet zu haben.

Der Kanzleramtschef kannte seinen Kanzler mittlerweile sehr gut und er schätzte ihn, fachlich wie auch menschlich. Er hatte den Bundeskanzler als ruhigen und ausgeglichenen Pragmatiker kennengelernt, der sachlich und, soweit es seine grundsätzlichen Positionen nicht allzu sehr beeinträchtigte, kompromissfähig war. Allerdings erwies sich sein moralischer Kompass im Ernstfall als felsenfest kalibriert.

Hart in den Verhandlungen, aber immer fair hatte der Kanzler ein Gespür dafür, »was ging und was nicht«. Ausländische Regierungsoberhäupter schätzten seine Aufrichtigkeit und Professionalität – und das, obwohl er mit seinen 51 Jahren zu den jüngsten Staatschefs in der EU gehörte.

Morgen würde der Kanzler mit den beiden Ministern gesondert sprechen und einen späteren, mit ihm zuvor abgestimmten gemeinsamen Gesprächstermin vereinbaren. In diesem Fall war es besonders wichtig, dass sich das Auswärtige Amt mit der vorgegebenen Position identifizierte, denn der Außenminister würde, so war es geplant, beim noch geheimen Gipfeltreffen in Sharm El Sheikh die Position des Kanzlers glaubhaft zu vertreten haben.

Steinberg wunderte sich immer wieder über die robuste physische Konstitution seines Chefs. Nie war er krank, obschon Steinberg glaubte, heute Nacht bei ihm erste Anzeichen einer Erkältung festgestellt zu haben.

Steinberg selbst fühlte sich müde und ausgelaugt und wollte nur noch nach Hause. Sein Haus, eine Villa an der Krummen Lanke im Südwesten Berlins, hatte er in den letzten Wochen nur noch im Dunkeln betreten. Seine Frau und seine Kinder hatten ihn während der letzten vierzehn Tage ganze zwei Abende zu Gesicht bekommen und obwohl seine Frau die letzten Jahre enorm viel Verständnis gezeigt hatte, durfte und wollte er nicht länger so weitermachen. Er würde Anfang nächster Woche versuchen ein Gespräch zu führen, um sich für eine ganze Woche zu absentieren. Bald würde es etwas besser, dachte er. Je nach Ergebnis der Verhandlungen …

Der Kanzler und auch Steinberg glaubten, dass die syrische Opposition den Ernst der Lage erkannt hatte und dass die Vernunft allzu wahnsinnigen Forderungen Einhalt gebieten würde.

In vielerlei Hinsicht, jedenfalls war das die Ansicht der Diplomaten vor Ort, schien es bei manchen starken Worten auch einfach nur darum zu gehen, das Gesicht vor der Bevölkerung zu wahren. In Genf hatte man vor einigen Jahren bereits kurz vor einem Durchbruch gestanden. Möglicherweise konnte man den Geist von damals wiederbeleben. Es würde nicht einfach werden und nicht umsonst hatte man volle drei Tage für die Gespräche einkalkuliert.

Dann war da noch die junge, gebeutelte ägyptische Regierung, der Gastgeber. Das Angebot, die Konferenz als Vermittler zwischen den westlichen Nationen und den zerstrittenen Vertretern Syriens auszurichten, war eine spontane Antwort auf die Forderung der Konfliktparteien nach einem Verhandlungsort im Nahen Osten gewesen. Ägypten wollte die Gunst der Stunde nutzen, um für internationales Vertrauen zu werben.

Als Kanzleramtschef hatte sich Steinberg beim BND im Vorfeld intensiv zu Ägypten und dem Urlaubsort Sharm El Sheikh briefen lassen. Irgendwie würde es schon gut gehen, dachte Steinberg, als er die Tür seines Dienstwagens, einer schwarzen S-Klasse, zuschlug. Sein Fahrer hatte kaum die erste Ampel passiert, da war Steinberg bereits auf dem Rücksitz eingeschlafen.

17

Schleswig
Deutschland

Beim Packen seiner Ausrüstung stieg in Steiger die Vorfreude auf den bevorstehenden Urlaub auf. Er hatte an alles gedacht: Taucherlogbuch, Brevets, die taucherärztliche Bescheinigung, die seiner Ansicht nach ein Beweis für die immer stärker werdende Absicherungskultur war, und seine Versicherungskarte. Alle Dokumente wanderten ins Handgepäck, zusammen mit Tauchcomputer, Tiefenmesser, Lungenautomat und den Unterwasserlampen, die bei den Fluggesellschaften immer gesondert angemeldet werden mussten.

Sein robuster Tauchrucksack war ursprünglich einmal schwarz gewesen, aber vom vielen Gebrauch, dem Salzwasser diverser Ozeane und der unfreundlichen Behandlung durch die Gepäckförderbänder war er abgewetzt, fleckig, mehrfach geflickt, salzverkrustet und von der Sonne ausgeblichen.

Immer wieder hatte er sich geschworen, eine detaillierte Ausrüstungsliste anzulegen, um ja kein wichtiges Utensil zu vergessen. Denn erst einmal im Urlaub angekommen, war es meistens besonders teuer, die Ausrüstung vor Ort wieder zu komplettieren. Und wenn man umgekehrt nach dem Urlaub nach Hause flog, wollte man erst recht sicher sein, nichts zurückzulassen, da es in aller Regel für immer verloren war.

Im Geiste zog er sich noch einmal an: Zwei Neoprenanzüge mit 3 mm und 5 mm Dicke, Füßlinge, Flossen, Maske, Schnorchel, Lungenautomat, Tarierweste, Tauchermesser, kurzes Notmesser aus Titan, Signalleuchte, zwei Hartenberger Unterwasserlampen, Signalboje, Deko-Reel, Ersatzmaske, Instrumente. Die Taschen für Teile der Ausrüstung sowie die Bleitaschen waren noch vom letzten Tauchgang an seiner Tarierweste, einem sog. Wing-Jacket, befestigt. Steiger war Perfektionist und *old school*. Er verwendete stets einen zweiten analogen Tiefenmesser sowie eine Uhr mit mechanischem Werk. Es war unwahrscheinlich, dass Mechanik und Elektronik gleichzeitig ausfielen. Er befestigte sie immer nebeneinander am Arm, so ließen sich die Werte gut miteinander vergleichen.

Während er akribisch seine Ausrüstung verstaute, verlor er sich in Gedanken und erinnerte sich daran, wie er seinerzeit zum Tauchen gekommen war.

1992 war er mit seinen Eltern auf den Kanaren gewesen. Sein älterer Bruder Martin war nicht mit von der Partie gewesen, denn der musste für seine Prüfungen vor der Industrie- und Handelskammer IHK lernen.

An einem Nachmittag stellten sich die Tauchlehrer der hoteleigenen Tauchschule am Schwimmbecken vor und Jan war hellauf begeistert. Es kostete ihn einiges an Überredung, seinen Vater dazu zu bewegen, ihn beim Erwerb eines Grundtauchscheins zu unterstützen. »Der Junge ist zwar kräftig für sein Alter, aber eben auch erst zehn«, hatte der braungebrannte schnurrbärtige Tauchlehrer gesagt. »Die spanischen Gesetze schreiben ein Mindestalter von 16 Jahren vor.«

»Er wird in zwei Wochen elf. Nehmen Sie den Jungen mal mit und schauen Sie, wie er sich im Wasser benimmt. Danach können wir uns ja noch einmal unterhalten.«

Skeptisch zuckte der Tauchlehrer die Achseln.

Zum Ende des Urlaubs hatte Jan nicht nur den Grundtauchschein, sondern auch das CMAS-Tauchsportabzeichen in Bronze in der Tasche. Der Tauchlehrer hatte dies lediglich mit einem »Der Bursche sollte ursprünglich wohl ein Fisch werden!« kommentiert.

Zehn Jahre später sollte sich Steigers Leben grundlegend ändern. Eine Woche nach seinem einundzwanzigsten Geburtstag fand er einen Brief der Bundeswehr im Briefkasten. In dem Schreiben stand, dass er seinem Land dienen solle. Er wunderte sich zunächst darüber, befand sich die Truppe doch seit einiger Zeit in einem Wandlungsprozess, mit geradem Kurs in Richtung Berufsarmee.

Ihm war damals klar, dass die Wehrpflicht lediglich aufrechterhalten wurde, um einen möglichen Zusammenbruch des karitativen und sozialen Systems in Deutschland zu verhindern. Längst kamen Krankenhäuser nicht mehr ohne die preiswerten Zivildienstleistenden aus. Auf der anderen Seite standen eine aufgeblasene Wehrverwaltung, ein extremer Überhang an Stabsoffizieren und viele unnötige Stellen, welche die Streitkräfte jedes Jahr ein Vermögen kosteten.

Den Ratschlag einiger Freunde, zu verweigern, hatte er damals verworfen. Stattdessen hatte er bei der Bundeswehr um anderthalb Jahre Aufschub gebeten, beendete sein Studium in Schottland und absolvierte den Einstellungstest bei der Offizierbewerberprüfzentrale in Köln. Nach einem hervorragenden Ergebnis hatte man ihn als Oberfähnrich zur See eingestellt.

Zu diesem Zeitpunkt hatte er bereits den Plan gefasst, in der Truppe Karriere zu machen. Neben einem abwechslungsreichen Arbeitsumfeld bot die Marine hervorragende Weiterbildungsmöglichkeiten – und sie gab einem jungen Soldaten die Möglichkeit, die Welt zu bereisen.

Es folgte ein einjähriger Offizierslehrgang. Er lernte sowohl die unangenehmen wie auch die schönen Seiten der Seemannschaft auf dem Segelschulschiff und Aushängeschild der Marine, der *Gorch Fock*, kennen und leistete sein sogenanntes Flottenpraktikum auf der Fregatte *Köln* ab. Weitere Lehrgänge schlossen sich an. An der malerisch gelegenen Marineoffiziersschule (MSM) in Mürwik bei Flensburg entschied er sich damals zunächst für die Laufbahn des Navigationsoffiziers. Der damals neue Fregattentyp 124 hatte es ihm angetan.

Doch es sollte anders kommen. Während eines Wasserballturniers in Kiel lernte Steiger einen Mann kennen, der ihm im Schwimmbecken sofort aufgefallen war: extrem durchtrainiert, groß, schnell und immer gefährlich. In den Pausen verhielt er sich eher zurückhaltend. Der Typ wirkte ausgesprochen sympathisch und flößte gleichermaßen Respekt ein. Auf seinem massiven Oberarm prangte ein tätowierter Seelöwe.

Steiger konnte sich noch genau erinnern:

»Wo kommst'n du her?«

»Wer will'n det wissen?«, fragte der Mann zurück.

»Ich heiße Jan!«

»Tom!«

»Angenehm.«

»Wat machste hier oben?«, fragte Tom.

»Ich bin bei der Marine.«

»Soso ...« Tom musterte ihn. »Offizier, wa?«

»Jep. Und du?«

»Bootsmann.«

»Respekt!«

»Aha?« Der Mann zog überrascht die Augenbrauen hoch.

»Wieso?«, fragte Steiger irritiert.

»Oho, da hat ma eener zujehört, wa?«

»Was soll'n das heißen? Weiß doch jeder, ohne PUOs* läuft nix«, erwiderte Steiger im Brustton der Überzeugung.

Tom schaute ihn skeptisch an: »Hörst dich ja mächtich jeschmeidich an, haste det extra auswendich jelernt?«

»Bist'n Klugscheißer, was?« fragte Steiger, der sich ein wenig über die unerwartete Reaktion ärgerte.

»Wahrschau**, Kamerad!« Der Mann erhob sich, grinste aber feist.

»Entspann dich!«, sagte Steiger und ließ nicht locker: »Gehen wir heute Abend einen trinken?«

»Du kannst Fragen stellen!«

Nach dem einen oder anderen Flens hatte Steiger dem Bootsmann Thomas Wussow alles aus der Nase gezogen, was er wissen wollte. Wussow war in Berlin-Köpenick geboren und hatte später bei den *Wasserfreunden Spandau 04* in der Bundesliga Wasserball gespielt. Mit dem Fachabitur in der Tasche war er mit 18 Jahren zur Marine gegangen und zunächst ARI – Überwasserwaffenartil-

* Portepee-Unteroffiziere (erfahrene Soldaten, z.T. mit Führungsverantwortung)

** Marinejargon: Achtung, Vorsicht

lerist – geworden. Heute war er bereits seit sechs Jahren bei der Kampfschwimmerkompanie. Als erfahrener KS war er in mehreren Einsätzen gewesen, erzählte aber keine Einzelheiten. Das war professionell. Tom Wussow hatte Steiger sehr beeindruckt.

Steiger erinnerte sich, dass er damals einen Heidenrespekt vor den zu erwartenden körperlichen Strapazen und Entbehrungen gehabt hatte. Dennoch stand seine Entscheidung fest: Er wollte Kampfschwimmer werden, sich für den berüchtigten Vorauswahllehrgang bewerben und dafür bereits sehr früh gezielt trainieren. Allerdings hatte er das gegenüber seinen Freunden und Verwandten nie an die große Glocke gehängt – schließlich kam selten mehr als ein Viertel der Bewerber durch.

Bevor er jedoch die Ausbildung zum Kampfschwimmer absolvieren durfte, musste er erst den sogenannten Schwimmtaucherlehrgang (STL) bestehen, der in Neustadt stattfand. Dort wurde bereits eine erste Vorauswahl getroffen, was das Schwimmen und Tauchen mit offenen Drucklufttauchgeräten betraf. Erst bei gutem Bestehen des STLs bekam man Zutritt zu den »heiligen Tauchhallen« in Eckernförde. Hier wurden angehende Kampfschwimmer nach endlosen Freitauchübungen später im Umgang mit Kreislaufgeräten gedrillt und lernten Ost- und Nordsee auch im Winter kennen.

Drei unmenschlich harte Jahre später hatte man ihm den *Fisch*, das Abzeichen der Kampfschwimmerkompanie an die Brust geheftet. Es stellte einen Sägezahnfisch dar, über dem ein Fallschirm hing. Beide Symbole waren von Eichenlaub gerahmt, dessen Farbe Aufschluss über die Anzahl der Fallschirmsprünge gab. Seine persönliche Nummer sollte er für den Rest seines Lebens behalten.

Es folgten mehrere Einsätze. Zunächst auf dem Balkan, dann am Horn von Afrika und später mehrmals in Afghanistan, aber auch an anderen Orten, an denen die Truppe offiziell nicht präsent war.

Austauschprogramme mit Angehörigen anderer maritimer Eliteeinheiten wie den amerikanischen Navy SEALs sowie den niederländischen Marinesoldaten der Unit Interventie Mariniers (UIM) folgten.

Er fühlte sich mit seinen 33 Jahren bei einer Größe von 188 Zentimetern und einem »Einsatzgewicht« von 93 Kilogramm sehr wohl in seiner Haut. Alles in allem lief es für Steiger ausgesprochen gut. Er hatte ausgezeichnete Beurteilungen und wurde in der Kompanie von Kameraden wie von Vorgesetzten sehr geschätzt.

Lediglich die Geschichte mit dem Verkehrsunfall war eine Katastrophe. Und das bei seinen fünf Punkten in Flensburg …

Eine Freundin hatte Steiger derzeit nicht. Noch immer beschäftigte ihn seine heimliche Liebe, Meghan O'Reilly aus Irland.

Meghan, die Tochter der Freunde seiner verstorbenen Eltern, den O'Reillys aus Dublin, war für ihn etwas ganz Besonderes. Ihre rotblonden langen Haare hatte sie fast immer zu einem Zopf gebunden. Einige wenige Sommersprossen zierten ihr Gesicht und ihre leuchtend grünen Augen verrieten selten, was sie dachte. Sie war resolut und ging konsequent ihren eigenen Weg, wirkte jedoch manchmal auch äußerst verletzlich. Meghan hatte eine ungeheure Ausstrahlung und Steiger verfolgte ihre Beziehungen sehr genau.

Seinerzeit, er war ein schüchterner Junge in einem fremden Land, erschien sie ihm unerreichbar, und so hatte er sich gar nicht erst um sie bemüht. Heute ärgerte er sich über sich selbst. Sie war noch nicht verheiratet und er wusste nicht, wie er reagieren würde, falls er es irgendwann erfahren sollte.

So wie er hörte, war Meghan gerade dabei, ihre Doktorarbeit in Geschichte zu verfassen. Noch drei, vielleicht vier Wochen und sie hatte ihren PhD. *Und dieses Mal wirst du hinfahren und ihr gratulieren, du Pfeife!*, spornte sich Steiger an.

Ein Blick auf die Uhr im Wohnzimmer brachte ihn in die Wirklichkeit zurück.

Eigentlich müsste ich alles haben, dachte er.

Silikonfett, Tauchwerkzeug und Dichtungs-O-Ringe würde er nicht auch noch mitschleppen. Omar und Samira würden es richten, sie hatten alles, was man brauchte, schließlich verdienten sie ihr Geld mit einer Tauchschule.

Nachdem er alles gesichert und die empfindlicheren Teile, mit Handtüchern und T-Shirts vor Schockeinwirkungen geschützt, verstaut hatte, schloss er den Tauchrucksack und machte sich bettfertig.

–

Steiger hatte tief und fest geschlafen und obwohl er wusste, dass es in den Urlaub ging, sträubte sich sein Organismus gegen den penetranten Weckton seines Handys.

Zwanzig Minuten später fuhr ein alter Opel Omega vor seiner Wohnung vor. Auf Hannes war Verlass. Er war wie immer fünf Minuten zu früh.

Steiger trat vor die Tür. Die Luft war kühl und Raureif bedeckte die Straße.

»Moin Jan!«

»Moin!«

»Na, schon in Urlaubsstimmung?«

»So langsam …«

Steiger wuchtete den Tauchrucksack in den Kofferraum.

»Nix vergessen?«

»Nö, ich müsste alles haben!«

»Na denn los! Der Verkehr dürfte um diese Zeit kein Problem sein.«

»Hmm …«, brummte Steiger und starrte vor sich auf die weißen unterbrochenen Linien, die die Fahrbahnen der mattschwarzen Autobahn teilten.

»Gibt's was Neues?«, fragte Hannes.

Steiger wusste genau, worauf sein Kamerad anspielte.

»Nein, noch nichts Neues. Olli liegt immer noch im Koma.«

»Shit!«

Steiger wirkte für einen Moment geistesabwesend.

»Du sagst es!«

Sein Kamerad spielte nicht nur auf den kritischen Zustand ihres gemeinsamen Freundes an. Es ging auch darum, dass Steiger seit drei Wochen keinen Führerschein mehr besaß.

Die Beförderung zum Dienstgrad des »Kaleu *« war längst überfällig, er war mittlerweile der älteste Oberleutnant in der Kompanie. Doch er hatte sich in den Augen der Staatsanwaltschaft strafbar gemacht und musste sich demnächst vor Gericht verantworten.

* Kapitänleutnant, vergleichbar mit dem Dienstgrad Hauptmann bei Heer und Luftwaffe

»Und das, wo du doch gar nicht gefahren bist!«

»Ich kann's aber nicht beweisen!«

»Hm … sorry, ich wollte dir nicht den Urlaub versauen.«

»Hast du nicht. Alles gut …«, entgegnete Steiger mechanisch.

Vor sechs Wochen hatten die Kampfschwimmer zusammen mit befreundeten KSK-Angehörigen den Tod eines Kameraden betrunken, der in einem geheimen Einsatz gefallen war. Steiger hatte sich aufgrund seines alkoholisierten Zustandes gegen vier Uhr morgens von seinem Kameraden Oliver »Olli« Rauch nach Hause fahren lassen. Auf der Rückfahrt hatte dieser einen Laster überholt und war mit einem entgegenkommenden Fahrzeug kollidiert. Eine junge Krankenschwester, die zur Schicht fuhr, hatte sich schneller genähert, als Rauch es eingeschätzt hatte.

Bei dem Unfall hatten beide Fahrzeugführer schwere Verletzungen erlitten. Der Astra verfügte zwar über Airbags, doch Rauch, der sich nicht angeschnallt hatte, war aus dem Wagen geschleudert worden und lag nun mit Schädel-Hirn-Trauma und schweren inneren Blutungen im Koma. Steiger hatte großes Glück gehabt. Bis auf ein starkes Schleudertrauma und ein paar Schrammen und blaue Flecken ging es ihm gut. Rauch wie auch die Fahrerin des VW Polo waren jedoch bewusstlos und nicht ansprechbar gewesen.

»Mann! Du hast doch noch die Polizei gerufen!«, wandte Hannes ein.

»Das ist nicht von Interesse.«

»Konnten die denn nicht an den Blutspuren erkennen, dass Olli gefahren ist?«

»War im Nachhinein angeblich nicht mehr feststellbar …«

Trotz seines Alkoholspiegels war Steiger klar im Kopf gewesen. Er hatte die Polizei gerufen und Erste Hilfe geleistet. Dann hatte er versucht, den Wagen von der Straße zu fahren. Als die Polizei am Unfallort eintraf und ihn am Steuer sah, hatten ihn die Polizisten sofort festgenommen, im Glauben, er wäre gefahren.

»Mann, das ist echt beschissen gelaufen!«

»Da hast du wohl recht.«

Der Unfall hätte sich leicht aufklären lassen, wenn Rauch aus dem Koma erwacht wäre. Die Unfallgegnerin konnte sich jedenfalls an nichts mehr erinnern. Steigers Beteuerungen verhallten ungehört und seine vielen Punkte in Flensburg waren in dieser Hinsicht nicht hilfreich.

»Was sagt denn die Staatsanwaltschaft?«, wollte Hannes wissen.

»In den Augen der Staatsanwaltschaft bin ich ein Sicherheitsrisiko.«

»Na großartig. Deshalb hast du gesagt, dass nicht nur deine Fahrerlaubnis auf der Kippe steht, sondern deine gesamte berufliche Karriere. So ein Mist! Und Kapitän Rickmers?«

Sein Vorgesetzter, der Kommandeur der Kampfschwimmerkompanie, Fregattenkapitän Jörn Rickmers, hatte nur den Kopf geschüttelt. Steiger war zunächst in die Ausbildung gewechselt und würde bald ins Ausland gehen. Er hoffte, dass Rickmers nicht wieder seine Meinung änderte. Dieser hatte zunächst gedroht, er werde ihn im Stab »zwischen Papier vergraben«.

»Rickmers ist grundsätzlich mit mir zufrieden, er glaubt mir auch, jedenfalls hoffe ich das, aber er kann in diesem Fall auch nichts machen.«

»Mit dir zufrieden? Hast du 'ne Meise? Du hast damals in Kunduz einfach alles richtig gemacht, alle reden noch davon!«

»Wir hatten auch viel Glück!«

»Kann ja sein, jedenfalls hast du sie mit deinem Team allesamt rausgeholt! Bei einem Job, den die Kameraden aus Calw nicht wollten!«

»Das stimmt so nicht, es gab da ein Kommunikationsproblem, außerdem waren wir viel näher dran …«

»Trotzdem, das kann's doch nicht sein!«, sagte Hannes und schlug mit der Faust aufs Lenkrad.

»Das nützt mir jetzt aber auch nichts!«, gab Steiger frustriert zurück.

Eine Patrouille Fallschirmjäger, die von einem Journalisten begleitet wurde, war seinerzeit in der Nähe von Kunduz in einen Hinterhalt geraten. Die Fallschirmjäger hatten sich vehement gewehrt, hatten aber schwere Verluste hinnehmen müssen. Über Funk mussten sie Hilfe anfordern. Steiger befand sich mit einigen seiner Männer zufällig in der Nähe, als sie die Schüsse hörten. Nach einem knapp zwanzigminütigen heftigen Gefecht hatten sie die »Fallis« rausgehauen. Einer seiner Männer erlitt dabei einen Oberschenkeldurchschuss und der Journalist war leicht am Arm verletzt worden. Das Echo in den Medien war enorm positiv gewesen. Für viele waren Steiger und sein Trupp jetzt Helden. Doch dies schien angesichts des jüngsten Verkehrsunfalls vergessen.

Steiger war unschuldig, und angesichts der schwerwiegenden Vorwürfe hatte er entschieden, sich von einem Anwalt aus Hamburg vertreten zu lassen. Doch der war teuer. Eine Rechtsschutzversicherung hatte Steiger nicht. Seinem Onkel hatte er vorsichtshalber gar nichts von der Sache erzählt.

Aber er gab die Hoffnung nicht auf. Er hatte seinen Kumpel Olli täglich in der Klinik besucht. Die Ärzte hatten gesagt, dass sich sein Zustand leicht verbessert habe.

Im Januar würde Steiger sechs Monate bei den *nageurs de combat,* den Kampfschwimmern des französischen *Commando Hubert* in Südfrankreich, hospitieren. Dort würde er keinen Führerschein brauchen. Zur Gerichtsverhandlung würde er dann nach Deutschland zurückkehren.

Der kommende Urlaub sollte ihn etwas ablenken. Bei Omar und Samira in Sharm würde er sich bestimmt erholen.

Dachte er.

18

Woodhouse Reef
Straße von Tiran
Sinai, Ägypten

»So, das wäre alles zum Tauchbriefing. Hat noch irgendjemand Fragen?«, rief Omar Hussein in die Runde.

Mehrere Gesichter blickten ihn neugierig an. Jugendliche, Erwachsene, Frauen und Männer saßen im Schneidersitz auf einem übergroßen Teppich auf dem Boden des ersten Oberdecks um ihn herum. Sie alle waren gekommen, um den zweiten Tauchgang des Tages am Gordon Reef zu machen. Sein Assistent Ivo würde den Tauchgang führen.

»Und wenn nun doch starke Strömung herrschen sollte, was machen wir dann? Kann ich mich dann am Riff festhalten?«, fragte ein Teenager.

Omar lächelte und sagte:

»Hier wird heute wenig Strömung sein. Aber wir fassen da unten grundsätzlich gar nichts an. Es gelten wie immer die Regeln:

Take nothing but pictures
Leave nothing but bubbles
Kill nothing but time

Das heißt, wir berühren da unten nichts. Wer das Riff anfasst, der sorgt dafür, dass es an dieser Stelle abstirbt, wo heute doch jeder Quadratzentimeter zählt. Also: Respekt vor dem Leben unter Wasser! Für diejenigen, die sich die Regeln nicht merken können, hängen sie auf dem Tauchdeck auch noch einmal dick gedruckt aus.

Ich sage es noch einmal: Ob zu viel Strömung herrscht, wird der Divemaster, der den Tauchgang führt, entscheiden. Unter Umständen muss der Tauchgang dann vorzeitig beendet werden. Denkt daran, euch mit eurem Tauchpartner abzustimmen. Bei Problemen wendet ihr euch an den Divemaster. Heute werdet ihr aber keine oder kaum Strömung haben, ihr werdet sehen.«

Zufrieden stieg die Gruppe den Niedergang hinunter zum Achterdeck des gutmütigen alten Tauchbootes, der *Bubblemaker.*

Ein Mann mittleren Alters trat auf ihn zu und sagte:

»Wissen Sie, Omar, ich bin ein wenig müde vom Tauchgang heute Morgen, meine Frau und mein Sohn sollen ruhig gehen, ich bleibe hier an Bord, wenn's recht ist.«

»Gar kein Problem«, erwiderte Omar, »dann können Sie mir Gesellschaft leisten, wenn Sie wollen.«

»Gerne! – Sagen Sie, weshalb sprechen Sie eigentlich so gut deutsch?«, wollte der Gast wissen.

»Ich habe in der Schule in Kairo lange Deutschunterricht gehabt und habe mit 19 ein einjähriges Praktikum in Deutschland gemacht.«

»Aha, und wo in Deutschland?«

»Im Ruhrgebiet, genauer gesagt in Essen, da habe ich bei einem großen Hoch- und Tiefbauunternehmen gearbeitet.«

Der Mann lächelte: »Soso, dann sind Sie eigentlich Ingenieur, was?«

Omar merkte, wie er rot anlief.

Er stammelte: »Tja, das war wohl ursprünglich der Plan meines Vaters, er wollte, dass ich anschließend in Deutschland Hochbau studiere, er selbst hat auch in Deutschland Bauingenieurwesen studiert, aber das war nichts für mich. Ich habe das Studium zwar angefangen, aber nicht beendet«, gab Omar leise zu.

Der Mann schien zu merken, dass das Thema seinem Gegenüber unangenehm war, und sagte:

»Na, es ist wohl auch schöner, in einem Neoprenanzug in diesen Breiten zu arbeiten als in einem Nadelstreifenanzug in einem Büro zu schwitzen, was?«

»Das kann man wohl sagen!« Omar lächelte.

Omar war froh, dass der Mann nicht auf seinen Vater zu sprechen kam. Seinem Vater Tarek Hussein, einem millionenschweren Baumagnat und einflussreichen Geschäftsmann, gehörten diverse Hotels in Kairo, Sharm El Sheikh und Safaga. Gerade hatte seine Firma ein großes Projekt in Dubai fertiggestellt. Tarek Hussein hatte die Entscheidung seines einzigen Sohnes, nicht in die Fußstapfen seines Vaters zu treten, seinerzeit mit Fassung getragen. Kurzerhand hatte er ihm die Tauchschule *Diver's Oasis*, die einem Schweizer Fünf-Sterne-Hotel angeschlossen war, samt Inventar gekauft. Dieser Umstand war Omar, obschon seine Tauchschule hervorragend lief, noch immer ein wenig unangenehm.

»Außerdem«, fügte Omar hinzu, »spricht meine Frau auch deutsch.«

»Ach ja?«

»Ja, sie hat die meiste Zeit ihres Lebens in der Schweiz gelebt, wir sprechen daheim sowohl deutsch als auch arabisch, sie kam als

Kind aus Jordanien in die Schweiz und hat viel von ihrer Muttersprache verlernt.«

»Das ist interessant. Willkommen in der globalisierten Welt!«

»Ich habe auch noch viele Freunde in Deutschland, morgen kommt uns zum Beispiel einer meiner besten Freunde besuchen. Er stammt ursprünglich aus Essen.«

»Nicht schlecht, auf diese Art können Sie die Sprache pflegen. Sprechen Sie noch andere Sprachen?«, wollte der Mann wissen.

»Englisch, ich war auf einer englischen Schule in Kairo.«

»Alle Achtung! Dann sind Sie aber gut gerüstet!«

»Meine Frau spricht recht gut französisch, wir schlagen uns eigentlich ganz gut durchs Leben.«

»Arbeitet Ihre Frau auch im Hotel?«

»Ja, Sie haben sie bestimmt schon mal an der Rezeption oder beim General Manager gesehen.«

»Und wie stehen Sie zu den Veränderungen? Glauben Sie, dass die Regierung die Ruhe im Land festigen kann? Und wie stehen Sie zu den neuen Gesetzen? Sie sind doch Unternehmer …«

»Tja, das kann keiner so genau sagen. Ehrlich gesagt, ich weiß es nicht, aber wir haben den drastischen Rückgang, was die Tauchtouristen betrifft, natürlich bemerkt. Wir hoffen, dass es allmählich besser wird.«

»Das kann ich mir vorstellen.«

Omar wechselte das Thema.

»Sorry, ich werde jetzt die Dekompressionsflaschen ausbringen und den *Snack* vorbereiten. Die Taucher sind nach dem Tauchgang in der Regel dehydriert und müssen dann etwas zu sich nehmen«, sagte er und verabschiedete sich.

Im Winter nahm die Anzahl der Taucher leicht ab. Hoffentlich würde es eine angenehme Tauchsaison werden, dachte Omar, insbesondere, da er nun über zwei Tauchboote verfügte.

So wenig, wie jetzt los ist, werde ich mit Jan endlich mal wieder ein paar anspruchsvolle Tauchgänge machen können, dachte er. Er konnte nicht ahnen, dass die Welt, die er kannte, sich in Kürze massiv verändern würde.

19

Küstenstrich nördlich von Al Wajh
Saudi-Arabien

In Gedanken versunken, ließ Sayed die Vergangenheit noch einmal Revue passieren.

Die Führung hatte ihm seinerzeit die Entscheidung überlassen, inwieweit er sich einbringen wollte. Jetzt war die Führung tot. Oder jedenfalls ein Teil davon. Die feige pakistanische Regierung hatte es nicht vermocht, die Amerikaner in die Schranken zu weisen. Der *Scheich* lebte nicht mehr. Er hatte sich inmitten der Menschen sicherer gefühlt als in den nordwestlichen Territorien.

Sayed glaubte keine Sekunde lang die Geschichte, die die Amerikaner der Welt aufgetischt hatten. *Wahrscheinlich haben sie ihn damals auf eines ihrer Kriegsschiffe mitgenommen und zu Tode gefoltert,* dachte er.

Der *Scheich* hatte seinerzeit in Pakistan keinen Zweifel daran gelassen, dass er ihn gerne für weitere Unternehmungen einsetzen wollte; allerdings wusste er auch nichts von Sayeds Leiden. Sayed hatte Wert darauf gelegt, es vor der Führung geheim zu halten. Dieses Mal hatte er sich entschieden, dem Tod ins Auge zu blicken. Ohnehin dachte Sayed nicht daran, von den Ergebnissen seiner Pläne lediglich aus den Medien zu erfahren. Er wollte selbst dabei sein. Er musste vor Ort sein, wenn es passierte. Es wäre nicht das erste Mal.

Bereits sehr früh hatte Sayed im Irak und später in Afghanistan gekämpft. Vier Mal war er im Kampf verwundet worden, sein Körper trug zahlreiche Narben. Ein englisches Projektil hatte seinerzeit seine Weste durchschlagen und ihn in den Brustkorb getroffen. Man hatte einen schwach besetzten Streckenposten in der Nähe der südirakischen Stadt Basra durchbrochen und das war der Preis, den er dafür gezahlt hatte. Aber außer einer Menge Blut hatte er eigentlich nichts verloren. Insgesamt war er amerikanischen und britischen Spezialeinheiten drei Mal knapp entronnen. Noch heute trug er Metallsplitter in seinem Körper; sie stammten von den Granaten, die in seiner unmittelbaren Nähe explodiert waren. Ein Arzt des Netzwerks hatte ihn in der darauffolgenden Nacht provisorisch wieder zusammengeflickt. Er wusste, er hatte bei den Männern den Nimbus eines vom Glück gesegneten Anführers. Sein Ruf eilte ihm voraus.

Und nun das.

Seit einiger Zeit hatte er ohne ersichtlichen Grund an Gewicht verloren und seine bisher regelmäßige Verdauung ließ ihn im Stich. Das erste Mal, als er Blut in der Toilette ausgemacht hatte, hatte er sich nichts weiter dabei gedacht. Als etwas später seine Magenbeschwerden in regelrechte Schmerzen ausgeartet waren, hatte er beschlossen, einen Arzt aufzusuchen. Dabei hatte er darauf geachtet, diesmal keinen Mediziner der *Basis* zu konsultieren. Die *Basis* verfügte über hervorragende Ärzte, Männer, die beispielsweise in Ägypten ursprünglich einmal der Muslimbruderschaft angehört hatten, dies aber nicht laut kundtaten. Aber er wollte sich informieren, ohne dass die Führung zu einem späteren Zeitpunkt unterrichtet würde.

2011 war das alte Regime Ägyptens gefallen. Der ewige Knecht der Amerikaner hatte endlich aufgegeben. Zuvor hatte die dekadente und korrupte ägyptische Regierung mit den Muslimbrüdern einen mehr oder weniger stabilen, inoffiziellen Pakt geschlossen. Wer nicht fragte, bekam auch keine Antworten. Solange sich die Muslimbrüder ruhig verhielten und nicht auffällig wurden, gab es keine oder nur wenige Festnahmen und die staatliche Repression hielt sich in Grenzen.

Doch dann, am 25. Januar 2011, war das Volk auf die Straße gegangen. Das junge Ägypten ließ sich nicht länger unterdrücken, nachdem Tunesien zwei Wochen zuvor den Anfang gemacht hatte.

Der drastische Anstieg der Lebensmittelpreise hatte die Demonstrationen ausgelöst. Wachsende Armut, Arbeitslosigkeit sowie eine einhergehende Perspektivlosigkeit trieben in der Folge viele Menschen in die Arme der Bruderschaft.

In Ägypten hatten die Schriften von Sayed Qutb und Hassan

al-Banna, dem Gründer der Muslimbrüder, eine wahre Renaissance erlebt. Mehr noch, die sich darauf stützenden Schriften von Salam Abdul Farradsch »Jihad, die vernachlässigte Pflicht« wurden heimlich von vielen gelesen, denen die neue Regierung zu westlich und zu korrupt erschien. Das Land war stellenweise ruhig, aber keineswegs stabilisiert. Die Menschen wollten Antworten auf ihre Fragen. Mehr noch, sie wollten einen besseren Lebensstandard und zwar jetzt. Reformen schleppten sich hin und noch immer hungerten viele Ägypter in den ländlichen Regionen des Landes, während sich die Führung und das Militär die Taschen füllten.

Die Sprache der Imame in den Moscheen wurde zunehmend schärfer und die Anzahl der Salafisten * im Lande wuchs stetig. Neue Netzwerke waren entstanden, ohne dass die *Basis* etwas dazutun musste. Man hatte in aller Ruhe auf seine Chance gewartet. Dann endlich waren 2012 die Muslimbrüder an die Regierung gekommen und hatten versucht, das Land langsam zu reislamisieren. Doch der Erfolg war nicht von Dauer. Die verhassten alten Kräfte hatten zusammen mit dem Militär nach der Macht gegriffen und einen Putsch durchgeführt. Fortan wurden Islamisten erneut verfolgt und getötet. Die Stimmung im Land war gespannt. Seine Brüder waren überzeugt, Widerstand leisten zu müssen. Eine neue Unterdrückung wollten sie nicht hinnehmen. Die wachsende Anzahl an Attentaten sprach für sich.

Er war extra nach Kairo gereist, um sich vertrauensvoll in die Obhut eines neutralen Internisten zu begeben, der ihm von einem Cousin empfohlen worden war. Der behandelnde Arzt, Dr. Tarek Schehata, arbeitete als Facharzt für Innere Medizin mit gastroenterologischem Schwerpunkt und stand, obwohl mit 48 Jahren noch recht jung, im Ruf, ein erfahrener Spezialist zu sein.

Erklärt hatte Sayed die Reise mit einem angeblichen Besuch von Verwandten. Es war unüblich, vor einem solchen Unternehmen zu verreisen, und weckte oft Misstrauen. Doch niemand hatte Fragen gestellt.

Nach der Analyse der Laborwerte hatte der Arzt verändert ge-

* Islamisten, die die althergebrachte Auslegung des Koran befürworten

wirkt. »Es muss keine Bedeutung haben …«, hatte er gesagt und dabei die Stirn gerunzelt. »Wir haben bei Ihnen eine Veränderung im Blutbild festgestellt, Sie haben eine Anämie unklarer Genese, das heißt einen Blutmangel. Sie trinken keinen Alkohol, nicht wahr?«

Sayed blickte den Arzt empört an. Die Frage des Arztes grenzte an eine Beleidigung.

»Nein, Doktor!«

»Wir haben bei Ihnen nämlich auch eine Veränderung in der Leberfunktion festgestellt. Ich schlage Ihnen deswegen eine weiterführende Untersuchung vor: eine Darmspiegelung sowie eventuell eine kernspintomographische Untersuchung, ein MRT. Ich würde Ihnen dringend raten, diese Untersuchung nicht aufzuschieben.«

»Sagen Sie mir, was Sie glauben, Doktor!«

»Ich glaube gar nichts, aber …«

Während der nächsten Minuten lauschte er den Worten des Arztes und entschied, dass er einer Darmspiegelung aus Zeitgründen nicht zustimmen konnte.

Der Arzt kratzte sich an der Nase.

»Wir könnten heute zumindest die Veränderungen im Leberstoffwechsel abklären, das sollten wir wirklich schnellstens tun. Haben Sie noch eine halbe Stunde für Ihre Gesundheit übrig, länger dauert die Ultraschalluntersuchung nicht?«, fragte der Arzt mit leicht vorwurfsvollem Unterton.

Sayed nickte stumm.

Im Anschluss an die Untersuchung erklärte der Arzt:

»Ich habe beim Ultraschall Flecken im Bereich der Leber gesehen, die mir nicht gefallen. Ich will es Ihnen ganz offen sagen: Ich halte diese Flecken für Tochtergeschwülste und vermute einen bösartigen Tumor in Ihrem Darm, das heißt also Krebs.«

Der Arzt ließ seine Worte auf seinen Patienten wirken. Zum ersten Mal schien dieser so etwas wie eine Gefühlsregung zu zeigen. Sayed jedoch schwieg.

»Da wir ihn relativ früh erkannt haben, könnten wir sofort weitere Maßnahmen einleiten.«

»Wie lange würde das dauern?«, fragte Sayed.

»Eine OP dauert maximal eineinhalb Stunden. Die nachfolgenden Untersuchungen etwa zwei bis drei Tage, je nachdem, wie schnell das Labor arbeitet. Dann sollten Sie einige Zeit ruhen, maximal fünf Tage. Danach könnten wir Sie langsam wieder auf die Beine ...«

Sayed zog die Stirn in Falten und unterbrach den Doktor mitten im Satz: »Was glauben Sie, wie lange ich mit dem Tumor weiterleben könnte, Doktor?«

Der Arzt war sichtlich überrascht. Er stutzte und blickte Sayed verständnislos an: »Aber ... das müssen sie nicht ... wie meinen Sie denn das?«

»Beantworten Sie bitte meine Frage!« Sayeds Blick war fest auf den Arzt gerichtet und seine tiefe Stimme klang nun düster.

Dr. Schehata fühlte ein tiefes Unbehagen und rückte verlegen seinen Stuhl zurecht: »Das ist sehr schwer zu sagen. Es sieht nach einem Karzinom* aus, ich weiß es aber nicht definitiv, vielleicht fünf, sechs Monate, vielleicht länger, ich ...«, der Mediziner schien ratlos.

Noch im selben Moment bemerkte Sayed, dass er einen großen Fehler begangen hatte und korrigierte sich sofort:

»Es ist gut, Doktor. Ich bin Ihnen zu Dank verpflichtet.« Seine Miene war nun wieder versöhnlich. Er stand auf.

»Aber ...«

»Natürlich werde ich mich einer Operation unterziehen. Die Tage werde ich mich telefonisch bei Ihnen melden, um einen Termin zu vereinbaren. Ich bin nur etwas verwirrt, das ist für mich eine vollkommen neue Situation, Sie verstehen ... vielleicht sollte ich die Lage zunächst in Ruhe meiner Frau erklären.«

Dr. Schehata nickte verständnisvoll. Er schien erleichtert. »Natürlich, das verstehe ich gut.«

»Ach, noch etwas, Doktor.« Sayed drehte sich noch einmal um und blickte den Mediziner konzentriert an:

»Es wäre mir unangenehm, wenn Sie mit Dritten über meinen

* Krebsgeschwür

Krankheitszustand sprechen würden. Das ist sehr privat, das verstehen Sie doch, nicht wahr?«, sagte er ernst.

Der Arzt wirkte verstört.

War das soeben Gehörte eine Drohung?

»Selbstverständlich nicht! Ich bin an das Arztgeheimnis gebunden.«

»Ja, natürlich. Verzeihen Sie. Ich werde mich also innerhalb der nächsten Tage bei Ihnen melden. Haben Sie vielen Dank, Doktor.«

»Es ist gut, dass Sie so früh hier waren, so können wir Ihnen helfen«, rief Schehata dem Mann noch hinterher. Doch sein Patient hatte das Behandlungszimmer bereits verlassen.

20

Georgetown
Washington D.C.
USA

Von außen machte das Reihenhäuschen einen verträumten, fast verwahrlosten Eindruck. Ein Fahrrad stand angekettet am Zaun des Vorgartens, der so klein wirkte, als hätten dort maximal zwei große Handtücher Platz. Der rote Klinker, die zierlichen weißen Säulen am Eingang sowie die weißen hölzernen Fensterrahmen gaben dem Haus ein typisch viktorianisches Aussehen. Die kopfsteingepflasterte Straße vor dem Haus war von Schlaglöchern übersät und sah aus, als sei sie im 17. Jahrhundert angelegt worden.

Doch der bescheidene Eindruck täuschte. Eingeweihte wussten, dass es unglaublich kostspielig war, in dieser Gegend zu wohnen. Außer den Studenten der nahegelegenen Universität, die in Wohngemeinschaften hausten, war Georgetown lediglich einer kleinen, wohlhabenden Oberschicht vorbehalten.

Scott MacKenzie hörte den synthetischen Rufton seines Mobiltelefons, der eine SMS ankündigte, zunächst nur unterbewusst. Als er aufwachte, schaute er auf die Uhr. *Gleich fünf, Mist! Für eine halbe Stunde brauche ich mich nicht wieder hinzulegen.*

An das frühe Aufstehen würde er sich nie gewöhnen, dachte er, als er sich erhob. Die Militärs in der *Firma* waren da anders gestrickt. Er stöhnte, ein Kollege hatte zu ihm gesagt: »Wir leben in einer militarisierten Gesellschaft, Scotty!« und er wusste, dass es stimmte.

Nach seinen Hausschuhen tastend, fanden seine Hände zunächst seine Hornbrille, die, wie er umgehend feststellte, dringend Bekanntschaft mit einem Reinigungstuch machen müsste.

Er räkelte sich, nur langsam wurde er wach. Mit seiner linken Hand betätigte er den Einschaltknopf des Radios und es erklang: »This is National Public Radio ...«

Neben dem Bett stapelten sich Ausgaben des *Foreign Affairs Magazine* sowie diverse Ausgaben des *New Yorker*. Außer einem alten schottischen Breitschwert, das neben dem Bett an der Wand hing, und einem Paar gekreuzter Ruderriemen unter der Decke waren die Wände fast nackt.

Während er mit einem Ohr den Nachrichten lauschte, warf er einen Blick aus dem Fenster: Schnee! Dächer, die Straße und sein Vorgarten waren von einer weißen Schicht bedeckt. Auch das noch. MacKenzie erinnerte sich dunkel, dass sie am Tag zuvor gesagt hatten, dass mit einem Blizzard zu rechnen sei. Sein *Bimmer*, ein dunkelgrüner 3er-BMW, hatte Heckantrieb und er konnte nur hoffen, dass die Stadtverwaltung die Straßen rechtzeitig räumen würde.

Nach einer Katzenwäsche samt elektrischer Rasur schlüpfte er in die Kleider, die noch von gestern auf dem Stuhl lagen. Ein zerknittertes weißes Oberhemd, ein Jackett aus Harris Tweed, das er von seinem letzten Urlaub aus Schottland mitgebracht hatte, sowie eine leicht verschlissene Cordhose. Vergebens suchte er seine Krawatte. Egal, die Fliege tat es auch. Er schaute in den Spiegel und stellte fest, dass er unbedingt zum Friseur musste. Aber das sagte er sich nun auch schon seit Wochen.

Scott MacKenzie, 41, geschieden, kinderlos, war 1,82 Meter groß, drahtig und hatte muskulöse Oberarme. Sein Kreuz war kräftig, verriet den Ruderer aber nur bedingt. Volle schwarze Haare fielen in Locken fast bis auf die Schultern, weshalb er sie meistens zu einem Zopf band. Die Hornbrille verstärkte das Aussehen eines Intellektuellen.

Während in der Küche die Kaffeemaschine lief, fuhr er seinen nach den Vorschriften der NSA verschlüsselten Dienst-Laptop hoch. Die SMS auf seinem Handy informierte ihn lediglich, dass er Post bekommen hatte. Da er derzeit nur vier aktive Fälle bearbeitete, die alle mehr oder weniger unspektakulär waren, überraschte ihn diese frühe Meldung.

Mann, ist das kalt in der Bude.

Nachdem er die alte Gasheizung hochgedreht hatte und einen Kaffeepott mit der Aufschrift »YALE CREW« in die Hand genommen hatte, setzte er sich in der Küche an den Rechner und starrte, nachdem das Entschlüsselungsprogramm die Nachricht dechiffriert hatte, ungläubig auf den Bildschirm.

Teardrop, dachte er und schüttelte den Kopf. Das war der Codename eines Verbindungsmanns in Ägypten. *Seltsam, von dort ist länger nichts gekommen.*

Im Postfach hatte sein Kontakt eine kurze Mitteilung hinterlassen. Die Botschaft lautete:

Hey Marvin! How is life? When do you think you will come over for a visit? The weather is beautiful over here. Rachel and the kids would love to see you. Take care and hope to see you soon!

Sofort war MacKenzie hellwach und setzte sich aufrecht hin.

Verflucht!

Marvin war sein Deckname und der erste Teil der Mail bedeutete, dass unmittelbarer Gesprächsbedarf bestand. Die Frage nach dem Wann signalisierte eine hohe Dringlichkeit. Die Tatsache, dass der Kontakt das Wetter erwähnt hatte, verhieß nichts Gutes. »Schönes Wetter« war ein Code für einen möglicherweise bevorstehenden Terrorangriff. Der letzte Teil der Nachricht besagte, dass der Informant über einen indirekten Zugang an die Information gekommen war.

Mist! Stell dich darauf ein, dass du bald nach Ägypten fliegen musst, alter Junge!, murmelte er vor sich hin.

Mit Grauen dachte er an das unausweichliche Gespräch, das er mit seinem neuen Abschnittsleiter würde führen müssen. Auch malte er sich bereits die dämlichen Sprüche aus, die seine Kollegen machen würden, wenn er seine Dienstreiseanträge ausfüllte.

Na? Spontaner Kurzurlaub am Roten Meer? Sicher sehr wichtig … tja, wenn die Pflicht ruft, dann kann man nichts machen, nicht wahr?

Er war damals für Ägypten eingeteilt worden, obwohl er kein Experte für das Land war. Sein analytisches Geschick sowie der Umstand, dass der damalige DDO* auf der gleichen Universität wie er seinen Abschluss gemacht hatte, hatten den Ausschlag gegeben. Mali, Syrien, Sudan und Somalia waren die aktuellen Hotspots. Die Firma versuchte immer, *vor die Lage zu kommen*.

Scott MacKenzie war Case Officer im heutigen sogenannten National Clandestine Service (NCS), dem operativen Arm der amerikanischen CIA, der sich mit der Gewinnung und Führung von menschlichen Quellen befasste.

Nach seinem Grundstudium am Boston College war der begeisterte Ruderer und Sohn eines Großhändlers für Meeresfrüchte aus dem Bundesstaat Maine an die Yale University gegangen, um jüngere Geschichte zu studieren. Er hatte immer ein großes Interesse an der britischen und französischen Kolonialpolitik im Nahen Osten des späten 19. und frühen 20. Jahrhunderts gehabt. Seine Magisterarbeit hatte er über das Wirken des Engländers Thomas Edward Lawrence verfasst. Der britische Archäologe und Agent, später besser bekannt als »Lawrence von Arabien«, hatte im Ersten Weltkrieg maßgeblich den Araberaufstand gegen die osmanische Herrschaft organisiert. In Yale hatte ihn die *Company*, wie die CIA von ihren Mitarbeitern genannt wurde, kurz vor seinem Abschluss rekrutiert. Nach Beendigung der Ausbildung für Agenten auf der *Farm*, wie die Ausbildungsstätte Camp Peary in Firmenkreisen hieß, hatte er zunächst drei Jahre in Saudi-Arabien und zwei Jahre

* Deputy Director Operations / stv. Leiter für Geheimdienstoperationen

in Oman verbracht. Dann hatte er einige Zeit im Jemen gelebt und war häufiger nach Jordanien und Israel gereist. Anschließend war er für kurze Zeit ins Hauptquartier zurückbeordert worden. Dies erging jedem so, der nach Vorstellung der *Company* noch eine Karriere vor sich hatte. Alles in allem war sein Werdegang für einen sogenannten Case Officer, also einen operativ arbeitenden Fallführer, nicht ungewöhnlich.

Von den mehrheitlich konservativen Kollegen wurde MacKenzie wegen seiner für amerikanische Verhältnisse liberalen Einstellung häufig misstrauisch beäugt. Aufgrund seiner Kompetenz und Auskunftsfähigkeit wurde er aber dennoch geachtet. MacKenzie hatte bereits einen Ruf im NCS.

Seine Ex-Frau wohnte heute in Old Town, Alexandria. Er hatte sie damals erwischt, wie sie ihn mit einem jüngeren Stabsmitarbeiter eines kalifornischen Senators, einem aalglatten Karrieristen vom Capitol Hill, betrogen hatte. Er war früher als erwartet von einer Auslandsdienstreise zurückgekehrt und hatte das Gestöhne seiner Frau bereits im Treppenhaus vernehmen können.

Er hatte nicht lange überlegt, sondern einen Tag später die Scheidung eingereicht. Nicht dass es ihm viel ausgemacht hätte. Seine Ehe hatte ihn ohnehin schon seit längerem gelangweilt. Er hatte immer schon das Gefühl gehabt, dass seine Frau ihn auch wegen seines Geldes geheiratet hatte. Doch all das war nun Geschichte. Er mochte seinen Job und konnte nun ohne schlechtes Gewissen seinen Hobbys frönen.

Er hatte ein schnelles Ruderboot, ein *Turboskiff*, unten am Potomac River liegen. Seine Beziehungen zu den Sportlern der Georgetown Universität, zu deren Füßen er wohnte, hatten geholfen, sein privates Rennruderboot im Bootshaus der Universität zu lagern. MacKenzie genoss die Freiheit, während der wärmeren Jahreszeiten rudern gehen zu können, wann immer er wollte.

Jedenfalls fast immer. Nach seiner Scheidung hatte er sich eigentlich vorgenommen, erst einmal einen großen Bogen um Frauen zu machen. Bei einer Regatta in Annapolis vor zehn Monaten, er war bei einem Freund als Vorschiffsmann mitgesegelt, war ihm dann Heather über den Weg gelaufen. Selbstbewusst, mit energischem

Händedruck (was für amerikanische Frauen höchst ungewöhnlich war) und blassblauen Augen hatte sich ihr hinreißendes Lächeln in seinem Kopf festgesetzt. Obwohl er ständig an sie denken musste, bemühte er sich, der Beziehung nicht zu viel Ernst beizumessen, und nahm sich vor, die Zeit mit Heather einfach nur zu genießen. Sein Glück war, dass ihre Profi-Seglerei ebenfalls viel Zeit in Anspruch nahm. Heather war im Sommer häufig unterwegs. So konnten beide ihren Passionen nachgehen und schätzen die gemeinsamen Stunden dann umso mehr.

Der größte Vorteil, den man nach MacKenzies Auffassung im Außendienst haben konnte, war Unauffälligkeit. Von seinem Auftreten her ähnelte er einem Universitätsdozenten oder Lehrer. Er wirkte sympathisch und intellektuell, vielleicht sogar etwas kauzig. Das war in einer Spook-lastigen * Metropole wie Washington DC nicht von Nachteil. Manche Leute, die er »draußen« traf, hielten ihn für einen Schriftsteller oder Musiker. Seiner Legende nach war er Historiker und wissenschaftlicher Mitarbeiter an der Fakultät für Internationale Beziehungen der John Hopkins University, an der er zwei Monate im Jahr Vorlesungen hielt und wo er tatsächlich ein winziges Büro hatte. Telefonisch war er über Weiterleitungen auf seine diversen Anschlüsse jederzeit erreichbar, zudem verfügte er über eine offizielle E-Mail-Adresse der Universität. Der Schein war also gewahrt.

Irgendwann würde er es Heather erzählen müssen, dachte er. Dabei war *irgendwann* das Schlüsselwort …

Mit einem Erdnussbutter-Sandwich in der einen Hand und einer Thermoskanne mit Kaffee in der anderen schlitterte er vorsichtig zu seinem BMW und begab sich auf den Weg zur Arbeit.

MacKenzie überquerte die Key Bridge, die Washington mit Virginia verband, und fuhr in Rosslyn auf den George Washington Parkway. Fünfzehn Minuten später bog er wie Hunderte andere Angestellte der Agency rechts ab auf die Zugangsstraße, die zum Hauptquartier der CIA in Langley, Virginia führte.

Nachdem er die diversen Zugangskontrollen hinter sich gelassen

* spook = Geheimdienstmitarbeiter

und seinen Wagen abgestellt hatte, nahm er einen der Fahrstühle in den vierten Stock und begab sich in sein Büro, welches er sich mit einem älteren Kollegen, Sean O'Callahan, teilte. Er war an diesem Morgen allein, O'Callahan war im Urlaub zum Hochseefischen in Florida.

Seit der letzten Umstrukturierung mussten die Leute aus dem NCS zusammenrücken. Man nannte das bei der Agency »Verdichtungspotenzial« und es bedeutete nichts anderes, als dass man versuchte, Platz für die permanent wachsende Zahl an Mitarbeitern zu schaffen. Die Anzahl der Außenbüros der Agency wuchs ebenfalls ständig – doch darüber sprach man nicht, das war geheim.

Nachdem er seinen Rechner hochgefahren hatte, schrieb er seinem Vorgesetzten eine Mail mit der Bitte um ein Gespräch. Er hätte auch anrufen können, doch sein Chef befand sich gerade im NIC (National Intelligence Council), einem hochrangigen Beratergremium der Agency, und erstattete einen kurzen Rapport.

MacKenzie rief seine dienstlichen Mails ab.

Urgent request for information regarding upcoming summit in Sharm El Sheikh *

stand dort. Die Mail war mit der höchsten Dringlichkeitsstufe gekennzeichnet und als »Top Secret« klassifiziert.

Die Analyse-Sektion Ägypten wollte wissen, ob irgendetwas auf eine besondere Gefährdung hindeutete. Alle Fallführer waren aufgerufen, sich bei ihren »Quellen«, also bei den von ihnen geführten Informanten umzuhören.

Wenn ich das nur wüsste, dachte MacKenzie.

* Auskunftsersuchen bzgl. des anstehenden Gipfeltreffens in Sharm El Sheikh

21

Saudi-Arabien
Westküste

Der kleine Junge stand hinter ihm und schwieg. Sayed spürte seine Anwesenheit und als er sich umdrehte, fragte er ihn sanft:

»Ist alles bereit, Ahmad?«

Der Junge nickte schüchtern.

»Du hast deine Sache gut gemacht.« Sayed lächelte ihn an und streichelte dem Jungen über das Haar.

Nochmaliges stummes Nicken.

»Sage den Männern, sie sollen sich hier am Strand versammeln, unsere Freunde müssen gleich hier sein.«

Der Junge nickte.

»Herr?«

»Ja?«

»Werdet Ihr zurückkehren?«

Sayed lächelte sanft. »Das weiß nur Allah!«

»Glaubt Ihr denn, dass Ihr zurückkehren werdet?«

»Allah allein wird darüber entscheiden, ob wir uns wiedersehen werden. Wenn nicht, werden Imtiaz und seine Frau sich um dich kümmern, genauso, wie ich es getan habe.«

Der Junge zog die Stirn in Falten und biss sich auf seine Unterlippe. Es sah aus, als strenge es ihn an, die Worte seines Vormunds zu verarbeiten.

»Allah ist mächtig. Du musst dir keine Sorgen machen, es ist für alles gesorgt. Und nun geh, rasch!«

Der Junge verneigte sich kurz und verschwand in der Nacht.

Ahmad war der jüngste Sohn seines im Kampf gefallenen jüngeren Cousins Walid. Als die Amerikaner den ehrwürdigen *Scheich* und Führer in seinem Safe House töteten, hatte Walid, der ein großer Kämpfer war, mit einigen wenigen Getreuen tapfer Gegenwehr geleistet. Die Männer der Leibgarde hatten gekämpft wie die

Löwen, doch waren sie dem SEAL-Team nicht gewachsen gewesen. Walid war posthum von den Brüdern geehrt worden und er, Sayed, hatte sich seitdem um den Kleinen gekümmert.

Der kleine Ahmad würde hier bleiben und am nächsten Tag von saudischen Brüdern abgeholt werden. Von dort würde er zu einem Schwager nach Pakistan gebracht werden, wo er in Peschawar eine Madrasa * besuchen würde.

—

Kurze Zeit später hatten seine Männer ihn umringt. Sie trugen Sporttaschen oder Seesäcke mit sich. Keiner sagte ein Wort. Sie alle wirkten ernst und konzentriert. Von ihrer Erscheinung her hätte man sie für Touristen halten können, die Männer trugen Turnschuhe, bunte T-Shirts mit Aufdrucken von Tauch- oder Sportfirmen, Jeansjacken und Baseballmützen.

Die spezielle Ausbildung hat ihre Spuren hinterlassen, dachte Sayed nicht unzufrieden. Sechs Monate lang hatte man sie noch einmal in Bezug auf westliche Kleidung und Verhaltensweisen geschult.

Da standen sie nun am nächtlichen Strand und warteten. Er hatte das Gefühl, die Zeit stehe still. Jeder schien auf das Meer zu starren, in der Hoffnung, irgendetwas ausmachen zu können. Sie alle lauschten den kleinen Wellen, die leise an den Strand schlugen.

Dann endlich vernahm Sayed in der Ferne ein Motorengeräusch. Als er kleine, weiße Lichtpunkte im Dunkel ausmachen konnte, fühlte er sein Herz schneller schlagen. Das musste Nidal sein. Der Teufelskerl hatte es geschafft! Viele mühsame Vorbereitungen und Planungen mündeten in diesen wichtigen Moment. Es konnte endlich losgehen. Sayed fühlte, wie er eine Gänsehaut bekam.

Die Lichter wurden heller, nun konnte er die Distanz der Boote zum Strand besser einschätzen. Als sie nur noch wenige Meter entfernt waren, erloschen die Lampen und es wurde wieder dunkel. Sanft setzten die Schlauchboote mit dem Bug auf dem Strand auf.

* Koranschule

»Eure Taschen zuerst!« Die Männer langten nach ihrem Gepäck und kletterten in die Boote.

Ein letztes Mal drehte sich Sayed um.

Dies war das heilige Land. Es war die Heimat des Propheten Mohammed, das Land Mekkas und Medinas. Sitz der Kaaba, jener heiligen Pilgerstätte, die jedes Jahr Millionen frommer Muslime aus aller Welt zur Haddsch anzog.

Er wusste, dass er das Land niemals wiedersehen würde.

Er spürte einen Hauch von Wehmut und das verwunderte ihn sehr. Hatte er sich doch immer für einen harten und abgeklärten Mann gehalten.

Er wandte sich wieder um, ging einige Schritte in Richtung Meer und streckte seine Hände aus. Er spürte, wie starke Arme ihn ergriffen und ins Boot hoben.

Langsam entfernten sich die Boote vom Strand. Er vernahm das Geräusch der elektrischen Servos, die die Außenbordmotoren wieder absenkten. Die Boote drehten vorsichtig. Als sie genügend Abstand zum Land hatten, preschten sie in schneller Fahrt auf die offene See hinaus.

Es dauerte keine Viertelstunde, bis Sayed das grüne Positionslicht eines Schiffes erkannte. Das Schiff bewegte sich also langsam in Richtung Norden. *Alles läuft wie geplant,* dachte er.

Die zwei Schlauchboote fuhren das große Taucherschiff nacheinander von achtern an. Nachdem der letzte Passagier seinen Fuß auf das tiefer gelegene hölzerne Badedeck gesetzt hatte, wurden die Zodiacs mit einem kleinen Kran während der Fahrt an Bord gehievt.

»Sayed, mein Freund und Bruder! Willkommen an Bord!«, empfing ihn Nidal mit sonorer Stimme und schloss ihn in seine Arme.

»Seid alle willkommen! Mein Sohn Mohammed wird euch gleich die Quartiere zuweisen. Doch vorher wird es eine kleine Mahlzeit geben. Nehmt dort schon einmal Platz!«

Sayed sah, wie seine Männer ihn fragend anschauten. Er gab ihnen einen Wink und sie verschwanden in der Messe.

Dass Schiff hatte seine unauffällige Reisegeschwindigkeit von 12 Knoten wieder aufgenommen. Er stand neben Nidal, der sich soeben eine Zigarette anzündete, auf dem Achterdeck und sie schauten auf das Kielwasser. An einem großen Flaggenstock wehte die ägyptische Flagge.

»Wie war es im Süden?«, fragte Sayed den Syrer mit ausdrucksloser Stimme. Er mochte es nicht, wenn die Brüder Zigaretten rauchten. Zigaretten waren ein Laster der westlichen Welt.

»Es ist alles so gelaufen wie geplant.«

»Hast du nachgesehen?«, fragte Sayed fast beiläufig und schaute auf die Gischt des Kielwassers, die von dem weißen Hecklicht schwach beleuchtet wurde.

»Habe ich. Es ist alles da – wie versprochen.«

»Gut. Wie steht es mit Treibstoff?«

»Ich habe auf dem Rückweg in El Quseir nachgebunkert, es gab keine Probleme.«

»Wann, denkst du, werden wir da sein?«

»Morgen in der Früh. Wir können dann sofort anfangen.«

»Es wäre besser, wenn wir die Arbeiten vor dem Morgengrauen abgeschlossen hätten. Wann, glaubst du, beginnen die Kuffar mit den Patrouillen?«

»Die Deutschen sollen in zwei Tagen eintreffen und die Briten etwa einen halben Tag früher.«

»Wie viele Schiffe werden es sein?«, fragte der Ägypter.

»Insgesamt drei Kriegsschiffe. Die Deutschen stellen eine Fregatte und eine Korvette, die Engländer einen Zerstörer, ein recht neues Schiff, die HMS *Duncan*«, antwortete der Syrer sachlich.

»Soso, die *Duncan* … ein moderner Zerstörer …« Die Führung hatte davon gehört und sich sehr interessiert gezeigt. Das wäre ein lohnendes Ziel, aber auch äußerst schwierig zu treffen.

»Gibt es Anzeichen dafür, dass auch die Amerikaner zusätzliche Einheiten schicken?«, fragte Sayed. Er versuchte, sich seine Besorgnis nicht anmerken zu lassen. Die Amerikaner waren zwar ungebildete, ignorante Barbaren, aber gegen sie Krieg zu führen war ein Albtraum.

»Ich habe nichts gehört und es wäre aus ihrer Sicht auch unsinnig. So groß sind die Gewässer hier nicht. Die *George Bush*, ein Flugzeugträger, kreuzt mit ihrem Verband am Horn von Afrika, so viel wissen wir, aber es ist unwahrscheinlich, dass sie hier heraufkommen. Es hat sich ausgezahlt, unsere somalischen Freunde zu unterstützen.« Nidal al-Suri deutete ein Lächeln an und fuhr fort:

»Aufgrund des erneuten Anstiegs der Piraterie am Horn sowie des Erstarkens der al-Shabaab-Miliz, unserer somalischen Brüder, muss der Verband dort unten die Stellung halten. Eine Ablösung ist nicht vor Mitte nächsten Jahres in Sicht.«

Sayed nickte zufrieden. Mit seinen wachen dunklen Augen fixierte er seinen syrischen Glaubensbruder. Schließlich sagte er:

»Dann sind unsere Vorbereitungen nunmehr abgeschlossen, Nidal.«

»So ist es. Sag', glaubst du, dass unser Plan aufgeht?«, fragte der Syrer und schaute weg, als wolle er den Blick seines ägyptischen Waffenbruders meiden.

»Zweifelst du etwa daran?« Sayed wurde sofort misstrauisch.

»Ich zweifele nicht, ich denke, wenn wir einen kühlen Kopf behalten, könnte es funktionieren.«

»Wir werden einen kühlen Kopf behalten, Nidal. Alle haben gute Arbeit geleistet.«

»Du bist sehr großzügig.«

»Ich spreche nur die Wahrheit aus. Gehen wir zu den Männern, Nidal.«

Keine ernsthaften Probleme. Nur ein Bruder, der es hasst, nicht alles kontrollieren zu können, dachte Sayed.

Nidal al-Suri nickte, warf seine Kippe ins Wasser und wandte sich zum Gehen.

»Es gibt einiges zu besprechen.«

22

Internationaler Flughafen
Sharm El Sheikh
Sinai, Ägypten

Als Steiger aus dem Flughafenterminal hinaustrat, sah er die Mitarbeiter verschiedener Reiseanbieter mit gedruckten oder handgemalten Schildern an der Absperrung stehen. Auf manchen Schildern standen die Namen von Reisenden, auf anderen die von Tauchschiffen oder Hotels. Junge Männer riefen »Taxi, Taxi!«. Langsam schob sich die Karawane aus bunt gekleideten Urlaubern mit ihrem Gepäck zu den Busparkplätzen und Taxiständen.

In dem Gewimmel fiel Omar durch seine stattliche Größe von fast zwei Metern auf. Auf seinem schwarzen T-Shirt prangte der weiße Aufdruck: *Shark Projekt – Stop Finning!* Seine Baseballmütze zierten die Buchstaben der Tauchorganisation TDI – Technical Divers International. Er trug khakifarbene Bermudashorts und schwarze Sandalen, die Steiger an die seines verstorbenen Großvaters erinnerten.

»Jan, hier!« Omar winkte.

»Hallo Omar! Na, mein Großer? Schön dich zu sehen!«

Die beiden Männer umarmten sich.

»Schön *dich* zu sehen! Wie war der Flug?«

»Ganz nett, aber in diesen Ferienbombern zu fliegen ist nichts für mich, kein Platz, um sich zu bewegen und zu trockene Luft. Wie geht es euch? Was macht die Tauchschule?«

»Es läuft ganz ordentlich. Im Winter wird es wohl leider etwas ruhiger werden, wir verzeichnen einen deutlichen Rückgang bei den Buchungen. Aber das soll uns nicht stören, du hast jetzt erst einmal Urlaub.«

»Richtig, und den kann ich auch echt gebrauchen.«

»Zwei Wochen Urlaub pur?«, fragte Omar und nahm Steigers Handgepäck.

»Du sagst es. Tauchen, sonnen, lesen und faulenzen. Wie geht es Samira?«

»Gut, danke! Sie ist zu Hause geblieben und lässt dich ganz herzlich grüßen. Im Hotel gab es noch Probleme: Sie haben vor kurzem die Software umgestellt und einige Rechner machen Ärger. Sie hat aber gesagt, sie braucht nicht lange, und wenn wir brav sind, kriegen wir sogar etwas zu essen.«

Omars Augen leuchteten.

»Das hört sich hervorragend an, ich habe Hunger. Der Snack im Flugzeug war für'n hohlen Zahn.«

»Kein Problem. Wir kennen dich ja schon! Und, gehst du vorher noch einen Halbmarathon laufen?«, fragte Omar und grinste.

»Witzig, mein Großer! Ich hab' jetzt Urlaub und außerdem ist es ganz schön heiß hier.«

»Es wird aber allmählich kühler, du hättest vor sechs Wochen hier sein müssen!«

»Nee, lass mal!« Steiger winkte ab. »Aber mal was ganz anderes: Du musst mir von dem Boot erzählen, Omar. Wie sieht sie aus? Was läuft sie denn so? Biste zufrieden?«

Omar lächelte vielsagend.

»Na sag schon!«, drängte Steiger erneut und schlug ihm auf die Schulter.

»Die Yacht ist ein Traum, Jan! Du kannst sie dir nachher mal anschauen.«

»Anschauen? Ich will sie steuern!«

»Kannst du, freu dich drauf!«

»Ich nehm dich beim Wort!«

»Morgen früh fahren wir zum Tauchen raus, der Spot ist unbekannt und es gibt viel zu sehen.«

»Ist gebongt, Omar! Hast du morgen keine Schüler?«

»Morgen nicht, hab' die nächsten vier Tage frei. Ivo, mein neuer Assistant Instructor, ist ziemlich fit. Er soll ruhig mal alleine machen, wenn was ist, bin ich ja noch da.«

»Wo parkst du?«

»Da drüben.«

»Na denn …«

»Wir freuen uns, dass du da bist!«

»Und ich mich erst!«

Die beiden Männer stiegen in einen crémefarbenen Toyota Landcruiser, der hier und da ein paar Roststellen aufwies.

»Ähem, Jan …«

»Na was, mein Alter?«

»Sprich gleich nicht so viel vom Boot.«

»Wieso?«

»Na ja, Samira ist in Bezug auf die *Wave Dancer* ein wenig zickig. Du weißt schon, sie ist ziemlich tolerant und kennt meine Macken, aber ich habe die letzten Tage viel Zeit auf dem Wasser verbracht, da kam schon mal der eine oder andere Spruch …«

»Okay, ist eingesickert.«

»Gut.« Omar wirkte beruhigt.

Nach einer knappen halben Stunde erreichten sie das Hotel. Vorbei an diversen Militärposten und Straßensperren steuerte Omar den Landcruiser durch ein Nebentor des Hotelkomplexes und parkte in einem Innenhof.

Während der Fahrt hatte Steiger Militär und Polizei genau beobachtet. Die Soldaten trugen moderne Flecktarnanzüge und wirkten professioneller als früher, als sie noch in altmodischen dunklen Uniformen aus einem filzartigen Stoff und mit alten Lederstiefeln ihren Dienst verrichteten. Dennoch fragte sich Steiger, wie hoch ihr Ausbildungsstand sein mochte.

Die Soldaten waren nahezu alle mit Kalaschnikow-Sturmgewehren ausgerüstet. An dieser Waffe war er selbst auch ausgebildet worden. Es war Tradition bei den Kampfschwimmern, eine Vielzahl von ausländischen Waffen kennenzulernen. Der Automat Kalaschnikow galt vor allem als zuverlässig. Verdreckt, nass, sogar halbgefroren schoss das Gewehr immer noch. Lediglich in puncto Präzision durfte man nicht allzu viel erwarten.

In Bezug auf die vielen Straßensperren und Checkpoints fragte sich Steiger, ob hier jemand auffallen würde, der nicht die allgemeinen Zufahrtsstraßen benutzen, sondern querfeldein fahren würde. *Wahrscheinlich nicht,* dachte er. Jedenfalls wurde durch die starke

Präsenz des Militärs eine Scheinsicherheit verbreitet, die wohl hauptsächlich auf Touristen beruhigend wirken sollte.

»Weißt du noch 2005? Der Anschlag auf das Ghazala-Hotel?«, fragte Steiger seinen Freund.

»Sicher, wie könnte ich das vergessen? Knapp neunzig Tote und zig Verletzte. Man hatte damals mehrere Sprengsätze in geparkten Autos untergebracht und nahezu zeitgleich gezündet. Das war furchtbar. Hat nebenbei auch dem Tourismus hier sehr geschadet.«

»Dabei wurde das Hotel fast ganz zerstört, oder?«, wollte Steiger wissen.

»Ja, sogar ein Jahr später konnte man noch Spuren der Verwüstung erkennen. Weshalb fragst du?«

»Ich erinnere mich an die verschärften Kontrollen am Zugang Haupthafen in Na'ama Bay, das war kurz nach dem Anschlag 2005«, antwortete Steiger.

»Jep! Und genauso schnell, wie die scharfen Kontrollen eingeführt wurden, verschwanden sie mit der Zeit auch wieder«, sagte Omar und zog die Mundwinkel nach unten.

»Tja …«

Steiger musste sich zügeln, er wollte nicht überheblich wirken. Mit Sicherheit hatten die Ägypter ihr Territorium im Griff. Schließlich stellte der Tourismus hier die wichtigste Einnahmequelle dar.

Außerdem musst du deinem Hirn jetzt auch mal etwas Urlaub gönnen, dachte er.

»Aber hier geht es bald wieder los, übermorgen ist Hafenfest.«

»Ach, echt?«

»Ja, ich habe für uns einen Tisch bei Oriental Divers auf dem Dach reserviert.«

»Klasse Idee, von dort können wir alles überblicken.«

»Genau!« Omar drückte auf die Klingel und schloss die Tür auf.

»Mal sehen, vielleicht ist Samira ja auch schon da, Moment mal – ich glaube, ich rieche etwas …«, sagte Omar beim Betreten der Wohnung und schnupperte mit erhobener Nase wie ein Hund, der eine Fährte wittert.

»Mann, Omar, beim letzten Mal hast du noch vom Abnehmen

gesprochen. Wie soll das nur mit dir enden?«, neckte Steiger seinen Freund.

»Was kann ich dafür, wenn Samira so gut kocht?«, entgegnete dieser mit gespielter Empörung.

Die beiden Männer lachten und begaben sich durch einen Seitentrakt in ein Nebengebäude des Hotels. Eine Treppe führte in ein Apartment im ersten Stock, das direkt über der Tauchschule lag.

»Samira!«

»Jan!«

»Na, schöne Frau, wie geht es dir? Lass dich mal ansehen!«

»Charmant wie immer, unser Herr Offizier. Mir geht's gut, danke!«

Sie drückte ihn fest und gab ihm einen Kuss auf die Wange.

Dann legte sie ihre Hände auf Steigers breite Schultern und sah ihn prüfend an. Jans athletische Figur wurde von weiten Cargo-Hosen und einem Sweatshirt verdeckt. Obwohl ihr Mann Steiger um fast einen halben Kopf überragte, wirkte dieser imposanter. Auf viele Menschen machte er einen sympathischen Eindruck, doch gleichzeitig flößte er den meisten auch Respekt ein.

Er wird den Soldaten auch in der Freizeit nie ablegen, dachte Samira.

Omar schaltete sich ein:

»Wenn du mit meiner Frau weiter so flirtest, müssen wir zwei uns mal ernsthaft unterhalten!«

»Nur die Ruhe, mein Schatz! Immerhin ist es ein Jahr her, dass wir uns das letzte Mal gesehen haben. So, ihr zwei, ich habe Falafel und ein paar kleine Überraschungen vorbereitet. Gebt mir noch zehn Minuten. Ihr könntet in der Zwischenzeit schon mal den Tisch decken. Und Omar, öffne doch bitte den Wein, dann kann er etwas atmen.«

»Natürlich, Schatz. Vorher müsste ich aber noch mal in die Schule, ein paar Sachen holen ...«, entgegnete Omar.

»Ja, und ich könnte vielleicht eben meine Tauchklamotten auspacken und unten aufhängen«, schloss sich Steiger an, dabei bestrebt, möglichst unbekümmert zu klingen.

»Hab' schon verstanden. Und dabei zeigst du Jan auch gleich

dein neues Spielzeug, wie? Ihr seid mir vielleicht zwei Spezialisten! Männer! Bleiben ihr Leben lang kleine Jungs!« Samira verdrehte die Augen: »Zehn Minuten, damit das klar ist! Eine Minute länger und ihr geht ohne Abendessen ins Bett!«

Die beiden Männer schauten sich an.

»Aye, aye!«

Dann liefen sie zum Wasser.

»Es hat sich einiges verändert, seit du das letzte Mal hier warst: Erstens, wir kriegen nun einen neuen Kompressor. Und zwar von BAUER, eine neue Nitrox-Anlage.«

»Ne Membrananlage? Unglaublich, Omar! Dauert das nicht ein Weilchen, bis sich das rentiert?«

»Genau, eine Membrananlage für Nitrox-Füllungen. Das Ding ist eine technische Meisterleistung. Immer weniger Gäste wollen mit Pressluft tauchen und sind auch bereit, entsprechende Preise für die Gemische zu zahlen. Die Anlage wird aber leider erst Ende nächster Woche geliefert, solange muss mein alter Kompressor noch herhalten. Tja, und dann wäre da natürlich noch mein neues Baby.«

Omars Augen blitzten.

Steiger zog die Augenbrauen zusammen.

»Du hast meine volle Aufmerksamkeit.«

Sie näherten sich der Pier und Steiger konnte am Ende eine auf den ersten Blick bullige Motoryacht liegen sehen, die umso schnittiger wirkte, je näher man kam. Die im Rumpf eingelassenen Fenster entschärften den latent martialischen Charakter. Gemächlich zog die Yacht an den dunkelblauen Festmacherleinen.

»Es ist eine BAVARIA Sport 400 Open. Extrem seetüchtig. Länge über alles 13 Meter und sehr schnell«, erklärte Omar begeistert.

Steiger besah sich in aller Ruhe das Boot.

Die offene, torpedoförmige Yacht verfügte über kräftige, gerade Linien und hatte ein großes Achterdeck aus Teak, welches eine ideale Taucherplattform darstellte.

Vermutlich ein tiefer, V-förmiger Rumpf, dachte er.

»Das Baby hat zwei Volvo D6-Aggregate mit jeweils 470 PS. Eigentlich sind 430 Pferde pro Maschine serienmäßig, aber gegen einen kleinen Aufpreis haben sie die Maschinen getunt.« Omar grinste über das ganze Gesicht.

»Der lokale Volvo-Vertreter hier in Sharm, ein Brite, ist ein guter Freund meines Vaters.«

Steiger pfiff leise durch die Zähne.

»Fast eintausend PS, die macht bestimmt Spaß ...«

»Das kannst du glauben! Ich habe die Yacht speziell für kleinere Tauchgruppen, in der Regel Promis, reserviert. Und jetzt halt dich fest: Bei ruhiger See und normaler Zuladung läuft sie 42 Knoten.«

»Krass!«, entfuhr es Steiger. »Und das bei der Größe. Und auf der Feile kannst du mit Samira wohnen.«

Omar sprang an Deck: »Komm an Bord, schau sie dir mal von innen an!«

Steiger ließ seinen Blick schweifen. Im hinteren Teil des Bootes befanden sich an Steuerbord das Ruder sowie eine Fülle von Armaturen.

»Hier ist der Steuerstand, und hier sind auch alle wichtigen Instrumente: Logge, Echolot, GPS-Plotter, Radar und Fishfinder. Hier auf der anderen Seite befindet sich eine kleine Pantry mit Grill und darunter ein Kühlschrank. Tauchen macht hungrig!« Dann deutete Omar auf eine U-förmige Sitzecke im Heck des Bootes:

»Da passen bequem fünf Erwachsene nebeneinander hin. Den Tisch kann man im Deck versenken; dann stört er nicht, wenn wir tauchen gehen wollen«, sagte er stolz.

»Dieses Boot ist sehr seetüchtig und eigentlich für drei mal zwei Personen konzipiert. Ich habe denen von BAVARIA aber gesagt, dass ich eine andere Ausstattung will.« Mit diesen Worten verschwand Omar unter Deck. Steiger folgte seinem Freund neugierig durch die Kabinentür ins Innere. Das Boot verfügte vorn und achtern über eine luxuriöse geräumige Doppelkabine und eine Nasszelle.

Dann betätigte Omar einen Knopf, und eine Schiebetür, die sich in die Verkleidung einfügte, öffnete sich lautlos.

»Schau mal: Hier wäre eigentlich eine dritte Kabine, stattdessen haben wir einen zusätzlichen Nassraum für empfindliche Ausrüstungsgegenstände wie Lungenautomaten, Instrumente, Tarierwesten, Neoprenanzüge usw. eingerichtet. Eine Handdusche zum

Abspülen der Ausrüstung mit Süßwasser, wenn wir mal länger auf See bleiben. Ach ja, der Raum lenzt und belüftet sich bei Fahrt von selbst. Genial, oder?«

Steiger war sprachlos, ihm war der zusätzliche Raum zunächst nicht aufgefallen.

»Sehr pfiffig!«, lobte er.

»Und hier …«, Omar nahm ein Stück der Seitenverkleidung ab, »… habe ich etwas versteckt, das ich hoffentlich niemals brauchen werde.«

»Was denn?«

Omar trat zurück. Steigers Blick fiel auf eine Defender 1300 Pumpgun von Winchester und zwei schallgedämpfte Heckler und Koch MP5 Maschinenpistolen. In zwei Holstern baumelten zwei Glock 17 Pistolen und in einer tiefen Schublade befanden sich mehrere Schachteln mit Munition.

»Junge, wo hast du denn das alles her? Willst du in den Krieg ziehen?«

»Das nicht gerade …« Omars Miene verfinsterte sich.

»… aber man kann nie wissen. Was man so hört, ziehen, seitdem im Sudan nichts mehr so ist wie zuvor, manchmal seltsame Boote Richtung Norden – und die sind nicht hier, um die Zeit totzuschlagen.«

»Was, echt? Bis hier oben?«

»Na ja, diesen Sommer ist ein Touristenschiff, das etwa drei Stunden südlich von hier an einem Riff übernachtete, nicht zurückgekehrt.«

»Und?«

»Die Besatzung eines anderen Taucherschiffs, aus Hurghada, das am nächsten Tag dort vor Anker ging, hat nachgesehen. Es war niemand mehr an Bord. Keine Mannschaft, keine Gäste, keine Flaschen, keine Wertsachen, nichts. Das Schiff war komplett gestrippt. Aber jede Menge Blutspuren und Einschusslöcher haben sie zurückgelassen. Die Hunde hätten es versenken können, aber sie machten sich nicht einmal die Mühe, ihre Taten zu vertuschen.«

»Das gibt's doch gar nicht! Davon habe ich noch gar nichts gehört.«

»Sie haben es aus den Medien herausgehalten, um dem Tourismus nicht zu schaden. Die Sache mit den Haiattacken hatte damals schon genug Gäste verschreckt. Der Tourismus ist hier doch die wichtigste Einnahmequelle, Jan. Unsere neue Regierung hat noch nicht alles so richtig im Griff und beim Militär weiß man nicht, inwieweit es gestaltet oder nur mitzieht, bremst oder vermittelt. Deshalb habe ich vorgesorgt, man kann nie wissen. Im Sudan herrscht unbeschreibliche Not, viele Menschen dort haben nichts mehr zu verlieren. Ich wehre mich lieber selbst, solange ich es noch kann.«

Steiger warf seinem Freund einen skeptischen Blick zu. Er musste das Gesehene und Gesagte erst einmal verdauen.

Wieder an Deck, konnte Steiger, der in Gedanken noch immer bei dem gekaperten Taucherschiff war, an den inneren hinteren Bordwänden an Steuerbord und Backbord Halterungen für jeweils vier Zwölfliter-Taucherflaschen ausmachen. Die Yacht war perfekt ausgestattet.

»Und was verbraucht das Schätzchen so in der Stunde?«

»Das willst du nicht wissen ...« Omar lachte.

Steiger sprang wieder auf die Pier, um sich das Boot von vorne zu besehen.

»Das Problematische an dem Baby ist sein Verführungspotenzial. Bereits zwei Mal war ich zu spät, um Tauchgäste zu empfangen, da ich vorher noch auf See war. So schnell bin ich noch nie mit einem Boot gefahren. Als Samira davon erfuhr, gab es natürlich Mecker.« Omar verzog das Gesicht.

Steiger dachte daran, wie Omar und Samira sich kennengelernt hatten. Samira logierte damals zusammen mit ihrer besten Freundin in dem Hotel, wo sie gemeinsam Urlaub machten. Bei einer Hotelbesichtigung inklusive Vorstellung der ansässigen Tauchschule hatten es sich die beiden attraktiven Damen in den Kopf gesetzt, einen Tauchschein zu machen. Es kam, wie es kommen musste: Die Schweizerin und ihr Tauchlehrer, der gutmütige, nicht übermäßig athletische Omar, der sich mit seinen 38 Jahren schon fast an das Single-Dasein gewöhnt hatte, verliebten sich ineinander und ein Jahr später waren Samira und Omar verheiratet.

Als gebürtige Araberin hatte sich Samira nie so recht an das kalte Klima in der Schweiz gewöhnen können und bereute es daher nie, elf Monate später zu Omar nach Sharm gezogen zu sein. Sie hatte ihren Job bei einer kleinen Softwareentwicklungsfirma in Zürich aufgegeben, und es war ihr schnell gelungen, die Hotelleitung davon zu überzeugen, sie zu beschäftigen.

Heute war sie für die gesamte IT im Hotel zuständig und führte nebenbei die Bücher der Tauchschule. Von ihren und Omars Einkünften konnten die beiden sehr gut leben – abgesehen davon, dass Omar und seine zwei Schwestern eines Tages sowieso alles erben würden.

Das Boot, wusste Steiger, war ein Geschenk von Omars Vater.

»Komm, lass uns gehen, Omar, sonst macht Samira ihre Drohung wahr.«

Omar schaute auf die Uhr und nickte zustimmend.

Samira erwartete sie bereits an einem reichlich gedeckten Tisch.

»Brav, Jungs. Ihr seid gerade noch in der Zeit.«

Begeistert von Omars neuem Boot, gesättigt von Samiras guter Küche und vom langen Tag auch ein wenig ermüdet, verabschiedete sich Steiger kurz vor Mitternacht von seinen Freunden. Sie hatten nach dem Essen noch eine Weile am abgefutterten Tisch gesessen, etwas Wein getrunken und über Gott und die Welt geplaudert. Nach drei Gläsern spanischem Rioja war es für ihn nun an der Zeit, schlafen zu gehen.

Omar wollte am nächsten Morgen früh los, um ihm einen neuen Tauchspot zu zeigen, den er durch Zufall mit seinem Garmin-Fishfinder ausfindig gemacht hatte. Nachdem Steiger seine Uhr auf die lokale Ortszeit umgestellt hatte, drehte er sich um und schlief sofort ein.

23

Sharm El Sheikh
Sinai, Ägypten

Als Steiger das Klopfen hörte, fühlte er sich, als hätte man ihn getreten. Es kam ihm vor, als habe er gerade mal eine Stunde geschlafen.

»Wie spät ist es?«, fragte er reichlich zerknittert.

»Gleich halb sechs«, flüsterte Omar.

»Gleich halb sechs?«, erwiderte Steiger ungläubig. In seiner Frage schwang der Hauch eines Protests mit.

»Du hast gesagt, du hast kein Problem damit, früh aufzustehen.« Omar grinste.

»Schon gut, gib mir 'ne Minute.« erklärte Steiger grummelnd und dachte bei sich, er müsse das Wort »Urlaub« vielleicht doch neu definieren.

Im Bad betrachtete er sein müdes, reichlich zerfurchtes Gesicht und putzte sich kurz die Zähne. Ein Glas Wein zu viel, resümierte er und verlor sich kurz in Gedanken an die Wärme seines Nachtlagers.

Kampfschwimmer – dass ich nicht lache! Du wirst alt, du Weichei, murmelte er vor sich hin. Er zog sich ein Rugbyhemd an und schlüpfte in seine Bermudas. Dann steckte er ein Sweatshirt aus dem Seesack in die kleine Tauchertasche, hängte sich seine Oakley Waterjacket Sonnenbrille um den Hals und setzte seine schwarze Wollmütze auf. Nach längeren Tauchgängen war man oft ausgekühlt und ein trockener, warmer Kopf war die beste Versicherung gegen eine Erkältung.

Als er die Treppe hinuntergeschlichen kam, wartete Omar bereits unten auf ihn.

»Deine Tauchausrüstung ist schon an Bord. Wir frühstücken in aller Ruhe, wenn wir wiederkommen.«

»3er- oder 5er-Neoprenanzug?«, fragte Steiger seinen Kumpel.

»Hab mal den 5er genommen, ab 25 Meter Tiefe wird es langsam frisch, Jan.«

»Du bist ein echter Freund!«

Als sie zum Steg kamen, wich die morgendliche Frische allmählich einer angenehmen Wärme. Die Sonne war gerade aufgegangen und tauchte alles in orangefarbenes Licht, das vom spiegelglatten Wasser reflektiert wurde.

»Ententeich«, kommentierte Steiger.

»Nicht lange, es soll heute bis auf fünf Windstärken aufbrisen.«

»Dann können wir Wellen schlitzen.«

»Jawohl, Herr Oberleutnant!« Omar versuchte ein »Stillgestanden« und salutierte.

Steiger lachte laut auf. »Hoffnungslos, einfach hoffnungslos! Omar, du wirst es nie lernen!« Er schaute seinen Kameraden voller Sympathie an.

»Guten Morgen!«, erklang es mit einem Mal vom Boot.

Omar und Steiger grüßten zurück.

Ein junger Mann wandte sich an Steiger.

»Hallo, du musst Jan sein! Ich habe schon viel von dir gehört. Ein Freund von Omar aus Deutschland, nicht wahr?«, fragte der junge Mann in einem Deutsch, das den Schweizer nicht verbergen konnte.

Steiger blinzelte in die Sonne und erkannte einen kleinen, kräftigen und braungebrannten Mann in grünen Surfshorts und Flip-Flops. Er mochte Ende zwanzig sein und machte einen aufgeweckten Eindruck.

»Richtig, und du bist …«

»Ich bin Ivo und arbeite für Omar als Tauchlehrerassistent. Und wenn der alte Sklaventreiber mich lässt, will ich irgendwann bei ihm meinen Tauchlehrer machen. Dann kann ich selbst ausbilden!«

»Aha, ja, Omar hat schon von dir erzählt, wo kommst du her?

»Ich komme aus der Schweiz«, sagte Ivo.

»Das wäre mir fast nicht aufgefallen, Ivo.« Steiger schmunzelte. »Ich meinte: von wo in der Schweiz?«

»Geboren bin ich im Tessin, aber meine Familie und ich leben in Luzern«, antwortete Ivo etwas reserviert. Möglicherweise hatte er Steigers letzte Bemerkung übelgenommen.

»Luzern? Sehr schöne Stadt, dort bin ich auch schon gewesen. Und du fährst also heute mit uns raus?«

»Genau.«

»Sehr gut!«

Dann liegt das Boot wenigstens sicher, wenn wir unten sind, dachte Steiger.

Steiger und Omar gingen an Bord und verstauten noch einige Sachen. Omar hatte bereits Vorarbeit geleistet.

Als Omar den Zündschlüssel drehte, antworteten die großen Motoren prompt mit einem sonoren Brummen.

»Gut so. Können wir?«

»Jep!«

»Dann mach' die Achterleine los, Ivo nimmt die Vorleine von der Klampe am Steg und springt an Deck.«

Steiger tat, wie ihm geheißen.

Behutsam steuerte Omar die *Wave Dancer* aus der kleinen, hoteleigenen Marina.

»Kurs Südwest, ca. 215°, Richtung Ras Mohammed. Ach, Jan: Wundere dich nicht, ich will die Motoren erst etwas aufwärmen, bevor wir loslegen.«

»Ich habe nichts anderes erwartet.«

Als sie zwei Meilen von der Marina entfernt waren, erhöhte Omar die Geschwindigkeit sachte auf 28 Knoten. Die *Wave Dancer* hob ihren Rumpf aus dem Wasser und war sofort im Gleiten.

Fünf Minuten später schob er die Hebel nach vorne.

»Und jetzt halt dich gut fest, mein Freund!«

Die Logge zeigte nun 37 Knoten.

Der Fahrtwind war enorm. Hätte Steiger keine Sonnenbrille aufgehabt, hätten seine Augen derart getränt, dass er kaum etwas gesehen hätte.

24

CIA-Zentrale
Langley, Virginia
USA

»Seien Sie vorsichtig da unten, MacKenzie, es scheint, als sei die Lage noch nicht wirklich stabil. Ach ja, und achten Sie etwas auf die Kosten!«

»Selbstverständlich, Sir!« MacKenzie verdrehte im Geiste die Augen.

»Und wenden Sie sich vor Ort an den *chief of station*, Henderson, er kennt die Lage genau!«

»Jawohl, Sir!«

An wen denn sonst, dachte MacKenzie.

»Ich weise Sie an, sich nach dem Treffen sofort mit mir in Verbindung zu setzen, Übersendung des Berichts wie gehabt via Residentur, verstanden?«

»Jawohl, Sir!«

»Gut. Das wäre so weit alles – und viel Erfolg!«

»Danke Sir, ich werde sehen, was ich machen kann«, sagte MacKenzie und verließ das Büro seines Vorgesetzten.

Er war froh, dass es keine Probleme mit seiner sofortigen Entsendung gegeben hatte. Zu lange hatte sich die CIA auf *Techint*, also die aus technischen Quellen gewonnenen Nachrichten, verlassen. Jahrzehntelang wurde von technikbegeisterten *Nerds* die Mär verbreitet, man könne nahezu alle Informationen aus technischen Aufklärungsmaßnahmen ziehen. Die totale Telefon- und E-Mail-Überwachung, ergänzt durch Innenraumüberwachung und Satellitenaufnahmen wurde als Allheilmittel gepriesen. Bis dann Ende der 90er-Jahre endlich einige alte Hardliner in der Agency Druck gemacht und auf die Risiken einer derart einseitigen Quellenlage hingewiesen hatten. Pleiten und Pannen hatten sich gehäuft und massive Informationsdefizite im Nahen Osten, in Zentralasien und Nordafrika waren letztendlich sichtbar geworden.

Die Arabische Revolution, die im Januar 2011 in Tunis ihren Anfang genommen hatte, hatte die Agency genauso verschlafen wie seinerzeit die Implosion der alten Sowjetunion.

Jeder Geheimdienstler wusste: Wenn man es mit Profis zu tun hatte, rundeten technische Maßnahmen zwar das Bild ab; nicht selten gaben sie aber nur Aufschluss über die Kapazitäten des Gegners. Menschliche Quellen, im Fachjargon *Humint* genannt, lieferten dagegen häufig Informationen über dessen wahre Intentionen und Planungen. Kein Geheimdienst der Welt konnte daher auf Informanten verzichten.

Also war der Apparat in Langley, wie es in der Natur großer Bürokratien liegt, unendlich langsam angelaufen und hatte Gelder für *Humint* bereitgestellt. MacKenzie, der zwar gerne las, sich aber nicht gerne lange hinterm Schreibtisch versteckte, hatte diese Welle genutzt und ritt sie noch immer.

25

Amerikanische Botschaft
Kairo, Ägypten

MacKenzie hatte die Nachmittagsmaschine vom Dulles International Airport Washington D.C. nach Paris genommen. Auf dem Flughafen Charles de Gaulle zwischengelandet, war er dann zweieinhalb Stunden später weiter nach Kairo geflogen.

Der junge Botschaftsangehörige, der ihn vom Flughafen abholte, trug einen beigefarbenen, schlecht sitzenden Anzug. Er schien sehr unter der Hitze zu leiden, unter seinen Achseln prangten dunkle Schweißflecken. Er hielt ein Schild mit der Aufschrift WHO * in seinen Händen.

MacKenzie schritt auf ihn zu.

* World Health Organization / Weltgesundheitsorganisation

»Mr. MacKenzie?«

»Das bin ich.«

»Timothy Maddox, amerikanische Botschaft. Ich bin hier, um Sie abzuholen.«

»Scott MacKenzie, angenehm.«

Maddox führte sie rasch durch die Menschenmenge zu einem nagelneuen schwarzen Grand Cherokee und öffnete MacKenzie die hintere Türe.

»Ich danke Ihnen«, sagte MacKenzie und ließ sich auf die Ledersitze fallen. Im Wagen war es kalt wie in einem Kühlhaus.

»Ich hoffe, Sie hatten einen angenehmen Flug, Sir.«

»Kann mich nicht beklagen. Sagen Sie, wie ist denn so die Lage? Wie macht sich die neue Regierung?«, fragte MacKenzie und dachte sich:

Wahrscheinlich gerade deine erste Auslandsverwendung, Maddox, alter Redneck! Texte mich ruhig mal ein bisschen zu mit deinem breiten Südstaatenakzent. Die Frage des Tages: Louisiana oder Alabama?

»Tja, wie soll ich sagen, die neue ägyptische Regierung hat ein schweres Erbe angetreten, noch hält sie sich mit großen Projekten eher zurück, wissen Sie. Das Militär beobachtet alles mit Argusaugen. Sorge bereitet uns der Umstand, dass die Reformen der neuen Regierung den Menschen hier nicht schnell genug gehen. Der Bürger spürt derzeit noch nicht viel davon, dass er wieder eine neue Regierung hat, und daraus könnten die Muslimbrüder und auch die noch viel radikaleren Salafisten Kapital schlagen«, sagte Maddox sichtlich erregt. »Die alten Kader sind zurückgekehrt und machen Jagd auf die Muslimbrüder. Ab und zu knallt es hier.«

»Das war vorauszusehen, immerhin war der alte Präsident ja demokratisch gewählt!«

Maddox blickte in den Rückspiegel, zuckte aber nur mit den Schultern.

MacKenzie war erschöpft, verschwitzt und sehnte sich nach nichts mehr als einer Dusche und einem Bett. Doch das musste warten. Er musste wenigstens kurz mit Henderson, dem Residenten der Botschaft, sprechen. Erst danach könnte er ein kleines Nickerchen machen. Morgen würde er sich dann in aller Ruhe mit seinem Kontaktmann treffen.

»Sind Sie über die Situation in Kairo im Bilde? Wissen Sie, nach Einbruch der Dunkelheit ändert sich hier die scheinbar ruhige Lage. Es wurde auch gestern wieder eine Ausgangssperre verhängt, weil in einem Viertel geplündert wurde. Und im Norden ... tja, da sitzt die *Basis*!«

MacKenzie kannte die Lage genau, er war mit der Region bestens vertraut. Aber das brauchte der Grünschnabel nicht zu wissen.

»Das klingt nicht gut«, sagte MacKenzie gelangweilt, öffnete eine große Barraka-Wasserflasche, die neben ihm auf dem Sitz lag, und nahm einen kräftigen Schluck.

»Sie sagen es.«

Maddox war offensichtlich stolz, dem Ankömmling Neuigkeiten berichten zu können.

»Die Marines von der Botschaft haben die zweithöchste Sicherheitsstufe verhängt und sind zu keinerlei Scherzen aufgelegt. Oh ja, natürlich, bitte bedienen Sie sich, das Wasser ist für Sie, sorry! Hatte ich ganz vergessen zu sagen.«

MacKenzie fragte sich, ob die Marines wirklich jemals entspannt waren. Wurden sie nicht dafür bezahlt, unentspannt zu sein?

Er ließ seinen Blick schweifen. Es gab hier und dort einen Streckenposten, doch insgesamt sah alles recht geordnet aus.

»Ich möchte Ihnen nicht zu nahe treten, Maddox, aber ich habe die Jarheads ... ich meine die Marines, bislang ohnehin immer als eher schlicht gefaltete Gemüter ohne Humor kennengelernt.«

»Da tun Sie den Jungs unrecht, Sir. Unsere Marines sind ziemlich gut drauf und Master Sergeant Cutter hat durchaus Sinn für Humor.«

MacKenzie versuchte erst gar nicht, sich einen humorvollen Marine vorzustellen. Die meisten Jarheads, wie diese in seinem Umfeld genannt wurden, die er bislang kennengelernt hatte, waren extrem selbstbewusste, durchtrainierte, testosterongesteuerte Muskelpakete, die nicht selten den IQ eines Teelöffels aufwiesen.

Schließlich näherte sich der Wagen einem gepanzerten Tor. Eine

Kette mit spanischen Reitern wurde dahinter zur Seite gezogen und breite Gitterstäbe versanken im Boden.

Er sah, dass die Marines nicht wie sonst üblich ihre schicken Uniformen, sondern ihre Wüstentarn-Kampfanzüge trugen. Sie waren bis an die Zähne bewaffnet und schienen auch zahlenmäßig aufgestockt worden zu sein. So viele hatte er selten zusammen auf einem Botschaftsgelände gesehen.

Maddox fuhr eine forsche Kurve und brachte den Wagen vor dem beigefarbenen Hauptgebäude zum Stehen.

»Hat mich gefreut, Sir. Mr. Hendersons Büro liegt im Trakt »Delta« Nummer 22. Ihnen noch einen angenehmen Tag, Sir!«

»Ich danke Ihnen. Ach, sagen Sie, wo kommen Sie eigentlich her, Maddox?«

»Mobile, Alabama, Sir!«

»Soso.«

Bingo, dachte MacKenzie. Er bemühte sich, ein Lächeln zu unterdrücken, und stieg aus dem Wagen.

»Na denn bis später, Maddox.«

In der Botschaft ging es recht chaotisch zu. MacKenzie hatte die Sandsäcke vor vereinzelten Gebäuden bemerkt. In sämtlichen Gängen und Korridoren standen Feuerlöscher und Eimer, die mit Wasser gefüllt waren. Man war auf Eventualitäten vorbereitet. Auch wusste er, dass die Botschaft noch nicht wieder die volle Besetzung hatte. Die Agency hingegen war gut vertreten.

Als er an die Bürotür des Residenten klopfte, blieb es still.

MacKenzie verharrte. Sollte er die Tür einfach öffnen?

Er zögerte. Als seine Hand die Klinke berührte, donnerte es von innen:

»Herein!«

Etwas verdattert trat er ein und bemerkte sofort, dass dem Mann hinter dem Schreibtisch die Arbeitsbelastung ins Gesicht geschrieben stand. Dennoch strahlte er Autorität aus. Der Mann war klein, stämmig und wirkte energisch. Seine Haare waren zu einem perfekten Bürstenschnitt getrimmt und er trug einen kurzgeschorenen blonden Bart.

»Dick Henderson, angenehm!« Der Händedruck war kräftig,

aber nicht schmerzhaft, und der Siegelring verriet die Marineakademie Annapolis.

»Scott MacKenzie, ebenso!«

MacKenzie ließ seinen Blick durch das Büro wandern.

Auf einem alten Eichenschreibtisch stand eine stilvolle Messinglampe mit grünem Glasschirm neben drei Telefonen. Bilder von zwei Mädchen in Hochschul-Talaren und das Foto einer brünetten Frau mit dunklem Teint, etwa Ende vierzig, gaben Aufschluss über die Familie Henderson. An der Wand neben dem Panzerschrank hing ein Diplom des National War College.

Die Wand hinter Hendersons Schreibtisch war bedeckt von einem großen gerahmten Foto, das ein Atom-U-Boot der Virginia-Klasse (NSSN) vor einem tropischen Sonnenuntergang zeigte. Es sah in seinen Augen ziemlich kitschig aus. Am unteren Rand stand geschrieben:

In memory of Captain Richard Henderson
Crew USS TEXAS SSN 775

Ein Militär durch und durch, dachte MacKenzie.

Die Typen von der Navy waren eigentlich ganz okay, in der Regel besser geschult als das Heer oder die Marines und zudem in der Lage, analytisch zu denken, so dachte er nicht ohne Überheblichkeit. Ein alter Spruch, der zwar nicht immer stimmte, in dem aber ein Fünkchen Wahrheit lag, lautete, dass – im Gegensatz zum Bureau* – die Agency das »Hirn der Navy« gegenüber den »Muskeln der Marines« bevorzugte. Der Umkehrschluss verhieß nicht viel Gutes über die innerhalb der CIA wenig geachtete Bundespolizei FBI. Allerdings, MacKenzie musste lächeln, hatte sich das Verhältnis zwischen den beiden miteinander konkurrierenden Institutionen mittlerweile etwas entspannt.

Henderson hatte ihn eine Zeitlang aufmerksam gemustert, er senkte den Blick und fragte leise:

»Wie war Ihr Flug?«

* Jargon für das Federal Bureau of Investigation (FBI)

»Ereignislos und zu lang«, entgegnete sein Gegenüber lakonisch.

»Hm, ja, immer das Gleiche. Ich schlafe immer oder erledige Papierkram. Und wie steht's im HQ? Lassen Sie mich raten: Umstrukturierung 37.0! Angestoßen von irgendeinem neuen *Chairwarmer*, der zwar 'nen Doktortitel hat und Vitamin B, aber von nachrichtendienstlichem Verständnis in etwa so weit entfernt ist wie ein Pinguin vom Nordpol?«

»Sie sagen es!«

MacKenzie konnte sich ein Lächeln nicht verkneifen: Henderson war kein Erbsenzähler, sondern wirkte wie ein lebenserfahrenes Frontschwein.

»Sie haben also morgen ein Date ...« Henderson fixierte ihn konzentriert. Es war zur Hälfte eine Feststellung, zur anderen Hälfte eine Frage.

MacKenzie blickte aus dem einzigen Fenster. Es war so stark vergittert, dass es fast erstaunlich war, wie überhaupt noch Licht in den Raum dringen konnte. Er holte tief Luft.

»Das ist richtig.«

»Was können Sie mir über Ihre Quelle, *Teardrop*, sagen?«

MacKenzie setzte sich aufrecht hin.

»Unser Mann ist Internist und Facharzt für Innere Medizin. Er praktiziert im New Kasr El Aini Hospital. Als angesehener Arzt verfügt er über exzellente Kontakte in Regierungskreise und in die höhere Gesellschaft. Er war für uns bislang immer ein gutes Stimmungsbarometer. Diesmal jedoch scheint es um etwas anderes zu gehen, vermutlich einen sehr konkreten Sachverhalt. Genaues kann ich noch nicht sagen.«

»Hm ...«

Henderson verarbeitete bedächtig das Gesagte. »Brauchen Sie jemanden zur Unterstützung oder zum Transport?«

»Das wäre gut. Drei oder vier Leute würden reichen, nur zur Absicherung. Ich glaube zwar, es wird alles reibungslos laufen, aber man kann ja nie wissen. Der Mann arbeitet mit uns schon seit knapp vier Jahren zusammen. Nicht spektakulär, aber solide«, erklärte MacKenzie. Er untertrieb lieber, was die Qualität seiner Quellen betraf. Andere Fallführer stellten ihre Informanten gerne als Topquelle dar, um dann später Schiffbruch zu erleiden, wenn die Person absprang, sich als unehrlich herausstellte oder nichts Entsprechendes lieferte. »Ich möchte mich vergewissern, dass er allein ist, wenn ich ihn treffe. Wenn Sie über qualifizierte Leute verfügen, die ins Straßenbild passen, dann wäre das eine Hilfe.«

»Kein Problem, sollen Sie haben.«

»Erster Treffpunkt wird das ägyptische Museum sein, und wenn es nötig sein sollte, haben wir als Ausweichmöglichkeit das Marriott Hotel. Sagen Sie, was treibt eigentlich der ägyptische Inlandsdienst zurzeit?«

»Die sind im Moment ziemlich mit sich selbst beschäftigt und haben andere Sorgen, als sich um uns zu kümmern. Sie wissen ja, dass unsere Beziehungen einer Achterbahnfahrt ähneln, wenngleich uns die Ägypter neuerdings wieder etwas mehr trauen.« Henderson lächelte. »Aber die müssen sich derzeit mehr Sorgen um ihre eigenen Leute machen.«

»So schlimm?«

»Tja, seitdem ihr Chef abgesetzt wurde, gibt es unter dessen Nachfolger eine Kommission, die sich mit einer Reform der Sicherheitsbehörden befasst. Seitdem wurden die Dienste personell umstrukturiert und sind offenbar dabei, etwas transparenter zu werden. Davon ausgenommen ist natürlich der militärische Geheimdienst.«

»Interessant, nähern wir uns hier etwa demokratischen Verhältnissen?«

»Nun, das wäre übertrieben, aber die Menschen hatten die Diktatur unter Mubarak satt. Die Muslimbrüder haben es ebenfalls nicht vermocht, die Lage maßgeblich zu verbessern. Jetzt haben wir eine Rückkehr der alten Kader und viele Scharmützel hinter den Kulissen. Die Menschen hier wollen keine Angst mehr haben. Weder vor der einen noch vor der anderen Seite. Leider ist die wirtschaftliche und demzufolge auch die gesellschaftliche Situation im Lande derzeit noch alles andere als rosig, ausländische Investoren zögern – aufgrund der fehlenden Stabilität. Und viele, die zuvor verfolgt wurden, saßen zwischenzeitlich in der Regierung und stehen nun wieder unter Hausarrest.«

MacKenzie nickte.

»Dafür treiben sich hier nun jede Menge iranische, saudische und auch türkische Spooks herum«, fuhr Henderson fort.

»Ja, das ist mir bekannt. Die Analyseabteilung ist recht gut informiert«, sagte MacKenzie.

»Wir liefern ja auch täglich! Und nicht genug, dass wir unsere eigenen Leute in D.C. bespaßen müssen: Das State Department * geht uns natürlich auch mit seinen ständigen Anfragen auf die Nerven, dabei haben die mit I&R ** ihre eigene nachrichtendienstliche Abteilung. Ständig wollen die Diplos wissen, wie dieser und jener Ägypter auf die iranischen nuklearen Bestrebungen reagiert oder wie man mit Syrien, Israel oder der Türkei umgeht, wie die Beziehungen der Regierung zu Russland sind usw. Das State Department hat hier doppelt so viele Leute wie ich, die überall repräsentieren, aber nichts gebacken kriegen. Wenn es um die Wurst geht, dann sollen wir wieder alles wissen und das bei den ständigen Kürzungen!«

Henderson hielt den Tisch mit beiden Händen fest. Er hatte sich leicht nach vorne gebeugt.

Mein Gott, dachte MacKenzie, *der Typ erfüllt wirklich jedes Klischee!*

»Ja, es ist immer das Gleiche!«, pflichtete er Henderson bei. »Sagen Sie, haben Sie vielleicht einen Drink für mich?«

Hendersons Gesicht leuchtete auf. »Ich dachte schon, Sie würden nie fragen. Bourbon, wenn's recht ist?«

MacKenzies bevorzugte eigentlich schottische Whiskys. Dies war nicht nur seinen Vorfahren aus den Highlands geschuldet; auch geschmacklich konnte er einem Single Malt deutlich mehr abgewinnen als dem aus Mais gebrannten, weicheren Bourbon. Aber man musste flexibel sein.

»Überredet.«

»Auf ein erfolgreiches Treffen morgen!«

* Diplomatischer Dienst der USA

** Bureau of Intelligence and Research (nachrichtendienstliche Abteilung des amerikanischen diplomatischen Dienstes)

Die Gläser klirrten, MacKenzie kippte den Alkohol genüsslich herunter und verabschiedete sich nach einer Weile, um das Treffen mit seinem Informanten am folgenden Tag vorzubereiten.

26

Ras Mohammed Unterwasser Nationalpark
Sinai, Ägypten

»Ganz schön weit draußen, dein Tauchplatz, was?«, fragte Steiger und schaute sich um.

»Luftlinie 22 Seemeilen, wir müssen aber einige Riffe umfahren und können daher nicht den direkten Weg nehmen.«

»Willst du dort ankern?«

»Wir müssen! Dort ist nichts, der Spot ist unberührt«, erwiderte Omar.

»Hält Ivo Ankerwache?«, fragte Steiger.

»Richtig!«

Der Wind konnte drehen oder der Anker schleifen. Je nach Distanz zum Riff reichte es auch schon, wenn das Boot einmal um die eigene Achse schwojte und mit dem Heck auf dem Riff aufkam.

»Wir liegen zwar in der Abdeckung des Riffs, die Windwellen werden vom Riff gebrochen, aber sicher ist sicher.«

»Im Moment ist das Wetter stabil, der Anker hält, wenn ich genug Kette stecke. Außerdem hat das Boot genug Platz, sich zu drehen, aber wenn was sein sollte, kann Ivo Anker aufgehen und uns woanders aufnehmen.«

»Bestens!«

»Wir nehmen den Anker beim Abtauchen mit runter. Das kannst du übernehmen, wenn du willst. Da ist ein großer Sandfleck auf etwa zehn Meter Tiefe«, sagte Omar.

»Geht klar. Gemisch?«

»Ich habe unsere Flaschen mit 32er-Gemisch gefüllt. Dann ist bei maximal 40 Meter Tiefe Schluss, großzügig gerechnet. Wir sollten die Tiefengrenze also bei maximal 35 Metern ansetzen. Unters Boot packen wir 'ne Zwölfer mit 50 Prozent Sauerstoff. An der können wir unseren Dekostopp machen, für alle Fälle.«

»Perfekt. Ich rödel schon mal auf«, rief Steiger.

»Mach das!«

Als Steiger sein Rig, bestehend aus einer Zehnliter-Stahlflasche, einer Tarierweste, Wingjacket genannt, und zwei getrennten Lungenautomaten zusammengeschraubt hatte, fragte er Omar:

»Ist dein Rig fertig?«

»Liegt vorne – wir sind in zwei Minuten da.«

Steiger begab sich nach vorn und schaute auf Omars Ausrüstung, die vor der Steuerkonsole montiert war. Ein Handtuch lag darüber. Sein Freund tauchte privat fast immer ein sogenanntes Doppelpack, bestehend aus zwei Zehnliter-Drucklufttauchgeräten, die eine absperrbare Brücke verband, und er benutzte ebenfalls Apex-Lungenautomaten. Die Flaschen waren über eine Edelstahlplatte, das *Backplate*, an sein zweiblasiges *RecWing* montiert.

»Wir sind da«, sagte Omar und verlangsamte das Boot.

»Siehst du das Riff dort drüben?«

Steiger nickte. »Es ragt aber nichts aus dem Wasser?«

»Richtig, ich habe alles vermessen, maximal zwei Meter unter der Wasseroberfläche.«

»Cool, dann kann das Boot schwojen.«

»Richtig. Der Wind kommt heute wie so oft in dieser Jahreszeit aus Nord / Nordost und so soll es heute auch bleiben. Schätze, dass er um maximal 15 Grad drehen wird.«

»Als Länge der Tauchzeit habe ich vierzig Minuten angesetzt. Wenn wir noch Luft haben sollten, und die Tabelle es hergibt, auch gut. Dir brauche ich ja nichts über Sauerstoffpartialdruck zu erzählen.«

Steiger nickte und lächelte bescheiden.

»Das heißt also, nach spätestens fünfundvierzig Minuten ist Schicht. Damit meine ich aus dem Wasser, Jan!«

»Geht klar, Chef«, sagte Steiger und konnte sich ein Lächeln nicht verkneifen. Sein ägyptischer Freund wusste, wovon er sprach. Es war bekannt, dass Steiger seine Tauchgänge gerne ausreizte.

»Siehst du die Riffkante?«, fragte Omar und zeigte mit der Hand auf das an der Kante braun gefärbte Wasser.

»Jep.« Steiger prägte sich die gesamte Umgebung genau ein. Korallentürme, Riffkante, Sandspot und Drop-off speicherte er in seinem Hirn ab.

»Wir liegen hier sicher im Strömungs- und Windschatten. Wenn du den Anker geerdet hast, tauchen wir gemütlich in der Riffabdeckung bis zu den drei hintereinanderliegenden Korallentürmen. Die stehen auf 30, 35 und 50 Metern. Am hinteren Korallenturm ist Schluss. Und keine Späße, du Freak! Denk daran, du hast Urlaub. Wenn du da unten um die Ecke rumwillst, musst du voll reintreten, aber da ist nichts außer drei bis vier Knoten Strömung.«

»... die uns die ganzen Fische beschert«, ergänzte Steiger.

»Richtig. Du wirst sehen, da unten blüht das Leben: Makrelen, ein heimischer Napoleonfisch, Barrakudas, Zackenbarsche ohne Ende, eine große schwarze Muräne habe ich auf 28 Meter Tiefe gesichtet und einen ziemlich großen Blaupunktrochen.«

»Wie oft warst du hier?«

»Dreimal.«

»Wann?«

»Letzte Woche, Ivo ist an Bord geblieben. Ich bin alleine runter.«

Steiger nickte.

In der sogenannten Techszene wurden spezielle Gasgemische verwendet. Hier hatte sich das Solotauchen bereits vor Jahren etabliert. Er selbst war durch seinen Beruf auf einen Partner, einen Buddy, getrimmt. Die Kampfschwimmer tauchten in aller Regel als »Rotte«.

Privat hatte er allerdings auch schon diverse Solotauchgänge hinter sich gebracht. Das offene Gerät, das er privat nutzte, unterschied sich sehr von den bei den Kampfschwimmern benutzten LAR-V-Kreislaufgeräten.

Bei allem Respekt waren 40 Meter Tiefe nun nicht gerade etwas, was einen *Tecki* beunruhigte – aber wie er selbst immer sagte: Man konnte auch in einer Pfütze ertrinken.

Sein Freund Omar war bei all seinem Humor und seiner Vorliebe für gutes Essen ein äußerst disziplinierter Taucher und Trimix-Ausbilder mit über 1400 Tauchgängen, davon etwa 300 in über 80 Meter Tiefe.

»Bist du so weit?«, fragte Omar.

Steiger stand jetzt in voller Montur auf dem Bug und gab das OK-Zeichen. Omar hatte den 40 Kilogramm schweren Pflugschar-Anker bereits ins Wasser gelassen; das Boot stand beinahe regungslos auf der Stelle.

»Plazier ihn mitten im *Sandpatch*. Wir stehen genau drüber, ich gebe dir Lose«, rief Omar seinem Freund zu.

Steiger gab sein Okay. Es wurde auch Zeit: Allmählich begann er in seinem Neoprenanzug zu schwitzen.

»Dive, dive, dive!«, rief Omar, der das Boot mit dem Bug ruhig im Wind hielt.

Steiger machte einen großen Schritt nach vorn ins Leere und tauchte in einem Gewirbel von Tausenden kleinen Luftblasen sofort ab. Im Nu war er beim Anker und dann gab Omar auch schon Lose.

Seine rechte Hand blieb während des gesamten Abstiegs an der Nase, um den Druckausgleich durchzuführen, mit der linken hielt er sich am Anker fest. So ging es äußerst zügig abwärts, was aber nicht ungefährlich war. Bei einem zu schnellen Abstieg konnten Probleme mit dem Druckausgleich auftreten, bei weiterem Abtauchen drohte sogar ein Riss im Trommelfell. Doch für Steiger war dieses Manöver reine Routine.

Das Wasser war glasklar, angenehm kühl und die Tiefe schillerte türkis bis bläulich – nicht so, wie er es von der Ostsee kannte. Dort war das Wasser grünlich trüb und ab fünfzehn Meter Tiefe immer kalt.

Omar hatte nicht gelogen. Der Fischreichtum war überwältigend. Steiger ließ seinen Blick schweifen, so gut er konnte.

Zehn Meter Tiefe. Er fühlte am Kopf und an den Händen, dass es nochmals kühler wurde, er hatte die nächste Sprungschicht erreicht.

Um den »freien Fall« etwas abzubremsen, blies er seine Tarierweste mit dem Inflator ein wenig auf und ließ nun etwas Kette durch seine Hände gleiten. Dann, bei knapp zwölf Metern, »stand« er auf dem Sandfleck, den Omar beschrieben hatte. Der Anker hatte zuerst den Grund berührt und dabei eine kleine Sandwolke aufgewirbelt. Steiger nahm den Anker und rammte ihn mit den Fluken in den hellen Sand. Dann zog er mit Kraft am Kettenvorlauf der Ankerleine. Der Anker hielt. Bei mehr Zug würde er sich immer tiefer eingraben.

Er überprüfte seine Instrumente: Tiefe, Zeit und Luftvorrat – alles war, wie es sein sollte. Er blickte nach oben und sah die Silhouette seines Freundes langsam auf sich zuschweben.

Einige Sekunden später war Omar bei ihm. Sie tauschten OK-Signale aus, Omar warf einen flüchtigen Blick auf den Anker und übernahm die Führung. Rasch ließ er sich tiefer in Richtung Korallentürme sinken.

Sie sahen Drückerfische, Kofferfische und Papageienfische, die sich im Riff und an den Korallentürmen tummelten. Kaiserfische, Engelfische und einige junge Zackenbarsche komplettierten das Bild. Manchmal »hängten« sie sich minutenlang vor Korallentürme oder spähten in tiefe Felsspalten. Omar gab seinem Freund die Zeit. Er wusste, dass Steiger nur selten Tauchgänge absolvieren konnte, die für ihn interessant waren. Und dieser hier gehörte zweifellos dazu.

Schwerelos glitten sie weiter. Omar zeigte auf etwas unter ihnen: Eine große, dunkle Muräne hatte ihren Schlupfwinkel verlassen und schlängelte sich in Richtung eines Korallenturms. Sie tauchten hinterher.

Steiger schaute auf seinen Computer: 31 Meter. Sein Finimeter meldete noch 170 bar Druck in seiner Flasche. Er folgte Omar und sah, wie dieser vor einem Loch schwebte. In dem Loch saß die Muräne mit aufgerissenem Maul.

Tiefe: 34 Meter.

Die kommt nicht raus, solange du da sitzt, Omar, dachte Steiger und zog an Omar vorbei, ihm signalisierend, dass er noch bis zum Ende des Riffs weitertauchen und dann langsam umkehren wolle. Omar bestätigte und folgte seinem Freund in einem größeren Abstand: Ihn beschäftigte eine Putzerstation, an der sich ein Zackenbarsch das Maul von kleinen Garnelen säubern ließ. Das Riff war hier draußen bemerkenswert gesund.

Es ging weiter abwärts. Omar hatte in seinem Briefing erwähnt, dass hinter dem sandigen Vorsprung das Riff steil auf etwa 80 Meter abfalle. Dort läge ein weiteres Plateau, hinter dem sich schließlich ein Abyss von über 600 Meter Tiefe auftue.

Faszinierend, dachte Steiger. Vielleicht schaue ich mir das Plateau auch noch mal an.

Mit zunehmender Tiefe verwandelte sich die Unterwasserwelt in ein bläulich schimmerndes Paradies. Steiger erkannte in der Nähe des Drop-offs an der Riffwand eine seltene rote Anemone und glaubte Clownfische sehen zu können.

Doch er nahm sich vor, die Ermahnungen seines Freundes zu respektieren. Ein tieferes Abtauchen ließ die Planung nicht zu. Als Steiger den letzten Korallenturm erreichte, schaute er zum Riff links voraus; Fächerkorallen bewegten sich in der augenscheinlich starken Strömung.

Die Strömung bringt die Nährstoffe, die für den Fischreichtum hier unten sorgen, dachte er.

Sein Blick fiel auf einen großen Schwarm neugieriger, junger Barrakudas, die langsam in weitem Bogen um die Taucher herumschwammen. Sehr elegant anzusehen.

Er schaute noch einmal zum Drop-off hinunter in das dunkler werdende Blau und wollte gerade den Rückweg antreten, als er am Fuße des Riffs eine Bewegung wahrnahm. Er hielt inne und ließ sich etwas tiefer sacken.

Vielleicht ein Großfisch? Womöglich ein Hai? Er begann schon, sich zu freuen.

Dort unten war es düster, da sich der Fuß des Riffs im Lichtschatten befand. Er drehte sich um. Omar hing etwa 15 Meter von ihm entfernt vor einem Korallenturm auf rund 30 Meter Tiefe. Sein eigenes Finimeter meldete 110 bar.

Alles im grünen Bereich, dachte er, und sackte zwei oder drei Meter tiefer in Richtung Riff.

Da war es wieder.

Etwas Schwarzes schien sich dort zu bewegen. Aber das war keiner der üblicherweise hier vorkommenden Fische.

Es sah eher aus wie ein großer Plattfisch, ein Rochen vielleicht oder doch eine große Weichkoralle? Wahrscheinlich. Vielleicht war es aber einfach nur ein Tuch. Taucherboote verloren schon einmal Handtücher, die zum Trocknen an der Reling aufgehängt worden waren.

Seine Neugier war geweckt. Doch wollte er die Vereinbarung mit seinem Freund nicht brechen. Er drehte sich um, Omar stand perfekt austariert auf dem Kopf und schien sich für den Inhalt einer Riffspalte zu interessieren.

Ach zum Teufel!, dachte Steiger, tauchte auf 38 Meter hinab und schwamm in Richtung des Vorsprungs. Die Strömung wurde jetzt deutlich stärker. Wahrscheinlich hatte seine Wahrnehmung ihm einen Streich gespielt. Es war tief dort unten, mindestens 46 oder 47 Meter – und es war ziemlich dunkel.

Er drehte sich um.

Omar sah ihn aus der Ferne an und gab ihm das OK-Zeichen. Das war eine Frage.

Steiger bestätigte. Dann machte Omar eine kreisende Bewegung mit dem erhobenen Zeigefinger seiner rechten Hand, womit er andeuten wollte, dass man so langsam den Rückweg antreten sollte.

Mist, dachte Steiger, aber er sah ein, dass er heute hier nichts mehr erreichen würde.

Er schaute noch einmal nach unten. Wieder nahm er undeutlich etwas Großes, Schwarzes wahr, das langsame, wellenförmige Bewegungen ausführte.

Verdammte Axt!

Egal. Er hatte Urlaub. Sie würden wiederkommen. Er würde hier sicher noch den einen oder anderen Tauchgang unternehmen. Steiger drehte ab und schwamm zurück, um mit Omar in Ruhe die Austauchphase in Richtung Boot zu beginnen. Allerdings kreisten seine Gedanken immer noch um das soeben Gesehene. Unter dem Boot angelangt, hing auf fünf Meter Tiefe wie angekündigt ein Zwölfliter-Tauchgerät mit zwei Lungenautomaten. Steiger schnappte sich den einen, Omar den anderen.

Sie verbrachten dort zwölf Minuten und tauchten dann langsam auf.

»Und, habe ich dir zu viel versprochen?« Omar pellte sich aus seinem Neoprenanzug.

»Kein bisschen! Das war ein sehr schöner Tauchgang.«

»Fette Muräne, was?«

»Kann man wohl sagen.«

»Und die jungen Barrakudas zum Schluss?«

»Genial.«

»Am Ende des Riffs herrscht ganz schön Strömung, nicht wahr? Was wolltest du eigentlich da hinten?«

Steiger antwortete nicht gleich. Er dachte nach.

»Sag mal, Omar, bist du eigentlich jemals um das Riff herumgetaucht?«

»Nein, zu viel Strömung, die haut dich aus den Flossen. Das hast du sicherlich gemerkt.«

»Hmm.«

»Wieso fragst du?«

»Nichts weiter, ich meine, da unten etwas gesehen zu haben«, murmelte Steiger noch immer nachdenklich.

»Oha, was denn?«

»Keine Ahnung, aber irgendetwas hat sich da bewegt.«

»Etwa 'ne Meerjungfrau?« Omar grinste kumpelhaft und formte mit seinen Händen die Anatomie eines weiblichen Oberkörpers.

»Sehr witzig!«

»Ein Hai?«

»Nee, auch kein Hai, sah irgendwie aus wie ein schwarzes Handtuch oder so etwas Ähnliches.«

»Ein Handtuch?« Omar blickte ungläubig drein. »Ich dachte, die Stickstoffnarkose fängt bei 40 Metern erst an«, feixte er.

Steiger trocknete sich ab und blinzelte gegen die Sonne.

»Mensch, Omar, das ist kein Witz! Da war irgendetwas, vielleicht auch ein Wrackteil.«

»Ich glaube, du brauchst jetzt ein ordentliches Frühstück!«

»Das kann schon sein«, sagte Steiger langsam. Am Ton seiner

Stimme bemerkte Omar, dass sein Freund entweder unterzuckert war oder womöglich wirklich etwas gesehen hatte.

»Wir können ja wieder hierherkommen. Eigentlich wollte ich dir aber das Wrack einer saudischen Motoryacht zeigen, die es vor vier Wochen in der Nähe des Jackson Reef zerlegt hat – das ist zwar verboten, aber man kann da wunderbar reintauchen. Vielleicht finden wir …«

»Omar, ich will hier noch mal hin.«

Omar seufzte und zog die Augenbrauen hoch. »Hab ich mir schon gedacht.«

Er begab sich zum Steuerstand und drehte den Zündschlüssel.

»Ivo, hilf mir den Anker zu lichten.«

»Ich komme!«, erklang es von unten.

Nachdem der wassertriefende Anker per Winsch an Bord geholt worden war, schwenkte Omar die *Wave Dancer* langsam auf Kurs Richtung Heimathafen. Ivo erschien mit zwei Milchshakes aus der bordeigenen Kombüse an Deck.

»Hier, um den ersten großen Hunger zu stillen«, sagte er aufmunternd und reichte Omar und Steiger jeweils einen Pott, der eher an einen bayerischen Maßkrug als an ein Trinkglas erinnerte.

Während Steiger sich den fruchtigen Milchshake schmecken ließ, konnte er den Blick nicht von der Wasseroberfläche über dem Riff abwenden. Er war davon überzeugt, dass er kein Handtuch gesehen hatte.

27

Kairo
Ägypten

Scott MacKenzie saß in einem Straßencafé und las Zeitung. Er trank einen starken Kaffee und ärgerte sich darüber, dass er noch immer Kopfschmerzen hatte.

Vergeblich hatte er nachts in seinem Hotelzimmer versucht, die Klimaanlage auszuschalten. Die trockene Luft bekam ihm nicht und machte ihn durstig, ähnlich wie auf langen Flügen. Schließlich war es ihm gelungen, durch das Öffnen des Fensters einen Metallkontakt zu unterbrechen und die Klimaanlage dadurch stillzulegen. Doch aufgrund des Straßenlärms hatte er dann trotzdem nicht schlafen können. Als er sich endlich entschlossen hatte, das Fenster wieder zu schließen, war es bereits fünf Uhr morgens.

Er blickte zu dem Gebäude auf der anderen Seite der Straße, mittlerweile war es ein Uhr Mittags. Dort stand ein Kollege lässig an eine Mauer gelehnt und rauchte.

»The bill, please.«

Der Kellner nickte und kam sofort. Er hielt ihm ein Stück Papier hin, das mit Bleistift bekritzelt war.

Entziffern konnte MacKenzie davon nicht viel. Er drückte dem Mann vierzig ägyptische Pfund in die Hand und sagte:

»Schokran.«

Der Kellner zeigte ein breites Lächeln.

»Afuan.«

MacKenzie erhob sich, faltete umständlich seine Zeitung zusammen und schritt nach einem dezenten Rundumblick schritt gemütlich in Richtung Ägyptisches Museum. Der Tourismus schien auch in Kairo gelitten zu haben, dachte er, als er eine Karte löste. Das Museum war kaum besucht.

Er hatte sich einen illustrierten Führer gekauft und sich in der Nähe des Ostflügels im Obergeschoss postiert. Gerade bewunderte er Gegenstände des Tutanchamun-Grabschatzes, als er den anderen Kollegen aus der Residentur bemerkte.

Der Mann befand sich 30 Meter von ihm entfernt, als MacKenzie sah, wie er ihm unauffällig zunickte.

Ausgezeichnet, dachte er, *die Luft ist also rein.* Mit der rechten Hand schob er den Ärmel seines Jacketts zurück und schaute auf die Uhr.

Mein Kontakt muss jede Sekunde hier sein, dachte MacKenzie.

Dann sah er ihn die Treppe hochkommen.

Ehab sah älter aus als beim letzten Treffen. Um die Schläfen herum leicht ergraut, schien er auch etwas an Gewicht zugelegt zu haben.

MacKenzie begab sich in Richtung Nordflügel, Ehab folgte ihm gemächlich, scheinbar desinteressiert. Als sie etwas später nebeneinander vor einem Exponat standen, sagte MacKenzie in fließendem Arabisch:

»Salam! Ehab, mein Freund, wie geht es dir? Bitte habe Verständnis für die Sicherheitsvorkehrungen, wir müssen vorsichtig sein.«

»Salam! Ich grüße dich, Marvin, schön, dass du Zeit gefunden hast und so rasch kommen konntest.«

»Ich freue mich, Ehab. Die Zeit nehme ich mir natürlich gerne. Wie geht es deiner Familie?«

»Meiner Frau geht es gut, danke, und unsere Tochter studiert jetzt Medizin in Alexandria. Wir sind sehr stolz auf sie. Aber die derzeitige politische Situation macht uns Sorgen ...«

»Das kann ich gut verstehen.«

Die Männer gingen in den nächsten Ausstellungsraum und stellten sich hinter eine Glasvitrine.

»Deine Mail hat mich etwas beunruhigt«, sagte MacKenzie, »Was möchtest du mir mitteilen?«

Ehab schaute sich kurz um, dann antwortete er:

»Ich bin mir nicht ganz sicher, es ist fast eine Woche her, es geht um einen Kollegen, einen Facharzt«, sagte er hastig, aber leise.

»Immer der Reihe nach«, beruhigte MacKenzie seinen Kontakt.

»Also ...«

Ehab holte tief Luft. MacKenzie stellte Schweißperlen auf seiner Stirn fest.

»Also, ein Kollege, ein Urologe, hatte einen Patienten zur Behandlung, über dessen Reaktion auf seine Diagnose er sich gewundert hat. Als ich ihn am Freitag in der Moschee traf, sprudelte es nur so aus ihm heraus. Er erzählte, dass dieser Patient seiner Ansicht nach lebensmüde sei.«

Ehab fuhr sich mit einem Taschentuch über die Stirn.

»Das hat meine Aufmerksamkeit erregt, daraufhin habe ich ihn vorsichtig, unter dem Deckmantel eines rein medizinischen Interesses, ausgehorcht.«

MacKenzie runzelte die Stirn, sein Schädel brummte noch immer.

»Mein Kollege selbst hat natürlich auch so seine Vermutungen. Ich bin mir jedenfalls sicher, dass etwas mit dem Patienten nicht in Ordnung ist – und damit meine ich nicht, aus medizinischer Sicht.«

Allmächtiger, dachte MacKenzie, *dafür der ganze Aufwand …*

»Wie muss ich das verstehen?«, fragte er leicht ungehalten, er musste sich zwingen, nicht mürrisch zu klingen.

Ehab blickte sich um, MacKenzie verstand sofort und sagte: »Hör zu, Ehab: Wir treffen uns in einer halben Stunde im Marriott Hotel, Zimmernummer 217. Kein Handy benutzen, nicht durch die Lobby reingehen, sondern den Aufzug in der Tiefgarage nehmen. Okay?«

»Im Marriott, ja. Zimmer 217. In Ordnung.«

Angespannt zog der Arzt von dannen.

MacKenzie schlenderte noch ein wenig durch die Ausstellungsräume. Er spürte, wie seine Verärgerung gespannter Erwartung wich. Er erinnerte sich an ihre letzte Verabredung, bei der ihm Ehab einfach eine CD-ROM in die Tasche geschoben hatte. Auf ihr hatten sich gut zwei Dutzend Namen, Adressen und Telefonnummern von Männern befunden, denen die traditionellen Vorstellungen der Islamisten nicht weit genug gingen, die salafistisches Gedankengut predigten und den Jihad im Sinne des Heiligen Krieges in die eigenen Hände nehmen wollten. Einige dieser Fanatiker hatten junge Männer in pakistanischen Lagern für den Heiligen Krieg ausbilden lassen und sich interessante Jihad-Szenarien einfallen lassen. Es war ein kleines Netzwerk gewesen – die Informationen hatten sich als zutreffend und wertvoll erwiesen. Dieses Netzwerk existierte nun nicht mehr.

Tja, Scotty, alter Junge, du weißt nie, wie sich ein Treffen entwickelt. Vielleicht bringt Ehab dir ja doch noch wichtige Informationen.

Etwa zwanzig Minuten später klingelte MacKenzies Handy.

»Hallo?«

»Sir, wünschen Sie Tee auf Ihr Zimmer?«

Das waren seine Kollegen aus der Botschaft, die Ehab vorsichtig gefolgt waren.

»Nein, nicht nötig, danke«, antwortete MacKenzie und legte auf.

Sehr schön. Es scheint, als spiele Ehab nach wie vor für uns. Man konnte nie wissen.

Fünf Minuten später klopfte es an der Tür des Hotelzimmers. MacKenzie öffnete und ließ seinen Kontakt herein. Auf einem Clubtisch im Hotelzimmer standen Wasser, Saft und Tee.

»Möchtest du etwas trinken?«

»Tee, bitte.«

MacKenzie goss ihm ein Glas dampfenden Tee ein.

»Danke!«

»Also, jetzt noch mal von vorne. Ganz in Ruhe – was ist so ungewöhnlich an der Diagnose deines Kollegen?«

»An der Diagnose ist nichts ungewöhnlich, aber an dem Patienten selbst und vor allem an seiner Reaktion«, antwortete der Arzt.

Du musst keine Angst haben, dass ich dich nicht ernst nehme, dachte MacKenzie. *So leicht wirst du nicht in Ungnade fallen, dafür bist du viel zu wichtig für uns …*

»Reaktion? Wieso?«

MacKenzie begann es zu dämmern: »Der Mann ließ sich nicht behandeln«, rief er.

»Genau«, sagte der Arzt. »Na ja, später dann doch, mehr noch, er lächelte meinen Kollegen an, als wolle er sagen: ›Wo ich hingehe, Bruder, brauche ich keinen Arzt‹. Er hat wahrscheinlich Krebs, verstehst du? Mein Kollege vermutet, dass er ein Karzinom im Magen oder im Darm hat, da er ziemlich ausgemergelt aussah und Blut im Stuhl hatte.«

MacKenzies Hirn fing an zu rotieren.

»Könnte er nicht einfach nur Angst vor einer Operation gehabt haben?«

»Grundsätzlich ist das natürlich möglich, aber in diesem Fall … ach das ist schwer zu verstehen …«

»Was ist schwer zu verstehen?«, fragte MacKenzie ungeduldig, beherrschte sich aber. »Erklär es mir bitte!«

»Bist du mit der Salafiya vertraut?«

»In groben Zügen schon, Salafisten sind Erzkonservative und beziehen sich auf ›Salaf‹, womit die Altvorderen gemeint sind. Sie lehnen jede Interpretation bzw. Auslegung des Koran ab und sind sehr rigide in ihren Ansichten. Salafisten sind Fundamentalisten und manche von ihnen sind dazu noch bereit, ihre Ziele mit Gewalt durchzusetzen.«

Der Arzt hatte nun seine Contenance wiedergefunden.

»Das stimmt so in etwa. Glaubst du mir, dass es für einen moderaten Muslim, einen Ägypter, möglich ist, einen Landsmann, dem die Auslegung des Islams, wie er in Ägypten praktiziert wird, nicht weit genug geht, zu identifizieren?«

»Hm.« MacKenzie schwieg, nahm seine Brille ab und putzte sie nachdenklich.

»Marvin, nach allem, was mir mein Kollege erzählt hat, handelt es sich bei dem Patienten um einen vom Leben, wahrscheinlich sogar vom Krieg gezeichneten überzeugten Islamisten. Das ist ein Krieger, ein intelligenter, harter Mann mittleren Alters, den man nicht mehr zum gemäßigten Spektrum zählen kann.«

»Und woran macht dein Doktor das fest?«

»Der Mann zitierte aus Sayed Qutbs Werk *Meilenstein*, als ob er das ganze Buch auswendig kenne.«

»Das können Muslimbrüder auch.«

»Ja schon, aber der hier war auch in anderer Hinsicht auffällig«, beharrte Ehab.

»In welcher Hinsicht?«

»Er trug Kleider, die in der Stadt seit Jahrzehnten nicht mehr üblich sind. Eine kurze Weste, gedeckte dunkle Farben, um nur zwei Dinge zu nennen. Außerdem hatte er offenbar wenig Sinn für persönliche Hygiene. Ach ja, und noch etwas: Er hatte viele Narben.«

»Narben? Was für Narben?«

»Alle möglichen, zum Beispiel von Schusswunden im oberen Thorax und an einer Wade. Andere könnten von Schrapnell oder von einer Explosion stammen. Mein Kollege sagte, der Mann habe den geschundenen Körper eines Kriegsveteranen.«

Jetzt wurde es spannend. MacKenzie hoffte, dass sein in der Jackentasche verstecktes digitales Diktiergerät alles aufzeichnete.

»Ehab, was kannst du sonst noch über diesen Patienten sagen?«, fragte er.

»Wie ich bereits andeutete, ist er Ägypter, vermutlich aus der Stadt Naga Hammadi, das liegt in der Region Qena im Süden des Landes. Mein Kollege ist sich sicher, das am Dialekt erkannt zu haben.«

»Sehr gut!«

»Außerdem hatte der Mann das Zabiba, also die *Rosine*, auf der Stirn.«

MacKenzie kannte dieses Mal. Der Gebetsfleck musste nichts bedeuten, konnte aber ein weiterer Hinweis sein. Tiefgläubige Muslime beteten zum Teil derart heftig, dass sie, wenn sie sich mit dem Kopf in Richtung Mekka verneigten und ihr Haupt nicht gerade von einem Turban bedeckt war, mit der Stirn wiederholt den Boden berührten. Nach Jahren solcher Praxis verhornte die Haut an dieser Stelle.

MacKenzies Gedanken überschlugen sich. *Wie wichtig war diese Information? Was bedeutete sie konkret? Bedeutete sie überhaupt irgendwas oder hatte sich Ehab etwas zusammengereimt? Wie würde sein medizinischer Kollege auf eine harte Nachfrage reagieren?*

»Glaubst du, du könntest deinem Kollegen reinen Wein einschenken? Wie schätzt du ihn ein?«, fragte MacKenzie. Da Ehab nicht antwortete, fuhr er fort:

»Ich würde ihm gerne einige Fotografien zeigen, womöglich könnte er den Mann identifizieren.«

Der Mediziner zögerte. Schließlich sagte er:

»Es handelt sich um einen jungen Arzt, Dr. med. Tarek Schehata, er hat in Großbritannien und in Alexandria studiert. Ein fähiger Kollege mit guter Urteilskraft. Im Moment arbeitet er jeden Tag außer sonntags von 9 Uhr bis etwa 18 Uhr.«

Er hielt dem Amerikaner eine moderne Visitenkarte hin.

»Religiös?«, wollte MacKenzie wissen und besah sich die Karte.

»Das schon, aber gemäßigt. Er hält insgesamt nicht viel von der Muslimbruderschaft, er hält sie für zu rückständig, was die Nutzung moderner Technik angeht. Andererseits sympathisiert er zum

Beispiel mit ihrer Auslegung des Koran, was die Rolle der Frau in der muslimischen Gesellschaft betrifft. Er würde sich wünschen, dass die neue Regierung endlich etwas für das Gesundheitssystem in unserem Lande tut. Die Muslimbrüder haben hervorragende Ärzte, die nicht korrupt sind und über eine unglaubliche Infrastruktur verfügen. In den ländlichen Regionen, dort wo kein Tourismus ist, herrschen zum Teil katastrophale Zustände, musst du wissen.«

»Hm.«

MacKenzie ging im Geiste sämtliche plausiblen Szenarien durch. Vielleicht war ja etwas dran, vielleicht war ja wirklich etwas im Busch.

»Es könnte sein, dass du recht hattest und dein Kollege den richtigen Riecher.«

»Das glaube ich auch«, sagte Ehab und wischte sich über die Stirn.

»Andererseits kann es auch eine ganz andere Erklärung geben und wir sehen Gespenster«, sagte MacKenzie.

Er dachte nach.

Die *Basis* hatte schon lange keinen größeren Anschlag mehr begangen. Selbstmordattentate waren immer eine wirkungsvolle Methode, um sich und seine Ziel wieder in Erinnerung zu bringen. Zudem demonstrierten sie Macht und hielten die eigenen Anhänger bei der Stange. Einem kampferprobten Attentäter, der unheilbar krank war, boten sie die Gelegenheit, als Märtyrer in die Geschichte einzugehen und ehrenvoll für seinen Glauben zu sterben. Damit war er ein idealer Kandidat.

Die Demokratien der muslimischen Welt waren in den jüngsten Internetbotschaften der *Basis* explizit als künftige Ziele genannt worden. Dagegen hatten die westlichen Geheimdienste immer wieder vor Aktionen gegen Europa und Nordamerika gewarnt. Und dass die Fundamentalisten hierzu in der Lage waren, hatten die Dänen nach der Veröffentlichung der Mohammed-Karikaturen seinerzeit schmerzhaft erfahren müssen.

»Ich danke dir, Ehab. Du hast uns sehr geholfen. Halte dich bereit, falls ich noch Fragen haben sollte«, sagte MacKenzie.

»Du kannst immer auf mich zählen, Marvin.«

Als MacKenzie sich von seinem Kontakt verabschiedete, glaubte er, einen verwirrten Gesichtsausdruck im Gesicht des Arztes festzustellen.

28

Hotelmarina Mövenpick Hotel
Sharm El Sheikh
Sinai, Ägypten

Nachdem sie das Boot am Steg festgemacht hatten, sagte Omar:

»Ivo, sei so gut und checke noch eben die Strainer im Maschinenraum. Wir gehen schon mal vor.«

»In Ordnung.«

Omar und Steiger schlenderten zur Tauchschule und warfen ihre Ausrüstung zum Entsalzen in den dafür vorgesehenen Süßwassertank.

»Die hängen wir später auf«, sagte Omar. »Jetzt habe ich erst mal Hunger.«

»Ich widerspreche nicht«, sagte Steiger und sie eilten die Treppe hinauf.

»Samira!«

Stille.

»Schatz?«

Keine Antwort.

Die beiden schauten sich an, Omar zuckte mit den Achseln.

Am Kühlschrank hing ein großer Zettel: »Musste nochmal ins Büro, geht doch schon mal in die ›Cabana‹ zum Frühstücken, ich komme dann so um 9 Uhr zu euch. Kuss, Samira!«

»Auch gut«, sagte Omar.

15 Minuten später saßen Steiger und Omar im vom Sonnenlicht durchfluteten Frühstückssaal. Vom Buffet verbreitete sich der Duft

von gebratenem Speck mit Eiern und getoastetem Brot. Kellner in weißen Uniformen jonglierten Tabletts mit Kaffee und Tee.

Während Omar seinen Multivitaminsaft genoss, bestrich sich Steiger bereits das dritte Brötchen mit Marmelade. *Urlaub ist doch etwas Herrliches,* dachte er.

»Na, ihr zwei? Hattet ihr einen schönen Tauchgang?« Samira stand auf einmal vor ihnen. Sie war geschäftsmäßig gekleidet.

»Hatten wir.«

»Das passt hervorragend, dann könnt ihr mich ja später mitnehmen. Ich habe heute Nachmittag nämlich frei.«

»Gut. Jan wollte nämlich noch mal dorthin«, entgegnete Omar und stand auf.

»Erzähl doch mal, was habt ihr alles gesehen?«, drängte Samira und setzte sich zu ihnen an den Tisch.

»Och, alles Mögliche, Putzerstation, Anemonenfische, Barrakudas …«

»… das Handtuch nicht zu vergessen!«, stichelte Omar und wandte sich um.

»Ein Handtuch?« Samira zog die Stirn in Falten.

»Das soll er dir selbst erzählen«, meinte Omar und entfernte sich in Richtung Büfett.

»Los, Großer, pack dich und geh Nachschlag holen!«, rief ihm Steiger hinterher. Dann beschrieb er Samira ihren Tauchgang.

»Na, wie auch immer: Hauptsache, ihr hattet Spaß! Von mir aus können wir heute Mittag gerne noch einmal dort hin. Weißt du, Jan, wir leben zwar hier, aber glaub ja nicht, dass wir beide zusammen noch viel zum Tauchen kommen – und das, obwohl wir so viele schöne Spots kennen, die wir den Gästen natürlich nicht alle verraten. Der Unterschied zwischen Arbeit und Freizeit – du verstehst?«

Steiger kaute und nickte verständnisvoll.

Zurück in der Tauchschule, legte er sich bis zur ihrer Abfahrt auf der Veranda auf eine Liege und las in einer Zeitschrift. Drei von der Sonne tief gerötete und großflächig tätowierte Engländer kamen aus den Schulungsräumen, diskutierten über die physikalischen Gesetze von Boyle und Mariotte und grüßten freundlich. Träge grüßte er zurück.

Am frühen Nachmittag legten sie ab, und wie Omar zuvor angekündigt hatte, hatte der Wind nun richtig eingesetzt. Bei guten fünf Windstärken auf der Beaufort-Skala lag die Wellenhöhe nun bei rund anderthalb Metern. Die *Wave Dancer* schnitt mit ihrem hochgezogenen Bug lässig durch die raue See. Omar würde mit Samira einen »Lusttauchgang« machen und Steiger würde gleichzeitig alleine abtauchen. Diesmal mit Doppelpack. Er wollte genügend Luft dabei haben, um alles in Ruhe erkunden und zur Not auch die Dekostopps aus seinen eigenen Flaschen bestreiten zu können.

Ivo würde wieder an Bord bleiben und auf das Boot aufpassen. Das war ihm nur recht, wann konnte man schon im Dienst eine Stunde dösen und noch Geld dafür bekommen?

Dieses Mal wartete Steiger beim Abtauchen nicht auf seinen Freund. Auch hatte er keinen Blick für die Schönheit der Natur, stattdessen glitt er rasch immer tiefer. Am Grund angekommen, rammte er den Anker in den Sand und schwamm, obwohl er sich ursprünglich vorgenommen hatte, gemütlich zu tauchen, zügig weiter. Seine Neugier trieb ihn unerbittlich an. In seinem Doppelpack befand sich ein Nitroxgemisch mit 28 Prozent Sauerstoff. Bei einer Tiefe von 40 Metern hatte der Sauerstoff, den er einatmete, einen Partialdruck von 1,4 bar. Viel tiefer dürfte es nicht werden. Bis auf 47 Meter konnte er für kurze Zeit gehen, aber eigentlich wollte er sich diesmal nicht zu sehr anstrengen.

Sein Hirn arbeitete auf Hochtouren.

Es könnten auch irgendwelche Sachen sein, die sich in den Korallen verfangen haben.

Mit zunehmender Tiefe schwamm er langsamer und bemerkte, wie sich die Lichtverhältnisse änderten. Vielleicht war es Müll, eine Decke? Oder hatte Omar recht und es war ein großer Rochen, der dort sein Revier hatte? Oder Teile eines neuen Wracks? *Das wär's noch, dann wird's richtig interessant.*

Das Erkunden versunkener Schiffe war in den letzten fünf Jahren zu seiner heimlichen Passion geworden.

Fast war er an dem Punkt angelangt, an dem er am Morgen kehrtgemacht hatte. Er tauchte bis auf 40 Meter und verharrte. Die

Riffabdeckung wich und die Strömung war jetzt deutlich spürbar. Er ließ sich weiter fallen.

Da war es. Etwas bewegte sich langsam im Rhythmus der Strömung.

Sein Computer meldete nun 42 Meter und er konnte immer noch nichts erkennen. Was es auch immer war, es lag im Schatten der Rückseite des letzten Korallenturms. Dorthin reichten keine Sonnenstrahlen, es war zu nah am Riff, sodass es hier nie richtig hell wurde.

Tiefe: 46 Meter.

Die Strömung wurde hier von einem Vorsprung abgelenkt und war dadurch etwas schwächer geworden. Steiger blickte zur Oberfläche, die er nur noch vage erkennen konnte. Hier war es dunkler als auf 25 Meter und deutlich kühler. Die Farben Gelb, Orange und Rot waren kaum noch zu erkennen. Die gesamte Umgebung schimmerte in bläulich-grünen Tönen.

Unter ihm bewegte sich etwas in der Strömung, das er vor dem dunklen Hintergrund noch immer nicht identifizieren konnte.

Verdammte Axt!

Es schien, als läge vor ihm im Schatten des Riffs ein dunkler Teppich aus Seetang. Er schaltete seine Unterwasserlampe ein. Der Lichtstrahl glitt über die dunkle Fläche.

Allmählich konnte er mehr erkennen. Der vermeintliche Seetang war in Wirklichkeit ein dunkles Netz.

Er erkannte das Netz sofort, es war ein militärisches Tarnnetz, wie es auch die Panzertruppe verwendete, um sich vor Aufklärungsflugzeugen oder Luftangriffen zu schützen.

Er ließ noch etwas Luft aus seiner Tarierweste, sackte auf 48 Meter ab und kniete auf dem sandigen Grund des kleinen Plateaus, bemüht, nicht weggetrieben zu werden.

Das vor ihm liegende Tarnnetz war an neun Stellen gespannt worden und schmiegte sich an das linker Hand aufsteigende Riff. An allen Seiten waren Heringe in den felsigen Grund getrieben worden.

Was für ein Kraftakt, dachte Steiger.

Das, was in der Strömung »wehte«, war ein losgerissenes Stück

Tarnnetz, das noch von der Schnur am Hering gehalten wurde. Als er näher herantauchte, sah er Reste eines kleinen Zackenbarsches, die in dem engmaschigen Netz hingen. Der »Zacki« hatte sich im äußeren Teil des Netzes verfangen. Später war der Fisch dann zum Opfer eines größeren Fisches geworden. Der größere Fisch hatte wahrscheinlich den Zackenbarsch zusammen mit dem Netz durchgebissen. Die Nahrungskette hörte hier nicht auf …

Steiger dachte nach. Er fühlte seinen Puls hämmern, er hatte nicht mehr viel Zeit und wollte jetzt wissen, was sich unter dem Netz verbarg.

Was um alles in der Welt gab es hier draußen zu tarnen?

Drogen? Wohl kaum, in Ägypten wurde mit Drogenhändlern kurzer Prozess gemacht, ohnehin war die Region nicht übermäßig bekannt dafür. Im nördlichen Dahab wurde früher viel Hasch geraucht, das hatte er mal gehört; viel mehr aber auch nicht.

Was käme noch in Frage? Sondermüll? Chemische Abfälle? Dioxin oder, noch schlimmer, radioaktiv verseuchter Müll?

Ihn überkam ein Schauer. Hatte Ägypten überhaupt Atomkraftwerke? Eher unwahrscheinlich. Er versuchte, seine Atmung und seinen Puls konstant zu halten.

Jetzt zu viel Luft verbrauchen – das hätte ihm gerade noch gefehlt.

Egal. Er wollte es nun wissen, löste einen weiteren Tampen und hob das Netz an, langsam wickelte er es auf, und als er den ersten Koffer sah, stockte ihm der Atem. Diese Art von olivgrünen Koffern kannte er gut: rund 150 Zentimeter lang, etwa 60 Zentimeter breit und 50 Zentimeter hoch.

Augenblicklich war der Urlaubsmodus passé, Steiger dachte nur noch dienstlich. Er arbeitete nun hochkonzentriert, ließ das Ende los und begann vorsichtig das gesamte Netz abzuschwimmen. Dabei achtete er darauf, flach über dem Netz zu tauchen, um nicht in die darüberliegende Strömung zu geraten. Vorsichtig schaute er nach Drähten, Spulen, Kabeln, Stromquellen oder sonstigen Indizien, die auf eine Sprengvorrichtung oder Sicherung hindeuten konnten.

Nichts. Er merkte, wie ihm warm wurde.

Er ließ den Strahl seiner Lampe langsam über einige Koffer gleiten. Unglaublich. Da lagen acht olivfarbene Kisten, einige länglich, andere kürzer und kleiner. Das Versteck war perfekt und schlau angelegt. Durch die Lichtverhältnisse war es der Sicht fast entzogen und aufgrund der Strömung nur schwer zu erreichen.

Dann bemerkte er eine gelbe Beschriftung, die auf einem kleineren Behälter schimmerte. Das unmissverständliche Symbol warnte vor explosivem Inhalt. Man hatte sich gar nicht erst die Mühe gemacht, die Aufschriften zu entfernen, da man hier unten wohl nicht mit Besuchern rechnete.

Als er bei den etwas kleineren Kunststoffboxen angekommen war, fühlte er auf einmal die Nähe einer anderen Person. Instinktiv blickte er nach oben.

Über ihm schwebte Omar, der bemüht war, sich in der Strömung zu halten. Er machte eine Geste, die Hände nach außen zeigend, die Handflächen nach oben gerichtet, als wolle er sagen: »Und, was ist los?«

Omar tauchte zu ihm herab. Ernst blickte er unter das Tarnnetz. Sie sahen sich an. In seinen Augen konnte Steiger eine Mischung aus Verblüffung und Sorge erkennen.

Steiger nickte langsam, ließ das Netzende los, arrangierte alles so, wie er es vorgefunden hatte und zeigte mit dem Daumen nach oben. Sie tauchten auf 28 Meter Tiefe zurück hinter das Hauptriff, wo Samira im Strömungsschatten auf die beiden wartete. Dann machten sie einen Tiefenstopp.

Samira schien ungeduldig, vielleicht sogar neugierig, machte aber keine Anstalten, auf ihre Schreibtafel am Unterarm zu kritzeln.

Für Steiger und Omar würde die Dekompressionspause unter dem Boot deutlich länger dauern, das war nach ihrem Ausflug in diese Tiefe klar. Daher versuchte Steiger gleich, Samiras Aufmerksamkeit zu erlangen. Er bedeutete ihr, dass bei ihnen alles in Ordnung sei. Er zeigte mit dem Zeigefinger von unten auf den Rumpf der *Wave Dancer* und zog mit Daumen und Zeigefinger einen imaginären Reißverschluss über seinem Mund zu. Dann fragte er sie mit dem üblichen OK-Zeichen, ob sie ihn verstanden habe.

Samira hatte verstanden. Obschon sie ein wenig verstört wirkte, tauchte sie nach einem kurzen Sicherheitsstopp auf.

Als Omar und Steiger nach beendeter Dekompression schließlich über die kleine Heckleiter an Bord kamen, sahen sie Samira ungezwungen mit Ivo im Gespräch. Sie hörten, wie Ivo lachte.

Sofort merkten die Männer, dass Samira in der Tat verstanden hatte. Sie sprachen über Ivos Zukunft als fertiger Tauchlehrer, als Instructor, und Samira machte Small Talk. Als Omar und Steiger sich aus ihren Anzügen schälten und sich abtrockneten, fragte Samira:

»Na, ihr beiden, und was habt ihr noch Tolles gesehen?« Ihre Augen funkelten.

Steiger bemühte sich, gelassen zu wirken. Omar blieb der Mund offen stehen, daher antwortete Steiger rasch:

»Einen großen Schwarm junger Barrakudas, Samira – und zwar aus nächster Nähe!« Der Unterton seiner Stimme sagte: *Treib's nicht auf die Spitze!*

Omar hatte seine Ruhe wiedergefunden und sagte:

»Kannst Anker aufgehen, Ivo. Fahr uns schon mal nach Hause.«

Ivos Augen leuchteten.

»Kann ich? Im Ernst?«, fragte er ungläubig.

»Sicher, aber nicht zu schnell! Erst die Motoren aufwärmen«, lächelte Omar und drehte sich um. Es war wichtig, den Jungen zu beschäftigen. Solange er das Boot steuerte, würde er keine dummen Fragen stellen. Omar konnte nicht besonders gut lügen.

Unter Deck im Nassraum besprachen sich die beiden Freunde aufgeregt.

»Was war das da unten?«

»Ich vermute stark, dass es sich hier um militärisches Gerät handelt, in jedem Fall habe ich das Zeichen für Sprengstoff auf einer der Boxen erkannt.«

»Wie bitte?!«

»Ja, Omar. Hör zu: nicht jetzt und nicht hier! Und halte Samira in Schach!« Mit diesen Worten ging Steiger wieder an Deck.

Samira begab sich den Niedergang hinunter, um sich in der

großen Kabine trockene Sachen anzuziehen. Steiger hörte, wie die beiden miteinander sprachen, während Ivo sich auf den Kurs konzentrierte.

Nach einer Viertelstunde übernahm Omar wieder das Ruder und steuerte das Boot behutsam an die Hotelpier. Gemeinsam entluden sie die Tauchausrüstung.

Steiger sagte demonstrativ: »So, ich denke, nun wird es Zeit für ein kleines Nickerchen.«

»Und ich glaube, ich könnte schon wieder 'ne Kleinigkeit vertragen«, sagte Omar und Samira erwiderte: »Ich schau mal, ich habe auch Hunger.«

Wenn Ivo schon länger für die beiden gearbeitet hätte, wäre ihm aufgefallen, dass Omars Aussage unter normalen Umständen eine andere Reaktion bei seiner Frau hervorgerufen hätte. Gleichmütig packte er die Tauchgeräte auf einen Handwagen und zog davon.

»In fünf Minuten oben, in Ordnung?«, fragte Steiger leise.

Die beiden nickten.

—

Vom Tauchgang ein wenig matt, hatten es sich Omar und Samira auf der großen Couch im Wohnzimmer gemütlich gemacht. Steiger saß versunken in einem abgewetzten Ohrensessel.

»Du sagst also, da unten am Drop-off liegen Waffen verborgen. Bist du dir da auch ganz sicher?«, fragte Samira.

Steiger nickte. »Es deutet vieles darauf hin.«

»Aber warum? Was soll das?«, fragte Samira irritiert.

»Das ist genau der Punkt: Ich weiß es nicht. Es ergibt keinen Sinn«, sagte Steiger.

»Könnten die Koffer denn auch etwas anderes beinhalten?«, fragte Samira.

Omar blickte ernst, sagte aber nichts.

»Theoretisch schon«, antwortete Steiger.

»Aber wer würde belanglose Gegenstände abgetarnt in einer Tiefe versenken, die jenseits der für Sporttaucher festgelegten Grenze liegt? So ist es doch, nicht wahr, Omar, ihr schärft euren

Gästen hier überall ein, dass 25 Meter genug sind. Dann habt ihr immer noch die Möglichkeit, die Leute, die etwas absacken, auf Niveau zu halten.«

»So ist es«, bestätigte Omar.

»Und aus 30 Meter Tiefe lässt sich das Netz aufgrund der Lichtverhältnisse kaum ausmachen, mal ganz abgesehen davon, dass an dem Platz eh keine Menschenseele tauchen geht.«

»Du sagst es.«

»Ob das etwas mit dem Hafenfest zu tun hat?«

Samiras scheinbar belanglose Frage schlug ein wie eine Granate.

»Was für ein Hafenfest?«, fragte Steiger.

Omar runzelte die Stirn.

»Hm, das könnte sein, das Hafenfest!«

In Steigers Kopf wirbelten die Gedanken.

»Das Hafenfest, von dem ich dir erzählt hatte, Abendessen auf der Dachterrasse, du erinnerst dich?«, fragte Omar.

»Wie muss ich mir das vorstellen?«

»Na, wie ein großes Fest eben. Ein paar tausend Leute kommen da locker zusammen. Es werden Beduinen aus dem Sinai und Angehörige arabischer Stämme aus Jordanien erwartet und auch aus dem Norden kommen zahlreiche Händler angereist, Musik, Folklore, du weißt schon …«, antwortete Omar.

Steiger hatte das Gefühl, als laufe gerade alles um ihn herum in Zeitlupe ab. Er blickte die Frau seines Freundes fest an und fragte ganz langsam:

»Samira, wann genau soll das Fest stattfinden?«

»Na, übermorgen.«

Steiger war in Gedanken versunken.

»Durchaus denkbar.«

Alle drei brüteten wortlos vor sich hin.

Dann ergriff Steiger das Wort:

»Das, was wir hier besprochen haben, darf diesen Raum bis auf weiteres in keinem Fall verlassen.«

Omar und Samira nickten.

»Denkst du nicht, dass wir es melden sollten?«, fragte Omar.

»Das ist eine gute Frage. Ich bin mir nicht sicher. Wie siehst du das selbst, Omar?«, entgegnete Steiger. »Es ist dein Land, ich kann das nur schwer beurteilen.«

Steiger erinnerte sich daran, wie er sechs Jahre zuvor von der ägyptischen Polizei eine Stunde lang verhört worden war. Ein Taucher an Bord eines Safarischiffes, das ins südliche Rote Meer aufgebrochen war und auf dem er ebenfalls gebucht hatte, war aus Ignoranz und Dummheit zu Tode gekommen. Das hatte bei der Rückkehr nach Safaga kriminalistische Ermittlungen nach sich gezogen. Offenbar verfügte die ägyptische Kripo über andere Rechtsgrundlagen als die deutsche Polizei. Jeder an Bord war intensiv vernommen worden. Nachdem der Tauchcomputer des Verunglückten ausgewertet worden war, stellte sich im Zusammenhang mit den übereinstimmenden Zeugenaussagen heraus, dass der junge Taucher seinen Tod selbst verschuldet hatte. Der Kapitän des Safarischiffes, den man als vermeintlichen Verantwortlichen sofort verhaftet hatte, war wieder auf freien Fuß gesetzt worden.

»Nehmen wir einmal an, die Kisten wurden vom ägyptischen Militär dort absichtlich versenkt. Dann wird man wahrscheinlich nicht begeistert sein, dass wir sie gefunden haben«, sagte Omar.

»Und wenn das Versteck von Terroristen angelegt wurde?«

»Dann wäre man vermutlich froh, wenn wir es den Behörden stecken würden. Zumindest will ich das hoffen.«

Steiger dachte nach. Er war kein Experte in diesen Dingen, hatte aber in der Zeitung gelesen, dass es in der jüngsten Vergangenheit in anderen muslimischen Ländern, wie zum Beispiel in Pakistan, Tunesien oder Saudi-Arabien, Vorfälle mit illoyalen Untergebenen gegeben hatte. Hochrangige Beamte hatten Informationen an die Gegenseite weitergeleitet, mit der sie aus religiösen Gründen sympathisierten. In Pakistan hatten sogar ganze Einheiten die Seiten gewechselt.

»Die Sache ist heikel, Omar. Wie wahrscheinlich, glaubst du, ist eine Beteiligung des ägyptischen Sicherheitsapparates?«

»Das kann ich nicht beurteilen.«

»Kann man diese Möglichkeit grundsätzlich ausschließen?«

Omar starrte ins Leere.

»Im Moment können wir gar nichts ausschließen.«

»Also, wenn wir das Versteck der ägyptischen Staatspolizei melden, könnten die unter Umständen auch auf die Idee kommen, wir hätten irgendetwas damit zu tun. Und ehe wir glaubhaft dementieren können, ist ein möglicher Anschlag gelaufen«, brachte Steiger ein weiteres Problem ins Spiel.

»Damit hast du wohl recht«, gab Omar zu. »Ich muss gestehen, ich hab' keine große Lust auf ein Verhör beim Mukhabarat. Andererseits ...«

»Was?«

»Na ja, ich habe einen Onkel in Alexandria, der ist ein hohes Tier bei der Armee.«

»Gut! Vertraust du ihm?«

»Hundertprozentig, es ist der älteste Bruder meines Vaters und genießt ein hohes Ansehen in unserer Familie. Er war zwar ein wenig enttäuscht, dass ich damals nicht zum Militär wollte, hat sich aber dennoch für mich eingesetzt.«

»Was macht er bei der Armee?«

»Das weiß ich, ehrlich gesagt, nicht so genau.«

Steiger runzelte die Stirn.

»Willst du ihn vielleicht mal anrufen?«

»Das mach ich«, gab Omar entschlossen zurück. »Entschuldigt mich!«

Omar verschwand im Schlafzimmer.

Samira hatte die Knie bis zum Kinn angezogen und umarmte ihre Beine.

»Jan, das macht mir alles Angst«, sagte sie leise.

»Immer mit der Ruhe. Es gibt für alles eine Erklärung, auch wenn ich gestehen muss, dass ich im Moment noch keine Ahnung habe, was hier vor sich geht.«

Nach zehn Minuten betrat Omar wieder das Wohnzimmer. Genervt ließ er sich in einen Sessel fallen.

»Ich kann ihn nicht erreichen, denn er ist für einige Tage außer Landes und man wollte mir seine Kontaktdaten nicht geben. Dann habe ich seine Frau, meine Tante, angerufen. Sie sagte, er sei auf Dienstreise im Ausland und komme erst in sechs Tagen zurück, sie könne ihn auch nicht erreichen.«

»Hm, das hilft uns nicht weiter.« Steiger dachte nach.

»Und dann wollten sie mich mit einem seiner Kollegen verbinden.«

»Und das hast du abgelehnt?«, fragte Steiger.

»Ja, weil ich den Typen kenne. Mein Onkel sagt, er sei einer von denen, denen man nicht zu viel Autorität geben dürfe.«

»Mit anderen Worten, du traust ihm nicht.«

»Genau.«

Steiger wurde nun zusehends mulmig zumute. Er gab sich keinen Illusionen mehr hin: Derjenige, der das Versteck angelegt hatte, wusste, was er wollte, und überließ nichts dem Zufall.

»Dann machen wir das über eine andere Schiene. Ich denke, ich sollte mal telefonieren …«

»Brauchst du irgendwas?«

»Nein, nichts, danke. Obwohl, eine Steckdose fürs Handy vielleicht, meine Akkus sind ständig leer, außerdem könnte das ein längeres Gespräch werden.«

»Neben dem Bett im Gästezimmer, bei der Nachttischlampe.«

Während Steiger die Nummer des Stabes des Kommandos Spezialkräfte / Marine (KSM) in Eckernförde wählte, fragte er sich, ob er nicht übertrieben hatte. Vielleicht war das alles nur ein schlechter Scherz. Vielleicht waren die Koffer auch leer.

Das glaubst du doch wohl selbst nicht, sagte er zu sich, während er wählte. Dabei fragte er sich, inwieweit er über das Gesehene offen am Telefon sprechen sollte. Er hatte jedoch keine andere Wahl.

»Marine – Sie sprechen mit der Vermittlung.«

»Moin, OLZS Steiger hier, können Sie mich bitte mit dem Kommandeur der KSM, Fregattenkapitän Rickmers, verbinden? Es ist sehr wichtig.«

»Es tut mir leid, der Kommandeur ist nicht zugegen. Er ist heute in Potsdam zu Besuch beim Einsatzführungskommando und kommt erst übermorgen zurück.«

Steiger wollte mit niemand anderem als mit Rickmers sprechen. Der war einer von ihnen: hemdsärmelig, unpolitisch und vertrauenswürdig.

»Können Sie mich mit seinem Handy verbinden?«

»Das dauert ein bisschen, ich habe die Nummer nicht vorliegen. Könnten Sie vielleicht später noch einmal anrufen?«

»Natürlich, gerne«, er verdrehte die Augen, blieb aber höflich. »Bei Ihnen ist es nun 15:30 Uhr, nicht wahr?«

»Ja, und bei Ihnen? Sie ...«

»Ich rufe aus dem Ausland an«, blieb er vage.

»Ach so, ich verstehe.«

»Ich melde mich in einer halben Stunde noch einmal.«

»Gerne. Auf Wiederhören.«

»Wiederhören«, sagte Steiger und legte auf.

Er legte sich auf das Bett, starrte an die Decke und dachte nach. *Hast du auch keine Geister gesehen?*, fragte er sich.

Negativ, Omar war doch dabei gewesen.

Könnte es etwas anderes sein?

Unwahrscheinlich.

Ein Spaß?

Wohl kaum.

Müll oder gar Sondermüll in Militärkoffern?

Nicht dort, den hätte man in 600 Metern versenkt, wo ihn niemand wiederfinden konnte. Wer auch immer das Caché angelegt hatte, gedachte wiederzukommen, um den Inhalt zu holen. Das Netz war nicht für die Ewigkeit gespannt.

Konnte es vom ägyptischen Militär angelegt worden sein?

Warum sollte es?

Er dachte nach.

Wen konnte er sonst anrufen?

Ihm fiel niemand ein.

War die Leitung sicher?

Wohl kaum.

Schlüsselworte wie »Terroristen«, »Anschlag« oder »Sprengstoff« sollte er tunlichst vermeiden, wenn er nicht wollte, dass sich diverse Nachrichtendienste automatisch zuschalteten.

Was sollte er dem Kommandeur sagen?

Was hatte er schon vorzuweisen?

Ein paar versenkte Koffer, na und?

Unter einem Tarnnetz, na toll!

Er nahm den Hörer in die Hand und drückte die Wahlwiederholungstaste.

»Marine, Sie sprechen mit der Vermittlung.«

»OLZS Steiger, können Sie mich …«

»Sie haben eben schon mal angerufen, nicht wahr?« Die Dame hatte nun eine freundlichere Stimme. »Ich verbinde Sie.«

»Vielen Dank!«

»Dafür nicht!«

Er vernahm die Stimme seines Kommandeurs:

»Hier ist die Mailbox von Jörn Rickmers. Ich bin im Augenblick nicht in der Lage, Ihren Anruf entgegenzunehmen. Bitte hinterlassen Sie eine Nachricht nach dem Ton, Sie werden zurückgerufen.«

Steiger schloss die Augen und konzentrierte sich darauf, langsam und deutlich zu sprechen.

»Tag, Herr Kapitän, OLZS Steiger hier, ich muss mit Ihnen sprechen und erbitte dringendst Ihren Rückruf unter der Nummer …«, er gab seine Handynummer zweimal langsam durch, bedankte sich und legte auf.

Nun hieß es warten.

Und er hasste es zu warten.

29

Seehotel
Potsdam, Deutschland

Fregattenkapitän Jörn Rickmers betrat nach einem langen Tag, der mit guten Gesprächen und einem hervorragenden Abendessen geendet hatte, sein Hotelzimmer. *Wenn du so weiterfutterst, dann wird aus dem Ansatz eine Wampe*, sagte er zu sich.

Jörn Rickmers, Jahrgang 1973, geboren in Cuxhaven, strich sich über die leichte Wölbung in seiner Bauchgegend. Muskulös und durchtrainiert, wie er war, lief er die 5000 Meter bei einem Körpergewicht von 89 Kilo und einer Größe von 183 Zentimetern noch immer in knapp 23 Minuten. Noch vor wenigen Jahren war er sie in 20 Minuten gelaufen. Und das, ohne sich anzustrengen ...

Verdammte Schreibtischarbeit, dachte er.

Das Einsatzführungskommando, das er gerade besuchte, war voll ausgestattet. Es gab mittlerweile zwei Einsatzzentralen, die nebeneinander autonom agieren konnten. Zu der bereits vorhandenen Einsatzzentrale war vor einiger Zeit das KFOSK (Kommando zur Führung von Operationen mit Spezialkräften) errichtet worden. Von hier aus konnten Kampf-, Rettungs- oder Evakuierungseinsätze geführt werden. Auch wenn sie Tausende von Kilometern entfernt stattfanden.

Die Soldaten vor Ort konnten auf aktuelle taktische Informationen vertrauen, die politischen Entscheidungsträger konnten wiederum zeitnah über die taktischen Entwicklungen vor Ort unterrichtet werden. Auch wenn das Kommando bei den Truppführern der Spezialeinheiten nicht immer unumstritten war.

Das KFOSK war wichtig in einer Zeit, in der die Bedrohung global geworden war und ein Staat ständig damit rechnen musste, Botschaftspersonal irgendwo in der Welt evakuieren oder Geiseln befreien zu müssen. Vernetzte Kriegführung war das Gebot der Stunde. Die Revolutionen in der arabischen Welt des Jahres 2011 hatten das gezeigt. Endlich hatte man »oben« begriffen, dass Kommando-Unternehmen schneller abliefen und Entscheidungen zügiger gefällt werden mussten, als man es von großen Einsätzen gewohnt war, dachte Rickmers, während er sich die Schuhe auszog. Er hatte sich bereits vor Jahren an die »erste Geige«, wie die elegante Marine-Ausgehuniform auch genannt wurde, gewöhnt, bedauerte aber insgeheim, nicht häufiger den Flecktarn-Kampfanzug anziehen zu können. Das durfte er natürlich nicht laut sagen, aber er empfand den Kampfanzug als wesentlich praktischer und aufgrund seiner Taschen, der atmungsaktiven Materialien und seines Schnittes war er auch angenehmer zu tragen. Außerdem waren seine eingelaufenen Hanwag-Kampfstiefel weitaus bequemer als diese schwarzen Anzugschuhe, die noch drückten, weil sie neu waren.

Seine rechte Hand massierte den graumelierten Schnurrbart. Eigentlich wollte er seine Frau Astrid zu Hause in Brödersby noch vor dem Schlafengehen kurz anrufen; ein Blick auf die Uhr sagte ihm aber, dass das vermutlich keine gute Idee war.

Mit leichtem Unbehagen schaute er auf das neue Smartphone, das ihm seine Frau zum Geburtstag geschenkt hatte. Es war mit allerlei neuen Funktionen ausgestattet, und weil er sich noch nicht so recht daran gewöhnt hatte, ließ er es ausgeschaltet auf dem Nachttisch liegen und stellte die Weckfunktion seiner Taucheruhr ein. Nachdem er sich die Zähne geputzt hatte, begab er sich ins Bett und schlief sofort ein. Der Chianti und der darauf folgende Grappa hatten ihre Wirkung nicht verfehlt.

30

Amerikanische Botschaft
Kairo, Ägypten

»Eine Möglichkeit gibt es vielleicht doch …«, sagte MacKenzie zögernd und nahm einen großen Schluck aus seinem Wasserglas.

»Na, dann lassen Sie mal hören«, sagte Henderson.

»Sollte dieser Arzt noch mit anderen Kollegen darüber gesprochen haben, was ich für wahrscheinlich halte, könnte er, sollten wir ihn uns vornehmen, nicht nachvollziehen, wer von seinen Kollegen uns ›in den Film‹ gesetzt hat. Unsere Quelle bliebe also geschützt.«

»So weit, so gut«, gab Henderson zu Bedenken, »noch besser wäre es aber, wenn man unsere Hand in dem Spiel gar nicht bemerken würde. Die ägyptische Regierung hat uns erst kürzlich formell ersucht, uns bis auf den erhöhten Eigenschutz zurückzuhalten.«

»Das sehe ich genauso, ich denke, dass wir es kurz und schmerzlos hinbekommen könnten«, sagte MacKenzie. »Es handelt sich lediglich um die Vorlage einiger Bilder und eine mögliche Identifizierung, mehr nicht.«

»Und wie wollen Sie sich legitimieren?«, fragte Henderson.

»Ich? Gar nicht«, erwiderte MacKenzie und stellte das leere Glas auf den Tisch.

Henderson starrte ihn ungläubig an, seine geröteten Augen hatten dunkle Ränder, er hatte nur drei Stunden geschlafen.

»Es ist ganz einfach«, erklärte MacKenzie »wie gut ist Al-Fayeds Arabisch?«

Darum brauchte er sich keine Gedanken zu machen: Mahmoud Al-Fayed war ein Mitarbeiter der CIA und ebenfalls offiziell über die Botschaft akkreditiert. An der Botschaft nannte ihn jeder schlicht und ergreifend Mahmoud. Als Sohn eines ägyptischen Vaters, der als Historiker an der Princeton University arbeitete, und einer amerikanischen Mutter, die beim State Department angestellt war, hatte er seine ersten 14 Lebensjahre in arabischen Ländern verbracht. Nach zehn Dienstjahren in der US Air Force war er später zur Agency gewechselt, als diese gegen Ende 2001 ihren massiven Bedarf an arabischen Muttersprachlern erkannte.

»Mahmoud? Wieso ...? Der Bursche spricht natürlich astreines Arabisch, wie ein Einheimischer, aber ...« Henderson schien noch immer verwirrt.

»Na prächtig«, erwiderte MacKenzie, »Dann ziehen wir ihm eben noch ein paar andere Klamotten an, und wir zwei passen den Doc ab, wenn er nach der Arbeit nach Hause geht. Mahmoud und ich werden dann ein bisschen Theater spielen.«

Henderson steckte sich eine Zigarre an und stellte fest:

»Sie wollen den Doc glauben lassen, Mahmoud sei vom ägyptischen Dienst.«

MacKenzie lächelte ihn an.

»Könnte klappen, MacKenzie, könnte klappen. Sie sind ganz nach meinem Geschmack. Nicht schlecht ... Andererseits sind die politischen Rahmenbedingungen denkbar ungünstig. Wenn ich Ihnen sage, was wir von dem Kontrollgremium aus Langley jüngst für Auflagen bekommen haben ... *Die junge ägyptische Regierung ist in jedem Fall zu unterstützen* ... und *Jedwede Aktivitäten, die die Autorität der jungen ägyptischen Regierung unterminieren könnten, sind vorher mit Langley abzustimmen* ...

Wenn das hier an der falschen Stelle hochkocht, dann landen wir beide in der Aktenverwaltung, das ist Ihnen doch wohl klar?«

Trotz dieser Warnung freute sich MacKenzie über die Zustimmung zu seinem Plan.

»Hören Sie, was glauben Sie, wie viel Angst die Menschen hier noch vor dem Mukhabarat haben?«

»Die Dienste sollen zwar transparenter werden, aber das ist noch ein langer Weg. Die Menschen machen sich natürlich noch immer ins Hemd – sie trauen dem Braten nicht«, antwortete Henderson, bemüht, die Asche seiner Zigarre nicht zu verlieren.

»Eben, deshalb wird der auch niemandem ein Sterbenswörtchen erzählen. Glauben Sie, unser Kollege Al-Fayed kriegt das hin?«

»Ohne Probleme, der Mann ist mit allen Wassern gewaschen, aber Sie tun dem Doc nichts, verstanden?« Henderson richtete sich auf.

»Keine Sorge.«

»Nehmen Sie ihn nicht zu sehr in die Mangel, falls er, wie soll ich sagen, unkooperativ sein sollte«, sagte Henderson.

»Da können Sie unbesorgt sein, von so etwas halte ich nicht viel.«

»Was meinen Sie?« Henderson tat verblüfft.

MacKenzie merkte, wie sein Herz anfing zu pochen.

»Sie werden es nicht glauben, aber ich habe nie einen Hehl daraus gemacht, dass uns diese ganze *Rendition*-Geschichte* noch einmal um die Ohren fliegen wird und im Nachhinein mehr schadet als nützt. Von der Tatsache, dass wir uns einer Doppelmoral bedienen, mal ganz abgesehen«, sagte er scharf.

Henderson war der Ton nicht entgangen und er blickte MacKenzie lange prüfend an. Dann goss er langsam etwas Wasser nach.

* CIA-Operation, bei der des Terrorismus verdächtige Personen entführt und zu Verhören in befreundete Länder verschleppt wurden. Dort wurden sie z.T. schwerer Folter ausgesetzt.

»Sie reden wie Teddy Kennedy. Ich dachte mir schon, dass Sie eher aus dem liberalen Lager stammen.« Er lehnte sich im Sessel zurück und lächelte.

MacKenzies Gesicht hatte nun Farbe bekommen.

»Aus dem liberalen Lager, so könnte man das sagen. Und ich bin stolz darauf – man muss nicht gedient haben, um ein Patriot zu sein. Ich halte viele Praktiken, die wir in der Agency betrieben haben und die teilweise vielleicht immer noch laufen, für absolut inakzeptabel, unangemessen und dumm. Zum Beispiel Leute auf Schiffen festzuhalten, ohne Gerichtsverfahren, ohne den Verwandten irgendetwas zu sagen. Ich werde auch heilfroh sein, wenn dieses rechtliche Vakuum, das sich Guantanamo nennt, dann auch wirklich irgendwann einmal geschlossen wird. Wir beschäftigen noch immer den einen oder anderen kranken Sadisten, dem es Freude bereitet, Gefangene zu quälen. Wir leben doch nicht mehr im verdammten Mittelalter! Amerika hat sich längst international unglaubwürdig gemacht. Obendrein liefern wir als Dienst oft nur mittelmäßige Erkenntnisse. Man kann auch anders arbeiten, es muss nicht immer mit der Brechstange sein. Nur braucht man dafür etwas Hirn und vor allem Ausdauer, wovon ich, bei allem Respekt, in der Agency manchmal nur sehr wenig zu sehen kriege. Die zunehmende Politisierung und Instrumentalisierung unseres Geschäfts ist auch so ein Thema. Seit Woodhead Verteidigungsminister geworden ist, mischt sich das Pentagon doch überall ein. Gott sei Dank hat der Präsident das eingesehen und einiges wieder glattgezogen. Vielleicht sollten wir uns mal ein Beispiel an den Briten nehmen. Die leisten mit einem Bruchteil unseres Budgets hervorragende Arbeit. Insbesondere im *Humint*-Bereich.«

MacKenzie war übermüdet, gereizt und hatte sich in Rage geredet.

Hendersons Gesichtsausdruck spiegelte Überraschung, aber auch Wohlwollen wider:

»Immer mit der Ruhe, mein Junge, in vielen Dingen haben Sie ja recht. Ich bin zwar mittlerweile nicht mehr Kapitän zur See, sondern Zivilist, aber auch ich kriege mit, was so alles falsch läuft in der Firma«, sagte er.

»Die Ausdauer, von der Sie sprechen, fehlt vor allem in der Politik, und wir müssen es dann immer irgendwie hinbiegen. Ihr Plan ist in Ordnung, sprechen Sie mit Mahmoud, liefern Sie mir einen halbwegs detaillierten Bericht, wenn alles gelaufen ist – und dann Tally Ho!« *

MacKenzie war verblüfft und fühlte sich zugleich erleichtert. Er hatte erwartet, mit seinem Ausbruch bei Henderson als ehemaligem Militär einen wunden Punkt erwischt zu haben, aber dieser Kerl war anscheinend schwer in Ordnung. Sein Zorn war verraucht.

»Danke«, sagte er etwas verdattert und verließ das Büro.

31

Außenstelle des Geheimdienstes Mukhabarat
Sharm El Sheikh
Sinai, Ägypten

Oberst Hamad schaltete seine Schreibtischlampe aus. Er war zufrieden. Seit den Anschlägen auf ägyptische Militärpatrouillen im Norden des Sinai vor einiger Zeit hatten sich die Dinge geändert. Man nahm die Sicherheit in Sharm nicht länger auf die leichte Schulter.

Die größte Sorge der ägyptischen Regierung bestand darin, dass die Weltgemeinschaft sie als unfähig betrachten könnte, wenn sie ihre internen Probleme nicht in den Griff bekäme. Dies würde sich auf die ohnehin mageren Investitionen auswirken. Man war nach wie vor auf Zahlungen vonseiten der Weltbank und des Internationalen Währungsfonds angewiesen.

Auf gar keinen Fall durften also Waffen in die Stadt geschmuggelt werden. Und deshalb würde das von nun an schwierig werden. Sharm El Sheikh war hermetisch von der Außenwelt abgeriegelt. Die Wachposten an den Straßenkontrollen hatten für diese Wo-

* Tally Ho = Schlachtruf der Kampfpiloten

che sogar den strikten Befehl erhalten, Touristenbusse genau zu überprüfen. Die Reiseveranstalter hatten sich aufgrund der daraus entstandenen zeitlichen Verzögerungen bereits massiv beschwert, aber das war nun egal.

Hamad musste lächeln.

Man krempelte die Stadt, nachdem man bereits Monate zuvor seine Fühler ausgestreckt und Informanten platziert hatte, nun richtig um. Sämtliche Gebäude wurden durchkämmt, Informanten ausgequetscht, Hotels intensiven Überprüfungen unterzogen, Kellerräume, Garagen, Lagerhäuser durchsucht, Gespräche geführt, Hausdurchsuchungen bei über siebzig Familien und Clans angeordnet. Die ganze Stadt wurde buchstäblich »auf links« gedreht.

Sippen, die in der Vergangenheit mit radikaler Gesinnung in Verbindung gebracht worden waren, selbst die lediglich traditionell eingestellten Imame: sie alle hatten Besuch bekommen. Insbesondere Personen mit Kontakten zu den Salafisten aus dem Norden des Sinai war man auf den Fersen.

Die neue Regierung in Kairo hatte den militärischen Geheimdienst, seinen Dienst, mit der Sicherheit des Gipfeltreffens betraut. Hierzu hatte man ihm fünfzig erfahrene Leute aus Kairo und Alexandria geschickt. Zusammen mit seinen dreißig und einigen zwangsrekrutierten lokalen Polizisten standen ihm knapp einhundert Mann zur Verfügung.

»Wie weit sind Sie mit den Vorbereitungen, was die Straßen und das Hotel betrifft?«, fragte Oberst Hamad seine rechte Hand, Hauptmann Seyouf.

»Das Hotel mit dem Kongresszentrum ist bereits vom Militär abgeriegelt worden. Die Straßen zum Flughafen werden ab 18 Uhr heute Abend gesperrt. Ich habe auch im Ministerium nachgefragt, wie Sie es befohlen hatten. Leider konnten wir aufgrund der veränderten Sicherheitslage in Kairo keine Truppen der Einheit 777 bekommen. Der Innenminister hat Weisung erhalten, sie andernorts einzusetzen.«

Wunderbar, dachte Hamad.

»Und wen kriegen wir zum Schutz der Konferenzteilnehmer?«, fragte Hamad, obwohl er die Antwort bereits kannte.

»Wie befürchtet, hat man reguläre Einheiten, zum Teil mit schwerem Gerät, nach Sharm verlegt«, entgegnete Seyouf matt.

»Zum Teufel! Die sind mit ihren Schützenpanzern eher geeignet, Eindruck zu schinden als zu kämpfen, wenn's darauf ankommt«, entgegnete Hamad mit gespielter Entrüstung.

»Da haben Sie zweifellos recht, Herr Oberst.«

Oberst Hamad wusste, dass ein Teil der elitären Force 777 in einem groß angelegten Trainingsmanöver mit Einheiten der ägyptischen Marine im Mittelmeer unterwegs war. Aus Sicherheitsgründen war der Termin für den Syriengipfel in Abstimmung mit den internationalen Staatschefs sehr kurzfristig bekannt gegeben worden. Lediglich die ägyptischen Geheimdienste wussten Bescheid, um Maßnahmen treffen zu können, nicht aber das allgemeine Militär. Die Medien würden von der Konferenz erst am zweiten Tag erfahren.

»Und wie sieht es mit der Sicherung von See her aus?«

Hauptmann Seyouf schritt zu einem Flip-Chart, auf dem eine Seekarte haftete, und zückte einen Bleistift.

»Zwei unserer neuen FMC Korvetten sind im nördlichen Golf von Aqaba auf Patrouille. Zwei befinden sich im Süden. Die Fregatte *Pharao* liegt im Nordwesten vor Anker und meldet jeden zweifelhaften Kontakt. Auf die Fregatte *Osiris* müssen wir leider verzichten, sie liegt immer noch in der Werft. Die übrigen Einheiten haben für das große Wintermanöver ins Mittelmeer verlegt, aber die Europäer müssten eigentlich stündlich hier eintreffen.«

»Hmm, in Ordnung«, brummte Hamad.

Der Gipfel kam zur Unzeit und die Lage der stark modernisierungsbedürftigen ägyptischen Streitkräfte war arg angespannt, das wusste er. Rasch hatten die Deutschen und die Briten Hilfe angeboten und Kriegsschiffe an den Sinai entsendet, um den Schiffsverkehr zu überprüfen und die restlichen ägyptischen Einheiten zu entlasten. Es galt sogenannte COIs * mittels Boardingteams zu entern und zu durchsuchen.

Er wusste, dass es sich bei den deutschen und britischen Einhei-

* COI = contact of interest / verdächtiges Schiff

ten um Schiffe der Operationen *Enduring Freedom* und *Atalanta* handelte, die vom Horn von Afrika zurück in Richtung Nordsee verlegten. Dazu mussten sie durch den Suezkanal. Dieser Einsatz lag für sie also auf dem Weg in die Heimat.

Hamad lächelte in sich hinein.

Sie alle werden nichts finden, dachte er, *rein gar nichts …*

»Ach, Seyouf, sagen Sie: Die angeforderten Geländewagen, sind die schon da?«

»Jawohl! Stehen im Hof. Hier liegen die Schlüssel.«

»Ausgezeichnet, Hauptmann, bitte halten Sie mich über alles auf dem Laufenden. Ich erwarte Ihre Meldung, wenn die Briten und die Deutschen mit ihren Einheiten eingetroffen sind.«

»Selbstverständlich, Herr Oberst!«

Oberst Hamad dachte nach. Seine Auftraggeber hatten sich etwas Intelligentes einfallen lassen, davon war er überzeugt. Diese Männer überließen nichts dem Zufall.

Schon ihre Kontaktaufnahme war perfekt abgelaufen. Auf seinem Weg zum Dienst hatte ihn seinerzeit ein unauffälliger Mann abgepasst und gefragt, ob er zu einem Gespräch bereit sei. Man wolle sich ungezwungen bei einem Kaffee mit ihm unterhalten. Er war zu lange im Geschäft, um Profis nicht als solche zu erkennen. Diese Leute hatten sogar, wie sich später herausstellte, ein komplettes Dossier über ihn angelegt. Sie wussten von seinem früheren Einsatz als Panzerkommandant, von seinen schweren Verbrennungen – und sie teilten seinen Hass auf die Israelis. Ihre Forderungen waren klar und eindeutig gewesen.

Noch vor dem Spektakel würde er sich aus dem Staub machen. Er hatte für alles gesorgt. Sein Geld lagerte sicher auf einem anonymen Bankkonto in der Schweiz. Es war allein das Geld, was ihn interessierte, ansonsten war ihm so ziemlich alles egal. Er war es leid, immer die Drecksarbeit machen zu müssen, nur damit ein politisch vernetzter Vorgesetzter später die Lorbeeren einheimsen konnte.

Hamad verließ das Büro und begab sich auf die Straße. Er wollte noch etwas spazieren gehen und danach in der Stadt einen Kaffee trinken.

32

Seehotel
Potsdam, Deutschland

Seine geliebte alte Citizen-Taucheruhr hatte pünktlich um sechs Uhr gepiept, doch Kapitän Rickmers war er schon eine Minute vorher aufgewacht und liegen geblieben.

Das Lesen der Betriebsanleitung seines Smartphones schob er nach wie vor auf die lange Bank. Nachdem er das Gerät eingeschaltet hatte, dauerte es nicht lange, bis die vertraute Tonfolge einen verpassten Anruf meldete.

Astrid hat bestimmt versucht, mich abends noch zu erreichen, und ich Trottel habe das Ding auf dem Zimmer liegen lassen, dachte er. Er sah, dass es eine Nachricht auf seiner Mailbox war. Er hörte sie ab und dachte einige Minuten über das nach, was er gehört hatte.

Er war überrascht. OLZS Steiger war ein vielversprechender Offizier. Selbstbewusst, aber kein Großmaul. Ein Quereinsteiger, nicht bei der Truppe studiert, aber ein intelligenter, zuverlässiger Mann. Steiger genoss einen hervorragenden Ruf in der Kompanie. Allerdings war er derzeit wegen Trunkenheit am Steuer angeklagt.

»Hm …« Er würde ihn besser jetzt gleich anrufen, nach dem Frühstück war hierfür keine Zeit. *Bereits total verplant mit überwiegend politischem Kram,* dachte Rickmers, während er die Nummer eintippte.

»Hallo?« Die Stimme klang weit entfernt.

»Moin Steiger, Kapitän Rickmers hier. Was ist denn so wichtig, dass Sie mich aus Ihrem Urlaub anrufen?« Seine tiefe Stimme klang energisch, aber freundlich.

»Guten Morgen, Herr Kapitän. Vielen Dank für den Rückruf, ich … ich bräuchte für ein paar Minuten Ihre ungeteilte Aufmerksamkeit, ginge das?«

Fregattenkapitän Rickmers sah sein Frühstück im Geiste bereits auf ein Müsli und einen Multivitaminsaft reduziert.

Die Stirn in Falten, brummte er: »Na, denn man los, aber fassen Sie sich kurz.«

Steiger erzählte seinem Kommandeur die Geschichte, umschrieb einige Details und bemühte sich, keine auffälligen Worte wie »Sprengsatz« oder »Waffen« zu verwenden.

Was folgte, war ein langes Schweigen.

»Mensch, Steiger, sind Sie sicher?« Rickmers fluchte innerlich.

»Jawohl, Herr Kapitän, absolut sicher.«

Steiger war kein Schnacker, in Rickmers Kopf rotierten die Zahnräder.

»Ich rufe Sie in allerspätestens null zwei Stunden unter dieser Nummer wieder an, haben Sie mich verstanden?«

»Laut und klar, Herr Kapitän.«

»Gut.«

Steiger wollte noch etwas sagen, aber die Leitung war bereits tot.

Sack und Asche, dachte Rickmers, *da ist was im Busch.*

Innerlich begannen bereits Gefühl und Verstand miteinander zu diskutieren. Der Fund musste nicht unbedingt etwas bedeuten, doch die Chancen, dass es so war, standen eher schlecht. Er brauchte nicht lange zu überlegen. Er würde seinen alten Freund, Fregattenkapitän Kai-Uwe Fritz beim BND anrufen. Kai-Uwe war »durch und durch Marine« und dort im Bereich militärische Auswertung tätig. Auch wenn er vielleicht nicht selbst zuständig war, so kannte er mit Sicherheit Leute, die es waren.

Rickmers wählte die Nummer, die auf einer zerknitterten Visitenkarte stand.

»Ja bitte?«

»Kai-Uwe?«

»Jörn? Bist du das?«

»Ja, ich bin's! Stör' ich?«

»Nee, du störst nicht. Habe hier zwar gerade etwas Hektik. Du weißt schon, wir begleiten da so eine Geschichte zusammen mit dem Einsatzführungskommando.«

»Hm, kann sein, dass ich genau darüber mit dir sprechen muss. Hast du Zeit?«

»Wieso? Die Zeit nehme ich mir, wo bist du?«

»In Potsdam.«

»Das trifft sich hervorragend, dann komm doch nach Berlin, wir gehen etwas essen und können in Ruhe reden. Ich bestell einen Tisch bei *Lutter & Wegener*, sagen wir, um 12:30 Uhr?«

»Ich bin mir nicht sicher, aber vermutlich haben wir nicht so viel Zeit«, erwiderte Rickmers düster.

»Aha?« Rasch wich das Erstaunen nüchternem Ernst: »Wann kannst du hier sein?«

»In spätestens einer Stunde.« *Teufel,* dachte Rickmers, *nun ist wirklich nur noch Zeit für ein Müsli – und zwei Termine muss ich auch noch absagen!*

»Geht in Ordnung, ich melde dich an der Pforte an. Du weist dich dort aus und wartest auf mich.«

»Alles klar. Ich kenne das Prozedere. Danke, Kai-Uwe!«

»Bis gleich!«

Rickmers hatte Glück. Als Kommandeur KSM hatte er einen Anspruch auf einen Fahrer und dieser, ein Stabsgefreiter aus der Fahrbereitschaft, kannte den Weg zum BND in- und auswendig.

33

Bundesnachrichtendienst
Berlin-Steglitz, Deutschland

Die sogenannte Liegenschaft Gardeschützenweg bestach nicht zuletzt durch ihren außergewöhnlichen architektonischen Charme. In den Jahren 1881 bis 1884 nach einem Entwurf der preußischen Architekten Roßteuscher und Schönhals erbaut, befand sie sich im heutigen Stadtteil Berlin-Steglitz. Ganz im Stil der Kaiserzeit, bestanden die Bauten der Kasernenanlage aus roten Ziegelsteinen mit

Schieferdächern und waren mit Türmchen und Giebeln reich verziert. Die Mehrzahl der insgesamt zwölf Gebäude verfügten über zwei bzw. drei Geschosse; lediglich das Hauptgebäude am Gardeschützenweg war vier Stockwerke hoch und hob sich dadurch von den anderen Häusern ab.

Während der Kaiserzeit war hier bis 1920 ein Gardeschützen-Bataillon stationiert gewesen, dem die angrenzende Straße ihren Namen verdankte. Anschließend wurde das 9. Infanterieregiment der Reichswehr in der Liegenschaft untergebracht. Im Dritten Reich von der Wehrmacht für Pioniereinheiten genutzt, fanden nach dem Zweiten Weltkrieg die Amerikaner für das Gelände Verwendung: Die US Army nutzte die Gebäude für ihre Militärpolizei.

Die Ausstattung mit modernster Technik sah man den denkmalgeschützten Gebäuden von außen nicht an. Lediglich die Vielzahl an Überwachungskameras sowie der allgegenwärtige NATO-Stacheldraht fielen ins Auge.

Der schwarze Mercedes aus dem Bundeswehrfuhrpark fuhr um die Liegenschaft herum. Rickmers erblickte das große Schild:

BUNDESNACHRICHTENDIENST

Willkommen im Zeitalter der Transparenz, dachte er und murmelte: »Hm, der Palast in der Chausseestraße wird noch schlimmer.« Im Rückspiegel glaubte Rickmers, im Gesicht seines Fahrers ein Grinsen auszumachen.

»Na was, Herr Stabsgefreiter?«

»Öh, nichts ... ich ...«

»Nun sagen Sie schon!«

»Na ja, ich dachte immer, der BND sei ein *Geheim*dienst. In anderen Ländern sind die Liegenschaften meist nicht gekennzeichnet. Außerdem, so scheint mir, ist schon viel zu viel Tamtam um die neue Zentrale gemacht worden.«

»Hm, das kann man zweifellos so sehen, Herr Stabsgefreiter.«

Der Junge spricht mir aus der Seele.

Als sie in der Liegenschaft ankamen, gab Rickmers dem Fahrer für zwei Stunden frei.

»Aber seien Sie nachher pünktlich.«

»Jawohl, Herr Kapitän!« Geschickt wendete der Fahrer den Mercedes und verschwand durchs Tor.

Nachdem Rickmers durch die dunklen, grünlichen Panzerglasscheiben der Wache gewunken hatte, war eine Tür rechts im Wachgebäude aufgesprungen. Er trat ein und links vor der Wachstube öffnete sich unten vor ihm ein Fach. Er legte seinen Truppenausweis hinein und ein Besucherausweis wurde hinausgereicht.

»Sie werden erwartet. Bitte schließen Sie Ihr Handy in eines der Schließfächer ein«, ertönte eine metallische Stimme aus dem Lautsprecher.

Er gelangte in einen Zwischenraum, wo er sein Handy in einem der Fächer deponierte. Als er den Schlüssel abzog, sah er seinen Freund Kai-Uwe bereits an der Panzertür.

»Hallo, Kai-Uwe! Ihr zieht wohl nie in das neue Gebäude ein, wie?«

»Grüß dich, Jörn. Hör mir bloß auf! Immer wieder gibt es neue Verzögerungen. Ich glaub' das erst, wenn wir drin sind. Vermutlich bin ich bis dahin bereits pensioniert.«

»Im Ernst?«

»Nein, war nur Spaß. In vier Monaten ist der Umzug komplett abgeschlossen.«

Rickmers Anspielung bezog sich auf den unmittelbar bevorstehenden Umzug des Bundesnachrichtendienstes in die neue Zentrale in der Chausseestraße in Berlin-Mitte. Als eines der größten Bauprojekte der Nachkriegszeit hatte sich der Umzug immer wieder nach hinten verschoben und so mancher Nachrichtendienstler spöttelte, dass, bis es so weit sei, die Belegschaft des BND derart angestiegen sei, dass man einen zusätzlichen Neubau benötigen würde.

»Na, ich gebe zu, mein lieber Jörn, du hast mich am Telefon wirklich neugierig gemacht!«

Fregattenkapitän Fritz führte seinen alten Freund die dunkelblauen Treppenstufen hinauf. Im Büro roch es nach frischem Kaffee.

»Setz dich. Kann ich dir etwas anbieten?«

»Ein Kaffee und ein Glas Wasser wären nicht schlecht, danke!«

»Milch? Zucker?«

»Ja, süß und blond.«

»Kommt sofort!« Fritz kam mit einer Flasche Mineralwasser zurück und stellte seinem Freund einen blauen Kaffeepott mit der Aufschrift *German Navy* vor die Nase.

»So, dann schieß mal los, was gibt es so Wichtiges, dass du ein Mittagessen bei *Lutter & Wegener* ausschlägst?«

Rickmers erzählte seinem Freund von Steigers Anruf, er fügte vorsichtig hinzu, was er von Steiger hielt, und erwähnte mehr scherzhaft, dass dieser weder betrunken gewesen sei noch Drogen nähme. Fritz wurde sofort ernst und sprach jetzt langsam und mit Bedacht:

»Du weißt, dass wir aktuell vor Ort sind?«

»Ist mir bekannt.«

»Operation *Securing the Peace*. Wie du sicherlich weißt, sollen Boardings durchgeführt werden – und das am laufenden Band.«

Rickmers stutzte. Er wusste, dass die Fregatte *Sachsen* und die Korvette *Erfurt* vom Horn von der Piratenjagd abgezogen worden waren und nach Wilhelmshaven verlegen sollten. Die Einheiten waren beide reif für eine Generalüberholung in der Werft. Bei der Gelegenheit konnten sie einen Zwischenstopp am Sinai einlegen, dort ihrem zeitlich befristeten Auftrag nachkommen, um dann in Richtung Suez weiterzudampfen. Was ihn wunderte, war, inwieweit sein Freund Kai-Uwe offensichtlich Bescheid wusste.

»Ja, ich erinnere mich, die Führung hat ganz bewusst diese beiden Einheiten ausgewählt, da beide Schiffe unbedingt überholt werden müssen. Sie wurden bereits am Horn von der Fregatte *Hamburg* und der Korvette *Braunschweig* abgelöst.«

Rickmers wusste, dass Gerüchten zufolge auf der *Sachsen* nur noch einer der beiden Helikopter flugbereit war und dieser auch nur bedingt. Zu lange waren die Einheiten auf See gewesen und die Ersatzteillager an Bord waren leer.

»Du musst wissen, dass sich ein Team von meinen Kampfschwimmern gerade auf der Fregatte *Sachsen* befindet. Die Boardingteams brauchten einen Sparringspartner und, na ja, wir hatten da unten am Horn auch noch andere Sachen zu erledigen …«

»Das ist wohl so«, sagte Fritz und lächelte.

»Und die Briten schicken ihr neues Flaggschiff?«, fragte Rickmers.

»Die HMS *Duncan* ist seit heute vor Ort.«

»Boarden die auch?«

»Negativ, die machen ein TACEX*, die Limeys** haben sich als mobile Luftabwehrbatterie in den Nordosten gelegt. Das ist mal etwas, was der neue T45-Zerstörer hervorragend leisten kann – das Ding ist eine schwimmende Raketenabschussbasis. Die haben ein paar nette Radarsysteme an Bord«, meinte Fritz.

»Dafür ist er nach unten herum etwas schwach auf der Brust, was man so hört«, entgegnete Rickmers.

»Das stimmt«, lenkte Fritz ein.

Rickmers wechselte rasch wieder das Thema.

»Wenn in den versenkten Behältern das drin ist, was Steiger glaubt, was vermutest du, worum es dann geht?«

Fritz schaute nachdenklich aus dem Fenster.

»Das wäre im Moment noch reine Spekulation, wir müssen noch viel mehr wissen. Zuerst einmal brauchen wir eine Bestätigung. So ein Behälter müsste mal gehoben und aufgemacht werden. Natürlich fällt mir auf Anhieb der Syrien-Gipfel ein. Die Ägypter haben aus Angst vor Anschlägen bereits vor drei Monaten begonnen, die ganze Stadt abzuriegeln, und filzen alles und jeden. Bei dem Anschlag 2005 hatten die Attentäter den Sprengstoff seelenruhig mit einem Kühlwagen, der angeblich Feinkost für das Hotel bringen sollte, durch die Straßensperren gebracht. Diesmal machen die Ägypter die komplette Stadt für zwei Wochen dicht. Hör zu, ich schlage vor, du bleibst vorerst hier, vielleicht will man dich nochmal zu deinem Mann vor Ort, diesem Steiger, befragen. Ich muss erst einmal dringend zu meinem Chef. Du weißt ja: Melden ...«

»... befreit – oder so ähnlich!«, ergänzte Rickmers und lächelte.

»Keine Sorge, ich warte hier so lange, ich bediene mich mal deines Telefons und sage im Einsatzführungskommando Bescheid,

* tactical exercise: Manöver, in dem taktische Übungen gefahren werden
** Spitzname für Engländer

dass alle Nachmittagstermine abgesagt werden müssen und ich heute später zurückkomme.«

»Gute Idee, mach das.«

Aus »kurz« wurde eine halbe Stunde.

Als Fregattenkapitän Fritz zurückkam, hatte er ein gequältes Lächeln aufgesetzt. »Hätten wir seinerzeit nicht in Frankfurt den Anschlag gehabt, könnten wir eine solche Aktion heute vergessen. Dann würden wir es wahrscheinlich wieder an die Amis abgeben.«

Rickmers erinnerte sich: Im Frühjahr des letzten Jahres hatte es in Frankfurt am Main einen Sprengstoffanschlag im Bankenviertel gegeben, bei dem 47 Menschen ums Leben gekommen und weitere 129 schwer verletzt worden waren. Drei Mitglieder der terroristischen Zelle stammten ursprünglich aus Deutschland. Der Kommandoführer, ein in Syrien ausgebildeter Konvertit, war drei Monate zuvor über die Niederlande eingereist. Für die Logistik der Gruppe war ein Freund des Anführers, ein 40-jähriger Irak-Veteran aus Bonn, verantwortlich gewesen.

Die insgesamt siebenköpfige Zelle hatte über einen Zeitraum von drei Monaten im Frankfurter Bahnhofsviertel ihre Planungen betrieben und die Anschlagsziele ausspioniert. Da man wusste, dass die deutschen Sicherheitsbehörden ständig ein Auge auf die US-Liegenschaften warfen, hatte man einen Monat zuvor falsche Informationen lanciert, um die Aufmerksamkeit der deutschen Polizei und der Verfassungsschutzbehörden auf amerikanische Anschlagsziele in Hessen und Bayern zu lenken. Der Plan war aufgegangen.

Zeitgleich waren am Morgen des 11. Juni fünf große Sprengsätze gezündet worden, zwei weitere hatten versagt. Die Detonationen hatten einen Teil des Gebäudes der Europäischen Zentralbank in Schutt und Asche gelegt. Ein U-Bahn-Schacht war unter den Trümmern der zweiten Detonation begraben worden. Ferner war einer der Zwillingstürme einer deutschen Großbank stark beschädigt worden.

Das Ziel der Terroristen, den Turm ähnlich wie bei den Anschlägen 2001 in New York zum Einsturz zu bringen, wurde nicht annähernd erreicht. Das war nicht zuletzt dem beherzten Eingreifen dreier Polizisten des Objektschutzes zu verdanken, die gemeinsam die Attentäter, die den zweiten und dritten Sprengsatz innerhalb des Gebäudes zünden sollten, am Betreten der Tiefgarage gehindert hatten. Zwei Beamte hatten dabei ihr Leben verloren. Die überlebenden Attentäter konnten rasch ermittelt werden, aber nur zwei waren gefasst worden. Die fehlenden drei wurden heute im Jemen vermutet.

»Hör zu«, sagte Fritz, »ich konnte den Erbsenzähler da oben davon überzeugen, dass das hier kein Märchen ist, sondern dass wir da unten Arbeit zu verrichten haben und dass es nicht die Welt kosten wird, einmal nachzusehen. Taucher von hier nach Ägypten einzufliegen, dauert viel zu lange. Die Marine sollte es nicht machen, zu auffällig. Außerdem ist die ganze Angelegenheit zu heikel. Deutschland darf sich in Ägypten nicht offiziell zeigen. Dein Mann ist *privat* vor Ort. Jetzt kriegt er eben Besuch von einem meiner Kollegen aus der Botschaft und sie gehen zusammen runter. Freunde, die einen Tauchgang machen ...«

»Ach – und noch ein Wort zu meinem Chef«, fuhr Fritz fort, »Guter Stil wäre es gewesen, dich eben hereinzubitten, dann hättest du ein paar Worte zu deinem Mann sagen können. Aber natürlich ist er schon wieder los, um irgendeine wichtige ausländische Delegation zu begrüßen. Bin schon froh, dass er die Information zu diesem Zeitpunkt noch nicht ganz oben verbraten will – er glaubt deinem Oberleutnant wahrscheinlich nicht so recht und hat Angst, sich lächerlich zu machen.«

Rickmers zog eine Grimasse. Mit »ganz oben« war die Amtsleitung, der Präsident des BND gemeint.

»Wer ist denn dein Chef?«, fragte Rickmers ungläubig.

»Ein neuer, ausschließlich politisch denkender Typ. Voll auf Linie. Nicht gedient, null ND-Hintergrund *, Quereinsteiger und gelegentlicher Klugscheißer mit Parteibuch.«

»Oha!« Rickmers schüttelte langsam den Kopf.

»Du sagst es. Da kann ich als Volksoffizier mit Arbeitergesicht nicht immer überzeugen.«

Beide lachten.

* ND = Nachrichtendienst

»Hör zu, kannst du deinen Aufenthalt hier ein wenig verlängern? Wir brauchen dich definitiv noch«, fragte Fritz.

»Kein Problem, dann sage ich in Potsdam bis auf Weiteres alles ab. Ist eh nur Horse & Pony Show, aber meinem Fahrer muss ich Bescheid geben.«

»Gut, mach das und dann wollen wir mal ein bisschen rumtelefonieren.«

Rickmers ließ nun zum ersten Mal seinen Blick schweifen. Sein Freund saß in einem hellen, modernen Büro mit hohen Decken. Ein großes Fenster zeigte hinaus zum Innenhof. An den Wänden hingen Abzeichen ausländischer Einheiten sowie Luftaufnahmen von Kriegsschiffen. In der sogenannten *I love myself corner* sah er vornehmlich Fotos von diversen Helikoptern. Alte Sikorsky Sea Kings des Marinefliegergeschwaders 5 aus Kiel Holtenau, eine P3C Orion, der neuere Sea Lynx, amerikanische MH-53 Pave Low der 20th Special Operations Squadron, britische Merlin-Hubschrauber sowie Aufnahmen der MH90 des MFG 3, der maritimen Version des NH90, dem derzeitigen Aushängeschild der Heli-Truppe der deutschen Marineflieger. Auf nahezu allen Fotos befanden sich Glückwünsche, Danksagungen oder einfach nur Erinnerungsgrüße mit zahlreichen Unterschriften.

Auf dem großen Schreibtisch standen zwei Flachbildschirme sowie drei Telefone in unterschiedlichen Farben.

Rickmers erinnerte sich: Sein alter Freund Kai-Uwe Fritz war in seiner aktiven Zeit nach dem Studium der Luft-und Raumfahrttechnik in München zunächst für das MFG 5 in Kiel Holtenau mit dem Sea King Helikopter SAR Einsätze geflogen und hatte dabei mehrere Leben retten können. Später, kurz vor Ausscheiden aus dem fliegerischen Dienst, hatte er als einer der erfahrensten Piloten der Marine Gelegenheit gehabt, den neuen MH90 kennenzulernen.

Er hatte in seiner Karriere knapp 3600 Flugstunden gesammelt und auch den einen oder anderen heiklen Einsatz hinter sich gebracht. Mit 45 Jahren war er dann als sogenannter Dauerverwender beim BND gelandet.

Fritz nahm den Hörer, drehte sich zu Rickmers um und sagte: »Die alte Abteilung 1 – Operationen – ist in Kairo gut vertreten.«

Dann wählte er eine Kurzdurchwahl auf der verschlüsselten Leitung.

»Ja bitte?«, meldete sich eine männliche Stimme. Der Lautsprecher war eingeschaltet, damit Rickmers mithören konnte.

»Militärische Auswertung, Fritz hier, spreche ich mit Herrn Storost?«

»Am Apparat.« Ein leicht genervter Tonfall war nicht zu überhören.

»Herr Storost, ich habe den Lautsprecher laut geschaltet, Fregattenkapitän Jörn Rickmers vom KSM hört mit. Wir benötigen die sofortige Unterstützung Ihrer Abteilung. Mein Abteilungsleiter wurde soeben von mir gebrieft und sein Stab sollte den Ihren bereits kontaktiert haben – es ist sehr dringend!«

»Ihr Anruf wurde mir von Ihrem Stab avisiert, das ist richtig. Worum geht es denn genau?«

Geduldig erklärte Fritz noch einmal den Sachverhalt und fügte hinzu: »Die Zeit drängt. Bei Bestätigung der Informationen übernimmt die Abteilung TE (Terrorismusabwehr). Wir unterstützen dann nur noch, wenn es gewünscht ist.«

»Und unser Abteilungsleiter ist auch wirklich über sämtliche Rahmenbedingungen informiert?«, fragte die Stimme.

Fritz hob eine Augenbraue und warf Rickmers einen bedeutungsvollen Blick zu.

»Das sagte ich bereits«, erwiderte Fritz bestimmt, aber immer noch höflich.

»Ich bin mir aber nicht sicher, ob das so einfach geht. Sie müssen zugeben, das ist schon ungewöhnlich. Eigentlich muss so etwas immer die Amtsleitung entscheiden. Und zwar nach schriftlicher Entscheidungsvorlage. So einfach auf Zuruf, das kann ich eigentlich nicht machen.«

Fritz riss sich zusammen.

»Es ist auch nicht nötig, dass Sie irgendetwas entscheiden, Herr Storost, Ihr Abteilungsleiter hat meinem Abteilungsleiter bereits eine Zusage erteilt.«

»Mündlich?«

»Ja sicher, mündlich, ich kann auch nicht hexen.«

»Diese Zusage sollte bei Ihnen aber schriftlich vorliegen und in Kopie bei uns. Für die Akte«, näselte Storost weiter.

Fritz war kurz davor, seine Geduld zu verlieren, doch er blieb ruhig.

»Sobald dieses Gespräch beendet ist, geht alles seinen sozialistischen Gang«, stellte Fritz klar.

»Also das kommt dann noch schriftlich im Nachgang? Da kann ich mich drauf verlassen, ja?« Storost ließ nicht locker.

»Wie ich bereits ausführte ...« Fritz deutete stumm mit seinem Zeigefinger auf seinen Mund und tat, als wolle er sich übergeben.

Rickmers musste grinsen.

»Also gut, Herr, ähm, Fritz.«

Fritz bemühte sich erst gar nicht, einen genervten Seufzer zu unterdrücken.

»Ich werde den Vorgang also zeitnah weiterleiten, es wird sich später ein Angehöriger der Residentur Kairo bei Ihnen melden, Herr Fritz. Sie wissen aber schon, dass das äußerst ungewöhnlich ist, normalerweise geht sowas nicht so schnell.«

In der Stimme schwang ein Hauch von Empörung mit.

»Natürlich nicht, haben Sie vielen Dank!« Fritz verdrehte die Augen.

»Auf Wiederhören.«

»Wiederhören.«

»So!« Fritz sah erleichtert aus.

»Wie immer, Arsch an der Wand lang. Egal! Nun heißt es, Geduld haben.«

»Hm, und dieser Storost?«

»Das Haus der Angst. Keiner wagt es mehr, Entscheidungen treffen. Machen sich alle in die Buxe. Ich frag mich nur, warum?«

»Hm, kenn ich, das BMVg* ist auch voll davon«, entgegnete Rickmers.

Fregattenkapitän Kai-Uwe Fritz konnte sich ein Lächeln nicht verkneifen.

—

* Bundesministerium der Verteidigung

Sie brauchten nicht lange zu warten.

Nach wenigen Minuten klingelte das verschlüsselte Telefon auf Fritz' Schreibtisch. Er stellte auf Lautsprecher.

»Ja bitte?«

»Moin! Spreche ich mit Fregattenkapitän Fritz?«

»Korrekt – und Sie sind?«

»Mein Name ist Wolff – ich rufe aus Kairo an.«

»Ich höre. Herr Wolff, ich habe auf Lautsprecher gestellt, damit Kapitän Rickmers mithören kann«, sagte Fritz.

»Meinetwegen. Ich bin beauftragt worden, so schnell wie möglich nach Sharm zu fliegen. Was können Sie mir darüber erzählen?« Rickmers und Fritz warfen sich einen fragenden Blick zu. Der Mann wirkte nicht sonderlich begeistert.

»Nur das, was Ihnen die Kollegen von der Terrorismusabwehr bereits gesagt haben. Es liegen etwa acht olivfarbene Koffer, wie sie in aller Regel für Waffen oder anderes militärisches Gerät verwendet werden, abgetarnt auf 48 Meter Tiefe an einem vorgelagerten Riff. Können Sie tauchen?«

»Kann ich.«

»Das ist gut. Sie sollen unseren Mann vor Ort unterstützen und sich ein eigenes Bild machen. Wir brauchen eine Rückmeldung, sobald Sie etwas Näheres herausgefunden haben. Noch etwas: Weder die Ägypter noch ein anderes Land sind involviert. Die Sache bleibt bis auf weiteres inoffiziell, Meldung direkt an uns. Residentur in Kopie. Verstanden?«

»Verstanden!«

»Sie sind kommunikationstechnisch ausgerüstet, nehme ich an?«

»Jep! Bin so weit ausgestattet. Hören Sie, ich buche aus Zeitgründen per Internet und benutze meine private Kreditkarte. Bis die Dienstreise hier genehmigt und offiziell gebucht ist, bin ich längst da gewesen und wieder zurück in Kairo. Ich werde in gut zwei Stunden in Sharm am Flughafen ankommen, habe aber keine Tauchausrüstung, Ach, und es wäre nett, wenn Sie mich dort abholen lassen könnten, ich habe keine Ahnung, wo ich hinsoll.«

Fritz schaute auf Rickmers, der nickte.

»Das lässt sich machen«, sagte Fritz. »Und wie ich hörte, ist das mit der Ausrüstung kein Problem, das kann vor Ort arrangiert werden. Ihr Kontakt wohnt bei vertrauenswürdigen Freunden, die eine Tauchschule besitzen.«

»Alles klar, Sie hören dann von uns«, sagte Wolff fast gelangweilt.

»Viel Glück!«

»Danke.«

Kapitän Rickmers setzte sich an den Schreibtisch seines Freundes und rief Steiger an. So schnell wie dieser den Hörer abnahm, schien er auf den Anruf gewartet zu haben.

»Steiger? Kapitän Rickmers hier.«

»Herr Kapitän?«

»Hören Sie jetzt genau zu: Mit der 13-Uhr-Maschine kommt ein Mann namens Wolff, Mirko Wolff, aus Kairo. Der Mann ist ausgebildeter Taucher. Er wird sich das mit Ihnen zusammen anschauen. Sie gehen beide nochmal runter. Wir müssen etwas über den Inhalt erfahren, dann werden wir weitersehen, verstanden?«

»Laut und klar, Herr Kapitän!«

»Ideal wäre es, wenn Sie einige der Kisten bergen könnten, um sie an der Oberfläche zu öffnen. Kriegen Sie das hin?«

»Ich denke ja.«

»Und seien Sie vorsichtig! Wir haben jetzt schon zu wenig Offiziere in der Kompanie.«

»Jawoll, Herr Kapitän!« Steiger musste lächeln.

»Geben Sie mir kein ›Jawoll, Herr Kapitän‹! Halten Sie sich da draußen klein, flach und geruchlos, Steiger! Vielleicht kreuzen die Urheber der ganzen Chose in der Nähe der Stelle.«

»Aye, aye!« Steigers Lächeln wurde breiter. »Wir machen das, Herr Kapitän, und ich melde mich, sobald wir etwas haben.«

»Viel Glück und gut Luft!«

»Danke, Herr Kapitän!«

Sie legten auf.

»Sack und Asche! Ich würde wer weiß was darum geben, jetzt selbst vor Ort zu sein«, sagte Rickmers an Fritz gewandt.

»Bist du aber nicht, alter Knabe! Komm, wir gehen was essen, die Kantine ist zwar nicht im Michelin Guide vertreten, aber ganz ordentlich.«

–

Mirko Wolff, 47, ledig, in Bad Doberan geboren und in Rostock aufgewachsen, war der Älteste von drei Geschwistern. Sein Vater, ein Fischer, hatte die meiste Zeit in den Hochseefangflotten fern der Heimat verbracht. Wolff hatte die Polytechnische Oberschule nie besonders interessiert und so war er nach der zehnten Klasse abgegangen. Er hatte sich sehr dafür eingesetzt, dass seine jüngeren Geschwister studieren konnten. Besonders nah stand er seiner kleinen Schwester Marlene, deren Intelligenz er bewunderte und für die er sich ein besseres Leben wünschte.

Während eines kurzen Kontakts mit der rechten Szene war Wolff klar geworden, dass sich hier viele junge Männer tummelten, die mit sich und der Welt Probleme hatten. Und bei vielen, dachte Wolff, *fuhr der Fahrstuhl auch nicht bis ganz nach oben.* Wolffs Kindheit war kein Zuckerschlecken gewesen, aber er hatte rasch begriffen, dass Härte ohne Disziplin wertlos war.

1992 war Wolff als einer der ersten Ostdeutschen zur Bundeswehr eingezogen worden. Kurze Zeit später schloss er als Zweitbester den Lehrgang zum Unteroffizier an der Unteroffiziersschule des Heeres in Munster ab. Anschließend verbrachte er drei Jahre bei den Panzergrenadieren und wurde zum Stabsunteroffizier befördert. Es folgten Feldwebellehrgang und Beförderung zum Feldwebel bei der Panzergrenadierbrigade 32 in Schwanewede. Wolff war mittlerweile Spezialist für sämtliche Handwaffen, die es in der Truppe gab. Als seine Übernahme als Berufssoldat anstand, stellte sich heraus, dass sein Jahrgang voll war und das Heer zum damaligen Zeitpunkt keine Verwendung für einen Panzergrenadier hatte. Es half alles nichts, er musste die Verwendung wechseln. Er entschied sich für die Pioniere und stellte einen entsprechenden Antrag bei der Stammdienststelle des Heeres. Dieser war immerhin rasch genehmigt worden.

Bei den Pionieren hatte er während eines abendlichen Besäufnisses die Taucher der Pioniertruppe kennengelernt. Dabei handelte es sich um einen kleinen, verschworenen Kreis von Spezialisten, die sich bewusst vom Rest der Truppe abgrenzten.

An der Ostsee groß geworden, war Wolff ein ordentlicher Schwimmer. An jenem feucht-fröhlichen Abend hatte er gewettet, er sei in der Lage, eine Distanz von 500 Metern im Starnberger See ebenso schnell, wenn nicht schneller, zu durchqueren wie der großmäulige Pionieroberfeldwebel aus Percha, der die Wette provoziert hatte. Grundsätzlich wäre gegen ein solches Duell nichts einzuwenden gewesen, wäre es Ende August gewesen und hätte der See noch Temperaturen um die 21° Celsius gehabt. Zu seinem späteren Bedauern war es Mitte Oktober und die Wassertemperatur war auf stramme 16 Grad gesunken. Und so begab es sich, dass er, der Neue, vor einem grölenden Publikum, mit einem gehörigen Prozentsatz Restalkohol im Blut, gegen den Lokalmatador der Tauchergruppe antreten musste.

Die Blätter hatten sich in diesem »goldenen« bayerischen Oktober bereits stark verfärbt, als die meisten Kameraden am Ufer des Sees standen, um dem Wettkampf beizuwohnen. Glück, Biss und der Umstand, dass er am Abend zuvor nicht ganz so viel getrunken hatte wie sein Kontrahent, bescherten Wolff einen knappen Sieg. Der Respekt der Tauchergruppe war ihm gewiss. Es dauerte kein halbes Jahr und er war einer von ihnen.

Hier hatte er in der Folge gelernt zu tauchen und mit Sprengstoff umzugehen. In der Isar, im Rhein und in der Oder hatte er Tauchgänge bei null Meter Sicht und starker Strömung sowie diverse Nachttauchgänge absolviert. Ausbildungen zum Helm- und Trockentaucher schlossen sich an. Immer wieder hatte man ihn auf Lehrgänge geschickt, und da er an fremden Kulturen interessiert war, hatte er sich umfassend fortgebildet. Bei einem Lehrgang beim Bundessprachenamt hatte ihm ein Dozent ein außergewöhnliches Sprachgefühl attestiert. Auf sein SLP 4 in Arabisch war er ein wenig stolz.

Wolff hatte mehrere Auslandseinsätze geleistet, darunter wiederholt auf dem Balkan und in Afghanistan. Ein Einsatz war ihm noch gut im Gedächtnis geblieben, denn hier war er auf den

Mann getroffen, der sein Leben massiv verändern sollte. Stabshauptmann Rölle, Fallschirmjäger, ein grauhaariger, drahtiger, harter Mann von damals knapp fünfzig Jahren, hatte ihn an einem Abend in Kabul beim Bier angesprochen und gefragt, ob er nicht Lust habe, seinem Land auf eine andere Art und Weise zu dienen. Es bedurfte keiner weiteren Erklärungen. Wolff hatte sofort verstanden. In der Truppe wurde viel über den BND gemunkelt, es reizte ihn, und da er niemanden hatte, der zu Hause auf ihn wartete, willigte er ein.

Der Stabshauptmann hatte seine Bewerbung weitergeleitet und binnen neun Monaten wurde Wolff mit dem Dienstgrad Hauptfeldwebel zum BND abgeordnet. Seit knapp sieben Jahren arbeitete er nun in der Abteilung für Terrorismusabwehr. Hier schätzte man seine Arabischkenntnisse sehr.

Wolff war gerne Soldat. Das Leben war klar strukturiert und die Möglichkeit, sich Nischen zu suchen, die ihn interessierten, hatte ihm gefallen. Mit der vergleichsweise guten Vergütung für seine Auslandseinsätze im Rücken, hatte sich der Junggeselle eine schöne Eigentumswohnung in Berlin-Charlottenburg erworben, die er bei Dienstende abbezahlt haben würde.

Heute war Wolff jedoch verstimmt. In der Residentur war man im Bereich »Pol« (politische Auswertung) anscheinend schwer beschäftigt. Sein Vorgesetzter war unruhig und flöhte ständig die Pressemeldungen.

Als ob irgendwas im Busch ist, mutmaßte Wolff.

Erst kürzlich hatte er beruflich gepunktet, einer seiner Informanten hatte wichtige Informationen geliefert.

Auch privat lief es gerade rund. Vor einer Woche hatte er mit Laetitia, einer jungen Französin, die in der ägyptischen Niederlassung der Air France arbeitete, angebändelt und konnte sich noch gut an die letzte gemeinsame Nacht erinnern. Ausgerechnet jetzt musste er dienstlich nach Sharm, eine in seinen Augen überlaufene Touristenhochburg, um mit irgend so einem Schnacker tauchen zu gehen. Ursprünglich hatte er beabsichtigt, die nächsten Tage Laetitia wiederzutreffen, doch daran war nun erst mal nicht zu denken.

Sie hatte seine Absage für ein gemeinsames Wochenende nicht sonderlich positiv aufgenommen. Er hatte seinen ganzen Charme spielen lassen müssen, um ihr nächstes Treffen drei oder vier Tage nach hinten zu verlegen.

Er hoffte, dass an dem angeblichen Fund nichts dran war und er schnell zurück nach Kairo reisen konnte. Er war eher gespannt auf den Spinner, der das Zeug entdeckt haben wollte.

34

Deutsche Korvette *Erfurt*
Rotes Meer
Position: 28° 01′ N, 34° 29′ E

Der erste Wachoffizier (IWO) der Korvette *Erfurt*, Kapitänleutnant Sven Paulsen, saß über eine Seekarte gebeugt. Er hatte Schwierigkeiten, sich zu konzentrieren. Den Abend zuvor hatte man feuchtfröhlich ausklingen lassen und sein Schädel brummte noch immer.

Früher, dachte Paulsen, *früher auf den Schnellbooten hatte man selten derart lange Einsätze so fern der Heimat gehabt.*

Mit dem Schiffstyp Korvette 130 hatte sich das geändert. Im Vergleich zu den wendigen Schnellbooten oder S-Booten, die in der deutschen Marine auch »Ostseerocker« genannt wurden und eine lange Tradition hatten, war die Korvette langsamer und behäbiger, dafür aber unabhängiger. Sie hatte eine längere Stehzeit im Einsatzgebiet und bot den Mannschaften deutlich größere Unterkünfte. Die Schnellboote, berüchtigt für ihre Höchstgeschwindigkeit von 44 Knoten, waren spartanisch und eng. Lebensqualität sah anders aus. Fast die Hälfte der Rumpflänge wurde vom Maschinenraum in Anspruch genommen. Man musste stets auf den langsameren Versorger, den sogenannten Tender, warten, um Munition, Wasser, Treibstoff und Proviant zu übernehmen. Nun wurden die letzten alten Schnellboote mit ihrer in die Jahre gekommenen Technik durch die Korvette 130 ersetzt. Nach dem Überwinden diverser Kinderkrankheiten war das Waffensystem mittlerweile ausgereift und erfüllte seine Aufgabe einwandfrei.

An diesem Morgen steuerte die *Erfurt* mit einer Geschwindigkeit von 15 Knoten durch das blaue Wasser der Straße von Tiran, Kurs 210°. Kapitänleutnant Sven Paulsen hatte sich gerade wieder auf der Brücke eingefunden, als ihm vom Radarunteroffizier ein Kontakt gemeldet wurde.

»Kontakt, vermutlich zivil, befindet sich in 2,5 Seemeilen Entfernung an Steuerbord. Kurs 250°, Geschwindigkeit 12 Knoten.«

»Ja, danke«, bestätigte Paulsen die Meldung. Er nahm ein Fernglas und suchte den Horizont ab, konnte aber noch nicht mehr als einen kleinen Punkt ausmachen. Bald würde man den Kontakt optisch identifizieren können, dachte er.

Hinter ihm stand ein großer, kräftig gebauter Soldat in einem Wüsten- Flecktarnanzug und wippte auf seinen Zehenspitzen, die Hände vor dem Körper verschränkt.

Paulsen drehte sich um. Nur ein aufmerksamer Beobachter wäre in der Lage gewesen, das Lächeln, das über sein Gesicht huschte, zu erkennen.

»Mann, Keller! Sie sind aber auch immer sofort da, wenn man Sie eigentlich nicht braucht«, raunzte er den Mann an.

Hauptbootsmann Keller, Marinesicherungssoldat, Boardingspezialist, Zugführer und Leiter des Boardingteams der *Erfurt*, grinste feist.

»Och, Sie brauchen mich bestimmt noch, Herr Kapitän, Sie wissen es vielleicht nur noch nicht. Ich möchte wetten, dass Sie eigentlich gerade dachten, dies könnte eine gute Möglichkeit sein, den Ausbildungsstand unseres Boardingteams zu überprüfen.«

»Herr Hauptbootsmann, Sie träumen! Nicht schon wieder!« Paulsen musste sich abwenden, damit Keller sein Grinsen nicht bemerkte.

Doch Keller ließ sich nicht beirren.

»Kommse schon, Herr Kapitän, wir machen schon nix kaputt. Wir ...«

Weiter kam er nicht.

»Das will ich Ihnen auch raten, Herr Hauptbootsmann!« meldete sich eine schneidende Stimme aus dem Hintergrund.

Beide Männer drehten sich überrascht um.

»KOMMANDANT AUF BRÜCKE!«, kam die reichlich späte Meldung des Navigationsoffiziers.

Der Kommandant, Korvettenkapitän Stephan Seitz, war unbemerkt auf die Brücke gekommen. Hauptbootsmann Keller senkte den Blick, grinste aber noch immer und Korvettenkapitän Paulsen beschwerte sich halbernst:

»Keller verzagt nicht, wenn es darum geht, seinen Mannen etwas Spaß zu gönnen, Herr Kapitän.«

»Wir sind aber nicht zum Spaß hier, wir haben einen Auftrag«, entgegnete der Kommandant kühl. Um dann zu fragen:

»Um was für einen Kontakt handelt es sich denn? Haben wir einen COI?«

»Negativ. Vermutlich wieder eines dieser vielen Tauchgastschiffe, die hier überall unterwegs sind«, erwiderte Paulsen.

»Also gut, meine Herren. Sie wissen, der Auftrag an uns und die Kameraden der Fregatte *Sachsen* lautet:

›Sicherung des Verkehrs um den Küstenort Sharm El Sheikh und Na'ama Bay. Entlastung der ägyptischen Einheiten durch Überprüfen des zivilen Schiffsverkehrs für den festgesetzten Zeitraum.‹

Können wir also noch ein Boarding legitimieren, Herr Paulsen?«, fragte der Kommandant seinen IWO förmlich.

»J ... ja natürlich«, sagte Paulsen etwas kleinlaut.

Es war ungewöhnlich, dass sich der »Alte«, wie der Kommandant in der Regel von der Mannschaft genannt wurde, und sein IWO nicht duzten. Korvettenkapitän Seitz war kurzfristig eingeflogen worden, da sich der ursprüngliche Kommandant der Korvette *Erfurt* beim Sport eine Verletzung an der Wirbelsäule zugezogen hatte und repatriiert werden musste. Dem ersten Wachoffizier, Kapitänleutnant Sven Paulsen, fehlten noch etwa zwei Monate Fahrzeit sowie eine Beförderung zum Korvettenkapitän, dann hätte er das Schiff selbst übernehmen können. Paulsen und Seitz waren zwei grundverschiedene Charaktere, was ihre förmliche Umgangsweise miteinander erklärte. Neugierig beäugte die Besatzung das Verhalten der beiden höchsten Offiziere an Bord, in der stillen Hoffnung, das Eis werde doch noch irgendwann brechen.

Paulsen ergriff das Wort:

»Also los, Keller, sagen Sie Ihren Leuten, dass sie sich klarmachen sollen, und seien Sie ja freundlich zu den Touristen! Dass mir keine Klagen kommen! Sonst schneit's!«

»Ach, und betrachten Sie das nicht als Übung. Ich denke zwar nicht, dass von Taucherschiffen eine Gefahr für die Region ausgeht, aber die Zeiten haben sich, wie Sie alle wissen, geändert«, ergänzte er.

»Jawoll, Herr Kaleu!« Keller rieb sich die Hände. Er wusste, sein Boardingteam brannte darauf, einen weiteren professionellen Einsatz abzuliefern.

35

Sharm El Sheikh
Sinai, Ägypten

Auf dem Weg zum Flughafen bemerkte Steiger, dass die Anzahl der Soldaten zugenommen hatte. Mittlerweile gab es eine Menge neuer Straßensperren und Kontrollen.

Am Flughafen angekommen, blieb Omar im Wagen sitzen.

»Hol du ihn ab. Ich warte hier.«

»Alles klar, bis gleich.«

Steiger hatte keine Ahnung, wen er da abholen sollte, Rickmers hatte etwas von einem kompetenten Kollegen gesagt. Es hörte sich stark nach Schlapphut an. Der Mann würde einen hellen Leinenanzug tragen und eine schwarze Sporttasche mit sich führen.

Der Flug war pünktlich und Steiger wartete. Nichts. Einige Touristen waren angekommen und einige Leute in Anzügen. Sie sahen aus wie Geschäftsleute. Steiger konnte Franzosen, Araber und

Amerikaner ausmachen. Das war nicht ungewöhnlich, da große multinationale Unternehmen häufig in Sharm El Sheikh Treffen oder Tagungen abhielten.

Bei einem Deutschen, der an ihm vorbeilief, hatte er sich noch einmal nach dem Flug vergewissert. Es war der richtige Flug. Als er gerade gehen wollte, schlenderte ein Mann aus der Ankunftshalle auf ihn zu. Er sprach Steiger an:

»Warten Sie auf jemanden?«

Steiger zog die Augenbrauen zusammen und betrachtete den Mann genauer. So natürlich, wie er sich darin bewegte, schien der Typ häufiger Anzüge zu tragen. Der Mann war kleiner als er, er schätzte ihn auf 1,75 Meter. Auch schienen ihm sportliche Aktivitäten nicht fremd zu sein. Er wirkte drahtig und zäh.

Läufertyp, dachte Steiger.

»Kann schon sein.«

»Mein Name ist Mirko Wolff, nett, dass Sie mich abholen.« Der Mann blickte Steiger ruhig in die Augen.

Steiger sah in das Gesicht eines kernigen Mittvierzigers, dessen kurzes Haar an den Schläfen erste Grautöne entwickelte. Der Mann hatte ein ehrliches Gesicht und wache, blaue Augen. Steiger war der Typ in seinem Anzug auf Anhieb nicht übermäßig sympathisch, er musste sich aber eingestehen, dass es dazu eigentlich keinen objektiven Grund gab.

»Ich heiße Jan Steiger. Willkommen in Sharm. Dort entlang, bitte.«

»Angenehm.«

Anständiger Händedruck, dachte Steiger.

Auf der Fahrt zurück wurde kein Wort gewechselt, Omar meinte eine leichte Spannung zwischen den beiden Deutschen zu spüren und schwieg ebenfalls. Im Hotel angekommen, entschuldigte er sich damit, dass er noch in der Tauchschule zu tun habe, und ließ die beiden Deutschen allein.

Samira hatte für Wolff ein Einzelzimmer im Westflügel des Hotels gebucht, somit war er ein ganz normaler Gast. Aus praktischen Gründen führte Steiger den Mann jedoch zunächst in das Apartment seiner Freunde.

»Möchten Sie etwas trinken?«

»Ein Glas Wasser wäre nett, danke.«

Als Steiger wiederkam, hatte der Besucher seine Anzugjacke ausgezogen und es sich auf einem Diwan bequem gemacht.

»Am besten kommen wir direkt zur Sache. Was glauben Sie, gesehen zu haben?«

Steiger atmete langsam und tief durch.

»Wissen Sie, ich *glaube* gar nichts. Ich gebe aber zu, dass ich davon ausging, man hätte Sie etwas detaillierter informiert«, sagte er beherrscht.

»Man hat mir gesagt, dass Sie an einem vorgelagerten Riff von Ras Mohammed mehrere olivfarbene Kisten bzw. Behältnisse gefunden haben, von denen Sie ausgehen, dass sie Waffen, Sprengstoff oder entsprechendes Gerät enthalten.«

»Das ist so weit richtig.«

»Also gut. Trugen die Kisten irgendwelche Kennzeichnungen?«, fragte Wolff weiter, der sein Gegenüber noch immer nicht einordnen konnte.

Steiger brach ab und bedeutete Wolff mit einer Geste, er möge sich erheben.

»Nehmen Sie es mir bitte nicht übel, Herr Wolff. Ich denke, wir kommen so nicht weiter. Ich schlage vor, Sie machen sich selbst ein Bild. Wir statten Sie jetzt mit einer Tauchausrüstung aus und dann fahren wir gleich raus zum Riff, um dort zu tauchen und nachzusehen«, beendete Steiger höflich die Konversation.

»Ausgezeichnet.«

36

New Kasr El Aini Hospital
Kairo, Ägypten

Dunkel hob sich das Hauptgebäude des Krankenhauses gegen den feuerroten Abendhimmel ab. Auf dem Parkplatz standen nur noch wenige Fahrzeuge. Es war Schichtwechsel.

Das New Kasr El Aini Hospital in Kairo genoss weltweit einen hervorragenden Ruf. Bereits seit 1827 wurde hier Medizin praktiziert. Durch eine Kooperation mit der medizinischen Fakultät der Universität Kairo zählte es zu den besten Krankenhäusern des afrikanischen Kontinents.

An diesem Abend freute sich der Urologe Dr. med. Tarek Schehata auf sein Zuhause und seine Familie. Als er zum Parkplatz ging, dachte er an seine Frau und daran, dass er seinen beiden Töchtern Hadil und Fatima noch eine Gutenachtgeschichte vorlesen würde. An seinem Wagen, einem schwarzen E-Klasse-Mercedes, angekommen, hörte er auf einmal jemanden seinen Namen aussprechen.

»Dr. Schehata?«

Er drehte sich um und erblickte zwei Männer in dunklen Anzügen, und obwohl es nicht mehr taghell war, trug einer der beiden eine Sonnenbrille.

»Sind Sie Dr. Tarek Schehata?«

Er stellte fest, dass er die beiden Männer nicht kannte, und fühlte, wie ihm warm wurde.

»Das bin ich, wer sind Sie? Was wollen Sie von mir? Ich kenne Sie nicht!«

»Immer mit der Ruhe, Doktor. Ministerium für Innere Sicherheit!«, sagte der größere Mann in einem ägyptischen Dialekt, der den Arzt an seine Zeit in Alexandria erinnerte.

»Wir möchten Ihnen nur ein paar Fragen stellen.« Der Mann, ein Riese, näherte sich, bis er direkt vor ihm stand.

»Machen Sie sich keine Sorgen, es geht nicht um Sie, sondern um einen Ihrer Patienten. Wir haben nur ein paar Fragen, dann können Sie gehen.«

Der Arzt erstarrte.

»Wenn Sie sich kooperativ zeigen, sind Sie in einer Stunde bei Ihrer Familie zu Hause.«

Dr. Schehata schluckte, sein Hals fühlte sich auf einmal sehr trocken an. Er hatte bislang noch nie mit dem Geheimdienst zu tun gehabt, aber bereits viele Geschichten über den berüchtigten Mukhabarat gehört. Ihm war klar, er hatte keine Wahl.

»Gut, wie Sie wünschen, was soll ich tun?«

»Als Erstes kontaktieren Sie Ihre Frau oder mit wem auch immer Sie verabredet sind und kündigen an, dass Sie sich aufgrund einer Sache im Krankenhaus um etwa eine Stunde verspäten werden. Dann steigen Sie in Ihr Auto und fahren uns in ein in der Nähe gelegenes Hotel, wo wir uns miteinander unterhalten werden. Danach können Sie gehen.«

Der Arzt nickte stumm, Hotel klang besser als Hauptquartier. Er zog sein Mobiltelefon aus der Jacke und tat, wie ihm geheißen. Dann betätigte er die Fernbedienung seines Mercedes. Ein synthetischer Ton sowie das simultane Aufleuchten der Blinker signalisierten, dass die Türen entriegelt waren.

MacKenzie, der bislang geschwiegen hatte, musste innerlich lächeln. *So einfach war das also ...*

Binnen Minuten waren sie im nahe gelegenen Sheraton Hotel. Sie ließen den Wagen in der Tiefgarage zurück und bestiegen den Fahrstuhl, der sie in den siebten Stock brachte. MacKenzie schwieg, der Arzt war verschüchtert, blickte aber trotzdem ab und zu misstrauisch in seine Richtung.

Im Hotelzimmer angekommen, führte sein Kollege Mahmoud Al-Fayed die Konversation. MacKenzie verstand nahezu alles. Mahmoud wirkte souverän. Sie hatten zuvor ausgemacht, nicht miteinander zu reden. Al-Fayed würde ihn ansprechen, wenn er das I-Pad aus der Tasche holen sollte.

»Wir sind auf der Suche nach einem Mann, einem Ägypter, der schwer krank ist. Vermutlich Darmkrebs. Der Mann ist etwa fünfzig Jahre alt, einen Meter achtzig groß und schlank. Haben Sie in den letzten drei Wochen einen solchen Mann mit Verdacht auf Magen- oder Darmkrebs untersucht?«, fragte Al-Fayed ohne Umschweife.

Dr. Schehata schaute sein Gegenüber an und überlegte. Er war verängstigt und nervös, obwohl es ihm eigentlich gut ging. Das Zimmer war möbliert wie alle Hotelzimmer in dieser Preiskategorie. Chic, aber ideenlos. Auf dem dunklen Clubtisch standen Gläser und eine Karaffe mit Wasser.

Der Arzt schenkte sich einen Schluck Wasser ein. Dann nickte er langsam.

»Ja, das habe ich. Insgesamt hatte ich in dieser Zeit fünf oder sechs Patienten mit dieser Krankheit, von denen ...«

Er überlegte.

»... Ihre Beschreibung auf zwei oder drei Männer zutrifft.«

»Gut!«, erwiderte Al-Fayed aufmunternd, dem das Spiel offensichtlich lag.

»Wie gesagt, wir suchen jemanden, den Sie oder ein anderer Arzt im New Kasr El Aini Hospital möglicherweise untersucht haben. Wir wissen, dass er krank ist, und vermuten, dass er einen Spezialisten aufgesucht hat oder aufsuchen wird. Mein Kollege hier wird Ihnen jetzt auf diesem I-Pad einige Fotografien zeigen und Sie sagen uns, ob Sie einen Patienten auf einem der Bilder wiedererkennen.«

MacKenzie drehte den Bildschirm dem Arzt zu, sodass dieser sich die Bilder genau anschauen konnte. MacKenzie ließ sie als Slideshow jeweils für fünf Sekunden über den Bildschirm wandern.

»Entspannen Sie sich und lassen Sie sich Zeit. Überlegen Sie zuerst, bevor Sie etwas sagen«, sagte Al-Fayed ruhig, aber bestimmt.

Der Arzt nickte, fühlte sich aber noch immer sichtlich unwohl.

Nach etwa 20 Bildern machten Sie eine Pause. Al-Fayed und MacKenzie schauten sich fragend an.

Er ist müde und will langsam nach Hause – wir sollten trotzdem weitermachen, dachte MacKenzie. Sein Kollege nickte ihm schweigend zu. Al-Fayed schien ähnliche Gedanken zu haben und wandte sich wieder dem Arzt zu.

Nach dem siebten Foto der zweiten Serie rief der Arzt aufgeregt: »Den Mann da, den habe ich untersucht!« und zeigte mit dem Finger auf das Foto eines Mannes mittleren Alters. Dr. Schehatas Finger hinterließ einen Fettfleck auf dem Display.

»Welchen? Den hier oder den davor?«

»Den davor!«

Al-Fayed blickte ihn fest an und fragte: »Sind Sie ganz sicher? Es war ein langer Arbeitstag, Sie sind müde ...«

»Doch, ich bin mir ganz sicher. Kein Zweifel, den Mann habe ich untersucht!« Aufgeregt blickte der Arzt abwechselnd die beiden Amerikaner an.

»Kann ich jetzt gehen?«

Al-Fayed blickte verstohlen zu MacKenzie, der sich Mühe gab, seine eigene Erregung zu verbergen.

MacKenzie drehte das I-Pad um und flog mit seinem Zeigefinger über den Bildschirm, bis er einen neuen Ordner geöffnet hatte. Dann drehte er das Gerät wieder dem Arzt zu.

Al-Fayed nickte kurz zu ihm herüber und sagte dann:

»Oder war es dieser hier, Doktor?«

Zwei Bilder waren zu sehen, das eine war eine Schwarz-Weiß-Aufnahme, eine Art Porträt, etwas unscharf. Es musste aus einem Gruppenfoto herausgeschnitten und dann vergrößert worden sein. Es zeigte einen bärtigen jungen Mann, der ernst dreinblickte. Das zweite zeigte einen Mann mittleren Alters mit einem langen Bart in traditionellen ägyptischen Kleidern. Es sah aus wie ein Familienfoto, denn der Mann war umringt von anderen ähnlich festlich gekleideten Männern.

Der Arzt zog die Augenbrauen zusammen und schien sich zu konzentrieren. »Das ... das ist doch ein- und dieselbe Person! Das ist der Mann. Ich bin mir sicher!«

»Wann war die Untersuchung genau, Doktor?«, bohrte der Amerikaner weiter.

»Vor drei Tagen, ich erinnere mich genau.«

»Würden Sie uns auch sagen, weshalb Sie sich so genau erinnern?«, fragte Al-Fayed.

Der Arzt hob rasch den Kopf: »Nun ja ...«

Man sah ihm an, dass es ihm widerstrebte, über die Krankheit eines seiner Patienten zu sprechen.

»Seine Reaktion auf die Diagnose war einfach nicht normal!«, stieß er hervor.

»Wie muss ich das verstehen?«, wollte Al-Fayed wissen und wurde freundlicher.

»Also, er wirkte irgendwie recht abgeklärt. Zunächst hatte ich den Eindruck, er ziehe eine OP gar nicht erst in Betracht. Geradewegs so, als ob es sich nicht mehr lohne. Vielleicht, so dachte ich, hält er aber auch einfach nichts von konventioneller Medizin oder er glaubt, man könne ihn vielleicht auch ohne Operation heilen. Es könnte ja auch sein, dass er sich noch die Meinung eines anderen Kollegen einholen wollte, bevor er sich zu einer OP bereiterklärt. Im Westen machen das viele.«

Al-Fayed fragte den Arzt: »Wie schätzen Sie den Mann ein, Doktor?«

»Hat er denn etwas verbrochen?«, wollte der Arzt wissen.

Al-Fayed blickte ihn fest an und beugte sich leicht vor. Dann sagte er leise: »Doktor: Ich stelle die Fragen, Sie antworten.«

Der Arzt schluckte und nickte. Dann erzählte er alles, was ihm bei dem Ägypter aufgefallen war. Er ließ kein Detail aus.

37

Red Sea Explorer
Rotes Meer
20 Seemeilen vor der Küste von Sharm El Sheikh
Ägypten

An Bord der *Red Sea Explorer* hatte man bereits das andere Schiff auf dem Radar bemerkt. Als sich jedoch die Silhouette des Kriegsschiffes vom Horizont abhob, war Kapitän Nidal al-Suri einigermaßen überrascht. Die kleine Radarsignatur stand in keinem Verhältnis zu der Größe des Schiffes und hatte ihn auf einen Fischer oder ein anderes Taucherboot schließen lassen. Er führte dies auf die Stealth-Technologie der Korvette zurück, von der man heutzutage so häufig hörte.

Auch die Kursänderung war dem Skipper nicht entgangen. Es dauerte nicht lange, bis er auf Kanal 16, dem internationalen Anrufkanal, den Anruf der deutschen Korvette empfing:

»Diveboat, bearing two zero zero degrees – this is the German Corvette *Erfurt* – please switch to channel seven one. Over!«

Wie geheißen wechselte er auf einen anderen Kanal, der für Schiff-Schiff-Kommunikation reserviert war, identifizierte sich und nahm die Forderungen des Kriegsschiffes entgegen.

»*Red Sea Explorer* – this is the German Corvette *Erfurt* – we are part of the operation *Securing the Peace* and will establish security in these waters – please slow down and prepare for boarding.«

Nidal al-Suri war die Prozedur vertraut. Er vermutete sogar, dass sich die Waffensysteme des Kriegsschiffes in Kürze auf ihn richten würden. Zu seiner Überraschung passierte aber nichts dergleichen.

Langsam drosselte er die Maschinen. Er hätte sein Schiff auch aufstoppen können, aber er wollte es den Deutschen nicht zu leicht machen. Er blieb gelassen. Denn ein Boarding war genau das, was er wollte.

Nidal und Sayed befanden sich auf der Brücke. Sayed konnte das lange, schwere Schlauchboot der Deutschen gut sehen und er vermutete, dass sie von achtern an das flache Tauchdeck heranfahren würden, um dann ihr Boardingteam abzusetzen. Das Schlauchboot würde auf Tuchfühlung folgen, um später, wenn alles vorbei war, die Soldaten wieder aufzunehmen.

Auf der *Red Sea Explorer* kannte jeder seinen Part. Die Männer waren vorbereitet und entsprechend westlich angezogen. Über das ganze Schiff verteilt schliefen sie, lasen Zeitschriften, Taschenbücher oder hörten auf MP3-Playern Musik. Zwei spielten auf dem Sonnendeck Backgammon. Der Tauchkompressor lief. Ab und an zischte es. Mohammed war dabei, Tauchgeräte, die sie zuvor geleert hatten, neu mit Atemluft zu befüllen. In unregelmäßigen Abständen blickte er hinter sich.

Das Schlauchboot mit den Soldaten kam rasch von achtern auf und verlangsamte seine Fahrt. Einer nach dem anderen sprangen die Marinesoldaten auf das Tauchdeck. Das Team verteilte sich rasch auf dem Schiff, die Waffen gesichert.

Nidal al-Suri konnte sie von der offenen Brücke gut sehen. Die Männer trugen helle Wüstenflecktarnhosen und beige-braune T-Shirts. Ihr Schutz bestand aus einem schwarzen Kunststoffhelm, einer Schwimmweste sowie einer taktischen Weste, in der sich eine Stablampe und ein Funkgerät befanden. Die Pistolen blieben geholstert. Einige Soldaten führten moderne Maschinenpistolen bei sich. Es handelte sich um kleine kompakte Waffen, wie er sie zuvor noch nie gesehen hatte.

Hauptbootsmann Keller und ein junger Obermaat hatten sich rasch zur Brücke vorgearbeitet. Das Boot schien für seine Größe recht leer zu sein. Vor dem Salon unten stand ein Gast mit einem Glas Tee in der Hand, der die Soldaten neugierig bei ihrer Arbeit beobachtete. Auf dem ersten Sonnendeck befanden sich drei Gäste, allesamt Männer. Einer von ihnen schlief.

Auf der Brücke angekommen, fragte Hauptbootsmann Keller auf Englisch: »Sind Sie der Kapitän? Tragen Sie hier die Verantwortung?«

Nidal al-Suri nickte.

»Wir sind das Team von der deutschen Korvette *Erfurt* und müssen Ihr Schiff überprüfen. Wir möchten auch alle Räume unter Deck und den Maschinenraum sehen, bitte. Für Ihre Kooperation sind wir Ihnen sehr dankbar.«

»Ja ja, kein Problem, mein Sohn Hassan hier wird Ihnen alles zeigen, was Sie sehen wollen. Soll ich das Schiff stoppen?«, erwiderte Al-Suri in passablem Englisch.

»Wenn es Ihnen nichts ausmacht.«

»No problem, no problem!« Nidal al-Suri lächelte und stoppte die Maschinen.

Ein Mann blieb oben beim Skipper auf der Brücke. Ein Team von drei Soldaten arbeitete sich systematisch durch das gesamte Schiff, Deck für Deck, Meter für Meter. Einige Soldaten sicherten.

Das Schiff war tipptopp, Keller hatte weiß Gott schon andere

Schiffe gesehen. Wahre Seelenverkäufer waren das gewesen. Er hatte sich von Vieh, das an Oberdeck untergebracht war, beißen lassen, war durch Fäkalien gewatet und hatte Seeleute durchsucht, die man mit der Kneifzange nicht hätte anfassen wollen. Viele Matrosen am Horn waren vom Khat, der in diesen Breiten vorherrschenden Droge, völlig benebelt.

Das hier war etwas ganz anderes. Für ein Tauchschiff schien es aber nicht gut ausgebucht zu sein, und Bikinis gab es auch nicht zu sehen. *Eigentlich schade*, dachte er.

In den unteren Kabinen hielten sich fünf Passagiere auf und im Salon saßen einige Gäste und aßen Pasta. Es mussten zum Teil reiche Araber sein, dachte Keller, die so ein Schiff chartern konnten. Die Klamotten, die er zu sehen bekam, schienen seine Vermutung zu bestätigen. Nebenbei glaubte er auch, einige Europäer, Engländer und Niederländer und einen Pakistaner oder Inder ausgemacht zu haben.

Über eine halbe Stunde waren die Deutschen nun an Bord und hatten jeden Winkel durchkämmt, jedes Schapp durchsucht und waren in jede Nische vorgedrungen, die sie entdeckt hatten. Der saubere Maschinenraum hatte einen Mann seines Teams regelrecht begeistert. Der Maat, ein ehemaliger Mot-Gast*, war beim Anblick der Dieselaggregate ins Schwärmen geraten und hatte berichtet, dass es sich hier um ein sehr schnelles Schiff handele.

»Darf ich Ihnen ein Glas Tee anbieten?«

Keller wusste, dass es unhöflich war, den Tee auszuschlagen.

»Ja, gerne. Danke.«

Während er auf der Brücke beim Kapitän blieb, ging die Überprüfung weiter. Der Skipper hatte ein libanesisches Kapitänspatent. Das war nicht ungewöhnlich.

»Das Boot ist absolut sauber, Herr Hauptbootsmann«, meldete der junge Obermaat. »Es gibt nichts, was nicht zu einem Taucherschiff passt.«

»Haben Sie alles abgeklopft?«

* Maschinist

»Haben wir, Hauptbootsmann.«

»Sehr gut, danke.«

Hauptbootsmann Keller war zufrieden. Ein weiteres Tauchgastschiff. Alles war so, wie er es erwartet hatte. Während er seinem Schlauchboot schon einmal das Signal zum langsamen Aufkommen gab, erklärte er dem Skipper, dass seine Männer zum Abschluss noch die an Bord befindlichen Personen fotografieren würden. Zum ersten Mal glaubte er nun, eine verhaltene Reaktion in dem bislang so beherrschten Gesicht des Kapitäns auszumachen.

»Die Crew oder auch die Gäste?«, fragte der Kapitän noch immer lächelnd.

Keller war unschlüssig. *Weshalb nicht auch die Gäste ablichten lassen? Was sprach dagegen? Sie hatten Anweisung, alles zu dokumentieren.*

»Wir machen ein Bild von jedem an Bord«, entschied er.

Wie aus dem Nichts stand auf einmal der Mann neben ihm, den Hauptbootsmann Keller zu Beginn des Boardings kurz unten im Salon mit einem Glas Tee in der Hand gesehen hatte. Keller schätzte ihn auf Mitte fünfzig. Er hatte graumeliertes Haar und sah halbwegs gepflegt aus.

»Salam! Gestatten Sie, dass ich mich vorstelle, ich bin Rafik Tamiri und möchte Ihnen ein Dokument zeigen, wenn Sie erlauben.«

Dein Englisch ist hervorragend, dachte Keller.

Der Mann fingerte in seinem Kaftan und holte schließlich ein Papier hervor, auf dem sich neben einer Fülle arabischer Schriftzeichen auch englische Angaben sowie das Wasserzeichen des ägyptischen Adlers befanden.

»Ich stehe im Dienst der Regierung. Sie müssen wissen, es befinden sich einige junge Herrschaften an Bord, die, wie soll ich es ausdrücken, es bevorzugen würden, nicht auf diesem Schiff fotografiert zu werden, da sie zum jetzigen Zeitpunkt, nun ja, sagen wir, woanders vermutet werden.«

Damit habe ich noch nicht einmal gelogen, dachte Sayed.

»Sie machen einen Kurzurlaub auf Staatskosten, Sie verstehen? Es wäre aus unserer Sicht hilfreich, wenn nicht bekannt würde, dass sich die Herrschaften auf einem Tauchsafarischiff befinden.«

Keller dachte nach. Das Schiff war chic und blitzsauber. Eine Regierungsbeteiligung war nicht auszuschließen. Ärger mit dem Gastland konnte man nicht gebrauchen. Keller war sich nicht sicher, ob Kapitän Seitz, sein Vorgesetzter und Kommandant der *Erfurt*, im Falle einer politischen Verwicklung seine schützende Hand über ihn, einen kleinen Hauptbootsmann, halten würde. Er biss sich auf die Oberlippe und sagte: »In Ordnung, aber die Crew wird fotografiert, ohne Ausnahme. Dazu zähle ich Sie dann wohl auch?«

Der Mann verbeugte sich leicht und antwortete:

»Ich trage Sorge, dass es den Gästen an nichts fehlt.« Er versuchte ein Lächeln, wirkte aber nicht besonders glücklich. Der Ägypter Sayed alias Rafik Tamiri wusste, mehr konnte er mit guten Worten jetzt nicht ausrichten.

Keller nickte, drehte sich um und winkte einen Bootsmann zu sich, der eine kleine japanische Digitalkamera bei sich trug.

»Na, Meyer, dann knipsen se mal!«

38

Amerikanische Botschaft
Kairo, Ägypten

Mahmoud und Scott MacKenzie hatten sich nach dem Treffen mit Dr. Schehata rasch umgezogen und waren über einen Umweg zurück in die Botschaft gefahren. Sie sprachen erst wieder, als sie in Hendersons Büro waren.

Der *Chief of Station*, abgekürzt COS, saß an seinem Schreibtisch. Er trug eine Lesebrille mit Halbmondgläsern und war dabei, diverse Papiere zu unterzeichnen. Auf einem Flachbildschirm in der Ecke lief CNN, den Ton hatte er leise gestellt.

»Mr. Henderson, Sir?« MacKenzie war etwas außer Atem.

Der Captain USN ret.* schaute ihn über die Brille hinweg an. Dann richtete er sich auf.

»Ah, MacKenzie, Mahmoud. Und, wie ist es gelaufen?« Er legte rasch die Papiere zur Seite.

»Hervorragend! Wir scheinen unseren Mann gefunden zu haben.«

»Wie bitte?« Henderson schaute ungläubig.

»Sie werden nicht glauben, was der Arzt uns soeben erzählt hat.«

»Immer der Reihe nach, ich bin ganz Ohr.« Henderson nahm die Brille ab und rückte seinen Stuhl zurecht. Seine Neugier war geweckt.

MacKenzie hielt dem Residenten das I-Pad hin und sagte: »Der Mann, den Dr. Schehata vor drei Tagen untersucht hat, ist dieser Gentleman hier.«

Henderson kniff die Augen zusammen. Dann blickte er zwischen MacKenzie und Mahmoud hin und her.

»Mein Gott, das ist … Sayed al-Hauari!«, stöhnte er.

»Sie sagen es«, bestätigte MacKenzie und fuhr fort: »Das ist Sayed al-Hauari alias ›Sayed der Ägypter‹!«

»Es gibt keinen Zweifel?«, fragte Henderson.

»Nein, nicht den geringsten. Der Arzt hat ihn sofort identifiziert. Weiterhin gab er uns einige treffliche Einschätzungen zu Sayed al-Hauari, ohne ihn näher zu kennen. Alles passt genau zusammen. Hier läuft irgendwas. Ich schätze, wir haben eine Spur.«

Henderson begab sich kurz zur Schrankwand, um schließlich mit einer Flasche *Royal Crown* und drei Whiskygläsern zurückzukehren.

»Das muss ich hören, aber bei einem Gläschen geht das besser. Hast du die ganze Zeit das Gespräch geführt, Mahmoud?«

Al-Fayed nickte.

»Irgendein Hinweis, dass er bemerkt hat, dass wir ihn an der Nase herumgeführt haben und es nicht der Mukhabarat war, der ihn interviewt hat?«

* US Navy retired = Kapitän zur See (außer Dienst, aber von der CIA als Zivilist weiterbeschäftigt)

»Nein, der hat sich viel zu sehr in die Hose gemacht«, erwiderte Al-Fayed.

»Aber Sie waren doch nett zu ihm?«, wollte Henderson wissen und musterte die zwei Männer streng.

»Selbstverständlich, Sir!«

»Sayed al-Hauari, der Ägypter! Ich fasse es nicht, von dem haben wir lange nichts gehört. Und wir dachten, der treibt sich im Jemen herum ...«

Sayed al-Hauari war den Geheimdiensten in der ganzen Welt als einer der führenden militärischen Planer des Terrornetzwerks *die Basis* bekannt.

39

Sharm El Sheikh
Sinai, Ägypten

Keine Viertelstunde hatten Omar und Steiger benötigt, den Neuankömmling mit einer passenden Tauchausrüstung auszustatten. Kurze Zeit später befanden sich die drei Männer auf der *Wave Dancer* mit Kurs auf das Riff. Die Sonne strahlte bei wolkenlosem Himmel und der Wind hatte wieder aufgefrischt.

Omar hatte diverse Hebesäcke, stabile Kunststoffsäcke, die mit Luft gefüllt wurden und mit denen man Gegenstände unter Wasser bergen konnte, an Bord genommen. Zusätzlich hatte er Tampen und Schäkel gebunkert. Er würde diesmal an Bord bleiben und die Tauchgänge von der Wasseroberfläche aus betreuen, bei den zu bergenden Behältern helfen und organisieren, was zu organisieren war. Gleichzeitig würde er Ausschau halten.

Steiger und Wolff würden, beide mit Doppelflaschen ausgerüstet, identische Atemgemische tauchen. Für einen zweiten Tauchgang hatte Omar vorsorglich mehrere Ersatz-Tauchgeräte an Bord genommen. Steiger hatte mit Wolff besprochen, zunächst einen oder zwei Koffer mittlerer Größe zu heben. Diese würden sie an Bord öffnen, um den Fund zu fotografieren und zu dokumentieren. Danach sollte entschieden werden, wie weiter zu verfahren sei.

Bereits beim Anlegen der Ausrüstung bemerkte Steiger anhand dessen mit Bedacht ausgeführten Handgriffen, dass Wolff ein erfahrener Taucher war.

»Sie kommen mit dem Doppelpack klar?«, fragte Steiger.

»Ich denke schon.«

»Muss ich etwas zu den Atemgemischen sagen?«, fragte Steiger, der in seinem Leben schon viele Poser erlebt hatte, die meistens zu unsicher waren, um zu fragen – nur um zu einem späteren Zeitpunkt sich selbst und andere in Gefahr zu bringen.

»Nein, das ist schon in Ordnung, danke. Ich habe Erfahrung mit Nitrox. Ihr Briefing war knapp, aber okay. Ich wäre dann so weit.«

»Bestens«, sagte Steiger und gab Wolff das OK-Zeichen. Beide standen auf der hinteren Plattform. Dann machte Steiger einen großen Schritt nach vorn.

Nachdem er sich im Wasser neutral austariert hatte, orientierte er sich kurz. Die Sicht war nach wie vor ausgezeichnet. Er schätzte sie auf gut 25 Meter. Dann kündigte ein »Fump« an, dass sich sein Tauchgangspartner ebenfalls ins Wasser hatte fallen lassen. Die Männer tauchten nun zügig abwärts. Steiger führte den Tauchgang und deutete mit seiner rechten Hand in Richtung Korallentürme.

Als sie zu dem Drop-off kamen und das Tarnnetz erblickten, spürte Steiger die Ruhe, mit der Wolff sich im Wasser bewegte. *Der taucht wie ich,* dachte er unbescheiden.

Sie ließen sich bis zum sandigen Vorsprung hinuntersacken und schwammen ein kurzes Stück gegen die stärker werdende Strömung. Steiger ergriff das Netz, und nachdem er zwei lange Haken mühsam aus einer Riffspalte entfernt hatte, begann er, es ein wenig aufzurollen. Währenddessen beobachtete er Wolff, der neben ihm kniete.

Die Männer schauten sich durch die Masken an und Steiger verspürte so etwas wie Genugtuung. Wolff bestätigte den Fund mit einem deutlichen OK.

Sie zogen einen kürzeren Kanister und einen etwas größeren

länglichen Koffer hervor. Wolff hantierte ausgesprochen kontrolliert.

Der Plan war, den Tauchgang so kurz wie möglich zu gestalten, die Strömung zu meiden und Omar dann an der Oberfläche zu helfen. Einen nach dem anderen befestigten sie die Koffer sorgfältig mit Tampen und Schäkeln an den Hebesäcken. Vorsichtig befüllten sie diese mit Luft aus ihren Lungenautomaten. Die sich bei abnehmender Tiefe ausdehnende Luft in den Hebesäcken konnte durch Überdruckventile an der Oberseite entweichen. Als sie sahen, wie die Koffer langsam an die Oberfläche stiegen, begannen sie ebenfalls mit dem Aufstieg.

Wolff und Steiger hatten ihre Tauchzeit für den ersten Tauchgang mit knapp 30 Minuten kalkuliert. Sie waren insgesamt aber 39 Minuten unter Wasser gewesen. Sie hatten die Strömung sowie die Vielzahl der nötigen Handgriffe für die Bergung unterschätzt.

Für ihre letzte Dekompressionsphase verwendeten sie ein 50-prozentiges Sauerstoffgemisch auf einer Tiefe von sechs Metern. Als ihre Köpfe schließlich die Oberfläche durchbrachen, erwartete Omar sie bereits. Auf die Reling gestützt, blickte er besorgt hinunter zu den Tauchern. Er hatte ihre Luftblasen aufmerksam verfolgt und die Zeit, die sie im Wasser verbracht hatten, genau erfasst.

40

Führungs- und Informationszentrum des BND (FIZ)
Berlin, Deutschland

Die wachhabende Auswerterin im FIZ, Annemarie Hegel, hatte sich gerade frischen Kaffee gekocht, als ein akustisches Signal einen Dateneingang meldete.

Die Korvette *Erfurt*, die zusammen mit der Fregatte *Sachsen* Bestandteil des Einsatzes *Securing the Peace* am Sinai war, hatte wieder einmal Fotos von überprüften arabischen Seeleuten nach Deutschland gemailt. Das war mittlerweile lästige Routine, bislang hatte sich keine dieser Personen in den Datenbanken als Treffer erwiesen. Wie hätte es auch sein können: Die meisten von ihnen hatten zuvor als Fischer gearbeitet und waren nur deshalb in den Tauchtourismus gewechselt, weil man dort mehr Geld verdienen konnte. Sie würde sich die Bilder nachher ansehen, um sie dann – wie sonst auch – an den Fachbereich weiterzuleiten, der die Fotos in das elektronische Aktenverarbeitungssystem einspeichern würde.

Annemarie Hegel war vor fünfzehn Jahren zum Dienst gekommen. Zunächst hatte sie in Pullach in der länderspezifischen Analyse Militär / Politik (Ägypten / mil / pol) gearbeitet und war schließlich nach Berlin in den Bereich Terrorismusabwehr (TE) gewechselt. Aus privaten Gründen bevorzugte sie den Lagedienst gegenüber der klassischen Auswertung, da dort viele zusammenhängende freie Tage anfielen.

Als sie sich wieder mit dem frischen Kaffee vor ihren Rechner gesetzt hatte und nun die Bilder analysierte, sah sie eine weiße Motoryacht. *Nett,* dachte sie. Die Marinesoldaten hatten ein Leben! Bei Sonnenschein verrichteten sie ihren Dienst im oder auf dem türkisblauen Wasser des Roten Meeres. Sie war natürlich lange genug dabei, um zu wissen, dass dies die »Sahnestückchen« im Leben eines Boardingsoldaten waren. Trotzdem beneidete sie diese Jungs – gerade jetzt, wo es in Berlin wieder angefangen hatte zu schneien.

Der überprüfte Kontakt hieß *Red Sea Explorer,* war offenbar ein Tauchsafarischiff und kreuzte südöstlich von Sharm El Sheikh. *Schon wieder eins,* dachte sie. Dann besah sie sich in Ruhe die Fotos der Besatzung.

Wie all die anderen auch, dachte sie.

Doch dann hielt sie inne. Ein Foto erregte ihre Aufmerksamkeit. Es zeigte einen Mann Mitte vierzig, der ernst in die Kamera blickte. Er trug einen Zehntagebart und man sah den oberen Teil eines hellen Kaftans. Im Hintergrund drehte sich eine zweite Person etwas zur Seite, sodass ihr Gesicht größtenteils im Profil erkennbar war. Dieser zweite Mann war es, der Hegels Interesse geweckt hatte.

Dich kenne ich doch! Sie holte das letzte Bild zurück. Doch der

Mann im Hintergrund war nicht ganz zu erkennen. Hegel schaute die übrigen Bilder durch. *Da!* Auf einem zweiten Foto erschien er wieder, dieses Mal mit Papieren in der Hand. Der Name auf den schmuddeligen Dokumenten sagte ihr allerdings nichts – aber das Gesicht, die markante Nase, die tief liegenden dunklen Augen …

Namen waren nie ihre Stärke gewesen, insbesondere die der orientalischen Kundschaft, aber Gesichter hatte sie sich schon immer gut einprägen können.

Ich kenne dich, vielleicht mit längerem Bart, aber dein Gesicht habe ich schon einmal irgendwo gesehen.

Sie setzte sich aufrecht hin und nahm noch einen Schluck Kaffee. Angestrengt dachte sie nach. *Bist du Saudi oder Ägypter? Jedenfalls bist du ein alter Bekannter und hast bei uns eine Akte, da gehe ich jede Wette ein.*

Ihre Hand griff zum Telefon und wählte die Durchwahl eines ehemaligen Referatskollegen.

»Christoph? Annemarie hier. Schau dir mal die Fotos an, die ich dir gleich maile. Ich glaube, das könnte eine deiner Baustellen sein.«

Der Auswerter am anderen Ende seufzte, bedankte sich und legte auf.

Drei Minuten später klingelte das Telefon der Wachhabenden im FIZ.

»Ja bitte?«

»Annemarie? Hier ist Christoph. Wo wurde das Bild aufgenommen? Es ist wichtig!« Annemarie Hegel konnte die Erregung in der Stimme ihres Kollegen förmlich spüren.

»Hast du etwas herausgefunden?«, wollte sie wissen.

»Das kannst du wohl sagen! Mein Leiter ist bereits informiert, wir haben eine Lage!«

»Wie? Im Ernst? Erzähl!«

»Nur so viel: Die Papiere von dem Kerl sind natürlich falsch. Bei dem Mann handelt es sich um Sayed al-Hauari, alias Sayed der Ägypter!«

»Mein Gott! Der militärische Planer der *Basis*! Ich wusste, dass mir der Kerl bekannt vorkam – nur im Seitenprofil habe ich ihn halt nicht gleich wiedererkannt.«

»Ja, er trägt sonst auch einen langen Bart und außerdem nutzt er Kontaktlinsen. Anne – hör zu: Jetzt heißt es Ruhe bewahren. Wir werden das gleich im Referat besprechen, wegen des Gipfels. Wir gehen davon aus, dass das kein Zufall ist. Und danke dir nochmal! Ich habe meinem Chef gesteckt, dass du es warst, die so schnell geschaltet hat. Ich melde mich, sobald ich etwas Ruhe habe, ansonsten heißt es nun …«

»… need to know*. Ich weiß schon, kein Problem. Still ruht der See. Es freut mich, dass ich euch helfen konnte! Ciao Christoph und viel Glück!«

41

Motoryacht *Wave Dancer*
Rotes Meer
Ägypten

Omar empfing die Taucher mit Handtüchern an Deck.

»Ihr wart zu lange unten! Kommt – erst mal raus aus den Klamotten!«

Die Taucher beeilten sich, die nassen Anzüge abzulegen, und trockneten sich ab. Rasch hüllten sie sich in frische Kleidung. Die Spannung stand allen ins Gesicht geschrieben.

Mit vereinten Kräften hievten Sie die Koffer, die Omar zuvor mit einem Bootshaken gefischt hatte, mit zwei provisorisch geriggten Taljen an Deck. Omar blickte sich um. Er überprüfte den Horizont mit einem Fernglas, aber es war weit und breit kein Schiff zu sehen.

Als Steiger die zwei Knöpfe an dem länglichen Behälter drückte, vernahmen sie ein saugendes Geräusch, so als führe der Koffer einen Druckausgleich durch. Dann entriegelte Steiger zwei Zapfen und hob den Deckel des Behälters vorsichtig an. Nach zehn Zenti-

* Kenntnis nur wenn nötig

metern arretierte der Deckel. Überrascht verharrten die Männer einen Moment. Steiger entdeckte zwei innen liegende Haken, die ausgehängt werden mussten. Dann endlich konnte Steiger den Deckel vorsichtig hochklappen. Bei dem Anblick, der sich ihnen bot, erstarrten alle drei.

Fein säuberlich lagen in dem Container schwarz und beigefarben geschäftete Sturmgewehre versetzt in ihren Halterungen. Die Waffen waren in Klarsichtfolie eingewickelt. Eine große Anzahl aufmunitionierter Patronenmagazine, ebenfalls in Folie gewickelt, komplettierte das Bild.

»Das sind britische Enfield-Sturmgewehre«, sagte Steiger leise.

»Korrekt, Modell SA 80, um genau zu sein«, ergänzte Wolff.

Steiger wusste, dass das SA 80 die standardmäßig verwendete Infanteriewaffe der britischen Streitkräfte war. Die Waffe verschoss die NATO-Patrone 5,56 x 45 mm.

»Wie viele sind es?«

Vorsichtig entfernten sie mehrere Lagen Verpackungsmaterial und zählten.

»Zwölf Gewehre plus acht Magazine pro Waffe.«

»Schon aufmunitioniert.«

»Mein Gott!«

Omar schaute ernst und schüttelte langsam den Kopf.

»Wer braucht so etwas?«

»Gute Frage«, antwortete Wolff, der eine kleine Digitalkamera aus seinem Rucksack hervorgeholt hatte. Er fotografierte den ersten Behälter, das Verpackungsmaterial und die Gewehre aus drei unterschiedlichen Winkeln. Dann nahm er ein Gewehr heraus, legte die Waffe mitsamt dem dazugehörigen Magazin auf das Teakholzdeck des Bootes und fotografierte sie noch einmal. Nachdem er alles derart dokumentiert hatte, packten sie die Gewehre sorgfältig wieder ein.

Steiger war dieser Mirko Wolff noch immer ein wenig suspekt, aber er schien nicht übertrieben zu haben. Er konnte tauchen, blieb entspannt und verstand offenbar etwas von Waffen.

Du hast gedient, mein Freund, da gehe ich jede Wette ein, dachte Steiger. Er machte sich daran, das andere Behältnis zu öffnen.

Der kurze, schwere Koffer klemmte zunächst. Die Knöpfe für den Druckausgleich schienen zu streiken. Dann versuchten es alle drei Männer gleichzeitig. Schließlich gab auch dieser Behälter nach.

Im Koffer lag ein Haufen rechteckiger Päckchen in Klarsichtfolie, die eine ockerfarbene Masse enthielten, die wie Knetmasse aussah. Steiger glaubte einen leichten Mandelgeruch ausmachen zu können.

Die Männer schauten sich an.

Steiger wusste genau, womit sie es hier zu tun hatten. Wolff schien es ebenso zu ergehen. Doch Omar schaute sie fragend an.

»Das sind gut und gerne 50 oder 60 Kilogramm tschechischer SEMTEX-Plastiksprengstoff«, stellte Steiger fest.

»Ich fürchte, Sie haben recht«, bestätigte Wolff und fluchte leise. Es war das erste Mal, dass er sich so etwas wie einen Gefühlsausbruch leistete, bemerkte Steiger.

»Und in der Kunststoffschachtel hier befinden sich die dazugehörigen Zünder.«

Wolff hielt eine kleine schwarze Box hoch, die er vorsichtig geöffnet hatte. Sie glich Behältern, wie sie von Fotografen verwendet wurden, die ihre Fotoausrüstung sicher transportieren wollten. Die Box war innen komplett mit besonders weichem Schaumstoff ausgelegt. Wolff fotografierte alles sorgfältig. Dann schlossen sie den Koffer wieder.

Schweigend hingen die drei ihren Gedanken nach. Nach einer kurzen Pause ergriff Steiger das Wort:

»Ich denke, wir haben genug gesehen. Ich schlage vor, wir legen die Koffer wieder an ihren Platz da unten und spannen das Netz darüber. Die Urheber des Ganzen dürfen auf keinen Fall Wind davon bekommen, dass wir hier waren!« Steiger verspürte auf einmal das Bedürfnis, das Riff möglichst schnell zu verlassen.

»Omar, wie oft ist dieses Riff bis jetzt betaucht worden?«

»Keine Ahnung. Außer durch uns wahrscheinlich von fast niemandem. Warum fragst du?«

»Ich denke, dass ich, wenn ich etwas derart Wichtiges irgendwo versenkt hätte, ab und zu nach dem Rechten sehen würde«, sagte

Steiger. »Es wäre gut, wenn du Ausschau halten würdest, während wir unten sind.«

»Hm, meinst du nicht, dass du etwas übertreibst?«, fragte Omar, dem die ganze Situation allmählich unheimlich wurde.

»Ich glaube, Ihr Freund hat recht«, wandte sich Wolff an Omar. »Wir müssen damit rechnen, dass derjenige oder diejenigen, die das Zeug hier deponiert haben, in der Nähe oder zumindest nicht ganz so weit entfernt sind.«

Omar nickte.

»Es kann aber auch sein, dass sie sich ihrer Sache extrem sicher sind. Dieser Spot wird, soweit mir bekannt ist, von keinem kommerziellen Tauchveranstalter angefahren, und es war reiner Zufall, dass ich ihn entdeckt habe. Der Fishfinder gab halt Alarm wegen der vielen Barrakudas. Ich glaube eigentlich nicht, dass jemand sich hierhin verirrt, aber wie ihr wollt: Ich halte das Boot ganz in der Nähe und lasse mich nur etwas achteraus treiben.«

Das Versenken und Positionieren der Container stellte sich als weitaus anstrengender und zeitraubender als die Bergung heraus. Weil die Strömung die Behälter jedes Mal erfasste, wenn sie um die Riffkante schwammen, benötigten Wolff und Steiger für diese Arbeit eine knappe Stunde. Mit vereinten Kräften richteten sie danach alles wieder so her, wie Steiger es bei seinem ersten Tauchgang vorgefunden hatte. Sie spannten das Tarnnetz wieder straff. Alles passte bis ins Detail, in den Zipfel des Netzes steckte Steiger noch die abgerissene Hälfte eines kleinen Zackenbarschs, den Samira morgens aus der Küche des Hotels organisiert hatte.

Nur gut, dass wir hier unten aufgrund der Strömung keine Spuren im Sandboden hinterlassen, dachte er. Er blickte zu Wolff herüber, der noch einmal alles kontrollierte, und signalisierte ihm mit dem Daumen nach oben, dass es nun Zeit für den Aufstieg sei.

Die zwei Taucher hatten gerade die ersten Meter zurückgelegt, als sie ein tiefes Bullern vernahmen – zunächst noch schwach, dann aber immer deutlicher. Sie blickten sich fragend an. Es handelte sich eindeutig um Motoren- und Schraubengeräusche, jedoch nicht um die Art von Surren, wie es die Propeller von Omars *Wave Dancer* verursachten. Das stetig lauter werdende Geräusch kündigte ein größeres Schiff an.

Steiger sah sich um, konnte aber zunächst nichts erkennen. Er wusste, dass der Schall unter Wasser, bedingt durch die hohe Dichte des Elements, nahezu simultan auf beide Trommelfelle traf. Der Zeitunterschied zwischen dem rechten und dem linken Ohr war also viel geringer als an der Oberfläche. Daher konnten Taucher nie beurteilen, aus welcher Richtung ein Geräusch kam.

Es dauerte keine Minute, bis sich ein länglicher Schatten langsam von links kommend über das Riff zog. Darunter wurde es dunkel. Dann konnten sie hören, wie der Kommandant des Schiffes die Maschinen einmal kurz rückwärts drehen ließ. Es gurgelte etwa zwanzig Meter über ihren Köpfen. Sie blickten nach oben.

Millionen kleiner Luftblasen wirbelten kurz unter der Oberfläche durch das Wasser. Über ihnen befand sich das Heck des Schiffes, dessen zwei große Schrauben nun stillstanden. Das Schiff hatte aufgestoppt und lag etwa zehn Meter entfernt parallel zu Omars *Wave Dancer*.

Mirko Wolff blickte Steiger an. Er wirkte gefasst und konzentriert, aber in seinen Augen konnte Steiger eine klare Botschaft erkennen: Sie konnten nicht länger tief bleiben, sondern mussten so langsam ihren Verpflichtungen nachkommen, was die Dekompressionsstopps betraf. Mit der Physik konnte man nicht diskutieren.

Sie stiegen sechs Meter höher und verharrten dort einige Minuten. Die Schiffe über ihnen lagen noch immer parallel zueinander und trieben nun ein wenig nach Südwesten ab.

Will der ewig bleiben?, fragte sich Steiger.

Beide Taucher wussten, dass es sich bei dem Neuankömmling um irgendein Tauchschiff handeln musste. Rumpflänge sowie Form und Motorisierung deuteten darauf hin. Konnten es Freunde oder Kollegen von Omar sein? Was aber, wenn es diejenigen waren, die das Versteck angelegt hatten? Dann würde ein Auftauchen womöglich ernste Konsequenzen nach sich ziehen. Darüber wollte Steiger jetzt lieber nicht nachdenken. Wolffs Gesichtsausdruck und Verhalten nach zu urteilen schien er ähnliche Gedanken zu haben.

Weitere Minuten vergingen, die Zeit lief ihnen davon. Ihr zuvor sorgfältig berechnetes Tauchprofil war über den Haufen geworfen. Sie mussten jetzt schon lange dekomprimieren. Steiger kalkulierte die Gasanteile in ihren Körpern. Sie beide waren aufgrund der Strömung zu lange zu tief geblieben und hatten entsprechend viel Stickstoff im Gewebe aufgenommen. Gleichzeitig hatten sie zu viel Gemisch verbraucht. Atemgemisch, das sie eigentlich für die Dekompressionsphase benötigten.

Das fremde Schiff rührte sich nicht von der Stelle.

Steiger hielt Wolff seinen Finimeter, der den verbleibenden Vorrat an Atemgemisch anzeigte, vors Gesicht. Wolff musste ähnlich viel verbraucht haben. Der Vorrat in ihren Flaschen reichte jetzt noch für maximal zehn Minuten. Dekomprimieren mussten sie aber deutlich länger.

Unter Omars Boot hingen zwar die versprochenen Zusatzflaschen, doch die wollten sie im Moment nicht nutzen, da sie Angst hatten, dadurch entdeckt zu werden. Je flacher man tauchte, desto deutlicher waren die Luftblasen an der Oberfläche zu erkennen.

Die zwei Taucher führten also den Aufstieg weiter fort, blieben aber der *Wave Dancer* vorerst fern. Auch hielten sie Distanz zueinander, um ihre Luftblasen zu verteilen. Sie tarierten sich neutral aus und schwebten nun in 13 Meter Tiefe im Wasser. Sobald sich das große Schiff auf den Weg machte, würden sie sofort zu Omars Flaschen schwimmen.

Doch nichts dergleichen geschah. Die Maschinen des großen Schiffs drehten weiterhin im Leerlauf. Es machte keine Anstalten, zu verlegen.

Verdammte Axt!, dachte Steiger.

Die ihnen verbleibende Zeit war nun auf wenige Minuten geschrumpft. Es half alles nichts, sie mussten eine Entscheidung treffen. Anstatt zu Omars Boot zu tauchen, schwammen sie nun unter dem fremden Schiff hindurch, um so weit hinter dem Heck des Schiffes aufzutauchen, wie es ihnen mit dem restlichen Atemgemisch möglich war. Sie schafften gut 100 Meter. Normalerweise kümmerten sich Skipper oder Rudergänger nur selten um das, was hinter ihnen lag. Ihre Chancen, nicht entdeckt zu werden, standen also gut. Omar würde sie nicht im Stich lassen, das war klar.

Zehn lange Minuten später setzte sich das fremde Taucherschiff endlich in Bewegung. Als sie kurz darauf die *Wave Dancer* erreichten, erwartete ihr Helfer sie bereits an der Taucherplattform und half ihnen aus dem Wasser.

»Oh Mann! Ich habe die ganze Zeit versucht, nicht zu sehr an euch zu denken. Ich hoffe, die haben mir meine Nervosität nicht angesehen. Braucht ihr etwas? Soll ich Sauerstoff klarmachen? Was sagt dein Computer, Jan?«

Der zeigte an, dass sie 11 Minuten zu lange auf Tiefe gewesen waren und noch 14 Minuten hätten dekomprimieren müssen.

Gut, dann weiß ich das jetzt auch, verdammter Mist!

»Ja, Omar, mach' auf alle Fälle Sauerstoff klar. Wolff und ich wechseln uns ab.«

Omar war sichtlich aufgeregt und hantierte hektisch an Deck herum. »Nur gut, dass ihr hier nicht aufgetaucht seid. Vielleicht bin ich ja zu ängstlich – aber ich dachte mir, Vorsicht ist angebracht, wenn man bedenkt, dass es hier um Waffen und Sprengstoff geht. Ich hatte gehofft, dass ihr die Motorengeräusche hört und sofort schaltet.«

Als sie unter Deck waren, fragte Steiger, nachdem er sich auf den Boden gesetzt hatte:

»Wer war das, Omar?«

»Ich habe keine Ahnung. Ich kenne den Skipper nicht, aber ein Local schien er mir nicht zu sein.«

»Wie kommen Sie darauf?«, fragte Wolff interessiert, während er Anstalten machte, sich umzuziehen.

»Na ja, ich kenne eine Menge Tauchveranstalter und Charterskipper hier in der Gegend und Syrer sind hier unten extrem selten.«

»Weshalb Syrer?«, fragte Wolff.

»Weil der Skipper mit einem syrischen Dialekt gesprochen hat.«

»Was wollten die denn?«, schaltete sich Steiger ein.

Omar blickte verächtlich: »Sie hatten angeblich ein Schlauchboot verloren, als sie vom Ras Mohammed in Richtung Tiran dampften. Sie wollten wissen, ob ich ein graues Zodiac treiben gesehen hätte. Im Ernst: Wer sein Zodiac nicht richtig festzurrt, der hat entweder zu viel Geld oder er hat es nicht anders verdient …«

»Was hast du ihnen gesagt?«

»Also wenn du mich fragst, machten die Typen irgendwie einen neugierigen Eindruck, und da habe ich eine Notlüge benutzt. Ich habe ihnen erklärt, dass ich auf den Ersatztank hätte wechseln müssen, da mir vom ersten Tank ein Schlauch abgeplatzt sei. Ich sagte, dass ich deshalb einen Zwangsstopp hätte einlegen müssen, um die Sauerei in der Bilge zu richten und um den Schlauch mit einer neuen Schelle wieder richtig anzuschließen«, erklärte Omar und schaute zufrieden.

»Das war eine gute Ausrede. War vielleicht ganz gut, dass du nicht vor Anker geblieben bist und nicht direkt über dem Tauchplatz lagst, sondern etwas abgetrieben bist«, sagte Steiger.

»Haben sie die Geschichte denn geschluckt?«, wollte Wolff wissen.

»Keine Ahnung, aber sie scheinen ihren Kurs geändert zu haben. Aber bevor wir weiterreden, lasst uns erst mal hier abhauen«, sagte Omar, während er in die Richtung schaute, in die das große Boot verschwunden war.

»Ja, du hast recht. Wir sind hier fertig und ich könnte etwas Ruhe brauchen«, bestätigte Steiger.

Während Wolff sich umzog, startete Omar die Motoren und sie begaben sich rasch auf Heimatkurs. Steiger war beunruhigt. Er wollte noch mehr wissen. Doch weder Ort noch Zeitpunkt waren im Moment ideal.

Wolff und er hatten sich nun unter Deck begeben, sich hingelegt und nahmen reinen Sauerstoff aus einer 15-Liter-Flasche zu sich. Beide vermieden jegliche Anstrengung und atmeten ruhig, um den übermäßig aufgenommenen Stickstoff aus ihrem Organismus zu schwemmen. Steiger hoffte sehr, dass das zu schnelle Auftauchen keine schwerwiegenden Folgen haben würde. Nun herrschte bis auf weiteres absolutes Tauchverbot und er würde auch die kleinste Rückmeldung seines Körpers genau beachten.

Omar legte die Hebel nach vorn und die *Wave Dancer* beschleunigte im Nu auf 22 Knoten. Es schien, als wolle er ausschließen, dass man ihm folgte.

Unter Deck lagen die beiden Taucher in der Eignerkabine auf

einem großen Bett, zwischen ihnen das Sauerstoffgerät. Jeder hielt eine Wasserflasche in der Hand. Sie mussten viel trinken.

»Wir sind voll in der Deko, was?«, fragte Wolff.

»Sieht so aus. Schon mal in einer Dekokammer gelegen?«

»Bislang Gott sei Dank nicht. Und Sie?«

»Ich war ein Mal in Neustadt in der Kammer. Aber freiwillig, als Versuchskaninchen«, entgegnete Steiger.

»Sie sind Soldat, stimmt's?«, fragte Wolff.

Steiger schaute ihn an und nickte »Sie auch, oder?«

»Technisch gesehen ja. In welcher Einheit dienen Sie?«

»KSM.«

»Kampfschwimmer?«

Erneutes Nicken.

»Hab mir schon so etwas gedacht ...«

»Und Sie?«, fragte Steiger.

»Ursprünglich war ich einmal Panzergrenadier. Ich bin dann zu den Pionieren gewechselt, zur Tauchergruppe, und nun bin ich beim AMK – also beim BND. Ich heiße Mirko.«

»Jan, sehr angenehm!«

Die beiden Männer schauten sich an. Dann gaben sie sich im Liegen die Hände.

42

Red Sea Explorer
Rotes Meer
22 Seemeilen südöstlich von Sharm El Sheikh
Ägypten

Sayed al-Hauari, alias der Ägypter, saß auf einem Stuhl hinter dem Steuerstand der Flybridge und hielt ein Fernglas in den Händen. Das Glas war achteraus gerichtet und es schien, als suche er den Horizont ab.

»Dort drüben, das sind die Engländer, das muss der neue Zerstörer HMS *Duncan* sein.«

Nidal al-Suri stand am Ruder und drehte sich um:

»Die sind bereits gestern Nacht eingetroffen.« Dann fragte er: »Sag, Sayed, glaubst du, der Typ von eben hat etwas bemerkt?«

»Der Mann mit der Motoryacht?«

»Genau der.« Nidal al-Suri sah besorgt drein. »Es hätten ja theoretisch Taucher im Wasser sein können.«

»Wie kommst du darauf?«, fragte Sayed.

»Das konntest du nicht sehen«, erwiderte der Syrer. »Du standest auf dem Achterdeck, und warst nahezu auf gleicher Ebene mit dem Boot. Ich aber stand oben zusammen mit meinem Sohn Hassan, wir konnten herunterschauen. Hassan hat mich darauf aufmerksam gemacht: Das Speedboot hatte Halterungen für Taucherflaschen, die in den hinteren Seitenwänden eingelassen waren. Das war kein Hochseeangler, sondern ein Taucherboot, Sayed.«

Sayed setzte das Fernglas ab und schaute seinen syrischen Bruder an.

»Hier gibt es viele Taucherboote, mein Freund«, sagte er mürrisch.

Nidal senkte den Blick und wandte sich ab, um sich eine Zigarette anzuzünden. Es fiel ihm schwer, dem Ägypter zu widersprechen.

Sayed war nicht ungehalten, weil ihm die Tauchgeräte an Bord des anderen Bootes nicht aufgefallen waren. Es waren vielmehr die starken Bauchschmerzen, die ihn seit einem Tag unablässig peinigten. Jeder Gang zur Toilette war mittlerweile eine Tortur. Aber er versuchte, sich nichts anmerken zu lassen.

»Der Mann hatte ein technisches Problem, er schien doch glaubwürdig«, sagte er.

Nidal zog an seiner Zigarette. »Ja, grundsätzlich schon ...«

»Was meinst du?«

»Ich weiß nicht ...«

»Andererseits wäre es vielleicht wirklich besser, wir sehen einmal nach. Hat Hassan denn Taucher im Wasser gesehen?«

Nidal schüttelte den Kopf.

»Nein, das hat er nicht.«

Sayed schwieg. Ihm oblag die gesamte Verantwortung für diese Operation. Eigentlich war an der Begegnung mit dem Speedboot nichts Beunruhigendes. Dennoch, Nidal war ein erfahrener Mann und hatte ein gutes Gespür für jede Art von Gefahr. Sie mussten auch das kleinste Risiko ausschließen, einen Fehler konnten sie sich zum jetzigen Zeitpunkt unter keinen Umständen erlauben.

»Wir werden uns vergewissern, dass alles in Ordnung ist, Nidal. Sorge bitte umgehend dafür.«

Nidal al-Suri gab die notwendigen Befehle und übergab das Steuer an seinen ältesten Sohn, Mohammed.

Sayed stieg den Niedergang herab und betrat den Salon. In der Messe roch es gut, Hassan hatte Tee gekocht und Hammelfleisch mit Couscous zubereitet.

Oben auf der Brücke grübelte Nidal über die vergangenen Geschehnisse. Als die deutschen Soldaten an Bord seines Schiffes gekommen waren, hatte er sich im Geiste bereits ein Scheitern der Mission ausgemalt. Er hatte die unrealistische Befürchtung gehabt, dass sie irgendeinen der jungen Männer an Bord erkennen könnten. Dabei hatte ihn sein ägyptischer Freund und Waffenbruder Sayed doch angewiesen, extra in der Nähe der Deutschen zu kreuzen.

Sayed selbst war zufrieden gewesen.

»Nun haben wir das Gütesiegel, das wir brauchen«, hatte Sayed erklärt. Nidal wusste, was das bedeutete. Sie würden die *Red Sea Explorer* kein zweites Mal kontrollieren, sondern sie als Taucherboot unter den bekannten Kontakten verzeichnen und bei erneuter Sichtung einfach abhaken.

»Trommele die Männer zusammen«, rief Sayed von unten, »Es ist an der Zeit, über unseren Auftrag zu reden.«

43

Hotelmarina Mövenpick Hotel
Sharm El Sheikh
Sinai, Ägypten

Omar steuerte das Boot routiniert an die Pier. Er war schweigsam. Als die *Wave Dancer* vertäut war, ergriff Steiger das Wort:

»Wir müssen uns besprechen, gleich oben, und ich muss telefonieren. Wir haben noch nicht viel Zeit verloren. Ach, und Omar: Wir sollten Samira nicht alles erzählen. Es ist besser für sie.«

Omar nickte stumm.

»Jan, weißt du, ich ...«

»Ich weiß. Du machst dir Sorgen, weil du bei den Männern ein ungutes Gefühl hattest und sie dein Boot gesehen haben, richtig?«

»Ja«, erwiderte Omar knapp. Eigentlich hatte er etwas anderes loswerden wollen.

»Ich kann das verstehen, es nützt aber alles nichts. Mirko und ich müssen genau wissen, was ihr gesprochen habt, wie sie sich verhalten haben, wer noch alles an Bord war usw. Du erwähntest einen syrischen Akzent, das könnte wichtig sein. Wir brauchen dich jetzt – und was dein Boot angeht, da lassen wir uns etwas einfallen.«

»Hm – okay, wir sehen uns dann oben.«

»Bis gleich, mein Dicker, und denk daran: Wir müssen vorsichtig sein. Wenn jemand fragt: Mirko ist ein alter Freund, der dich für ein paar Tage privat gebucht hat. Alles klar?«, fragte Steiger und gab Omar einen kräftigen Klaps auf die Schulter.

Omar nickte, sah aber nicht glücklich aus.

»Hey, Omar!«

»Hm?«

»Ist sonst noch was?«

Omar zögerte. Dann schaute er seinen Freund an und deutete mit dem Kopf auf den Schulungsraum der Tauchschule.

Steiger verstand sofort und sagte:

»Mirko, wir kommen gleich nach, geh doch schon einmal vor.«

Wolff nickte und zog von dannen.

Im Schulungsraum sah Steiger seinen alten Freund verändert.

»Na, was ist los?«

»Samira hat mir heute Morgen gesagt, dass sie wieder schwanger ist.«

Steiger biss sich auf die Unterlippe.

»Mann, Omar, das ist ... toll!«, sagte er zaghaft. Einerseits fühlte er den unmittelbaren Impuls, seinem Freund aufs Herzlichste zu gratulieren, gleichzeitig hatte er aber die düstere allgemeine Lage vor Augen. Im selben Moment brach es aus Omar heraus:

»Weißt du, Jan, natürlich bin ich glücklich, ein zweites Kind zu bekommen. Ich frage mich aber immer öfter, ob wir in diesem Land auf Dauer in Sicherheit und ungestört von irgendwelchen Wahnsinnigen leben können. Nach der Revolution 2011 hofften alle auf einen Neuanfang. Den haben wir bereits einmal verpasst. Nun haben wir schon wieder eine neue Regierung und ich weiß echt nicht, wohin die Reise geht. Die säkularen Kräfte scheinen zwar wieder am Ruder zu sein, aber trotzdem laufen überall Fanatiker herum, die die Zeit um Jahrhunderte zurückdrehen wollen. Noch immer haben Frauen in einigen Regionen Angst, unverschleiert in der Öffentlichkeit aufzutreten, erst recht seit diesen Säureattacken neulich. Sind wir jetzt schon in Pakistan, oder was? Ich sage dir, unter der Oberfläche brodelt es, die Islamisten sammeln ihre Kräfte. Anschläge sind geplant, überall in Ägypten, und unser Fund hier ist der beste Beweis.

Die Stimmung im Land ist nicht gut, hier bekommt man das nicht so mit, aber in Kairo und Alexandria erwarten die Menschen eine spürbare Veränderung. Wenn es den jetzigen Machthabern nicht gelingt, für Gerechtigkeit, Bildung und Wohlstand zu sorgen, dann werden sich viele enttäuscht den Radikalen zuwenden. Und die brutale Behandlung der Muslimbrüder macht alles nur noch schlimmer.«

Steiger hatte seinen Freund absichtlich nicht unterbrochen und legte ihm seine Hand auf die Schulter.

»Du hast in allem recht, Omar, und ich verstehe, dass dich diese

Entwicklungen beunruhigen. Ich freue mich aber trotzdem sehr für euch. Ein Kind ist immer ein Geschenk! Wie sich dein Land entwickeln wird, kann niemand vorhersagen, vielleicht wendet sich ja doch noch alles zum Guten. Lass uns jetzt erst mal unser Ding hier durchziehen, dann sehen wir weiter.«

Omar nickte stumm.

Als Steiger hinauf in das Apartment seiner Freunde kam, wartete Wolff bereits auf ihn.

»Die Nerven, hm?«, fragte Wolff, dem Omars Beunruhigung nicht entgangen war.

»Kannst du es ihm verübeln?«

»Nein, natürlich nicht. Ich fand es übrigens super, wie er sich verhalten hat. Seine Erklärung vorhin auf See war ziemlich einleuchtend. Wahrscheinlich haben sie uns nicht bemerkt. Wenn sie es denn überhaupt waren, die den Kram da unten versteckt haben.«

Omar betrat das Wohnzimmer und hielt ein Tablett mit einer Karaffe Mineralwasser und Gläsern in der Hand. Auf dem Couchtisch standen bereits Kekse in einer Schale aus Akazienholz. »Ihr müsst jetzt viel Wasser trinken und ruhen und eigentlich gehört ihr in die Dekokammer«, sagte er besorgt.

»Danke, Omar, ich weiß«, antwortete Steiger, der sah, dass sein Freund sich zusammenriss.

»Eigentlich solltet ihr jetzt eure Tauchcomputer nehmen und sofort einen Taucherarzt aufsuchen. Ich kenne hier einen guten, er ist Engländer. Milton heißt er – ein hervorragender Mediziner. Er betreut die lokale Dekokammer.«

Steiger wusste, dass sein Freund recht hatte und es gut meinte. Sie waren vermutlich so gerade eben um die Bends * herumgekommen. Aber für ihn hatten nun andere Dinge eindeutig Vorrang. Wolff sah das ähnlich. Nun galt es erst einmal, Berlin zu informieren. Alles andere musste warten.

»Natürlich hast du recht, Omar«, erwiderte Steiger. »Mirko ist elf Minuten drüber und ich zehn«, log er. »Wir haben eine gute halbe Stunde aus deinen Sauerstoffflaschen geatmet und wir wer-

* Taucherkrankheit

den die nächste Zeit viel Flüssigkeit zu uns nehmen, in uns reinhorchen und uns nicht überanstrengen. Ich glaube aber, wir sind noch einmal glimpflich davongekommen.«

Sein ägyptischer Freund gab einen grunzenden Laut von sich und zuckte die Schultern, als wolle er sagen: *Hopfen und Malz verloren!*

»Omar, ich weiß, du bist besorgt, aber wir müssen kurz durchgehen, was du an Bord des anderen Schiffes gesehen hast. Das ist jetzt sehr wichtig.«

Wolff unterbrach ihn: »Sorry, aber ich würde zunächst gerne die Bilder weiterleiten. Das hat jetzt absolute Priorität. Wenn etwas im Busch sein sollte, dann muss Berlin das wissen.« Er war aufgestanden und in das Zimmer gegangen, in dem seine Sachen lagen, und kam mit seiner schwarzen Sporttasche zurück. »Eigentlich hätte ich den nächsten Flieger nehmen müssen, um sofort Bericht zu erstatten, aber in Anbetracht meines Tauchgangprofils möchte ich den Rückflug gerne um mindestens zwei Tage verschieben.«

»Und wie willst du die Informationen übermitteln?«, fragte Steiger.

»Zumindest können wir hiermit auf einer sicheren Leitung kommunizieren und mit Berlin im Klartext reden«, sagte Wolff nicht unzufrieden. Er öffnete die Sporttasche und holte einen silbernen Laptop hervor. Mit geübten Handgriffen baute er eine kleine Satellitenantenne auf und schloss sie an den Laptop an. Dann förderte er ein Iridium Extreme Satellitentelefon zutage.

»Zunächst werde ich meine Vorgesetzten in der Botschaft anrufen, dann sende ich ihnen die Aufnahmen, die wir vom Inhalt der gehobenen Koffer gemacht haben. In Kopie setze ich die Abteilung Auswertung in Berlin, damit die wissen, dass wir hier keine Märchen erzählen.«

»Ist das eine sichere Verbindung?«, wollte Steiger wissen. Er hatte zwar von der Technik gehört, sie aber noch nie selbst benutzt.

»Wir gehen davon aus. Ich kann mit dieser Anlage in Kombination mit einer speziellen Verschlüsselung über den Laptop vertrauliche Dateien versenden, jpg, pdf oder Office, was immer du willst.«

Während Wolff sprach, lud er die digitalen Fotos von der Kamera auf den Computer. Dann verließ er das Wohnzimmer und ging ins Gästezimmer, von wo aus er seinem Vorgesetzten in der Botschaft Bericht erstattete. Er stellte lediglich die Fakten dar und kündigte die Fotografien an. Ein kurzes Nicken und er legte auf.

Als er zurück ins Wohnzimmer kam, fragte er:

»Willst du vielleicht kurz deinen Kommandeur anrufen? Geht auf Staatskosten!« Er schmunzelte und hielt Steiger das Telefon hin.

»In jedem Fall, das bin ich ihm schuldig, schließlich hat er die Information an die richtige Stelle weitergeleitet«, antwortete Steiger und tippte die Nummer auf dem Display ein.

»Rickmers, hallo?«

Es dauerte nur wenige Minuten, bis Steiger seinem Kommandeur sowie Fregattenkapitän Fritz die ganze Lage skizziert hatte. Die beiden Männer am anderen Ende zeigten sich beeindruckt und kündigten an, sich die Bilder sofort anschauen zu wollen.

»Ich gehe davon aus, dass es in Kürze im FIZ zu einer Krisenbesprechung kommen wird. Steiger, Sie und Wolff bleiben über das Satellitenhandy erreichbar, verstanden?«

»Jawohl, Herr Kapitän!«

»Bis dahin!«

Steiger legte auf.

»Ich glaube, am anderen Ende wird es nun etwas hektisch, wir sollten zusehen, dass wir etwas zu essen kriegen und uns dann vielleicht etwas ausruhen. Ich könnte mir vorstellen, wir werden noch mal gebraucht.«

»Davon gehe ich auch aus«, stimmte Wolff zu.

»Omar, könntest du uns währenddessen berichten, was du beobachtet hast?«

Omar wirkte angespannt. Sie schienen sich in einer gefährlichen Lage zu befinden und diese beiden Deutschen sprachen darüber, als planten sie einen Ausflug.

»Also gut, da war nicht viel zu sehen, ein modernes Safarischiff, ziemlich neu, würde ich sagen – und schnell.«

»Wieso schnell?«

»Der Rumpf!«, konstatierte Omar fachmännisch. »Das war kein Verdränger.«

»Gut, was sonst noch?«

»Die Flaschen. Sie waren, wie sagt man in Deutschland, aufgereiht wie die Zinnsoldaten.«

»Was meinst du damit?«

»Es wirkte alles picobello. So ein perfektes Tauchsafarischiff habe ich selten gesehen.«

»Verstehe, und weiter?«

»Na ja, da stand ein älterer Typ auf dem Achterdeck, dem Akzent nach Ägypter. Er fragte mich, ob ich ein treibendes Zodiac gesehen hätte. Ich verneinte und fragte ihn beiläufig, wo sie denn herkämen. Er sagte von Tiran, was mir unglaubwürdig erschien, denn ein Schlauchboot würde aufgrund des Windes eher in Richtung Süden treiben als in Richtung Westen. Wie auch immer, die Meeresströmungen hier sind tückisch und es könnte sein, dass sie doch in der richtigen Ecke suchen. Was weiß ich? Der Mann fragte mich dann noch, ob ich ein technisches Problem hätte, ich sagte ja und brachte die Geschichte mit dem Benzinschlauch.«

»Sehr gut, Omar, weiter!«

»Nichts weiter, das Schiff schien mir nicht sehr voll zu ein, das ist alles. Vor allem keine Frauen.«

»Frauen?« Wolff hielt inne. »Wieso Frauen?«

»Na ja, ich habe halt keine Frauen an Deck gesehen.« Omar schielte in Richtung Küche, in der er Samira vermutete.

»Oft sonnen sich ja auch mal Tauchgäste oder lesen im Halbschatten«, sagte er leise. »Du kennst das doch, Jan, manchmal setzen einige am Nachmittag mit dem Tauchen aus und sind an Deck.«

»Das ist richtig, selten nutzen alle Tauchgäste das No-Limit-Tauchangebot voll aus«, bestätigte Steiger.

»Okay«, sagte Wolff, »könnte es nicht aber auch so sein, dass die Crew gerade dabei war, ihre Gäste irgendwo aufzunehmen?«

»Oder was, wenn es sich um ein gerade in Dienst gestelltes Safarischiff handelt?«, ergänzte Steiger.

»Klar, wäre alles möglich …« Omar druckste herum.

»Na was?«, forschte Steiger nach.

»Die Geschichte mit dem Zodiac gibt mir zu denken.«

»Wieso? Er hatte doch auch eins auf dem Tauchdeck festgezurrt.«

»Ja eben!«, entgegnete Omar.

Steiger zog die Stirn in Falten und fragte: »Du glaubst, er kann nicht zwei Schlauchboote an Bord haben?«

»Drei«, korrigierte ihn Omar und zeigte seinem Freund drei Finger.

»Was?« Steiger verstand nicht.

»Die *Red Sea Explorer* hatte ein Boot auf dem Tauchdeck festgelascht und – das konntest du nicht sehen, Jan – das Schiff hatte noch ein Zodiac auf dem zweiten Oberdeck festgezurrt. Dort befand sich auch ein kleiner Kran, mit dem man es ins Wasser fieren kann.«

»Ah, ich verstehe. Und drei Boote hat man hier nicht?«

»Theoretisch ist das möglich«, räumte Omar ein, »aber eher ungewöhnlich. Viele Taucherschiffe haben kaum Platz für zwei Zodiacs, obwohl ich zugeben muss, dass immer mehr von den großen Safarischiffen mittlerweile zwei haben. Wenn man unter Wind und Seegang nahe an den Riffen manövrieren muss, sind Schlauchboote eine große Hilfe, die drücken vorn gegen die Bordwand und drehen dich rum, verstehst du?«

»Ich habe eine vage Vermutung, was Sie meinen«, sagte Wolff, der lange geschwiegen hatte.

»Es ist so: Oftmals werfen wir ja keinen Anker, weil wir die Korallenwelt nicht zerstören wollen. Und weit draußen an den Riffen, nimm Abu Kafan oder die Brother Islands, ist es schlichtweg zu tief, um zu ankern. Dort geht es 600 Meter und noch weiter runter in die Tiefe. Wir nutzen dann Stahlringe, die hierfür auf fünf oder zehn Metern in das Riff eingelassen wurden, oder verholen uns längsseits an andere Tauchschiffe und legen uns ›ins Päckchen‹. Da kann so ein Zodiac im Wasser schon mal helfen, einen von der Riffkante wegzudrücken, wenn der Wind dreht – insbesondere dann, wenn man kein Bugstrahlruder hat oder das Revier noch nicht so gut kennt.«

»Verstanden«, sagte Wolff. »Aber drei Schlauchboote sind zu viel, nicht wahr?«

»Na ja, ich muss sie halt irgendwo seefest verstauen können. Es ist nicht gut, ein Schlauchboot ständig hinter sich herzuziehen, das bremst und erhöht unnötig den Treibstoffverbrauch. Daher entscheiden sich die meisten eher für zwei größere Schlauchboote mit Bimini-Top, GPS und Funkgerät, bevor sie sich drei zulegen. Und unser Kandidat hatte zwei sehr große Zodiacs, acht Meter lang, würde ich sagen.«

»Na schön«, sagte Steiger. »Du sagst also, dass die Sache mit dem verlorenen Zodiac möglicherweise ein Vorwand war. Was konntest du noch beobachten?«

»Na, es schien, als sei der Skipper, also derjenige, der oben auf der offenen Brücke stand, ein Syrer. Er übernahm das Gespräch von dem Ägypter auf dem Achterdeck und bat mich dann, ich solle die Augen aufhalten, sie wären über Funk zu erreichen.«

»Hat der Ägypter noch etwas gesagt?«, wollte Steiger wissen.

»Nein, er hat gewunken und mir einen schönen Tag gewünscht. Dann ist er in die Messe gegangen. Und da war noch ein junger Kerl, wahrscheinlich ein Tauchgast, der reckte seinen Kopf hervor.«

»Können Sie ihn näher beschreiben?«, fragte Wolff.

»Da gibt's nichts weiter zu beschreiben, er schaute ganz normal aus, vielleicht Ende zwanzig, kernig und hellhäutig, sah aus wie ein Westeuropäer.«

»Das ist schon eine ganze Menge«, sagte Wolff ruhig.

»Also«, fasste Steiger zusammen:

»Wir haben ein nagelneues Tauchsafarischiff mit dem Namen *Red Sea Explorer*. Der Dampfer ist kein Verdränger, sondern ein Halbgleiter, schnell, proper und chic. Ausgestattet mit zwei fetten Zodiac-Schlauchbooten mit wie viel PS?«

»Das auf dem Achterdeck hatte einen nagelneuen Yamaha-Viertakter mit 250 PS«, sagte Omar.

»Also ein sehr stark motorisiertes Schlauchboot: Das Safarischiff läuft unter einem syrischen Skipper und hat einen älteren Ägypter an Bord und einen athletischen Tauchgast etwa Ende zwanzig. Fantastisch!«, endete Steiger mit einem ironischen Unterton.

»Klar, davon gibt es hier mit Sicherheit ein paar«, räumte Omar ein.

»Aber nicht mit dem Namen und nicht ganz so neu«, sagte Wolff.

»Den Namen kann ich in kürzester Zeit ändern, ohne dass es jemand erkennen kann«, entgegnete Steiger.

»Stimmt auch wieder«, gab Wolff zu.

»Vielleicht bilden wir uns ja auch nur etwas ein und es handelt sich einfach nur um irgendeinen steinreichen Privatier, der gerne taucht oder es lernen möchte und ausnahmsweise drei Zodiacs an Bord hat«, schloss Steiger.

»Alles theoretisch denkbar«, sagte Omar.

»Mist!« Steiger sprach aus, was alle dachten.

»Jedenfalls werde ich das, was Omar uns gerade erzählt hat, kurz verschriften und nach Berlin senden«, sagte Wolff. »Könnte wichtig sein.«

Dann widmete er sich seinem Notebook.

Steiger brauchte Omar nicht lange zu überzeugen, dass es klug sei, die große Persenning über die *Wave Dancer* zu werfen, wenn das Boot nicht gebraucht wurde. Damit wurden die Konturen schwer erkennbar und da die Persenning nahezu bis zur Wasserlinie reichte, konnte man weder die Farbe noch den Namen des Bootes erkennen. Omar verschwand und erledigte das, nachdem er die *Wave Dancer* vor die größere *Bubblemaker* gelegt hatte, sodass das Boot von See her nicht ausgemacht werden konnte.

Während Omar das Apartment verlassen hatte, sprach Steiger Wolff mit gedämpfter Stimme an:

»Mirko, hör mal, du schaust meinen Kumpel Omar immer etwas seltsam an, wenn du dienstlich wirst. Glaub mir: Auf Omar ist Verlass und blöde ist er auch nicht. Er hat kapiert, dass du nicht bei der Heilsarmee bist, und er hat damit auch kein Problem. Der kann schweigen. Ich vertraue ihm durch und durch. Dasselbe gilt für seine Frau Samira. Wir sollten die beiden natürlich nicht mit Sachen belasten, die sie nichts angehen, aber ich muss sagen, ohne Omar hätten wir das Ding hier nicht durchziehen können.«

Wolffs etwas verlegene Miene verriet, dass er sich ertappt fühlte. Entschuldigend sagte er:

»So ist nun mal der Job. Streng genommen dürften die beiden gar nichts wissen. Wenn sie bei jemandem ein falsches Wort fallen lassen, bin ich raus und die haben ein Problem. Und ausgebildet sind sie auch nicht.«

Steiger nickte. »Du hast recht. Ich habe ja öfter mal für euren

Laden gearbeitet, aber das hier ist natürlich eine andere Nummer. Lass uns mal nach was Essbarem forschen, ich habe ein Loch im Bauch mit jeder Menge Kohldampf drin. Dann sollten wir uns aufs Ohr hauen, ich könnte 'ne Mütze Schlaf vertragen. Wer weiß, vielleicht brauchen wir unsere Kräfte noch.«

Wolff nickte. »Gute Idee.«

Die Männer verließen die Wohnung und suchten das hoteleigene Strandrestaurant auf. Zum ersten Mal glaubte Steiger stärkere Kopfschmerzen bei sich festzustellen.

Stell dich nicht so an, du Weichei! Hast wahrscheinlich nur zu wenig Wasser getrunken ...

44

Bundeskanzleramt
Spreeufer
Berlin, Deutschland

Der deutsche Bürger bekam in aller Regel nur wenig von den vielschichtigen Problemen der Außenpolitik mit. *Ganz zu schweigen von den langwierigen Vorbereitungen, die eine aktive Gestaltung oftmals erforderte,* dachte Kanzleramtsminister Steinberg.

Am Ende hatte der Bundeskanzler mit sich gehadert. Man könnte fast sagen, er hatte sich für seine Verhältnisse regelrecht aufgeregt. »Ausgerechnet jetzt werde ich krank!«, hatte er geklagt. »Jetzt, nachdem alles steht. Die Vorgespräche, die Reisen ...«

Zusammen mit seinem Außenminister hatte der Kanzler über die letzten sechs Monate beharrlich versucht, das angespannte Klima zwischen den Europäern und Amerikanern, der syrischen Opposition und der syrischen Regierung zu entschärfen. Lange hatten die Lampen im Kanzleramt während dieser Zeit nachts gebrannt.

Der französische Premierminister hatte bedächtig seinen Argumenten gelauscht und sich schließlich mit seiner Linie einverstanden erklärt. Er hatte bekräftigt, ihn bei seinem Vorhaben zu unterstützen. Sein Besuch in Moskau, dessen offizieller Anlass Gespräche zu einer gemeinsamen Energiepolitik gewesen waren, war ein Beweis dafür, dass es sich dabei nicht um ein bloßes Lippenbekenntnis gehandelt hatte. Die Russen mussten mitspielen, das war klar. Wenn Russland seine Unterstützung der syrischen Regierung aussetzen würde, besäße man gegenüber Syrien eine stärkere Verhandlungsposition. Der russische Präsident hatte sich gegenüber dem französischen Staatspräsidenten kühl und desinteressiert gegeben, er hatte die Beziehungen zu Damaskus heruntergespielt. Aber auch im Kreml wusste man, dass es nicht ratsam war, gleichzeitig die USA und die EU erneut zu verärgern. Seit der Krise in der Ukraine waren die Beziehungen noch immer angespannt.

Und dann war da noch Israel. Hier lag ein wesentliches Problem. Israel war ein schwieriger Fall. Den mussten die Amerikaner betreuen.

In der Vergangenheit hatte Syrien wiederholt angekündigt, die Wasserzufuhr nach Israel zu drosseln. Die gesamte syrische Rhetorik gegen Israel fußte letztendlich auf Jahrzehnten des Konfliktes.

Doch Israel hielt sich noch bedeckt. Der Premier hatte Berlin zugesagt, dass sie die Verhandlungen auf dem Gipfel weder stören noch kommentieren würden. Was nach einem ergebnislosen Gipfeltreffen jedoch passieren würde, dazu wollte sich der Israeli nicht äußern.

Heute Nachmittag war der Bundeskanzler aus London zurückgekehrt, wo er Gespräche mit dem britischen Premierminister zum Thema europäische Finanzpolitik wahrgenommen hatte. Thema war, wenn auch inoffiziell, ebenfalls der anstehende Syrien-Gipfel gewesen.

Dr. Steinberg klopfte an die elegante Tür aus rötlichem Kirschholz.

»Herein!«

»Guten Abend! Und, wie ist es Ihnen in London ergangen?«

»Hallo, Herr Dr. Steinberg. Ach – eigentlich so, wie ich es erwartet habe …«

Der Kanzler stieß sich von seinem Schreibtisch weg und legte seine Hände auf die Armlehnen. Ein deutliches Zeichen dafür, dass er müde war.

»Ich habe versucht, ihm zu erklären, dass uns eine Marionette, die vom Volk nicht akzeptiert wird, höchstens mit viel Geld und auch nur vorübergehend Stabilität garantieren kann. Er sollte die Lektionen aus dem Irak und aus Afghanistan eigentlich verstanden haben. Ich habe ihm gesagt, dass wir als Europäische Union auch unsere Möglichkeiten haben, aber dass wir diese auch einmal *gemeinsam* nutzen müssen. Keiner hat ein Interesse an einer russischen Marinebasis, aber es geht hier um wesentlich mehr. Ich sage nur: Libanon …«

»Wie hat er denn reagiert? Was hat er gesagt?«

»Was er gesagt hat? Na, was die Briten immer sagen, wenn man eine konkrete Antwort von ihnen haben will: ›Ich kann nicht viel tun. Sie überschätzen bei weitem unsere Möglichkeiten, unser Einfluss auf den amerikanischen Präsidenten wird überschätzt, my dear Chancellor‹. Britisches Understatement halt.«

»Wird er mitspielen?

»Ich denke schon. Die Briten haben kein Interesse an einer weiteren destabilisierten Region und auch nicht an höheren Ölpreisen.«

»Wie wirkte er auf Sie?«

»Ziemlich glatt, aber er ist in Ordnung. Sie wissen ja, Steinberg, wir brauchen die Briten nicht nur speziell in diesem Fall, sondern auch generell. Sie verfügen nun einmal über den größten Einfluss auf die USA.«

»Sie meinen, wir brauchen den britischen Einfluss, damit sich die USA dieses eine Mal etwas zurücknehmen«, konkretisierte Steinberg.

»Richtig. Denn der Name dieses vermeintlichen Wunschkandidaten wurde lediglich vom State Department ins Rennen gebracht. Der ist noch nicht in Stein gemeißelt. Es könnte auch ein Versuchsballon sein, quasi, um die Reaktionen zu testen.«

»Das wäre möglich.«

»Erst wenn jede diplomatische Möglichkeit ausgeschöpft ist, sollte man über andere Optionen nachdenken. Und die Diplomatie ist hier noch lange nicht am Ende, Steinberg.«

Dr. Steinberg nickte zustimmend.

»Außerdem ist es mit dem jetzigen amerikanischen Präsidenten bedeutend einfacher ist als mit dem alten, denn er hat Gott sei Dank nicht nur die Rüstungsindustrie und die privaten Sicherheitsfirmen im Kopf.«

»Da haben Sie in der Tat recht. Aber was unsere Nachbarn, die Limeys, betrifft, so könnte man meinen, diese alte strategische US/UK-Partnerschaft aus den letzten zwei Weltkriegen würde ewig fortbestehen.«

»Tja, als Historiker, lieber Dr. Steinberg, kann ich ihnen sagen, dass nichts ewig währt.«

Der Kanzler lächelte und fuhr fort:

»Es gibt Kräfte in England, die sind es leid, ewig der Pudel der Amerikaner zu sein. Andererseits sind die Briten vom Kontinent rein historisch betrachtet nicht viel Gutes gewohnt, fürchte ich.«

»Das ist wohl leider so. Hat er Ihnen die britische Position für das Gipfeltreffen eröffnet?«

»Nein, das würde er nie tun. Aber es steht zu befürchten, dass er eine harte Linie gegenüber den syrischen Oppositionsgruppen vertreten wird.«

»Hat er diesbezüglich etwas gesagt?«

»Das wäre zu offensichtlich. Entscheidend war, was er *nicht* gesagt hat.«

Steinberg verstand und wechselte das Thema:

»Der Vorsitzende der Arabischen Liga hat nochmals geschrieben, wie sehr er Ihre Initiative begrüßt.«

»Das freut mich sehr. Es ist im ureigensten Interesse der Liga, wenn wir diese Verhandlungen vernünftig führen.«

»Allerdings.«

Steinberg wusste, dass der Vorsitzende der Arabischen Liga dem Bundeskanzler in einem persönlichen Gespräch versichert hatte, dass die arabischen Nachbarstaaten kein Interesse an einer destabilisierten Levante-Region* hätten. Bei dem Gespräch hatte man mehrmals betont, dass eine friedliche Ablösung der syrischen

* Syrien, Libanon u.a.

Regierung die stärkste Zustimmung in der Arabischen Liga fände. Aber die Liga glaubte nicht mehr so recht daran. Zu viele Initiativen waren bislang gescheitert.

»Kann ich heute noch irgendetwas für Sie tun?«

»Nein, Steinberg, heute werde ich ausnahmsweise einmal vor elf Uhr schlafen gehen, ich fühle mich nicht fit.«

»Wenn Sie irgendetwas brauchen …«

»Ich weiß, haben Sie vielen Dank.«

Der Kanzler lächelte warm. Dieses war sein echtes Lächeln, das, welches er sich für Freunde und Mitarbeiter aufhob, dachte Steinberg.

—

Dr. Steinberg ging in sein Büro und starrte nachdenklich aus dem Fenster. Die Amis, dachte er, die aktuelle US-Administration war trotz der damaligen NSA-Affäre umgänglicher und weitaus vernünftiger, als man in Deutschland zu hoffen gewagt hatte. Der Kanzler war von der ausgesprochen konstruktiven Gesprächsatmosphäre positiv überrascht gewesen.

Er hatte sich regelmäßig von einem erlesenen Zirkel außenpolitischer Experten briefen lassen. Zu diesem Zirkel gehörten Analytiker des Bundesnachrichtendienstes, Diplomaten, Mitarbeiter der Bundesakademie für Sicherheitspolitik (BAKS), zwei Experten der Stiftung Wissenschaft und Politik sowie einige ausgesuchte Militärs.

»Die Syrer dürfen nicht das Gefühl haben, sie kämen von vorneherein in eine feindliche Umgebung«, hatte er seinen Standpunkt erklärt. Und weiter:

»Die syrische Opposition muss sich einig sein. Für Terroristen ist am Verhandlungstisch kein Platz und das Regime muss sich überlegen, was es will. Entweder es tritt in Würde ab oder es teilt das Schicksal Qaddhafis.«

Harte Worte, erinnerte sich Dr. Steinberg.

—

Der Kanzler schaltete seinen Computer aus. Er spürte, dass er etwas »in den Knochen« hatte. Er fröstelte, fühlte sich schlapp und hatte starke Gliederschmerzen. Seine Kopfschmerzen schienen die doppelte Aspirin zu ignorieren. Morgen schon sollte der Gipfel mit einer kurzen Ansprache des ägyptischen Außenministers beginnen. Und nach all diesen Vorbereitungen sollte er nun *nicht* zu dieser Konferenz reisen?

Spätestens seit dem deutschen Engagement in Afghanistan, so glaubte er, hatten die Menschen in Deutschland begriffen, dass ihr Land in einer globalisierten Welt mehr Verantwortung übernehmen musste. Dieser sicherheitspolitische Beitrag äußerte sich in vielen Facetten: Die maritimen Patrouillen im Libanon, die Ausbildung von Polizeikräften im Kongo, die Bekämpfung der Piraterie am Horn von Afrika, die Ausbildung von regulären somalischen Einheiten in Mogadischu, die Unterstützung der Regierung in Mali gegen islamistische Rebellen aus dem Norden, um nur einige zu nennen.

Auch lag es auf der Hand, dass die Weltgemeinschaft das nukleare Waffenpotenzial Pakistans nicht den pakistanischen Extremisten überlassen konnte, die mit ihren paschtunischen Brüdern auf der anderen Seite der Durand-Linie * gemeinsame Sache machten. Es war mittlerweile auch dem pazifistischsten Westeuropäer klar, dass die *Basis* ein weltweit agierendes islamistisches Netzwerk darstellte und sich nichts sehnlicher wünschte, als einen nuklearen Sprengkopf zu besitzen.

Auch Syrien konnte man nicht einfach ignorieren. Weder die aktuelle Diktatur noch ein Regime unter dem Banner des Islamismus kamen perspektivisch infrage. Dafür war die Region zu bedeutend.

Nach einer letzten Konsultation mit seinem Leibarzt hatte der Bundeskanzler seine Entscheidung getroffen. Er würde aufgrund der sich anbahnenden Influenza zumindest den ersten, wenn nötig die ersten beiden Konferenztage im Bett bleiben, schlafen und allenfalls lesen und notwendige Unterschriften leisten. Keine An-

* Grenze zwischen Afghanistan und Pakistan, benannt nach dem britischen Diplomaten Sir Mortimer Durand

strengungen, viele Vitamine, frische Luft und viel Ruhe und er habe eine gute Chance, sein Vorhaben zu verwirklichen, hatte der Leibarzt gesagt.

Der Außenminister würde die ersten Konferenztage alleine bestreiten müssen; erst am dritten Tag würde er dann selbst in Erscheinung treten. Sie beide würden versuchen, zwischen den Konfliktparteien zu vermitteln. Auch sollte keine Partei glauben, der EU wäre das Thema nicht wichtig genug. Er war stolz darauf, dass dieses Gipfeltreffen auf deutsche Initiative hin zustande gekommen war.

45

Führungs- und Informationszentrum des BND (FIZ)
Berlin, Deutschland

»Herr Fritz?«, fragte die Stimme am anderen Ende der Leitung.

»Am Apparat.«

»Dr. Sander, Abteilung TE. Bitte melden Sie sich sofort im FIZ, das Referat Ägypten hat aktuelle Fotografien zu den Inhalten der Behälter gesendet. Im Zusammenhang mit einem Foto des Boardingteams der Korvette *Erfurt* ist das alles sehr beunruhigend. Wir haben eine Lage.«

In der Stimme des Mannes schwang Erregung mit.

»Geht in Ordnung, danke für Ihren Anruf.« Fritz hatte nur darauf gewartet.

»Ist der Kommandeur der KSM, Herr Kapitän Rickmers, noch in der Nähe?«

»Sitzt hier neben mir.«

»Es wäre gut, wenn er mitkommen könnte. Wir gehen von einem möglichen Zusammenhang mit dem Gipfeltreffen aus und können zum gegenwärtigen Zeitpunkt einen Anschlag nicht ausschließen. Alles Weitere erfahren Sie im FIZ.«

»Wir sind gleich dort.«

Mit dem Führungs- und Informationszentrum, kurz FIZ genannt, verfügte der Bundesnachrichtendienst über eine der modernsten Schaltzentralen der westlichen Welt. Hier konnten eine Vielzahl von Nachrichten unterschiedlicher Natur gleichzeitig verfolgt, aufgenommen, analysiert, aufbereitet und weitergeleitet werden. Bei Bedarf gaben die vielen großen Bildschirme visuelle Informationen von Satelliten- und Filmaufnahmen bis hin zu grafisch dargestellten Audiosignaturen wieder. Über verschlüsselte Leitungen konnte man »live« in Bild und Ton mit BND-Residenturen in der Welt kommunizieren. Ferner gab es die Möglichkeit, Videokonferenzen in das Bundeskanzleramt, das Bundesministerium für Verteidigung, das Einsatzführungskommando sowie in das Nationale Gemeinsame Terrorismus-Abwehrzentrum des Bundes und der Länder (GTAZ) in Berlin-Treptow zu schalten, welches 2004 für nationale Bedrohungslagen gegründet worden war.

Dem Hörsaal einer Universität nicht unähnlich, betrat man das FIZ von hinten durch eine Tür, wobei der Raum über verschiedene Ebenen stufenweise abwärtsführte. Auf einigen Ebenen waren Computerarbeitsplätze für die Analytiker installiert. An den Seitenwänden aufgehängte Weltkarten sowie verschiebbare Detail- oder Ausschnittkarten ermöglichten eine genaue Betrachtung potentieller Konfliktorte im Ausland.

Heute war der große Lageraum ausnahmsweise einmal gut besetzt: Die zwei diensthabenden Wachoffiziere, einige Mitarbeiter der militärischen Auswertung und der Abteilung Terrorismusabwehr des BND waren anwesend. Der Abteilungsleiter (AL) Terrorismusabwehr (Abteilung TE, von seinen Mitarbeitern scherzhaft der ALTE genannt) Lohmann, der den Vorsitz innehatte, sein Stellvertreter sowie der Leiter des Referates Ägypten saßen in modernen Ledersesseln. Ferner waren noch zwei Sprengstoffexperten (EOD) des Heeres anwesend.

Als Fritz und Rickmers eintrafen, wurde gerade ein kurzer Lagevortrag gehalten. Das Kanzleramt war im Vorfeld informiert worden. Es war entschieden worden, dass der Kanzler, der zurzeit erkrankt war, in dieser veränderten Sicherheitslage vorerst nicht zum Gipfeltreffen fliegen sollte.

»Tja, Herr Fritz, da haben Sie uns aber was eingebrockt!«, empfing ihn Lohmann freundlich. Anscheinend bemühte er sich, einen umgänglichen Ton anzuschlagen, um so das Eis schon zu Beginn des Treffens zu brechen.

Kapitän Fritz lächelte matt und setzte sich in einen der bequemen Sessel, die hier einmal nicht nach der üblichen funktional-langweiligen Regierungsausstattung aussahen.

»Hm, ich denke, wir können uns in der Tat glücklich schätzen. Wenn der junge Oberleutnant die Augen nicht aufgehalten hätte, wären wir möglicherweise in aller Seelenruhe in eine Katastrophe hineingesegelt«, erwiderte Fregattenkapitän Fritz.

»Sie meinen Sie damit den Urlauber. Er ist einer Ihrer Leute, richtig?«

»Das ist korrekt«, erwiderte Rickmers. »OLZS Steiger verbringt gerade seinen Urlaub in Sharm El Sheikh und kontaktierte mich sofort, nachdem er die Behälter bei einem Tauchgang entdeckt hatte.«

In diesem Moment betrat der Vizepräsident des BND für militärische Angelegenheiten, Generalleutnant Jochum, mit einem Mitarbeiter das Lagezentrum. Groß, breitschultrig und mit graumeliertem Haar, verfügte er über eine Aura, der man sich schwer entziehen konnte.

Doch heute wirkte er etwas gehetzt. Er hatte sich frühzeitig von einer Delegation französischer Militärs verabschieden müssen, um den Termin im FIZ wahrnehmen zu können.

»Meine Herren, ich bitte meine Verspätung zu entschuldigen«, sagte er knapp in die Runde und nickte kaum wahrnehmbar in Richtung Lohmann.

»Guten Tag und willkommen zum Briefing, Herr Jochum. Gut, dass Sie nun auch da sind«, erwiderte Lohmann ein wenig spitz.

Auf die Bemerkung hin kurz innehaltend, packte Generalleutnant Jochum seine Aktentasche aus.

»Könnte die Auswertung uns allen noch einmal einen kompletten Überblick geben?«, bat Lohmann einen der Beamten.

Nachdem alle Anwesenden der Zusammenfassung gelauscht und die Aufnahmen des Ägypters von der Korvette *Erfurt* sowie Wolffs

Aufnahmen des Sprengstoffs und der Waffen in Übergröße auf den Bildschirmen begutachtet hatten, fragte der General in die Runde: »Gibt es bereits irgendwelche Kommentare oder Bewertungen?«

Lohmann biss sich auf die Unterlippe. Eigentlich hatte er sich vorgenommen, die Sitzung selbst souverän zu leiten.

Ein älterer BND-Mitarbeiter meldete sich zu Wort:

»Die Aufnahmen der *Erfurt* belegen, dass Sayed al-Hauari, alias der Ägypter, sich an Bord eines recht neuen Taucherschiffes, der *Red Sea Explorer* befindet. Er ist offensichtlich nicht allein. Wir müssen davon ausgehen, dass er in Begleitung von mehreren Leibwächtern ist. Die *Red Sea Explorer* scheint zur Flotte einer regierungsnahen Familie zu gehören, mehr konnten wir bislang nicht herausfinden. Wir warten auf eine Bestätigung der ägyptischen Behörden. Ob und inwieweit das Tauchgastschiff eine gefährliche Funktion erfüllt, kann noch nicht bewertet werden. Dies wäre insbesondere dann denkbar, wenn die gesamte Besatzung involviert ist.

Ferner wissen wir, dass jemand vier Seemeilen von der letzten Position der *Red Sea Explorer* entfernt auf knapp 50 Meter Tiefe Sprengstoff und Sturmgewehre versenkt und abgetarnt hat, eventuell auch noch anderes Gerät. Wir kennen lediglich den Inhalt von zwei Behältnissen. Hier besteht ein möglicher Zusammenhang mit dem Syrien-Gipfel. Eine Beteiligung der ägyptischen Regierung können wir ausschließen, denke ich. Der Umstand, dass es sich um britische Waffen handelt, muss auch nicht zwingend bedeuten, dass unsere englischen Freunde dort tätig sind. Das ergäbe nach unserem derzeitigen Informationsstand auch keinen Sinn. Eine falsche Fährte der Israelis ebenso wenig. Dennoch sind wir dabei, auch in dieser Richtung vorsichtig zu ermitteln. Britische Firmen liefern gelegentlich über Zwischenhändler Waffen in Krisenregionen. Die Vorschriften im Vereinigten Königreich sind zwar nicht so locker wie bei den Amerikanern, aber auch nicht so streng wie bei uns in Deutschland.

Was die Aktivitäten der *Basis* betrifft, so rechnen wir bereits seit Monaten mit einem größeren Anschlag. Damit endet mein Vortrag.« Der Mann setzte sich wieder.

»Vielen Dank für die Einschätzung«, sagte Lohmann, bevor ihm jemand zuvorkommen konnte. »Weitere Stimmen?«

Diesmal war es ein Mitarbeiter aus der Abteilung für militärische Analysen, der das Wort ergriff:

»Unsere Erkenntnisse decken sich vollumfänglich mit den Ausführungen des Kollegen. Würde es sich daher in Anbetracht des zeitlichen Drucks nicht anbieten, den Fund einfach unschädlich zu machen?«

»Und wie stellen Sie sich das vor?«, fragte Lohmann.

»Nun, den Fund zu bergen wäre ideal. Das müssten wir dann aber unter Umständen den Ägyptern erklären und wir wären, wie soll ich es formulieren, dann offiziell tätig. Außerdem benötigt man für eine Bergung sämtlicher Behälter Personal und viel Zeit. Zeit, die wir in Anbetracht des anstehenden Gipfeltreffens nicht haben. Einfacher wäre es, die Kisten klammheimlich verschwinden zu lassen.«

»Aha?« Generalleutnant Jochum schaute auf. Er wirkte interessiert. »Und wie soll das vonstattengehen?«

»Nun, ich persönlich würde dazu tendieren, den Kram einfach – sagen wir – über die Riffkante zu schubsen.«

Es folgte Stille. Jeder der Anwesenden hing seinen Gedanken nach.

Generalleutnant Jochum brach das Schweigen: »Wie tief ist es denn dort?«

Der Auswerter war auf die Frage vorbereitet:

»Es gibt in einer Tiefe von gut 80 Metern einen zweiten Vorsprung von ebenfalls sandigem Grund. Fläche rund 450 Quadratmeter. Dahinter fällt das Riff auf 800 Meter ab.«

»Hm.«

»Also gut. Die Konferenz beginnt morgen um neun Uhr, richtig?«, wollte Lohmann wissen.

»Morgen früh gegen neun Uhr lokaler Ortszeit, also um acht Uhr deutscher Zeit«, kam prompt die Antwort eines Wachhabenden.

Generalleutnant Jochum schien auf einmal hellwach, seine Augen leuchteten. Er richtete seine Frage an seinen Kollegen Lohmann:

»Es ist jetzt 17:10 Uhr. Gesetzt den Fall, Sie sagen den zwei Männern vor Ort, sie sollen das heute noch erledigen, was wäre dagegen einzuwenden? Schließlich haben uns die beiden Männer dort bereits einen großen Dienst erwiesen, indem sie den Inhalt zweier Behälter identifizierten. Offiziell sind es Touristen, Deutschland tritt nicht in Erscheinung und wir wären die Sorgen eines möglichen Anschlages los.« Jochum schaute seinen Adjutanten an, der zustimmend nickte.

Lohmann ärgerte sich, dass er nicht selbst diesen Vorschlag eingebracht hatte. Nur ungern überließ er anderen die Initiative.

»Sie haben natürlich recht. Unter normalen Umständen müsste man natürlich unseren ägyptischen Kollegen Bescheid geben und könnte bei einer Bergung assistieren; aber unter den derzeitigen Rahmenbedingungen sehe auch ich keine Alternative. Ferner können wir in Anbetracht der derzeitigen innenpolitischen Lage noch immer nicht von einer Geschlossenheit innerhalb der ägyptischen Geheimdienste ausgehen.«

Jochum dachte nach. Dann richtete er seine nächste Frage in die Runde:

»Sagen Sie, könnte man die Behälter von 80 oder 90 Meter Tiefe später auch noch bergen?«

Diesmal meldete sich Kapitän Rickmers zu Wort:

»Die bösen Jungs wohl kaum, dazu benötigt man mehr als nur Taucherflaschen. Wir hingegen wären dazu ohne größere Probleme in der Lage. Je nach Strömung könnte natürlich die eine oder andere Kiste verloren gehen, aber grundsätzlich besteht diese Möglichkeit.«

»Hm.« Der General zog die Stirn in Falten.

»Na gut«, sagte Lohmann und fügte hinzu: »Ein kurzes Briefing beim PR*. Er soll entscheiden und wir werden das Briefing mit einer deutlichen Zielrichtung versehen.«

»Das wird schwierig. Der Präsident befindet sich auf einer Dienstreise nach Kanada und sitzt seit einer Stunde im Flieger. Als Stellvertreter fälle ich hiermit die Entscheidung und übernehme

* Abkürzung für den Präsidenten des BND

gleichzeitig die volle Verantwortung. Der PR wird nach seiner Ankunft in Ottawaalso in sieben Stunden umgehend informiert. Wir haben keine Zeit zu verlieren.«

Generalleutnant Jochum war in seinem Element. Er wandte sich an Kapitän Rickmers:

»Da wäre noch etwas: Könnte die Korvette *Erfurt* oder die Fregatte *Sachsen* die *Red Sea Explorer* ausfindig machen? Ich hätte diesen Ägypter al-Hauari gerne dingfest, unser Mandat gibt das her. Kapitän Rickmers, leiten Sie das bitte weiter, nachrichtlich, Sie verstehen. Wir machen das parallel über unsere Schiene an den Kommandeur vor Ort.«

Rickmers nickte:

»Das müsste dann über das Verteidigungsministerium eingesteuert werden.«

Jochum sah sich um:

»Meine Herren, die Zeit drängt, ich danke Ihnen für die Erkenntnisse. Die Sitzung ist von meiner Warte aus beendet.«

Lohmann fühlte sich etwas überrumpelt. Er ließ sich aber nichts anmerken und nickte zustimmend.

Der General erhob sich und wandte sich noch einmal an die Runde:

»Jede neue Information bitte sofort an den Leiter Abteilung TE und mich weiterleiten. Die Erreichbarkeiten sind ja bekannt.« Jochum verließ mit seinem Adjutanten rasch das Lagezentrum. Es folgte ein allgemeiner Aufbruch. Das FIZ leerte sich binnen Minuten.

46

CIA Zentrale
Langley, Virginia
USA

Als MacKenzies Informationen elektronisch in Washington eintrafen, war es 12:30 Uhr und die zuständigen Beamten waren gerade dabei, das Mittagessen in der Kantine einzunehmen. Der Lagedienst hatte die Nachrichten binnen Sekunden an die zuständigen Sektionen im National Clandestine Service (NCS), wie der operative Arm der Agency seit 2005 genannt wurde, weitergeleitet. Als zehn Minuten später die elektronische Post vom zuständigen desk* geöffnet wurde, traute der Leiter seinen Augen nicht. Eine sofortige persönliche Rücksprache mit dem Fallführer wurde angeordnet, der konnte jetzt vor Ort sowieso nichts mehr tun.

Scott MacKenzie hatte nach dem Gespräch mit seinem Kontakt geahnt, dass er nicht lange in Kairo würde bleiben können. Es war immer Dasselbe: Erst gab es im Büro Skepsis und dumme Sprüche wegen einer Dienstreise und später konnte es dann wieder nicht schnell genug gehen. Die Mail aus Washington, die der Resident Henderson ihm in der Botschaft gezeigt hatte, war unmissverständlich:

Return for immediate debriefing

Einen Tag später traf MacKenzie um zehn Uhr morgens mit der Delta-Airlines-Maschine auf dem Washingtoner Dulles-Flughafen ein, wo ihn ein Helikopter der Agency bereits erwartete. Eine solche Ehre war ihm bislang noch nie zuteil geworden, und er beschwerte sich nicht. Innerhalb von zwölf Minuten landete der Hubschrauber auf dem VIP-Helipad in Langley.

* Sachgebiet

Einer seiner höchsten Vorgesetzten, der stellvertretende Leiter des NCS, Joe Cochrane, empfing ihn zusammen mit einem Assistenten persönlich.

MacKenzie hasste Unterredungen mit hochrangigen Vorgesetzten. Nur selten konnte man sagen, was man dachte. Fachliche Fragen waren in aller Regel zweitrangig. Alles war politisch. Er war in Gegenwart solcher Leute immer ein wenig nervös und hoffte, man würde es ihm diesmal nicht allzu sehr ansehen.

Joe Cochrane, 1,90 Meter groß bei einem Gewicht von rund 100 Kilogramm, hatte einen dunklen Teint, lichtes Haar und ein Kreuz wie ein Preisboxer. Sein Studium an der Columbia University hatte er seinerzeit über ein Footballstipendium finanziert und die *Columbia Lions* als Quarterback zu diversen Erfolgen geführt.

Sein Jackett hatte er ausgezogen. Er trug ein zerknittertes weißes Hemd, das über dem Bauch etwas spannte. Der oberste Knopf war geöffnet. Eine dezente bordeauxfarbene Krawatte war locker geknotet. Die hochgekrempelten Ärmel entblößten zwei massive Unterarme. Am rechten Handgelenk prangte eine Panerai Luminor Automatic.

»Guten Morgen, Scott! Hatten Sie einen guten Flug?«, empfing ihn Cochrane mit sonorer Stimme.

Heute ausgesucht höflich, dachte MacKenzie. »Ausgezeichnet, vielen Dank, Sir!«

»Möchten Sie etwas trinken?«

»Ein Glas Wasser wäre jetzt recht, Sir, danke.«

Cochrane nickte einer Dame im Hosenanzug zu, die mit hinter dem Rücken verschränkten Armen in der Nähe der Tür stand, und kam sofort zur Sache.

»Sagen Sie, MacKenzie, wie beurteilen Sie die Glaubwürdigkeit Ihrer Quelle?«

»Die Quelle …« weiter kam MacKenzie nicht.

»Überlegen Sie sich genau, was Sie sagen, Junge. Ich bin seit fast 27 Jahren im Geschäft und jeder Operateur glaubt, er habe einen Penkovsky oder einen Popov an der Angel.«

MacKenzie musste innerlich lächeln. *Hunde, die bellen, beißen nicht,* dachte er. Die Anspielung auf zwei Top-Agenten der Agency während des Kalten Krieges war typisch für Cochrane, der einer der letzten verbliebenen »kalten Krieger« der *Firma* war.

»Sir, ich denke, der Arzt war zu eingeschüchtert und hatte zu viel Angst, als dass er uns hätte anlügen können. Seine Berichterstattung ist in sich schlüssig und glaubwürdig. Sie ist kongruent mit dem Bild, das wir von Sayed al-Hauari alias dem Ägypter haben«, erklärte MacKenzie.

Cochrane blickte ihn einige Sekunden lang an, die Hände in den Hosentaschen.

»Und was machen wir, wenn der Arzt noch mit jemand anderem geredet hat?«

MacKenzie überlegte. Das konnte er natürlich nicht ausschließen. Er fühlte, wie ihn ein leichtes Unwohlsein beschlich.

»Ihr Wasser, Sir.«

MacKenzie hatte die Frau mit dem Tablett neben sich nicht bemerkt. Abwesend ergriff er das angebotene Glas Wasser. »Vielen Dank!«, murmelte er und wandte sich wieder Cochrane zu:

»Zurzeit gibt es keine Anhaltspunkte, die darauf hindeuten, dass er mit jemandem über die Sache geredet hat, Sir.«

»Aber hundertprozentig sicher sind Sie sich nicht?«, meldete sich unerwartet eine knarzende Stimme aus dem Hintergrund. MacKenzie erkannte Todd Palmer, den er als einen eher unangenehmen Vertreter aus Cochranes Stab in Erinnerung hatte. Palmer trat aus dem Türrahmen heraus und gesellte sich zu Cochrane und MacKenzie.

»Nein, Mr. Palmer, sonst hätte ich es anders formuliert«, antwortete MacKenzie und fügte still hinzu: *Und jetzt geh mir nicht auf den Sender.*

Cochrane fuhr fort: »Glauben Sie, der Doc, dieser Schehata hat das Theater von Ihnen und Al-Fayed geschluckt?«

»Ja, Sir. Ich glaube, er hatte die Hosen gestrichen voll. Al-Fayeds Gesprächsführung war sehr überzeugend.«

»In Ordnung, dann geben wir die Infos ausnahmsweise jetzt schon an die Auswertung weiter. Die werden Augen machen.«

»Wie darf ich das verstehen, Sir?«

Cochrane wandte sich um und schritt zu seinem großen verchromten Designer-Schreibtisch. Er nahm eine Zigarre aus einem aus Mahagoni gefertigten Humidor. Mit einer geübten Bewegung schnitt er das Ende der Cohiba mit einem vergoldeten Zigarrenschneider ab und zündete sie sich in aller Ruhe an. In dicke Rauchschwaden gehüllt, ließ er sich Zeit, bevor er antwortete.

»Wir verfügen noch über weitere Informationen, Scott.« Cochrane lächelte und blies eine große Wolke Rauch in Palmers Richtung. Der fing sofort zu husten an.

»Stellen Sie sich nicht so an, Todd, das ist eine echte Cohiba, Geschenk von einer kubanischen Quelle. Los, machen Sie ein Fenster auf, sonst krepieren Sie mir noch.« Und zu MacKenzie gewandt:

»Wo war ich stehen geblieben? Ach ja ... Also, die Kollegen aus Fort Meade* haben uns einige interessante akustische Daten zu einem Telefongespräch mitgeteilt. Ihre Recherchen haben ergeben, dass einer der Gesprächsteilnehmer, ein serbischer Waffenhändler namens Milan Nedic, Waffen in den Sudan geliefert hat. Dort sind sie aber unserer Meinung nach nicht geblieben. Einem versoffenen Hafenmeister von Port Sudan zufolge, der auf unserer Gehaltsliste steht, wurden mehrere große olivgrüne Koffer auf ein kleines Küstenmotorschiff verladen, welches daraufhin sofort ablegte. Tja, und dann verläuft sich unsere Spur.«

»Wann war das?«

»Vor zwölf Tagen.«

»Können wir diesen Nedic aufgrund vergangener Deals mit der *Basis* in Verbindung bringen?«

»Nein, bisher nicht.«

»Wissen wir, wo er sich aufhält?«

»Im Frühjahr und den größten Teil des Sommers vögelt er vorzugsweise junge französische Damen auf seiner Motoryacht *Lazar*, die in La Napoule Mandelieu bei Cannes ihren Liegeplatz hat. Gerüchten zufolge soll er auch gewisse sadistische Neigungen haben.«

In MacKenzies Hirn rotierte es. Nach einer Weile fragte er ganz direkt:

* Sitz der National Security Agency (NSA)

»Denken Sie, es geht um das geheime Syrien-Gipfeltreffen in Sharm?«

Cochrane war über diese Frage offensichtlich verblüfft:

»Sie wissen davon? Na, ich schätze, in Ihrer Position dürfen Sie darüber auch Bescheid wissen.«

Cochrane machte eine Pause und blies eine mächtige Rauchwolke in die Luft. Dann sagte er:

»Ja, das läge nahe.«

»Wie bitte?« MacKenzie war überrascht.

»Es könnte sogar sein, dass es den Handtuchschädeln nicht nur um eine Störung des Gipfeltreffens geht, sondern um eine Geiselnahme hoher westlicher Politiker und deren Enthauptung vor laufender Kamera. Veröffentlichung durch As-Sahab, der Medienagentur der *Basis*, und so weiter und so fort ...«

MacKenzie verstand die Welt nicht mehr.

»Ja, aber dann ... Beabsichtigen Sie denn nicht, die teilnehmenden Nationen zu warnen?«, brach es aus ihm heraus.

Cochrane stand da, die Hände noch immer in den Hosentaschen, und kaute auf seiner Zigarre.

»Warnen wovor? Vor einem Terroristen, der Darmkrebs hat und möglicherweise mit von einem serbischen Waffenhändler beschafften Waffen einen Anschlag plant, von dem wir aber nicht wissen, wann und wo dieser stattfinden soll? Damit machen Sie nur die Pferde scheu und spielen den Terroristen in die Hände. Wir müssen noch viel mehr wissen!«

MacKenzie blickte Cochrane an, der ihn ebenfalls fixierte, während er schweigend an seiner Zigarre zog.

»Entschuldigung, aber das ist, mit Verlaub, sehr riskant. Wenn es den Terroristen wirklich um das Gipfeltreffen in Sharm geht, das ...«

»... so geheim ist, dass nicht einmal die *Basis* darüber Bescheid wissen dürfte ...«, ergänzte Palmer, der sich von seinem Hustenanfall mittlerweile erholt hatte.

MacKenzie riss sich zusammen.

»Verzeihen Sie, Sir, aber das erscheint mir nun wirklich nicht realistisch zu sein. Die *Basis* hat ihre Quellen im Nahen Osten überall platziert und brennt darauf, die neue ägyptische Regierung zu destabilisieren …«

Cochrane schaltete sich jetzt wieder ein:

»Hören chie chu, MacKenzie! ish khann chie gut leiden …«, dann nahm er die Zigarre aus dem Mund, »… aber ich gebe Ihnen den Rat, sich nicht um Dinge zu kümmern, die jenseits Ihrer Zuständigkeit liegen. Sie haben Ihren Job gut gemacht und nun machen wir unseren. Der D / CIA * hat hier den Hut auf. Ein bisschen mehr Vertrauen, ja?«

MacKenzie schluckte seine Empörung herunter. Im Hintergrund sah er Palmers triumphierendes Lächeln.

»Wird unsere Außenministerin an dem Gipfeltreffen teilnehmen?«, wollte MacKenzie wissen.

»Nein. Das wäre zu hoch aufgehängt, außerdem ist es ein bisschen die Show der Deutschen, die haben alles eingestielt. Es wird einen US-Sondergesandten geben, einen *Special Envoy*. Das wird die Europäer zufriedenstellen, macht nicht so viel Tamtam und niemand muss sich Sorgen machen, dass *Uncle Sam* ihm die Schau stiehlt.«

»Werden Sie die Secret-Service-Agenten aufrüsten?«

»Dafür ist es jetzt ein bisschen spät, das hätte auch nur Unruhe unter den anderen Teilnehmern gestiftet. Wir wissen ja auch noch gar nicht, wo die Reise hingehen soll, Junge. Davon abgesehen würde ich mich als öläugiger Handtuchschädel nicht mit dem Secret Service anlegen. Die Jungs sind top. Außerdem denken wir möglicherweise in eine völlig falsche Richtung und die Waffen sind für Syrien, den Jemen oder den Libanon bestimmt. Oder vielleicht für Gaza. Seit *Operation Protective Edge* sind unsere Freunde vom Mossad, was Gaza und den nördlichen Sinai betrifft, äußerst sensibel. Aber auch sie haben nichts verlauten lassen, obschon ich davon ausgehe, dass sie mit Hochdruck ermitteln. Vielleicht soll ja auch ein Anschlag in Bagdad oder in Amman stattfinden. Sayed der Ägypter kann alles Mögliche im Schilde führen und wir haben den Syrien-Gipfel wirklich geheim gehalten, Junge.«

* Director Central Intelligence Agency, bis 2005: DCI

MacKenzie ließ die Worte auf sich wirken. Überzeugt war er nicht.

»Die Arabische Liga nimmt ebenfalls teil, sagten sie?«, fragte MacKenzie mit einem sarkastischen Unterton.

Cochrane konnte sich ein Grinsen nicht verkneifen.

»Ich mag Sie, MacKenzie. Mir scheint, Sie sind bei uns genau richtig. Ja, die Liga ist ebenfalls vertreten. Aber selbst wenn einige dieser Leute Informationen weitergeben: Mit einem derart kurzen Vorlauf wäre es auch für die *Basis* schwierig, einen Anschlag zu planen, geschweige denn ihn durchzuführen.«

MacKenzie dachte nach.

»Wenn sich bestätigt, dass dieser Nedic irgendwas gedreht hat, dann ...«

»... sollten unsere paramilitärischen Jungs oder die von DEVGRU diesem Herren einmal einen kleinen Besuch abstatten! Vielleicht kann er uns etwas über seine Kunden erzählen«, sagte Cochrane.

Mit »unseren Jungs« meinte er die Paramilitärs des »schwarzen«, das hieß des verdeckten, operativen Teils der Agency. Bei DEVGRU handelte es sich um die neue Bezeichnung des ehemaligen SEAL-Teams Six, der Antiterroreinheit der US Navy, die seinerzeit unter Commander Richard Marcinko ihren Ruf erlangt hatte. DEVGRU war eine Abkürzung für *development group* und unterstand dem JSOC*, dem auch Teile der *Delta Force* der US Army angegliedert waren.

»In der Tat, Sir, aber man sollte ihn vielleicht vor Gericht stellen und ihn nicht auf irgendeinem Kriegsschiff verrotten lassen, nachdem man ihn gar gekocht hat.«

Cochrane grinste und zog selbstgefällig an seiner Zigarre. Dann drehte er sich um und legte den Zigarrenstummel in einen Aschenbecher.

»Sie sind mir vielleicht einer ... Ziemlich liberale Einstellung, die Sie da haben, Junge. Aber Sie haben recht, ich werde das JSOC

* Joint Special Operations Command (zentrales Kommando für Einsätze mit Spezialeinheiten)

mal sicherheitshalber anrufen. Vielleicht haben die Teams ja gerade Langeweile.«

MacKenzie war erstaunt über die Freimütigkeit, mit der Cochrane ihn eingeweiht hatte. In der Agency unterschied man seit einiger Zeit wieder zwischen nice to know und need to know. Es wunderte ihn nicht, dass sie diesen Nedic bereits lokalisiert hatten. Eigentlich, dachte er, waren solche Dinge immer nur eine Frage der Zeit. Nur der Nachfolger des großen *Scheichs* führte sie offenbar immer noch an der Nase herum. So er denn noch lebte, dachte MacKenzie.

47

Mövenpick Hotel
Sharm El Sheikh
Sinai, Ägypten

Das Telefon klingelte. Steiger drückte sich ein Mikro ins rechte Ohr, das per Bluetooth-Schnittstelle mit seinem Handy verbunden war.

»Steiger hier.«

»Steiger? Hier ist Rickmers. Wie geht es Ihnen?«

Steiger erkannte die Stimme seines Kommandeurs sofort und glaubte, so etwas wie einen Hauch von Besorgnis darin ausgemacht zu haben.

»Gut soweit.« Gleichzeitig massierte er seinen tauben linken Oberarm, auf dem er gelegen hatte. Wolff und er hatten sich nach dem Essen für eine Stunde hingelegt.

»Hören Sie, Ihr Kamerad Wolff bekommt gleich einen offiziellen Anruf aus Berlin. Nur so viel: Seien Sie bloß vorsichtig, ich drücke Ihnen die Daumen und … Mast- und Schotbruch, Junge!«

Dann war die Leitung wieder tot.

Steiger starrte auf sein Handy. Er war noch immer etwas neben der Spur. Ein paar Minuten später klopfte Wolff an die Tür des Apartments. Steiger öffnete. Wolff machte ein düsteres Gesicht. Auch er wirkte verschlafen.

»Wir müssen sofort raus zum Riff. Kann dein Freund uns nochmal helfen?«

Steiger hatte sich seinen Teil schon gedacht. »Ich denke schon. Gibt es einen Auftrag?«

»Jep.«

»Hm. Er wird nicht begeistert sein. Was Tauchunfälle betrifft, ist Omar ein gebranntes Kind. Sein Cousin musste vorletztes Jahr nach einem Dekounfall in die Druckkammer.«

»Omars Schuld?«

»Nein, Omar war gar nicht dabei, es hat aber ihn trotzdem ziemlich beschäftigt.«

»Wie ist es denn ausgegangen?«, wollte Wolff wissen.

»Der Junge saß einige Zeit im Rollstuhl. Aber er hat Glück gehabt. Tauchen wird er wohl nicht mehr.«

»Unschön.«

»Das kann man wohl sagen. Hör zu, Omar ist unten in der Tauchschule, Flaschen füllen, ich schau mal nach und versuche ihn für uns zu gewinnen, vielleicht kann sein Divemaster Ivo für ihn weitermachen. Ich denke, Omar wird es nicht gut aufnehmen. Er macht sich Sorgen und ist außerdem, glaube ich, ziemlich sauer.«

»Wir haben jedenfalls keine Zeit zu verlieren«, sagte Wolff ernst.

»Ist mir klar – ach, und noch was: Richte dich auf Dunkelheit ein, die Sonne geht gleich unter!«

»Vielleicht ist das gar nicht schlecht, ich möchte da draußen nicht unbedingt auffallen«, gab Wolff zurück.

Omar war in der Tat nicht begeistert.

»Meinst du nicht, dass du es jetzt ein bisschen übertreibst? Ihr braucht jetzt Ruhe, verdammt noch mal! Alle beide, und zwar unter medizinischer Aufsicht!«

Steiger wusste, dass sein Freund recht hatte. Dennoch musste er ihn umstimmen. Sie standen beide im Kompressorraum. Steiger hoffte, dass die Geräuschkulisse ihre lautstarke Auseinandersetzung überlagern würde, aber er war sich nicht sicher.

»Komm schon, Alter! Nur ein kurzer Tauchgang. Versprochen! Ein Bouncedive: Runter – da gewesen – hoch. Ich mache meine Deko auch mit 70 Prozent Sauerstoff.«

Omar schüttelte den Kopf.

»Jan, wir tauchen jetzt seit über zehn Jahren zusammen und du bist einer der fähigsten Taucher, die ich kenne. Ich weiß ja, dass ihr in Eckernförde alle ein bisschen spinnt, aber du warst heute auf 50 Metern, hast die Deko mit gut zwanzig Minuten überzogen, kaum Oberflächenpause gemacht und willst jetzt noch mal runter, einen Bouncedive machen? Du tickst doch nicht ganz richtig! Du holst dir die Bends, garantiert! Und dann ist deine Karriere zu Ende, Mann! Das kann's doch nicht sein, oder?«

Steiger legte seine Hände auf die Schultern seines Freundes.

»Omar, ich war nicht auf 50 Metern, sondern auf 48 Metern. Und ich war vierzehn Minuten drüber und habe dann mit Mirko reinen Sauerstoff geatmet. Danach haben wir uns hingelegt und eine gute Stunde lang tief und fest geschlafen. Dabei haben wir eine Menge Stickstoff abgeatmet. Ich bin okay, keine Taubheit oder sonst irgendwas. Wenn diese Sache hier vorbei ist, gehe ich zu deinem englischen Taucherarzt, diesem Milton, und lasse mich untersuchen. Versprochen!«

Omar war nicht überzeugt.

»Hast du an die Sauerstoffbelastung gedacht? Wenn du nicht willst, dass dein zentrales Nervensystem da unten wegen des hohen Sauerstoffanteils verrücktspielt, dann vergiss es! Ich predige immer …«

»… 120 Minuten maximal pro Tag, ich weiß. Die habe ich aber noch längst nicht erreicht, außerdem sind das alles statistische Werte«, unterbrach Steiger seinen Freund. »Hör zu, Omar, ich kenne meine Gasbelastung, glaub mir, ich habe das durchgerechnet. Es wird ein kurzer Tauchgang mit 25 Prozent Sauerstoff!«

Omar starrte seinen Freund an.

Dann spielte Steiger sein letztes Ass:

»Wenn das Zeug da unten wirklich unsauberen Zwecken dient, dann sollten wir dafür Sorge tragen, dass es nicht mehr verwendet werden kann. Und zwar schnell. Du *musst* uns nochmal helfen,

Omar, kommst du damit klar? Deine Auslagen sind nicht das Thema, das bekommst du mit Sicherheit alles ersetzt.«

Omar drehte sich um: »Ach, darum geht es doch gar nicht.«

Dann nahm er die Zündschlüssel der *Wave Dancer*, an denen ein kleiner Korkschwimmer befestigt war, vom Schlüsselbrett und blickte seinen Freund mitleidig an.

»Was, sagtest du, welches Gemisch du tauchen willst, 25 Prozent?«

Steiger blickte zu Boden und lächelte.

»Ja, Omar, und 70 Prozent Sauerstoff für die letzte Deko-Stufe. Ich programmiere schon mal meinen Tauchcomputer.«

»Wenn der sich überhaupt noch programmieren lässt, der wird dir das Gleiche sagen wie ich«, sagte Omar verstimmt.

»Omar …«

»Hm?«

»… ich danke dir!«

»Alter Dickschädel!«, brummte sein Freund und ging wieder an Deck.

—

Es wurde gut 22:30 Uhr, bis die Atemgemische fertig waren und das Boot getankt und ausgerüstet war. Die beiden Deutschen hatten sich noch etwas zu essen eingepackt, Sweatshirts angezogen und ihre Jacken übergehängt. Es würde frisch werden nach dem Tauchgang.

Kraftvoll glitt die *Wave Dancer* über die dunklen Wellen. Als Omar das Boot auf einmal verlangsamte, waren sie nach Steigers Empfinden noch nicht in der Nähe. Besorgt ging er zu seinem Freund, der mit Mirko Wolff an der Steuerkonsole stand.

»Alles in Ordnung?«, fragte Steiger.

»Ja, alles klar. Ich bin nur vorsichtig. Hier fangen die Riffe an. Ich habe zwar Radar, aber damit kann ich hier nur grob navigieren. Wir haben abnehmenden Mond und das bisschen Mondlicht, das noch übrig ist, wird ausgerechnet heute Nacht immer wieder von Wolken verdeckt. Du erinnerst dich, dass wir den Tauchplatz nicht direkt anfahren können, sondern von hinten anmanövrieren müssen. Ich habe keine Lust, mit der *Dancer* auf ein Riff zu laufen.« Omar wirkte äußerst konzentriert.

»Verstanden«, murmelte Steiger und blickte auf seine Uhr. Wolff, der sich umgedreht hatte, sah ihn an.

»Das heißt, wir werden wohl nicht um elf im Wasser sein«, sagte er.

»Wohl eher halb zwölf, es sei denn, Omar will sich treiben lassen. Ich plädiere für ankern. Besser für uns, eine feste Station zu haben. Diesmal sollten wir eine saubere Dekompressionsphase absolvieren.«

Wolff ergänzte: »Ich bin eh gespannt, was die Tauchcomputer anzeigen werden ...«

Steiger zog eine Augenbraue hoch.

»Tja, die Tauchcomputer werden meckern, jede Wette!«

Omar entschied sich jedoch gegen Ankern. Er wollte die beiden absetzen und in der Nähe bleiben.

Als sie am Riff angekommen waren, hatten sich die Taucher bereits umgezogen. Jede Minute zählte. Beide waren mit jeweils zwei starken Lampen ausgerüstet. Steiger hatte eine dritte, kleinere LED-Lampe in seinem Jacket verstaut.

Omar starrte ungläubig nach vorne.

»Das gibt's doch nicht!«, entfuhr es ihm.

»Was gibt es nicht? Omar, was ist los?«, fragte Wolff und trat neben ihn ans Steuer.

»Da, schauen Sie!« Omar zeigte mit ausgestreckter Hand voraus zum Riff. Im fahlen Licht der Positionslaternen konnten sie erkennen, dass sich grünlicher und zum Teil auch roter Schaum auf dem Wasser gebildet hatte. Dann zog eine graue Rückenflosse durch die Wasseroberfläche.

»Lasst mich raten, das war kein Delphin?«, frotzelte Wolff.

»Das ist richtig, das war einer der Riffhaie hier. Außerdem scheint mir das Wasser irgendwie verunreinigt zu sein, hier und da ist Schaum an der Oberfläche, so als habe jemand seine Abfälle ins Wasser geleitet.«

Steiger kam an Deck.

»Alles klar, Jungs? Gehen wir tauchen, Mirko?«

»Klar, nützt ja alles nichts.« Wolff hatte in den vergangenen Jahren schon einige *strenge* Tauchgänge hinter sich gebracht, aber noch nie näheren Kontakt zu Haien gehabt.

»Was ist denn los?«, wollte Steiger wissen.

In dem Moment erschien eine zweite Rückenflosse im Wasser, es sah so aus, als kämpften die zwei Tiere um einen Beutefisch.

»Holla! Das sieht nach einem interessanten Tauchgang aus«, kommentierte Steiger.

Omar schöpfte Hoffnung: »Dann bleibt ihr also oben?«

»Ich schätze, da muss ich dich enttäuschen, alter Junge, aber wir sind nun, sagen wir, zusätzlich motiviert, uns zu beeilen«, sagte Steiger lächelnd und überprüfte seine Lungenautomaten. Es zischte laut aus dem Mundstück.

Wolff, den so leicht nichts erschüttern konnte, war nun doch einigermaßen überrascht. »Ich gebe zu, dass ich Haie bei einem Nacht-Tauchgang etwas gewöhnungsbedürftig finde …«

»Kein Grund zur Sorge, bis wir im Wasser sind, sind die Viecher satt und wir beeilen uns. Wenn wir den Kram beseitigt haben, geht es ab nach oben.«

»Alaska!«

Die Männer ließen sich ins Wasser fallen. Mit ihren leeren Tarierwesten tauchten sie sofort ab. In zehn Meter Tiefe trafen sich beide unter dem Bug des Bootes.

Es war stockdunkel. Lediglich an der Wasseroberfläche sah man ein grünliches Licht. Es ging von den drei Leuchtstäben aus, die Omar an einer Leine vom Bug ins Wasser gefiert hatte. Hinten am Heck, so war es abgemacht, würde Omar zusätzlich ein Blitzlicht, ein sogenanntes Strobelight, auf zehn Meter Tiefe ins Wasser hängen, das würde ihnen die direkte Rückkehr zum Boot erleichtern.

In der Tiefe herrschte Totenstille. Die Taucher hörten lediglich das mechanische Rauschen und Gurgeln ihrer Lungenautomaten. Steiger empfand die Anwesenheit der Haie als nicht weiter beängstigend, aber es war ihm nicht entgangen, dass Wolff dies weniger entspannt sah.

Steiger kannte das Riff mittlerweile fast auswendig und führte auch diesmal den Tauchgang. Zügig tauchten sie ab und folgten dem starken Schein ihrer Lampen. Regelmäßig suchte Steiger den Blickkontakt zu Wolff. Mit der Lampe strahlte er seine Hand an und machte das OK-Zeichen. Wolff tat es ihm nach.

Jetzt nicht nervös werden, Mirko, dachte Steiger.

Hier und da sah er Plankton blühen, das konnte bedeuten, dass sich dort ein größerer Fisch im Wasser bewegte. *Gar nicht drüber nachdenken,* sagte er zu sich.

Sie tauchten zügig weiter. Die Strömung wurde nun stärker, es waren nur noch wenige Meter bis zum Ziel. Steiger merkte auf einmal, wie ihn eine leichte Erschöpfung überkam. Er trieb sich weiter an und glitt langsam an den sandigen Vorsprung heran.

Dann sahen sie es.

Der Schein ihrer Lampen huschte über das gespannte und nun fast schwarz wirkende Tarnnetz. Steiger atmete durch. Er hörte das lange Einatemgeräusch von Wolffs Automaten und merkte: Sein Tauchpartner war ebenfalls angespannt.

Nun brauchten sie nur noch das Netz zu lösen und den Kram die Riffkante herunterzustoßen.

Und dann nichts wie weg hier.

Plötzlich zog sich wie aus dem Nichts von rechts ein ausgewachsener Grauhai langsam durch den Lichtkegel ihrer Lampen. Die beiden Taucher aufmerksam aus dem Augenwinkel beobachtend, änderte das Tier bald die Richtung und schwamm langsam direkt auf Wolff zu. Steiger blickte zu seinem Partner herüber:

Gaaanz ruhig, Mirko, der tut nix …

Als der starke Lichtkegel von Wolffs Lampe auf das Auge des Hais traf, wandte sich das Tier abrupt ab und war mit zwei kräftigen Schlägen seiner Schwanzflosse wieder in der Dunkelheit verschwunden. Dem verstärkten Blubbern von Wolffs Lungenautomaten ließ sich entnehmen, dass seine Atemfrequenz zugenommen hatte.

Sofort machten sie sich wieder ans Werk. Als sie begannen, das Netz aufzurollen, stockte den Tauchern der Atem. Sie blickten einander mit großen Augen an. Die Lampen auf ihre Hände haltend, signalisierten sie ihre Ratlosigkeit, dann wandten sie sich wieder dem Netz zu.

Das Caché war leer.

48

Motoryacht *Wave Dancer*
Rotes Meer
Ägypten

Wieder an Deck, hatte Wolff per Satellitentelefon eine Sofortmeldung nach Berlin abgesetzt. Enttäuscht und müde waren die drei kurz darauf mit der *Wave Dancer* zur Marina des Hotels zurückgekehrt. Die ganze Fahrt über hatten Steiger und Wolff wieder reinen Sauerstoff geatmet. Sorgfältig bedeckten sie bei ihrer Ankunft die Yacht mit der großen Persenning. Man konnte nie wissen.

»Ich denke, es wird das Beste sein, wenn wir alle früh schlafen gehen«, sagte Steiger. »Wir haben getan, was wir tun konnten.«

»Das sehe ich auch so. Berlin weiß Bescheid und nun heißt es abwarten«, bestätigte Wolff. Sowohl Steiger als auch Wolff waren frustriert. Ihr Ärger war offensichtlich.

»Hätten wir sonst noch etwas tun können?«, fragte Omar.

»Nein, gar nichts. Man hat uns verladen, denn das Tarnnetz war noch dort«, sagte Steiger.

»Wer auch immer das Netz dort wieder gespannt hat, dem muss klar gewesen sein, dass wir bereits dort waren«, resümierte Wolff.

»Genau, die Nachricht war ja wohl unmissverständlich: Ihr seid zu spät, Jungs!«

»So sieht es aus.«

»Und wenn wir eher zum Riff gekommen wären?«, fragte Omar.

»Dann hätten wir womöglich noch die Typen angetroffen, die den Kram dort ursprünglich versenkt haben – und was dann?«, fragte Wolff.

»Gar nicht gut, wir sind hier nur zu dritt. Die sind mit Sicherheit mehr Leute und noch dazu gut bewaffnet«, sagte Steiger. »Also war es vielleicht besser so.«

»Das kannst du laut sagen!«

»Wie auch immer, es lohnt nicht, sich zu ärgern. Mirko, kannst du noch ein oder zwei Tage bleiben?«

»Das geht, es ist ja Wochenende. Die Botschaft kann ich auch am Montag noch detailliert informieren und fliegen sollte ich ohnehin vorerst nicht.«

»Dann lasst uns einen Tag Pause machen und vielleicht übermorgen in Tiran tauchen gehen. Je nachdem wie fit ihr seid«, schlug Omar vor. »Ich zeig euch die große saudische Motoryacht, die sich am Jackson Reef zerlegt hat. Da drin gibt's viel zu sehen, aber zum Glück keine Leichen, alle haben überlebt. Den Spot kennen nicht viele.«

Steiger blickte Wolff an.

»Hört sich spannend an. Wenn wir jetzt gut schlafen, sind wir morgen auch wieder sauber, was Sauerstoffbelastung und Stickstoffgehalt angeht.«

»Du meinst übermorgen!« Omar hatte es noch nicht aufgegeben, mit seinem Freund zu diskutieren.

»Ob morgen oder übermorgen, das wird dann aber hoffentlich ein Tauchgang ohne irgendwelche spektakuläre Entdeckungen«, sprach Wolff das Schlusswort. Die Männer wünschten einander gute Nacht. Es dauerte keine fünf Minuten, bis der Schlaf sie übermannt hatte.

49

Berlin-Griebnitzsee
Deutschland

Kanzleramtschef Dr. Karl Steinberg legte auf. Noch schlaftrunken, war er dabei, das Gehörte zu verarbeiten. Der Abteilungsleiter TE des BND hatte sich kurz gefasst und sehr präzise ausgedrückt. Nun hatten sie allem Anschein nach ein handfestes Problem. Der BND arbeitete bereits an Lösungsvorschlägen.

Es war sein analytisches Talent gepaart mit einem nüchternen Blick für das Wesentliche, die Steinberg auszeichneten. So leicht konnte ihn nichts aus der Ruhe bringen. Dies sowie sein unerschütterlicher Optimismus hatten ihm beim Kanzler und bei den übrigen Ressorts Respekt verschafft.

Er dachte angestrengt nach. Die Lage war in der Tat nicht erbaulich. Er veranlasste, dass man gegen fünf Uhr eine Krisensitzung im Kanzleramt abhalten würde.

Die Präsidenten des BND und des BKA würden ebenfalls dort sein. Das BKA hatte sich äußerst verärgert darüber gezeigt, dass ihm der Sachverhalt nicht bereits vom BND-Residenten der Botschaft mitgeteilt worden war. Gefahrenabwehr war nun einmal Sache der Polizei. Diesen Streit würde der Kanzler auch noch schlichten müssen.

Ferner ließ er den Verteidigungsminister, den Außenminister sowie den Generalstabschef der Bundeswehr aus dem Bett klingeln. Der Kanzler würde die Herren empfangen, nachdem Steinberg sie vorher gebrieft hatte.

Er blickte auf seine Breguet, die auf dem Nachttisch lag, ein Erbstück seines jüngst verstorbenen Vaters. Es war zwanzig nach eins. Sein Vater hatte ihm anlässlich seines beruflichen Engagements oft ins Gewissen geredet. Die Sätze klangen ihm noch immer in den Ohren:

Jeder ist entbehrlich! Denk an deine Familie, Karl! Du musst auch mal Urlaub machen. Bald kommen deine Jungs in die Schule und du hast sie kaum gesehen. Auch Juliane leidet unter deiner ständigen Abwesenheit.

Ein Rascheln riss ihn aus seinen Gedanken. Er drehte sich zu Juliane, seiner Frau, hinüber, die sich die Decke über die Ohren gezogen hatte. Er wagte es nicht, sie anzusprechen. Sein schlechtes Gewissen belastete ihn enorm, egal wie aufrichtig seine jüngsten Versprechungen gegenüber seiner Familie gewesen waren. Er konnte nicht umhin, den hohlen Klang seiner Worte zu hassen. Bald würde er Urlaub nehmen können, dachte er. Ein wenig Zeit mit seiner Familie verbringen, irgendwo, ungestört, auf den Kanaren war es noch warm …

Er suchte die in seinem Handy eingespeicherte Nummer seines Fahrers und versendete eine SMS. Der Mann sowie die Beamten der Sicherungsgruppe würden in gut drei Stunden in der Zufahrt auf ihn warten.

50

Bundeskanzleramt
Spreeufer
Berlin, Deutschland

Ein altes Vorhaben war nach schier endlosen Debatten im Bundestag schließlich umgesetzt worden. Wie in anderen Staaten längst üblich, hatte Deutschland nun einen Nationalen Sicherheitsrat. In diesem Gremium wurden Krisen, die die nationale Sicherheit betrafen, auf höchster Ebene von Regierungsmitgliedern und Experten besprochen, nachdem sie zuvor in der ND-Lage, dem Gremium der Nachrichtendienste, aufs Tapet gebracht worden waren.

Der Krisenstab des Auswärtigen Amtes existierte zusätzlich. Hier behandelte man Ereignisse wie Geiselnahmen oder Naturkatastrophen. Der neue Nationale Sicherheitsrat konnte, zumindest in einer kleinen Besetzung, 365 Tage im Jahr binnen zweier Stunden tagen. Der Kanzler wurde bei Abwesenheit durch den Vizekanzler vertreten.

Für die heutige außerordentliche Lagebesprechung war der abhörsichere Lageraum im Kanzleramt vorbereitet worden. Dieser Raum war hinter schweren Türen aus Kirschholz verborgen, irgendjemand hatte ihm die Nummer 0.07 zugewiesen. Anwesend waren: der Innenminister mit seinem Abteilungleiter für Öffentliche Sicherheit, der Ressortleiter des BND im Kanzleramt, der Präsident des BKA mit dem Leiter der Abteilung Staatsschutz, der Leiter der GSG 9, der Präsident des Bundesamtes für Verfassungsschutz, sein Abteilungsleiter für Terrorismusabwehr, der Vizepräsident des BND für militärische Angelegenheiten Generalleutnant Jochum, der Staatssekretär des Auswärtigen Amtes Dr. Minter mit seinem zuständigen Abteilungsleiter und zwei Stabsmitarbeitern, der Generalstabschef der Bundeswehr und sein Adjutant, ein Nahostexperte der Bundesakademie für Sicherheitspolitik, Kanzleramtschef Dr. Steinberg mit einem Stabsmitarbeiter sowie der Bundeskanzler selbst.

Der Verteidigungsminister würde binnen Minuten mit seinem Staatssekretär eintreffen. Der Geheimdienstkoordinator war nicht zugegen. Er befand sich mit seiner Familie im Urlaub in Argentinien. Die Küche des Kanzleramts hatte trotz der engen zeitlichen Vorgaben ein ordentliches Frühstück gezaubert. Auf dem Tisch standen frischer Kaffee, Tee, eine Auswahl an Säften und Mineralwasser, frische Brötchen, gekochte Eier, Aufschnitt, Käse sowie eine erlesene Auswahl an Marmeladen und Honig.

Der Kanzler räusperte sich. Es war mehr als ein nur ein Frosch im Hals, er schien mit einem ausgeprägten Infekt zu kämpfen.

»Ich möchte mich bei allen Anwesenden für die außergewöhnliche Stunde, zu der wir uns heute hier zusammengefunden haben, entschuldigen, aber ich fürchte, die Umstände lassen uns keine andere Möglichkeit. Bitte greifen Sie zu und essen Sie etwas, mit leerem Magen lässt sich schlecht arbeiten.«

Zaghaft nach rechts und links blickend warteten die Anwesenden, bis jemand den Anfang machte. Nachdem Generalleutnant Jochum beherzt eine Schrippe aufgeschnitten hatte, griffen auch die anderen Teilnehmer vorsichtig zu Brot und Kaffee.

»Geben Sie uns bitte einen kurzen Überblick über die Lage.« Die Aufforderung des Kanzlers richtete sich an den Bundesnachrichtendienst. »Sie haben von uns allen den weitesten Kenntnisstand.«

Der Ressortleiter des BND im Bundeskanzleramt nickte Generalleutnant Jochum zu. Dieser ergriff das Wort:

»Sehr geehrter Herr Bundeskanzler, sehr geehrte Kolleginnen und Kollegen, in Anbetracht der aktuellen Umstände müssen wir davon ausgehen, dass die *Basis* konkret einen Anschlag plant. Wie, das heißt in welcher Form, auf welches Ziel und zu welchem Zeitpunkt, lässt sich noch nicht mit Bestimmtheit sagen. Wir vermuten, dass es sich um das anstehende Syrien-Gipfeltreffen in Sharm El Sheikh handelt, auch wenn das Treffen der Öffentlichkeit nicht bekannt gemacht wurde und wir uns so noch nicht erklären können, woher die Terroristen diese Informationen haben. Ferner haben wir einen mutmaßlichen Drahtzieher.« Er schob dem Kanzler einen Hefter mit zwei Fotografien sowie dem Lebenslauf des Ägypters Sayed al-Hauari herüber. Im selben Moment wurden die Fotos über einen unter der Decke angebrachten Beamer auf eine kleine Leinwand projiziert, sodass alle die Aufnahmen sehen konnten.

Der Kanzler überflog die Unterlagen und zog die Stirn in Falten.

»Kann es sein, dass Sie sich irren? Könnte es sich um ein befreundetes Land handeln, dass diese Behälter dort versenkt hat, oder um eine militärische Übung?«

»Das halten wir alle für äußerst unwahrscheinlich.«

»Also gut, wie ich hörte, gibt es dort heute ein großes Hafenfest. Könnte dies das Ziel eines möglichen Anschlages sein?«

»Ja, theoretisch wäre das möglich.«

»Sie glauben aber nicht daran?«

»Schwer zu sagen, aber natürlich können wir diese Möglichkeit nicht ausschließen.«

»Könnte auch ein Anschlag gegen Israel geplant sein? Der Hafen von Eilat ist in greifbarer Nähe.«

»Auch das wäre eine Option für die Terroristen«, sagte Jochum zögerlich.

»Das glauben Sie aber auch nicht. Sie vermuten, dass ein Attentat auf den Syrien-Gipfel geplant ist. Wir wissen von Sprengstoff und Waffen, die gefunden wurden, sehe ich das richtig?«

»So ist es, Herr Bundeskanzler.«

»Und beim Versuch, das Material unschädlich zu machen, mussten wir feststellen, dass die Sachen nicht länger dort waren.«

»Auch das ist korrekt.«

»Ich verhehle nicht, dass ich positiv davon überrascht bin, dass der BND im Vorfeld Kenntnis von diesen Dingen bekommen hat. Das war eine reife Leistung, meine Herren.«

Es wurde still im Saal. Die Anwesenden blickten einander verblüfft an. Mit einem solchen Lob, anders konnte man es nicht bezeichnen, hatte niemand gerechnet.

»Andererseits«, fuhr der Kanzler fort, »beginnt in fünf Stunden eine Konferenz, zu der auch ich geladen bin. Ich brauche nicht zu betonen, dass dieses Gipfeltreffen von größter Bedeutung ist und aufgrund seiner Inhalte als extrem brisant einzustufen ist.«

Der Kanzler machte bewusst eine Pause.

»Wie ist der aktuelle Stand der Ermittlungen?«

Der Präsident des BKA meldete sich zu Wort:

»Wir fahnden derzeit mit Hochdruck nach dem Tauchsafarischiff, der *Red Sea Explorer,* auf dem sich Sayed al-Hauari, alias der Ägypter, befunden hat. Es könnte sein, dass das Schiff den Terroristen als Operationsbasis dient, quasi als Mutterschiff, wie wir es von den somalischen Piraten kennen. Es könnte aber auch sein, dass es den Mann lediglich nach Ägypten gebracht hat, ähnlich wie damals bei den Anschlägen in Mumbai. Wir haben Sayed al-Hauari noch vor zwei Monaten im Jemen vermutet. Ein solches Tauchgastschiff wäre ein ideales Mittel, Personal und auch Material unauffällig zu transportieren. Es wimmelt in diesem Teil des Roten Meeres nur so von diesen Booten und uns stehen lediglich zwei militärische Einheiten für Kontrollen vor Ort zur Verfügung.«

»Und wenn man die Ägypter und die Briten mit ins Boot holen würde?«, fragte der Kanzler.

»Dann müssten wir Farbe bekennen und erklären, weshalb wir nach dem Schiff fahnden.«

»Wäre das denn so schlimm?«

»Sayed al-Hauari wird den ägyptischen Behörden kein Unbekannter sein und wir könnten darauf verweisen, dass wir den Mann im Rahmen einer Routineüberprüfung an Bord des Schiffes festgestellt haben«, sprang Steinberg dem Kanzler bei. Beide hatten denselben Gedanken gehabt.

Genralleutnant Jochum ergriff das Wort: »Sehen Sie, wir haben uns bislang dagegen gewehrt, die ägyptische Regierung einzuweihen, da wir nicht sicher sein können, inwieweit der ägyptische Sicherheitsapparat vertrauenswürdig ist, wenn Sie verstehen, was ich meine.«

Einige der Zuhörer nickten wissend. Jochum ergänzte:

»Die vorletzte Regierung hat große Teile des Führungspersonals in den Diensten durch eigene Getreue ersetzt, die, nun ja, zumindest in Teilen zu den Islamisten zählen dürften. Soweit wir wissen, befinden sich einzelne dieser Personen noch immer in Amt und Würden.«

Der Kanzler holte tief Luft. Man konnte den Druck, der auf ihm lastete, förmlich spüren.

»Mit anderen Worten, der ägyptische Regierungschef lädt zu einer Sicherheitskonferenz in Sharm El Sheikh ein, um als *honest broker* den Frieden in der Levante-Region zu sichern und wir, die wir den Stein ins Rollen gebracht haben, können nicht sicher sein, ob er seine eigenen Geheimdienste etc. im Griff hat?«

»So könnte man es ausdrücken, Herr Bundeskanzler«, antwortete der Ressortleiter des BND im Kanzleramt.

Für einen Moment herrschte Schweigen.

»Also gut, meine Herren, ich beginne mich langsam zu fragen, wie wir zustimmen konnten, als Sharm El Sheikh als Lokalität für den Gipfel genannt wurde, aber dafür ist es nun wohl etwas zu spät.«

»Nun, es wäre ein Affront gegenüber der jungen ägyptischen Regierung gewesen und damals gestaltete sich die Situation noch ein wenig anders«, erwiderte der Staatssekretär des Auswärtigen Amtes kleinlaut.

Der Kanzler ergriff das Wort.

»Es hilft alles nichts. Den Gipfel abzusagen wäre eine Katastrophe, da wir unter großem Termindruck stehen: Die Israelis erleben nach der Veröffentlichung der Geheimdokumente, die dieser Engländer in der Londoner Tube hat liegenlassen, eine größere Krise mit den USA, da sie sich in ihren Interessen verraten sehen und sie im Vorfeld nicht mit einbezogen wurden. Große Teile der syrischen Bevölkerung sind über diesen amerikanischen Wunschkandidaten aufgebracht. Die syrische Opposition kocht. Das derzeitige syrische Regime ruft Verrat und igelt sich weiter ein. Israel hat sein Militär mobilisiert und scharrt mit den Hufen. Und die Amerikaner sagen uns deutlich, dass wir nur diesen einen Versuch in Sharm El Sheikh haben, diesen syrischen gordischen Knoten aufzulösen. Und was der türkische Ministerpräsident in diesem Zusammenhang wieder einmal von sich gibt, ist auch nicht wirklich hilfreich.«

Viele der Anwesenden hätten gelacht, wäre die Situation nicht so ernst gewesen. Ein Schmunzeln konnten sich einige dennoch nicht verkneifen.

»Also noch einmal langsam zum Mitschreiben: Wir haben, Verzeihung, wir hatten ein mehr oder weniger großes Waffencaché, das nicht mehr existiert, und den wichtigsten Anschlagsplaner der *Basis* auf einem Taucherboot, von dem wir nicht wissen, wo es sich zur aktuellen Zeit befindet. Ein Zusammenhang mit dem Gipfeltreffen erscheint denkbar, wenn nicht wahrscheinlich, aber diese beiden harten Fakten sind ein bisschen zu wenig, um den ganzen Gipfel abzusagen. Vorschläge?«

Der gerade nahezu lautlos eingetroffene Verteidigungsminister meldete sich zu Wort: »Wäre es vielleicht möglich, die Personenschützer des Außenministers unauffällig zu informieren und nachzurüsten?«

Der Präsident des BKA schüttelte den Kopf: »Die Männer sind bereits vor Ort und prinzipiell gut ausgestattet. Ferner würde ein Nachrüsten über Kairo laufen müssen, was aufgrund der zeitlichen Problematik ausscheidet und zweitens zu unangenehmen Anfragen der Personenschützer der anderen Delegationsteilnehmer führen könnte – denn so etwas lässt sich kaum diskret arrangieren, Herr Minister.«

»Das sehe ich genauso«, meldete sich der zuständige Leiter des Personenschutzkommandos der Bundespolizei. »Die Amerikaner würden mit Sicherheit heftig reagieren und dann würde sich das wie ein Lauffeuer verbreiten.«

Generalleutnant Jochum meldete sich zu Wort:

»Ich denke ähnlich. Wenn ich einen Vorschlag machen darf: Wir sollten die Ägypter in Anbetracht der Dringlichkeit der Lage wissen lassen, dass wir bei einer Routineuntersuchung des Schiffes *Red Sea Explorer* Unregelmäßigkeiten festgestellt haben; welche genau, lassen wir uns noch einfallen. Das könnte man den Ägyptern auf Führungsebene wie auch vor Ort direkt zuleiten, damit sie sensibilisiert sind und gegebenenfalls Maßnahmen ergreifen können. Unsere Marineeinheiten vor Ort, die Fregatte *Sachsen* und die Korvette *Erfurt*, haben einen lokalen Point of Contact, einen Ansprechpartner des ägyptischen Geheimdienstes in Sharm El Sheikh, der sämtliche Sicherheitsmaßnahmen zu dem Gipfel koordiniert. Und dann hoffen wir, dass wir das Taucherschiff bald zu fassen kriegen.«

Der Kanzler balancierte einen schweren silbernen Füllfederhalter zwischen seinen Fingerspitzen. Dann blickte er wieder in die Runde.

»Das wäre zumindest eine Option. Andere Ansichten?«

»Klingt gut, dann ist der Ball im Feld der Ägypter. Sollen die entscheiden, wie weiter verfahren wird.« Das war der Ressortleiter des BND. Der Verteidigungsminister nickte.

»Wahrscheinlich haben Sie recht.«

»Gut, Herr General, bitte leiten Sie das in die Wege. Und informieren Sie bitte diskret die Israelis, ich werde die Sorge nicht los, dass es sich vielleicht doch um einen Anschlag gegen Israel handeln könnte, Eilat ist nicht weit entfernt. Wenden Sie sich direkt an den Mossad, nur um sicher zu gehen. Ich denke, Sie verfügen über entsprechende Kanäle?«

Generalleutnant Jochum nickte.

»Gibt es sonst noch irgendetwas Zielführendes, was wir tun können, meine Herren?« Der Kanzler blickte um sich.

Die Anwesenden schauten sich an.

Der Kanzler nickte Generalleutnant Jochum zu. Dann richtete er sich wieder an die Runde:

»Was, wenn sich das Schiff, diese *Red Sea Explorer*, nach einer Identifizierung aus dem Staub macht?«

»Könnte es unseren Schiffen denn entkommen?« Das war der Staatssekretär des Auswärtigen Amtes.

»Schwer zu sagen, ich bin kein Seemann«, antwortete Jochum. »Aber ich glaube, unsere Schiffe laufen um die 30 Knoten. So schnell sind die lokalen Schiffe nicht, die schaffen nach meiner Kenntnis nur etwa achtzehn Knoten, vielleicht zwanzig, maximal.«

»Meine Herren, kann ich darauf vertrauen, dass unser Mandat die Marinesoldaten schützt, wenn man sich des Tauchsafarischiffes bemächtigen will und es zu einer bewaffneten Auseinandersetzung kommen sollte?«, fragte der Kanzler nun.

»Das können Sie. Die Marine hat diesmal ein sehr robustes Mandat und kann auch Verhaftungen an Bord der zu überprüfenden Schiffe durchführen. Die Personen müssten dann nur im Anschluss den ägyptischen Behörden zugeführt werden«, erwiderte der Generalstabschef.

»Ein robustes Mandat – na, das ist ja mal erfreulich. Das heißt, wir dürfen Piraten oder Terroristen sogar versenken, wenn es sein muss, und sie nicht nur entwaffnen und per Wassertaxi an Land setzen, was?«

Die Anwesenden schwiegen betreten.

Der Kanzler jedoch wartete eine Antwort gar nicht erst ab und erhob sich.

»Ich danke Ihnen noch einmal für Ihr rasches Kommen und bitte um eine konsequente Umsetzung der soeben getroffenen Beschlüsse. Ferner möchte ich darum bitten, stets umgehend auf dem Laufenden gehalten zu werden. Diese Runde sollte während der nächsten 24 Stunden innerhalb höchstens einer Stunde tagen können. Ach, und Herr General, tragen Sie bitte dafür Sorge, dass sich ein kompetenter Marineoffizier für das nächste Treffen bereithält. Ich danke Ihnen. Das wäre alles im Moment. Ich wünsche viel Erfolg, möge Gott uns beistehen!«

Die Anwesenden warteten, bis sich der Kanzler entfernt hatte. Dann kündigte das Rücken von Stühlen sowie Papierrascheln an, dass sich nun auch die übrigen Teilnehmer zu ihren Dienststellen begeben würden, jeder in seine eigenen Gedanken vertieft. Der kommende Tag konnte lang werden.

51

Deutsche Fregatte *Sachsen*
Rotes Meer
Position: 27° 51′ N, 34° 31′ E

Der wachhabende Offizier auf der Brücke der Fregatte *Sachsen*, Oberleutnant zur See Mamerow, hing faul auf seinem Sitz, schaute auf seine Armbanduhr und gähnte. 05:41 Uhr. Müde starrte er auf das silbrig glänzende Meer.

Er hatte gerade beschlossen, sich die Beine zu vertreten und eine Zigarette zu rauchen, als ein »Blip« auf dem Radarschirm einen neuen Kontakt meldete. Mamerow drehte sich um und zog seinen Drehstuhl näher an den Radarschirm.

Sicher wieder ein Fischer oder ein Taucherschiff, dachte er.

Die Idioten, die sich ausgedacht haben, dass die deutsche Marine Sicherungsaufgaben in diesem Tourismusgebiet übernehmen soll, gehören allesamt in den Hintern getreten.

Hier fuhren derart viele Tauchgastschiffe hin und her, dass einem schwindlig werden konnte. Wollte man die alle überprüfen, benötigte man noch mindestens fünf zusätzliche Einheiten. Und natürlich wollte man aus politischen Gründen nicht zu penibel sein, da man die Haupteinnahmequelle des ohnehin geschwächten Ägypten nicht gefährden wollte. Also waren allenfalls Stichproben möglich. Es war ein Kreuz mit diesen Sicherungsaufgaben. Aber Deutschland war neuerdings ja stets dabei, wenn es darum ging, international einen »Beitrag« zu leisten, dachte er.

Das auf dem Radar erschienene Schiff schien keine Fahrt zu machen und hielt sich zwischen Tiran und einer kleinen Insel mit dem Namen Sanafir Island auf.

Taucher, da gehe ich jede Wette ein.

Egal, erst mal eine rauchen.

Zwei Decks tiefer in der OPZ* war man bereits einen Schritt

* Operationszentrale (Feuerleitstand)

weiter: Der Kontakt hatte zwar keine AIS-Kennung*, der wachhabende Bootsmann Schröder hatte die mögliche Identität des Schiffes aber trotzdem rasch eingrenzen können. Die von der Korvette *Erfurt* übermittelten Kontakte für diesen Sektor waren zwei Tauchsafarischiffe, sechs Fischer und eine Privatyacht. Als Tauchsafarischiffe waren eine *Ocean Spirit* und eine *Red Sea Explorer* eingetragen. Die Privatyacht namens *Nostalgia* gehörte einem Griechen, für sie war der Radarkontakt definitiv zu klein. Die *Nostalgia* war über siebzig Meter lang und verfügte über einen bordeigenen Privathubschrauber. Für ein Fischerboot wiederum war der Kontakt zu groß.

Es blieben also nur die beiden Taucherschiffe. Die *Ocean Spirit* befand sich deutlich weiter südlich, also war die *Explorer* am wahrscheinlichsten.

Bootsmann Schröder war mit sich zufrieden.

Den Kahn haben die Kameraden von der Korvette Erfurt doch neulich schon überprüft, dachte er.

Schröder meldete seinem Vorgesetzten: »Keine besonderen Vorkommnisse.«

Hätte der junge Bootsmann auf die Taste F9 der Tastatur seines Computers – Nachrichten aktualisieren – gedrückt, wäre ihm die neueste Weisung aus dem Einsatzführungskommando in Potsdam nicht entgangen. Der mit einem roten Ausrufezeichen markierte Befehl war schwer zu übersehen. Doch Bootsmann Schröder hatte die Meldung nicht gelesen und verspürte auch wenig Lust, den Kontakt einzutragen.

Oben auf der Brücke dachte OLZS Mamerow:

Muss nachher mal in der OPZ nachfragen, um was für einen Kontakt es sich hier genau handelt.

Dann trat er hinaus an die frische Morgenluft. In der Steuerbordnock zündete er sich eine Zigarette an. Während Mamerow genüsslich den Tabak inhalierte, war die *Red Sea Explorer* drei Seemeilen entfernt, südlich der Insel Tiran gerade dabei, zu ankern.

* Automated Information System (automatisch ausgestrahltes Signal zur Identifizierung von Schiffen)

Was der junge Marineoffizier nicht sehen konnte, war der Umstand, dass auf dem gesamten Schiff an diesem noch jungen Tag die Gebetsteppiche in Richtung Südosten ausgebreitet wurden.

52

Hafen von Na'ama Bay
Sharm El Sheikh
Sinai, Ägypten

Die Sonne war vor gut zwei Stunden aufgegangen. Gut vierzig Taucherschiffe lagen eng nebeneinander an der großen, T-förmigen Pier. Viele der Schiffsbesatzungen waren damit beschäftigt, die Schiffe zu säubern, Frühstück für die Gäste vorzubereiten und Verpflegung und gefüllte Taucherflaschen an Bord zu nehmen.

Am Tag zuvor war eine große Delphinschule in der Nähe des Riffs Ras Mohammed gesichtet worden. Diese Nachricht verbreitete sich wie ein Lauffeuer und viele Urlaubstaucher hatten sich auf den Listen der Tauchschiffe eingetragen, in der Hoffnung, diese anmutigen Meeressäuger unter Wasser begleiten zu können. Jeder wusste: Wollte man unter Wasser etwas zu sehen bekommen, musste man sich halbwegs früh aus den Federn quälen. Einige Tauchurlauber standen bereits an ihren mit der Ausrüstung gefüllten Tauchkisten und fachsimpelten in freudiger Erwartung interessanter Tauchgänge.

Auch an der Hauptpier herrschte viel Bewegung, es ging zu wie in einem Taubenschlag. Man bereitete sich auf das Hafenfest vor, dass um 09:30 Uhr offiziell in Na'ama Bay wie auch im benachbarten Sharm El Sheikh beginnen sollte. Sonnenschirme, Verkaufsstände und Imbisse waren aufgebaut worden, an der Hauptpier wurden immer noch kleine Reparaturarbeiten durchgeführt. Russische Lastwagen aus den 70er-Jahren lieferten mit Luft und Nitrox gefüllte Flaschen für die Taucherschiffe, die sich bereit machten, innerhalb der folgenden halben Stunde abzulegen.

An der westlich gelegenen Tankpier hatte sich eine kleine Schlange gebildet. Eine lang erwartete Treibstofflieferung war während der Nacht eingetroffen und einige Privatyachten und Taucherschiffe konnten nun endlich nachbunkern. Im tieferen, nördlichen Teil des Hafens lagen etwa dreißig große private Segel- und Motoryachten vor Anker. An den Flaggenstöcken wehte überwiegend der britische Union Jack, aber auch Yachten aus den Vereinigten Arabischen Emiraten, Saudi-Arabien, Jordanien und Kuwait, Frankreich und Italien waren zu sehen. Die Besatzungen schienen noch zu schlafen, es rührte sich nichts. Lediglich das Summen der Klimaanlagen sowie das Plätschern des Kühlwassers gaben Zeugnis von Leben an Bord.

53

Deutsche Fregatte *Sachsen*
Straße von Tiran
Ägypten

Die deutsche Fregatte *Sachsen* hatte soeben das Ende ihres zu überwachenden Korridors erreicht. Von hier an waren die Briten zuständig. Das derzeitige Aushängeschild der britischen Royal Navy, ein moderner Zerstörer vom Typ T45, die HMS *Duncan*, sicherte die sich anschließende Zone. Die *Sachsen* wendete in weitem Radius und nahm wieder Kurs in Richtung Süden.

Als Oberleutnant zur See Mamerow wieder auf die Brücke kam, roch es nach frischem Kaffee.

»Ah, sehr gut. Vielen Dank, Frau Obermaat, den kann ich jetzt gut gebrauchen.«

Gleich ist endlich Wachablösung und dann wird in Ruhe gefrühstückt, dachte er. Gelangweilt überprüfte er den Posteingang auf dem dienstlichen Computer, schließlich musste er eine ordentliche Übergabe machen. Er aktualisierte die Meldungen. Plötzlich merkte er auf. Gebannt starrte er nun auf den Monitor. Er las:

To: *Frigate SACHSEN + Corvette ERFURT*
From: *Commander Task Force*
URGENT MESSAGE
MV RED SEA EXPLORER to be viewed as CONTACT OF INTEREST – immediate boarding requested – search warrant for MV RED SEA EXPLORER issued herewith – identification of crew and guests requested – arrest warrant for egyptian national and tb terrorist suspect: SAYED AL-HAUARI – for image see attached jpg.file – proceed with utmost care – notify HQ in case of positive id immediately

Er musste die Meldung ein zweites Mal lesen, bevor er vollständig begriffen hatte, was dort stand.

»tb«, das steht für die Basis. Du ahnst es nicht!

Mamerow handelte sofort: »Brücke an OPZ: Habt ihr den letzten Kontakt identifiziert?«

»Positiv, Brücke. Es handelt sich mit 95-prozentiger Wahrscheinlichkeit um die *Red Sea Explorer.* Kontakt steht in Peilung 160 Grad.«

Mamerow war nun hellwach. Hektisch griff er nach einem Fernglas und rannte hinaus auf den offenen Teil der Brücke. Er schaute auf das Taucherschiff, das sich südöstlich der *Sachsen* befand. Aber die Entfernung war noch zu groß. Das leistungsstarke Steiner-Fernglas lieferte noch kein scharfes Bild. Fieberhaft drehte er an der Einstellung, er hatte ein flaues Gefühl im Magen. Waren sie beim Kreuzen Richtung Norden nicht bereits an diesem Kontakt vorbeigekommen? Das wäre extrem peinlich und gäbe mit Sicherheit einen Einlauf vom IO *.

Es dauerte ewige zwanzig Minuten, bis sich die Distanz zum Kontakt ausreichend verringert hatte. Sollte sich seine Vorahnung

* Erster Offizier, gespr. Eins Oh

bewahrheiten? Endlich konnte er den Namen entziffern: Am Heckspiegel des Taucherschiffes stand in blauen Lettern der Name *Red Sea Explorer* geschrieben.

»Mist! Mist! Mist!«

Mamerow senkte das Fernglas.

Der Befehl, der seinen Ursprung in einer Information des Einsatzführungskommandos Potsdam hatte, war unmissverständlich gewesen: boarden und festnehmen. Als er erneut durch das Fernglas sah, entdeckte er zu seiner Beruhigung, dass das Schiff vor der kleinen Insel Sanafir Island vor Anker lag. Der Kapitän des Taucherschiffes wusste vermutlich nicht, dass sein ägyptischer Gast an Bord gerade mit Haftbefehl gesucht wurde. Die Fregatte lief mit 15 Knoten, bald würde der Kontakt backbord querab kommen. Das Boardingteam würde seine Arbeit tun und Mamerows kleiner Lapsus wäre kein Thema mehr.

Als das Taucherschiff jedoch nur noch eine halbe Seemeile entfernt war, vernahm der Offizier mit einem Mal ein vertrautes Geräusch, das von dem Schiff über das Wasser herüberschallte:

Klack Klack Klack Klack Klack Klack

Das Tauchgastschiff ging Anker auf.

»Verdammt!«

OL zur See Mamerow rannte zurück in den geschlossenen Teil der Brücke.

»OPZ: Haben Sie den letzten Befehl gelesen?«

»Gerade eben. Die *Explorer* wird gesucht.«

Es gab den längst überfälligen Alarm.

Mamerow übergab sofort einen Ausdruck des Befehls dem IO der *Sachsen*, Korvettenkapitän Jürgen Albrecht.

»Herr Kapitän, das kam soeben vom CTF*! Und der Kontakt, der hat soeben Fahrt aufgenommen.«

Albrecht schaute Mamerow ungläubig an. Dann las er das Gedruckte nochmals und kratzte sich am Hinterkopf.

* Commander Task Force (oberster militärischer Kommandant)

»Ein Terrorist, du lieber Himmel! Benachrichtigen Sie sofort den Kommandanten!«

»Jawoll, Herr Kapitän!« Der junge Offizier war verschwunden.

Albrecht hatte sich wieder gefasst.

»Welchen Kurs läuft der Kontakt?«, fragte er.

»Schwenkt gerade auf 290°, Herr Kapitän.«

»Dann gibt es gleich eine Kursänderung, schätze ich.«

Albrecht irrte sich nicht.

»Neuer Kurs 285° – alle Voraus halbe!«

»Neuer Kurs 285° – alle Voraus halbe!«

»Neuer Kurs 285° liegt an – alle Voraus halbe!«

»Boardingrolle einleiten!«

»Boardingrolle einleiten!«, wurden die Befehle wiederholt.

Langsam drehte die Fregatte und begab sich auf den neuen Kurs. Das Tauchgastschiff hatte bereits einen beträchtlichen Vorsprung.

Das Boardingteam der Fregatte war nun dabei sich auszurüsten. Diese Teams bestanden aus durchtrainierten Soldaten der Spezialkräfte Marine, die sich in zahlreichen Lehrgängen körperlich bewährt hatten und sich in weiteren Auswahlverfahren das erforderliche Know-how dafür angeeignet hatten, feindliche Schiffe während der Fahrt entweder per RHIB * oder per Helikopter im Abseilverfahren zu entern. Mit »Boarding« war also eigentlich »Entern« gemeint.

»Neuer Kurs 290°, Geschwindigkeit 17 Knoten!«

Dann kam die Meldung, die alles verändern sollte:

»Schiffstechnischer Leitstand meldet Ausfall der Gasturbine, Herr Kapitän!«

»Das darf doch nicht wahr sein! Ausgerechnet jetzt! Können wir den Schaden mit Bordmitteln beheben?«

»Schaden wurde soeben erst gemeldet, der STO ** befürchtet aber das Schlimmste ...«

»Was soll das heißen?«

* rigid hull inflatable boat (großes Festrumpfschlauchboot mit zwei Einbaudieselmaschinen und Steuerkonsole)

** Schiffstechnischer Offizier

»Bericht kommt umgehend!«

»Hmm – Puster*: Funken Sie die *Explorer* an! Sie soll sofort beidrehen und sich zum Boarden bereithalten, sonst knallt's!«

»Jawoll, Herr Kapitän!«, bestätigte der Funker den Befehl.

Dann ertönte: »KOMMANDANT AUF BRÜCKE!«

Der Kommandant der *Sachsen*, Fregattenkapitän Paul Otersen, betrat zügig die Brücke: »Jürgen, was gibt's?«

»Befehl vom CTF: Wir sollen die *Red Sea Explorer*, das ist der Kontakt recht voraus**, stoppen und boarden. Ein gesuchter Terrorist, ein Ägypter, soll sich an Bord befinden. Es besteht der Verdacht auf einen geplanten Anschlag.«

Otersen zog die Augenbrauen hoch.

»Soso. Das ist mal was Neues. Sind die Jungs vom Boardingteam schon so weit?«

»Noch nicht ganz, aber die müssten jede Minute abdampfen.«

»Frage: Helo?«

»Negativ! Die Techniker sind noch dran, Flugbereitschaft frühestens in drei Stunden, wenn überhaupt.«

»Mist! Na, denn nich. Also, ich bin unten in der OPZ und mache von dort weiter.«

»Alles klar, Paul«, sagte Albrecht und griff nach seinem Fernglas.

In der OPZ angekommen, erteilte der Kommandant, Fregattenkapitän Paul Otersen, konzentriert und routiniert seine Befehle.

»Das Boardingteam soll sich auf heftige Gegenwehr einstellen, wir haben es möglicherweise mit Terroristen zu tun. Unsere Wolkenquirls sind bis auf weiteres out of order. Nicht schön, aber selten. Wer ist der Einsatzleiter des Teams?«

»Hauptbootsmann Weber leitet das Boarding.«

»Gut. Dann sorgen Sie dafür, dass der Kamerad Weber eine Kopie des Befehls und vor allem ein Bild dieses Ägypters erhält – und zwar ASAP!«

»Aye, aye!«

* Marinetypischer Ausdruck für Funker
** recht voraus = geradeaus

Über Bordfunklautsprecher konnte die Besatzung der *Sachsen* den Funkspruch vernehmen:

»*Red Sea Explorer, Red Sea Explorer* – this is the German Frigate *Sachsen* – cut your engines and stand by for boarding – I repeat: cut your engines and stand by for boarding – do not – I repeat: do NOT proceed on your current course or you will be fired upon!«

Gebannt richteten sich alle Augen des Brückenpersonals auf das Taucherschiff. Doch die *Explorer* lief unbeirrt weiter, als hätte es keinen Funkspruch gegeben. Eine weiße Bugwelle war der Beweis, dass das Schiff seine Geschwindigkeit sogar noch erhöht hatte.

»Puster: Funkspruch wiederholen!«

Geduldig wiederholte der Funker den Anruf.

Nichts geschah, das Schiff behielt seinen Kurs bei.

»Distanz?«

»Gut anderthalb Seemeilen, Herr Kapitän.«

»Feuerbereitschaft herstellen!«

»Feuerbereitschaft ist hergestellt.«

»Gut. ARI: Gib ihr einen vor den Bug!« Die Stimme des Kommandanten war noch immer ruhig und kontrolliert.

»Feuer!«

Das 76-mm-Geschütz feuerte. Oben auf der Brücke nahm man die Rauchwolke am Geschützrohr wahr, die rasch vom Wind verweht wurde. Etwa einhundertfünfzig Meter links vor dem Bug des Taucherschiffes stieg eine gewaltige Wasserfontäne auf.

Auf der Brücke wurde es nun still. Einige Soldaten stellten sich auf die Zehenspitzen, um besser sehen zu können. Viele hielten Ferngläser in den Händen.

Die *Explorer* verringerte offenbar ihre Geschwindigkeit.

»Na also, geht doch«, konstatierte der erste Offizier Albrecht sichtlich erleichtert von der Brücke. Die Fregatte kam nun deutlich näher.

»Boardingteam – Ihre Show!« Das ging per Funk raus.

»*Explorer* macht noch 12 Knoten Fahrt!«

»Gut. Der wird es nicht wagen, uns an der Nase herumzuführen. Weber und seine Männer sind gleich da.«

Kurze Zeit später konnten sie ihr Boardingteam in einem großen schwarzen Schlauchboot Steuerbord voraus erkennen, wie es das Taucherschiff von achtern anfuhr.

»Geschwindigkeit 16 Knoten!«

»Geschwindigkeit 16 Knoten, jawohl!«

Doch dann kam eine neue Meldung:

»An den Kommandanten: Geschwindigkeit der *Explorer* nimmt wieder zu – 17, belege, 20 Knoten!«

»Das gibt's doch nicht!« Auf der Brücke nahm der erste Offizier Albrecht sein Glas zur Hand.

»Ich hoffe, Hauptbootsmann Weber bleibt dran«, murmelte er.

Dann hörte er seinen Kommandanten sprechen.

»Puster: Funken Sie sie nochmals an, der nächste Schuss trifft!«

Der Funker tat wie ihm geheißen.

»*Red Sea Explorer* – this is the German Frigate *Sachsen* – cut your engines and stand by for boarding or you will be fired upon!«

Kapitän Otersen war klar, dass er sein Boardingteam nicht durch einen weiteren Beschuss des Taucherschiffs gefährden konnte.

»Funkraum! Legen Sie mir sofort eine Verbindung zum ägyptischen Point of Contact in Sharm El Sheikh auf meinen Apparat! ASAP!«

Das Schiff näherte sich dem Hafen mit stark erhöhter Geschwindigkeit.

»Vielleicht können die Ägypter die *Explorer* noch irgendwie abfangen.«

54

Red Sea Explorer
Nähe Na'ama Bay
Ägypten

An Bord der *Red Sea Explorer* drehte sich Nidal al-Suri, der am Ruder stand, nach hinten um. Er grinste, sein Gesicht zu einer hässlichen Grimasse verzogen.

»Jetzt geht es los! Rasul und die Männer sind gut getarnt auf der Insel, und die Deutschen konzentrieren sich auf uns. Alles verläuft nach Plan!«

»Sehr gut! Wir brauchen aber mehr Abstand zu dem deutschen Schlauchboot, Nidal«, warnte Sayed.

»Du hast recht. Sind meine Söhne so weit?«

»Sie liegen unten in Deckung und sind bereit.«

»Gut.«

Sayed al-Hauari steckte ein volles Magazin in seine Kalaschnikow und zog entschlossen den Verschlusshebel zurück. »Von mir aus können sie kommen!«

Nidal al-Suri schob langsam die Maschinenhebel nach vorne, bis sie das Holz am Anschlag berührten. Das Schiff fing an zu vibrieren und das bisher gedämpfte Grollen aus dem unteren Deck wurde nun richtig laut. Die *Explorer* hob sich vorne langsam aus dem Wasser. Schwarze Rauchwolken schossen aus den Abgasrohren, die nahe an der Wasserlinie lagen, hervor und hüllten das verfolgende deutsche Boardingteam in einen dichten Nebel aus Dieselruß.

Alles, was dann passierte, geschah binnen weniger Sekunden: Das Schlauchboot des Boardingteams war mühelos auf zwei Schiffslängen an das flüchtende Tauchsafarischiff herangekommen. Dann eröffnete die *Red Sea Explorer* vom Achterdeck aus plötzlich das Feuer auf das herannahende Team. Das charakteristische Stakkato mehrerer Kalaschnikow-Sturmgewehre überraschte die deutschen Marinesoldaten, die trotz der eindringlichen Warnung ihres Kommandanten aus Gewohnheit mit einem leichten Boarding gerechnet hatten. Die zwei Männer, die sich vorne flach auf die grauen Schläuche gelegt hatten, ihre Gewehre im Anschlag, waren die ersten Opfer. Einer, ein junger Bootsmann, erlitt einen Kopfschuss. Ein Zufallstreffer. Das Projektil, ein Vollmantelgeschoss, trat an der linken Stirn ein und am unteren Hinterkopf wieder aus. In der Kunststoffscheibe des Steuerstandes klaffte ein Loch.

Das andere Opfer, ein Obermaat, schrie laut auf. Seine rechte Schulter war von einem Geschoss der Terroristen zerfetzt worden. Er wollte das Feuer erwidern, konnte seinen Arm aber nicht mehr bewegen und versuchte nun krampfhaft, sich mit der linken Hand innen am Boot festzuhalten.

Der Steuermann hatte beim Einsetzen des Feuers der Red Sea Explorer ein abruptes Ausweichmanöver versucht, doch es war zu spät. Mit Gegenwehr in einer solchen Intensität hatten die Männer des Teams nicht gerechnet. Noch bevor sie das Feuer erwidern konnten, hatten weitere Projektile ihr Ziel gefunden. Die Frontwulst des Schlauchbootes war an zwei Stellen durchschlagen. Das Zischen der entweichenden Luft ging im allgemeinen Lärm unter. Der unter den Schläuchen liegende Aluminiumrumpf wies ebenfalls Einschusslöcher auf. Aufschäumende Gischt sickerte langsam ins Innere des Bootes. Die Soldaten feuerten gezielt aus ihren G36-Sturmgewehren auf die Explorer, doch ohne Erfolg. Das Schiff hielt unbeirrbar Kurs.

»Meldung!«, rief Weber.

»Holzer hat's erwischt und Jansen ist verletzt – wir machen etwas Wasser, aber noch nicht tragisch, Herr Hauptbootsmann! Erst wenn die noch weitere Schläuche verletzen, haben wir ein Problem!«

»Sanni! Kümmere dich um Jansen und sieh zu, dass uns Holzer nicht verlorengeht! Verdammter Mist!«

Das nächste Kommando sollte den Einsatz des Boardingteams beenden:

»Mann über Bord!«

Bei dem extremen Ausweichmanöver hatte ein Soldat, der auf einem der hinteren Schläuche saß und sich nicht ausreichend festgehalten hatte, das Gleichgewicht verloren und war über Bord gefallen. Im Nu hatte sich seine orangefarbene Schwimmweste aufgeblasen. Seine Maschinenpistole hielt er wie ein Baby im Arm, er spuckte Wasser und aus seinem Mund sprudelten heftige Flüche.

55

Außenstelle des Geheimdienstes Mukhabarat
Sharm El Sheikh
Sinai, Ägypten

Oberst Hamad hatte sich gerade zum Gehen gewandt, als das Telefon auf seinem Schreibtisch leise klingelte. Am Ton erkannte er, dass es die für Notfälle reservierte Leitung war.

»Oberst Hamad, hallo?« Er sprach diese Worte ruhig und eindringlich. Fast klang es so, als wolle er den Anrufer warnen, er möge besser einen vernünftigen Grund für seinen Anruf vorweisen können.

Der Anrufer sprach in gutem Englisch mit deutschem Akzent. Hamad ahnte, dass etwas in der Luft lag.

»Hier spricht die deutsche Fregatte *Sachsen* – Kapitän Otersen. Dies ist ein absoluter Notfall! Spreche ich mit dem ägyptischen Point of Contact für die Operation *Securing the Peace*?«

»Das ist richtig. Ich bin Oberst Hamad.«

»Herr Oberst, ein bewaffnetes Tauchgastschiff nähert sich mit hoher Geschwindigkeit dem Hafen von Na'ama Bay! Wir gehen von einem Anschlag aus. Der Kontakt ließ sich nicht überprüfen und ist gerade dabei zu fliehen; wir konnten ihn bislang nicht aufhalten. Der Name des Schiffes lautet *Red Sea Explorer*. Bitte leiten Sie alles Notwendige in die Wege. Das Schiff muss unbedingt aufgehalten werden!«

»Habe verstanden, ich werde die Informationen umgehend an

die Hafensicherheit weiterleiten. Haben Sie unendlichen Dank für Ihre Warnung. Ich melde mich wieder.«

»Viel Glück, Herr Oberst!«

Oberst Hamad legte den Hörer auf und schaute auf seine Uhr. Fünfzehn Minuten blieben ihm noch.

Ein Klopfen an der Tür riss ihn aus seinen Gedanken. Sein Adlatus, Hauptmann Seyouf, betrat neugierig den Raum, ohne auf das »Herein« gewartet zu haben. Er fragte:

»War das die Notfallleitung?«

»Ja, die Deutschen.«

»Irgendetwas Besonderes?«

»Nein, nichts weiter. Das sind halt Deutsche, die haben ein Küstenmotorschiff überprüft und bitten um Überprüfung zweier Personalien. Ich werde das sofort nach Kairo weiterleiten. Die hören schon die Flöhe husten.«

Seyouf grinste.

»Wahrscheinlich irgendwelche Tröpfe, die zum falschen Zeitpunkt am falschen Ort sind.«

»Wahrscheinlich. Hören Sie, Seyouf: Ich bin für eine Stunde außer Haus. Wichtige Anrufe stellen Sie bitte auf mein Mobiltelefon durch!«

»Jawohl, Herr Oberst!«

Nachdem Hauptmann Seyouf sein Büro verlassen hatte, nahm Hamad zwei große dunkle Sporttaschen aus dem Schrank und ging in den Keller des Bürogebäudes. Neben dem Hauptsicherungskasten befanden sich die gesamten Telefonleitungen. Methodisch platzierte er sechs kleine Sprengsätze von jeweils 100 Gramm C4-Plastiksprengstoff an neuralgischen Punkten: zwei an den elektrischen Schaltstellen, zwei an der Informationstechnik und zwei weitere in der angeschlossenen Tiefgarage. In zwanzig Minuten würde seine Dienststelle für Wochen lahmgelegt sein. Jetzt brauchte er sich nur noch um den Flughafen zu kümmern.

56

Deutsche Fregatte *Sachsen*

Auf der Brücke der *Sachsen* hatte man den Angriff auf das Boardingteam und dessen verzweifeltes Ausweichmanöver ohnmächtig mit angesehen.

»Das darf doch nicht wahr sein – was geht da vor sich?!«, rief der IO.

»Donnerwetter, jetzt gibt er Gas!«, entfuhr es Albrecht, der das Schiff mit seinem Fernglas genau verfolgte.

Unten im Bauch des Schiffes murmelte der Kommandant: »Scheint, als sei an dem Ursprungsverdacht etwas dran.«

Kapitän Otersen war nicht aus der Ruhe zu bringen.

»Wenn unser Schlauchboot abgedreht hat und nicht mehr gefährdet ist, geben wir einen Schuss auf das Achterdeck! Ziel ist die Ruderanlage!«

»ARI klar zum?«

»Ist klar!«

»Feuer!«

Die Granate schlug knapp fünfzehn Meter links hinter der *Explorer* ein, eine weiße Fontäne war der unmissverständliche Beleg dafür, dass man sein Ziel verfehlt hatte.

»Mann, was ist denn los? Sind Sie blind? Das Schiff darf den Hafen nicht erreichen! Feuer!«

»STO – was macht die Turbine?«

Kapitän Otersen hatte seinen Satz noch nicht beendet, als der zweite Schuss folgte. Doch die *Explorer* hatte zuvor abrupt den Kurs gewechselt, sodass das Projektil diesmal knapp rechts von ihr ins Wasser einschlug. Die Explosion war gewaltig.

57

Red Sea Explorer
Nähe Na'ama Bay
Ägypten

Sayed und Nidal wussten, ein Volltreffer würde das Aus ihrer Mission bedeuten. In einem Punkt war der Plan nicht aufgegangen: Auf irgendeine Weise hatten die Deutschen erfahren, mit wem sie es zu tun hatten. Nun zählte nur noch das Hier und Jetzt. Sie duckten sich und bissen die Zähne zusammen.

Die Druckwelle der zweiten Explosion hatte jedem an Bord der *Explorer* zugesetzt. Sayed konnte nichts mehr hören, der permanente Pfeifton in seinen Ohren wollte und wollte nicht stoppen. Er sah, dass Nidal aus den Ohren blutete. Doch das Taucherschiff fuhr unbeirrt weiter. Nidal hockte geduckt am Ruder und hielt eisern Kurs. Hassan erstattete seinem Vater tapfer Meldung. Sayed konnte noch immer nichts verstehen. Später erfuhr er, dass die Pumpen das eintretende Wasser unter Kontrolle hatten. Sie hatten Glück gehabt: Die mit Kevlar verstärkte Bordwand hatte dem deutschen Geschoss standgehalten.

Allah sei Dank!

58

Deutsche Fregatte *Sachsen*

»Paul, die rennt wie der Deubel!«

»Kontakt läuft nun 27 Knoten!«, kam es ungläubig aus der OPZ.

»Warum sind wir noch nicht näher dran, verdammt noch mal,

was macht die Gasturbine?« Der Kommandant war nun allmählich ungehalten.

»Schaufelbruch! Wir können den Schaden unmöglich selbst beheben«, kam die kleinlaute Antwort aus dem schiffstechnischen Leitstand.

»Was? Das gibt's doch nicht! Doch nicht jetzt! Sagen Sie dem STO, er soll alles rausholen, was die beiden Diesel hergeben!«

»Jawoll, Herr Kapitän!«

»Hauptbootsmann Weber, Frage: Status?«

Eine tiefe Stimme ertönte über den Bordkanal, im Hintergrund hörte man Rauschen, Motorgeräusche und gelegentliche Schüsse.

»Ein Toter, drei Verletzte, einer davon schwer, ein Mann über Bord, wird gerade aufgenommen, Boot getroffen, aber noch stabil und manövrierfähig!«

»Weber! Sie sind da fertig. Kommen Sie zurück!«

»Verstanden!«

»Weber, wir führen einen zweiten Boardingversuch durch. Oberbootsmann Jäger ist Teamleader!«

»Ja, verstanden!«

Es war Usus, stets ein zweites Boardingteam in Breitschaft zu halten.

»Lazarett gegebenenfalls durch Fachpersonal der Freiwache verstärken, Verwundete treffen in den nächsten zehn Minuten ein!«

»Jawoll, Herr Kapitän!«

»Mist! Wenn doch nur der verdammte Heli flugbereit wäre, dann wäre das alles anders gelaufen«, murmelte Albrecht, der sich mit der Lage nicht abfinden wollte.

Hätte, hätte, Ankerkette, dachte Mamerow. Und er antwortete: »Den haben wir aber leider nicht, Herr Kapitän. Aber Oberbootsmann Jäger und sein Team werden alles geben, darauf können Sie sich verlassen.«

»Nach dem, was wir bis jetzt gesehen haben, müssen sie das wohl auch ...« Albrecht hielt sein Fernglas wieder in Richtung Meer.

»NAV* an Kommandanten: Distanz zur *Explorer* beträgt nun

* NAV = Navigationsoffizier

gut eine Seemeile. Entfernung wächst. *Explorer* läuft mit ca. 27 Knoten und nähert sich entgegenkommenden Tauchgastschiffen und Fischern. Wenn wir in den Hafen wollen, dann müssen wir entweder graben oder den Kiel einholen, wir haben zu viel Tiefgang.«

»Kommandant – verstanden, wir drehen kurz vorher ab.«

»Das zweite RHIB ist gleich da.«

»Verstanden!«

»OPZ gibt zu bedenken, dass sich der COI weiter der Hafeneinfahrt nähert, zivile Kontakte befinden sich jetzt in unmittelbarer Nähe.«

»Jäger und seine Männer kommen auf.«

Die Brücke war nun wieder voller Soldaten. Sie alle schauten gespannt auf das Szenario.

Das zweite RHIB flog über die Wellen und näherte sich rasch der *Red Sea Explorer*. Erneut gingen Kalaschnikow-Salven auf die Deutschen nieder, die jetzt aber auf der Hut waren und aus der Deckung heraus zurückschossen.

»An den Kommandanten! Die *Explorer* hält Kurs und befindet sich ca. zwei Kabellängen * vor der Hafeneinfahrt!«

»Kommandant an NAV, Frage: Wassertiefe?«

»20 Meter, schnell abnehmend!«

»Wie weit können wir?«

»Noch knapp drei Kabellängen, Herr Kapitän.«

»Dann können wir hier nicht mehr viel tun. Neuer Kurs 250°!«

»Neuer Kurs 250°!«

»Jetzt können wir nur noch beten, dass Jäger und die Jungs es schaffen«, sagte Otersen leise zu seinem Zweiten Offizier.

* Eine Kabellänge entspricht etwa 185 Metern.

59

Red Sea Explorer
Na'ama Bay
Ägypten

»Die Fregatte hat aufgehört, auf uns zu schießen, aber das Schlauchboot stört!«, rief Sayed aus seiner Deckung.

Nidal al-Suri kauerte am Ruder und blickte konzentriert nach vorn.

»Die Fregatte dreht ab, Allah sei Dank!«

»Und das zweite Schlauchboot?«

»Kommt schnell von achtern auf!«

»Haben wir ein Leck?«

»Ja, aber nichts Nennenswertes. Hassan hat eben gemeldet, dass die Panzerung offenbar standgehalten hat. Am Heck tritt etwas Wasser ein, aber die Pumpen schaffen das. Nur gut, dass sie nicht die Bugsektion getroffen haben.«

Sayed nickte vielsagend.

»Du, Nidal?«

»Ja?«

»Sage deinen Söhnen, Sie sollen gleich über Bord springen, sie können hier nichts mehr tun!«

Der Syrer schaute seinen Freund erstaunt an.

»Was?«

»Es sind gute Männer und sie haben tapfer gekämpft. Sie können den Brüdern später noch wertvolle Dienste erweisen.«

Mit diesen Worten holte der Ägypter eine gummierte schwarze Tasche aus seinen Kleidern hervor und wog sie vielsagend in seiner rechten Hand.

»Hier drin befinden sich eine stattliche Summe Geld und eine Kontaktadresse in Dahab; damit werden sie sich an Land orientieren können. Gib ihnen das, schnell!«

Nidal war überrascht und zugleich überglücklich, dass sein Geführte das Leben seiner Söhne verschonen wollte. Damit hatte er nicht gerechnet. Auch versuchte er, seine Freude nicht zu sehr zu zeigen.

»Hassan! Mohammed!«

Im Nu hatten sich die jungen Männer, ihre Gewehre umgehängt, zu ihrem Vater auf die Brücke begeben. Doch die Freude darüber, dass sie sich gegen die deutschen Soldaten behauptet hatten, sollte nicht lange währen.

»Mohammed, hier, nimm diesen Umschlag. Darin steht alles, was ihr wissen müsst. Vernichtet das Papier, wenn ihr an Land seid!«

»Aber …«

Nach einigen knappen Worten des Abschieds, die den jungen Männern die Tränen in die Augen trieben, steckte Mohammed die gummierte Tasche in seine Neoprenjacke. Sekunden später waren die Brüder mit Flossen an den Füßen über die Reling im Meer verschwunden. Sie waren an Backbord im toten Winkel über Bord gesprungen und sofort einige Meter tief getaucht. Das verfolgende graue Schlauchboot preschte über sie hinweg. Nach einer Weile trieben sie im Wasser und blickten dem Schiff nach, das während der vergangenen vier Monate ihre Heimat gewesen war. Dann schwammen sie langsam in Richtung Land. Sie wussten, sie würden ihren Vater nie wiedersehen.

—

An Bord der *Red Sea Explorer* wandte sich Nidal an seinen Gefährten:

»Sayed?

»Ja?«

»Wir müssen uns diese Deutschen vom Leib halten!«

»Ich weiß. Ich gehe schon.« Der Ägypter nahm ein weiteres Magazin aus der Munitionskiste und lud durch. Er hing sich sein Gewehr über die Schulter und griff nach einem 40-mm-Granatwerfer.

»Wir sehen uns, Bruder!«

»Ja! Inschallah!«

Das graue Schlauchboot raste mit knapp 36 Knoten über das

Meer. Oberbootsmann Jäger war begierig darauf, den fehlgeschlagenen Versuch seines Kameraden Weber wettzumachen. Sie waren nun fast auf Höhe der Hafeneinfahrt. Die *Explorer* konnte ihnen nicht mehr entkommen!

»Volle Konzentration! Freigabe für gezielte Schüsse erteilt. Das Schlüsselwort ist *gezielt*! Hier wird nicht geballert, verstanden?«

Die Männer bestätigten. Dann eröffneten die Soldaten erneut das Feuer auf das flüchtende Schiff. Sekunden später sahen sie eine Fontäne neben sich aufspritzen. Dann hörten sie wieder das charakteristische Hämmern einer Kalaschnikow.

»Das war ein Granatwerfer!«

Das deutsche RHIB wich aus und fuhr eine Schlangenlinie, blieb aber auf Tuchfühlung.

»Wir müssen da drauf, bring uns ran!«, rief Jäger seinem Rudergänger zu.

Auf der *Explorer* drehte sich Sayed um und brüllte in Richtung Brücke:

»Kurs halten, Nidal! Bring uns mitten zwischen die Tauchgastschiffe an der Hauptpier. Da! Da vorne ist eine Lücke!«

»So soll es sein!«

60

Hafen von Na'ama Bay
Sharm El Sheikh
Sinai, Ägypten

Ganze zweihundert Meter trennten die *Red Sea Explorer* noch von der Pier. Nidal al-Suri starrte konzentriert auf sein Ziel. Die Logge zeigte 29 Knoten.

Nun konnten die beiden Terroristen bereits von der Brücke die Rufe wahrnehmen, die ihnen von den Tauchbooten entgegendrangen. Offenbar hatte man sie an Land und auf der Taucherpier bereits ausgemacht. Die *Explorer* hielt Kurs und Geschwindigkeit.

Die Deutschen, die trotz heftigster Gegenwehr rasch aufgekommen waren, schickten sich nun an, Soldaten auf das Achterdeck abzusetzen. Der Rudergänger hielt das Schlauchboot parallel zum Safarischiff. Doch es war zu spät.

Menschen an Land, die lange Zeit wie gebannt auf das einlaufende Schiff gestarrt hatten, kamen erst langsam, dann immer schneller in Bewegung. Noch immer ungläubig und sich zunehmend der Gefahr bewusst werdend, begannen die Ersten, in Panik von der Pier zu flüchten. In Erwartung der bevorstehenden Katastrophe rannten nun viele in Richtung Land. Andere sprangen auf Schiffsdecks, wieder andere suchten ihr Heil im Wasser, um den Auswirkungen des Einschlags der *Explorer* zu entgehen.

Die *Red Sea Explorer* schob sich mit ihrer Masse von 188 Tonnen brachial in eine kleine Lücke zwischen zwei stattlichen Tauchsafarischiffen im Zentrum der Pier. Die Festmacherleinen der vertäuten Schiffe rissen wie Nähgarn, Fender platzten wie Luftballons. Der Bug der *Explorer* drückte die zwei Schiffe samt angrenzenden Booten nach außen weg, ohne dadurch spürbar abgebremst zu werden. Mit immer noch 21 Knoten traf das Schiff die vor ihm liegende Holzpier.

»Allahu Akbar!«

Das laute Krachen von zerberstenden Holzplanken sowie die Tatsache, dass das Taucherschiff eine Phalanx vertäuter Boote durchbrochen und die Pier mit seinem Bug durchbohrt hatte, waren das Letzte, an das sich Überlebende erinnern sollten.

Bruchteile von Sekunden später fegte eine mächtige Druckwelle über den Hafen hinweg, der ein ohrenbetäubender Donner folgte. Autos, Geschäfte, Stände, Buden und Zelte wurden von der Wucht der Explosion des Plastiksprengstoffs im Rumpf der *Explorer* weggefegt und komplett zerstört. Überall brannte es. Millionen von Glassplittern zerborstener Fenster hatten sich über den Hafen verteilt. Drei der angrenzenden Hotels fehlte die komplette Außenfassade, sodass man vom Meer aus in die Zimmer schauen konnte wie in ein Puppenhaus. Selbst Fensterscheiben weiter entfernt gelegener Hotels waren zertrümmert worden.

In den Straßen standen Autowracks in Flammen. Überlebende liefen auf der Suche nach Verwandten und Freunden in Panik umher. Menschen bluteten, einige schrien vor Schmerzen, andere saßen auf dem Boden und weinten. Männer trugen Verletzte, Frauen suchten nach ihren Kindern. Manche blieben einfach neben ihren toten Verwandten liegen und beklagten das unbeschreibliche Leid.

Über dem Hafenbecken hatte sich eine gigantische Rauchwolke erhoben, die sich rasch über die halbe Stadt ausbreitete. Der Wind hatte zu diesem Zeitpunkt noch nicht eingesetzt, sodass die Wolke nicht abziehen konnte. Für kurze Zeit verdunkelten sich weite Teile des Himmels.

Dann, kaum eine Minute später – es erschien den Überlebenden, als sei eine Viertelstunde vergangen – erschütterten zwei weitere Explosionen den Hafen. Die großen Benzintanks der Tankpier waren explodiert.

Ein roter Feuerball erhob sich über der Stelle, an der vorher noch eine Schiffstankstelle gewesen war. Die Überreste der großen Motoryachten, die sich zum Tanken eingereiht hatten, sanken langsam auf Grund.

Große Teile der Wasseroberfläche standen nun aufgrund des entzündeten Dieseltreibstoffes in Flammen und noch immer regnete es Wrackteile. Schiffsplanken, Sprossen und Pfeiler der großen Pier fielen krachend vom Himmel nieder.

Im Wasser trieben zahlreiche Leichen. Hier und dort knallte es. Die Propangasflaschen, die sich in den Kombüsen der meisten Schiffe befunden hatten, explodierten nun infolge der großen Hitze nach und nach.

Die Taucherschiffe, die ganz außen an der Pier gelegen hatten, und jene, die die Druckwelle nicht komplett zerstört hatte, waren leckgeschlagen und ebenfalls gesunken. Aufgrund der geringen Wassertiefe ragten die Brücken der größeren Schiffe im fahlen Licht gespenstisch aus dem Wasser. Na'ama Bay bot ein Bild des Grauens.

61

Deutsche Fregatte *Sachsen*
Straße von Tiran
Ägypten

Auf der Brücke der *Sachsen* hatte man zunächst nur einen immensen Feuerkegel wahrgenommen. Sekunden später folgte ein grollender Donner. Eine gigantische Rauchwolke erhob sich über dem Hafenbecken und breitete sich über die halbe Stadt aus. Große Teile des Himmels verdunkelten sich für mehrere Minuten. Die Soldaten auf der Brücke der *Sachsen* starrten wie gelähmt auf das furchtbare Geschehen. Jeder wusste, die Kameraden des zweiten Boardingteams konnten die Explosion unmöglich überlebt haben.

Kapitän Otersen war der Erste, der seine Fassung wiedererlangt hatte.

»Allmächtiger Gott! Sofort Rettungsmaßnahmen vorbereiten!«

»Hauptbootsmann Weber und sein Team sind ansprechbar, Herr Kapitän!«

»Ich will sie sofort sehen«, antwortete Otersen, während er noch immer auf den Hafen starrte. »Jürgen, mach du hier weiter – wir müssen die Hilfe koordinieren.«

»Geht klar!«

Albrecht griff zum Funkgerät:

»Hier spricht der IO, zwei Beiboote sollen sich klarmachen. Die Hubschrauberbesatzung soll sich vorbereiten auf einen Rettungseinsatz. Sanstaffel ist in Bereitschaft, um Verletzte zu verarzten. IIO, bitte mit IIIO, STO und den Abschnittsleitern den Rettungseinsatz koordinieren. Auch die Freiwache soll sich ausrüsten, um im Hafen Hilfe zu leisten.«

»Funkraum: Setzen Sie Meldung ab an CTF, die Kameraden der *Erfurt* und ans Einsatzführungskommando!«

»Terroristischer Anschlag im Hafen Na'ama Bay – eigene Verluste wie folgt: neun Mann tot und drei verletzt – Verluste unter der Zivilbevölkerung noch nicht absehbar, vermutlich hoch – bereiten Rettungseinsatz vor.«

»Ach, und funken Sie Kapitän Seitz von der Korvette *Erfurt* an, er soll sofort hierher verlegen. In den nächsten Stunden werden wir alle viel zu tun bekommen.«

Korvettenkapitän Albrecht konnte nicht wissen, wie sehr er damit recht haben sollte.

62

Sanafir Island
20 Seemeilen nordöstlich von Sharm El Sheikh
Ägypten

Rasul Khan erhob sich rasch. Er hatte es sich, wie die meisten seiner Männer, auf dem steinigen Strand der kleinen Insel Sanafir Island so gut wie möglich bequem gemacht. Geduldig hatten sie auf ihren Einsatz gewartet.

»Das war das Zeichen! Es geht los!«

Die Männer rappelten sich auf und griffen nach ihren Waffen. Dem tiefen Grollen nach zu urteilen, das aus Na'ama Bay herüberdrang, musste der Anschlag wie geplant ausgeführt worden sein.

Mit einer Geste seiner rechten Hand bedeutete Rasul Khan seinen Truppführern, sich in Bewegung zu setzen. Mit vereinten Kräften schoben die Männer die schweren Schlauchboote über den knirschenden steinigen Strand ins Wasser. Röhrend sprangen die Außenborder an und keine Minute später umrundeten die großen schwarzen Zodiacs das südwestliche Kap der kleinen Insel.

Sie hielten Kurs 210° in Richtung Sharm El Sheikh.

»Männer, seht: Unsere Brüder Nidal und Sayed waren erfolgreich!« Rasul zeigte in Richtung Hafen, über dem eine große dunkle Wolke hing.

»Al-hamdu lillah!«, rief Rasul Khan mit sonorer Stimme.

»Al-hamdu lillah!«

»So, und von nun an wird nur noch englisch gesprochen. Ihr alle wisst, was zu tun ist.«

»Zeit bis zum *Rendezvous Point*: 40 Minuten.«

63

Motoryacht *Wave Dancer*
Jackson Reef, Straße von Tiran
Ägypten

Beunruhigt drehte Mirko Wolff sich um.

»Leute, schaut mal – was ist denn da drüben los?«

Steiger, Omar und Wolff hatten gerade einen entspannten Tauchgang am Riff beendet und waren an Deck geklettert. Mühsam pellten sie sich aus den nassen Neoprenanzügen.

»Keine Ahnung. Aber achtet auf die riesige Rauchwolke da hinten!«

»Das raucht genau über Na'ama Bay!«, sagte Omar und runzelte die Stirn.

»Unglaublich! Das muss ein großes Feuer sein – seht mal da hinten!«

»Das muss unsere Fregatte *Sachsen* sein, verdammt nah am Hafen, würde ich sagen. Mit ihrem Tiefgang kommt die da nicht rein«, mutmaßte Steiger.

»Da stimmt etwas nicht«, murmelte Wolff.

»Omar, lass uns mal dorthin fahren, ich habe ein ganz komisches Gefühl«, sagte Steiger, ohne den Blick von der dunklen Rauchwolke abzuwenden.

Im Nu hatten sich die drei Männer abgetrocknet und umgezogen, während Omar mit der *Wave Dancer* auf den Hafen Na'ama Bay zuhielt. Omar ließ die Yacht über die Wellen fliegen, die Logge zeigte 39 Knoten.

Auf halber Strecke kamen ihnen drei schwarze Schlauchboote entgegen. In den Booten befanden sich bewaffnete Soldaten in Flecktarnuniformen.

»Das sind britische Royal Marines«, rief Steiger und winkte.

Die Schlauchboote rauschten an ihnen vorbei. Wolff winkte den Engländern ebenfalls zu. Doch die zeigten keine Reaktion. Stur blickten die Männer geradeaus. Die Zodiacs behielten ihren Kurs bei und binnen Sekunden hatten sie sich weit in Richtung Südwesten entfernt.

Als die *Wave Dancer* sich dem Hafen von Na'ama Bay näherte, konnten die drei Freunde bereits erste Spuren der Verwüstung ausmachen. Beiboote der *Sachsen* waren offenbar schon in Hilfsmaßnahmen eingebunden. Im Hafen brannten vereinzelte Feuer und eine Ölschicht hatte sich über den westlichen Teil des Hafens ausgebreitet. Stellenweise stand die Wasseroberfläche in Flammen.

»Mein Gott! Das war ein Anschlag auf das Hafenfest!«

»Samira!«, rief Omar instinktiv und nahm sein Handy, das in der Steuerkonsole lag. Steiger und Wolff tauschten ernste Blicke aus.

»Anrufbeantworter, Mist!«

»Omar, wenn sie im Hotel war, dann wird alles in Ordnung sein, Na'ama Bay ist viel zu weit vom Hotel entfernt.«

»Ich muss nach Hause, Jan, ich muss zu Samira. Jetzt sofort!«

»Klar. Habe ich verstanden, Omar! Doch bitte bring Mirko und mich vorher noch eben zur *Sachsen*, dann kannst du sofort fahren. Wir bleiben per Funk in Kontakt!«

Omar antwortete nicht und riss unwirsch das Steuer herum. Seine Sorgen standen ihm tief ins Gesicht geschrieben.

»Ich frage mich, weshalb die britischen Marines nicht helfen.«

»Das ist in der Tat seltsam«, erwiderte Wolff nachdenklich.

»Omar, gib mir mal die Funke!«

Steiger nahm das Funkgerät und funkte auf Kanal 16, dem internationalen Anrufkanal, der auf jedem Funkgerät voreingestellt ist.

»HMS *Duncan*, HMS *Duncan*, this is Motor Yacht *Wave Dancer*, do you copy? Over!«

Rauschen füllte den Äther. Die drei Männer lauschten angestrengt.

»HMS *Duncan*, HMS *Duncan*, this is Motor Yacht *Wave Dancer*, do you copy? Over!«

Das Funkgerät blieb stumm, nur ein gleichmäßiges Rauschen war zu vernehmen.

Frustriert hängte Steiger das Mikrofon wieder ein.

Doch nach einigen Sekunden knarrte es aus dem Lautsprecher:

»Motoryacht *Wave Dancer*, Motoryacht *Wave Dancer*. This is HMS *Duncan*, please change to channel 72. Over!«

»Na endlich! Doch jemand zu Hause!« Steiger atmete auf.

Steiger drehte so lange am Umschaltknopf, bis der Kanal 72, der Kanal für Schiff-Schiff-Kommunikation, im digitalen Display erschien. Eine Korrektur am Squelch-Knopf, und es hörte auf zu rauschen.

»HMS *Duncan*, this is Lieutenant Steiger, German Navy, on board MY *Wave Dancer*. We passed three RHIBs with your Royal Marines, why do they not support rescue activities in the harbour? Over!«

Stille.

»I repeat: This is Lieutenant Steiger German Navy on board Motoryacht *Wave Dancer*. We just passed your Marines, we need assistance in the harbour, Over!«

Dann knackte es im Äther.

»*Wave Dancer* this is *Duncan* – err – we have no Marines on board – I repeat: we have no Royal Marines on Board – our sailors are assisting with support measures in the harbour as we speak – please stay away from the port, *Wave Dancer*, the waters are contaminated and not safe – over and out!«

»Mann, das gibt's doch nicht!«

Wolff und Steiger schauten sich verdutzt an.

Omar ergänzte:

»Du glaubst, Jan, das eben …«

»… waren keine Marines«, vollendete Wolff den Gedanken.

»Ruhe!«, rief Steiger und griff zum Mikrofon: »Fregatte *Sachsen*, Fregatte *Sachsen*, hier Motoryacht *Wave Dancer*. Kommen!«

»*Wave Dancer*, hier Fregatte *Sachsen*, bitte wechseln Sie auf Kanal 72. Kommen!«

»*Sachsen*, hier *Wave Dancer*, OLZS Steiger von der KSM, bitte, an Bord kommen zu dürfen. Kontakt nach Berlin ist hergestellt. Over!«

»Fregatte *Sachsen* an *Wave Dancer*, wir werden das überprüfen. Bleiben Sie auf Empfang. Over!«

»Worauf du dich verlassen kannst«, murmelte Steiger.

Er bedeutete Omar, auf die Fregatte zuzuhalten.

»*Sachsen*, hier *Wave Dancer*, tun Sie das. Sind in fünf Minuten bei Ihnen. Out!«

»Du vermutest also, das eben waren Terroristen?«

»Die Möglichkeit besteht zumindest. Und wenn das so ist, dann war das Ganze hier wahrscheinlich erst der Anfang«, entgegnete Steiger.

»Mein Gott!«

»Mirko, gib mir bitte mal dein Satellitenhandy!«

Hastig wählte Steiger die Nummer seines Kommandeurs, auf dem Display erschien jedoch die Meldung: »LOW BATTERY«.

»Verfluchter Mist! Mirko, hast du ein Ladegerät?«

»Hab' ich, das braucht aber 230 Volt.«

»Oh Mann, auch das noch!«

Zum Glück verfügte Omars *Wave Dancer* über einen Stromwandler. Und so stand Steiger schließlich unter Deck, mit beiden Beinen verkeilt, damit er bei dem Seegang nicht umfiel, und hielt mit der einen Hand das Telefon ans Ohr und mit der anderen den Ladestecker fest in der ausgeleierten Buchse.

64

Seehotel
Potsdam, Deutschland

»Rickmers hier.« Die Stimme klang belegt.

»Herr Kapitän, hier spricht Steiger. Hören Sie mir jetzt bitte genau zu, es ist sehr wichtig!«

Fregattenkapitän Rickmers war zu überrascht, um sich über den Ton zu wundern, und zu neugierig, um Steiger in die Schranken zu weisen.

»Na, was'n nu schon wieder?«, fragte er etwas unwirsch.

»In Na'ama Bay hat es einen Anschlag auf den Hafen gegeben, der Hafen ist ein Ort der Verwüstung mit zahlreichen Toten. Unsere Fregatte *Sachsen* ist gerade dabei, Hilfe zu leisten.«

»Sack und Asche!«, entfuhr es Rickmers.

»Herr Kapitän, Wolff und ich vermuten, dass das nur der erste Teil des Anschlages war.«

»Sie meinen … eine zweite Explosion?«

»Kann ich nicht sagen, Herr Kapitän, ich vermute eher einen gezielten Anschlag. Fällt Ihnen spontan irgendetwas ein?«

Obwohl Steiger ihn nicht sehen konnte, schüttelte Rickmers ungläubig den Kopf.

»Unmöglich! Außerdem, wer sollte den Anschlag ausführen?«

Steiger riss sich zusammen, er hatte vorausgesehen, dass es nicht leicht werden würde, seinen Kommandeur zu überzeugen. Die Wahrheit war oft unangenehm und die menschliche Psyche suchte immer zuerst nach angenehmeren Alternativen.

»Herr Kapitän, Sie erinnern sich an den Inhalt der Kisten?«

»Natürlich!«

»Wozu brauchen Terroristen englische Enfield-Sturmgewehre, wenn sie nur den Hafen in die Luft jagen wollen?«

Rickmers schwieg.

»Weshalb sprengen Sie den Hafen zu dieser frühen Stunde,

zwei Stunden später wäre vermutlich noch mehr Publikumsverkehr?«

Erneutes Schweigen. Rickmers hatte auch darauf keine Antwort.

»Sie werden es nicht glauben, Herr Kapitän, aber uns sind eben drei Zodiacs mit britischen Royal Marines begegnet und dreimal dürfen Sie raten, womit die bewaffnet waren: genau, mit Enfield-Sturmgewehren! Die Boote liefen Kurs Südwest, vielleicht wissen Sie es nicht, aber dort ist ein zweiter kleiner Hafen und etwas weiter gibt es viele lange Sandstrände.«

Rickmers fasste sich schnell.

»Nun mal ruhig, Junge, die Marines werden vom britischen Kreuzer *Duncan* sein, der ist gerade in der Gegend im Einsatz.«

»Negativ, Herr Kapitän, ich habe soeben die *Duncan* diesbezüglich angefunkt, sie haben keine Marines an Bord. Wenn Sie diese Information aber über ihre Kanäle noch einmal bestätigen könnten, wäre das sehr hilfreich. Ich begebe mich jetzt direkt zu unserer *Sachsen*, die *Erfurt* ist in Sichtweite. Wie Sie wissen, sind Kameraden aus der *Kompanie* an Bord.«

Rickmers kratzte sich am Hinterkopf.

»Steiger, sind Sie sich sicher?«

»So sicher, wie ich nur sein kann, Herr Kapitän.«

»Hm, wie sieht es denn da aus? Ich kann mir das nicht gut vorstellen: eine Gruppe von Marines, die keine sind? Das wäre gar nicht gut ...«, dachte Rickmers laut. Seine Gedanken rotierten.

Steiger riss sich zusammen, er musste sich kontrollieren. Rickmers war schließlich sein Vorgesetzter.

»Sie sagen es! Hier ist die Hölle los, eine Riesenrauchwolke über Na'ama Bay und überall brennt es. Die RHIBs und Barkassen der *Sachsen* sind pausenlos im Einsatz.«

Rickmers zögerte. Er schloss die Augen und massierte seinen Nasenrücken, so, als müsse er seine Gedanken erst sammeln.

»Hören Sie zu, Steiger, ich glaube Ihnen, aber ich kann nicht frei sprechen, das hier ist eine offene Leitung und – ach, was soll's ...«

Er machte eine Pause, Steiger konnte seine Neugier kaum noch bändigen.

»Herr Kapitän?«

»Ach, Sack und Asche! Hören Sie, Steiger: Es findet ein geheimes Gipfeltreffen in Sharm El Sheikh statt. Aus Sicherheitsgründen wurde das aber aus den Medien herausgehalten.«

»Um Himmels Willen!«, entfuhr es Steiger, der in die ahnungslosen Gesichter seiner Freunde blickte.

»Wird der Kanzler auch auf dem Gipfel sein?«

»Der Kanzler ist kurzzeitig erkrankt, aber unser Außenminister ist da – aber das dürfen Sie eigentlich alles gar nicht wissen.«

»Seit wann?«

»Seit gestern Abend. Hören Sie, Steiger, halten Sie sich bereit, fahren Sie zur *Sachsen* rüber und kontaktieren Sie Kapitän Otersen. Fregattenkapitän Paul Otersen, verstanden? Ich werde hier jetzt mobil machen. Wahrscheinlich gibt es gleich eine Sonderlage im BND oder im Kanzleramt, Sie hören von mir.«

»Herr Kapitän, wenn wir ein *Team* einsetzen könnten, dann könnten wir sie vielleicht abpassen oder zumindest helfen, die *Sachsen* …«

»Immer mit der Ruhe, Junge! Ein Schritt nach dem anderen, ich kläre das und melde mich wieder.«

»Dann am besten über das Satellitentelefon von Wolff, Herr Kapitän.«

»Alles klar, sehen Sie zu, dass Sie erreichbar bleiben.«

Steiger drückte Wolff das Telefon in die Hand, der ebenfalls seine Vorgesetzten informierte. Doch im FIZ wusste man bereits Bescheid. Das Einsatzführungskommando hatte die Meldungen der *Sachsen* sofort an den BND weitergeleitet.

»Omar, fahr weiter zur *Sachsen*, ich muss mit dem Kommandanten sprechen.«

»Was?«, fragte Omar ungläubig.

»Tu einfach, was ich sage, bitte!«, erwiderte Steiger eindringlich.

Omar zog die Augenbrauen hoch.

»Wir sind gleich da.«

»Meinst du nicht, der Kommandant hat im Moment andere Sorgen?«, fragte Wolff vorsichtig.

»Nein, Mirko, wir müssen mit ihm reden. Er weiß, worum es geht, und vielleicht kriegen die Kameraden später noch richtig Arbeit …«

65

Strand außerhalb von Sharm El Sheikh
Sinai, Ägypten

Die Schlauchboote hatten kaum am Strand aufgesetzt, als die ersten Männer bereits an Land sprangen. Ihre Camouflage-Uniformen sahen denen der britischen Royal Marines täuschend ähnlich. Die Ausrüstung, Rucksäcke, Waffen, Dienstgrade, alles passte. Sogar an die korrekten Abzeichen an den dunkelgrünen Baretts hatte man gedacht.

Brüder, die während des letzten Golfkriegs in Basra, im südlichen Irak, gegen die Engländer gekämpft hatten, hatten seinerzeit die britischen Truppen fotografiert. Ein Besuch auf der Homepage der Royal Marines tat sein Übriges.

Einige Meter vom Strand entfernt standen drei große, offene Land Rover in Wüstentarnanstrich bereit. Geländewagen, wie sie auch bei den britischen Streitkräften Verwendung fanden. An einem der Fahrzeuge lehnte ein Soldat. Er trug die Uniform der ägyptischen Panzertruppe und eine Pistole am Koppel.

»Sie sind spät dran!« Oberst Hamad empfing die Männer wenig herzlich.

Rasul Khan ignorierte die Bemerkung und fragte: »Wann können wir los?«

»Sofort, wenn Sie wollen.«

»Gut.«

Rasul Khan drehte sich um und rief:

»Aufsitzen, Männer!«

Binnen Minuten hatten die Männer ihre schweren Waffen und Rucksäcke verstaut, aufgesessen und befanden sich auf dem Weg in die Stadt. Kurze Zeit später erreichten die Fahrzeuge den Fuß einer Anhöhe.

Oberst Hamad machte ein Zeichen, zu halten. Er und Khan stiegen aus und krochen vorsichtig die Erhebung hinauf. Durch einen Feldstecher sahen sie einen gut gesicherten Streckenposten. Mit Beton gefüllte Ölfässer zwangen passierende Fahrzeuge, ein Z durch die Straßensperre zu fahren. Vor einem Bremshügel befand sich zusätzlich eine Kette mit spanischen Reitern. Unter einem mit Bast überdachten Carport standen ein weißer Toyota Landcruiser und ein alter Panzerspähwagen. Auf der rechten Seite hinter dem Streckenposten konnte Khan einen aus grauem Stahlbeton gegossenen, überdachten Hochstand ausmachen, aus dem ein russisches Maschinengewehr auf die Straße zielte.

»Da hätte ich Sie zwar durchbringen können, so weit reichen meine Befugnisse noch, aber es hätte Rückfragen gegeben und die hätte ich dann nicht mehr plausibel beantworten können«, sagte der Oberst.

Khan schaute ihn an.

»Aber das ist auch die Straße von Westen. Aufgrund Ihrer Landung am Strand sind wir im Prinzip schon drin. Wir lassen den Posten links liegen und fahren innen daran vorbei. Es wird zwar etwas holprig werden, aber mit den Geländewagen ist das ein Kinderspiel.« Er fixierte Khan selbstsicher.

»Und wenn sie uns auf dem Radar verfolgen?«, wandte Khan ein.

»Wenn Sie wüssten …«, winkte der Oberst ab. Der Pakistaner überschätzte offenbar die technischen Möglichkeiten des Militärs vor Ort.

Vorsichtig schoben sich die beiden Männer zurück und stiegen, unten angekommen, wieder in die Fahrzeuge. Die Geländewagen setzten ihre Fahrt fort, indem sie die Straße verließen und die Anhöhe rechts umfuhren. Ihr Weg führte sie nun mitten durch die Wüste, die Straßensperre konnte so gemieden werden. *So einfach war das, wenn man sich auskannte,* dachte Rasul Khan zufrieden.

66

Divine Palace Conference Hotel & Spa
Sharm El Sheikh
Sinai, Ägypten

Das Divine Palace Conference Hotel befand sich inmitten dreier aneinandergrenzender Golfplätze. Nach außen war es von mehreren konzentrischen Ringen aus hohem Buschwerk und bunten Zierpflanzen umgeben. Malerisch zog sich die Zufahrtsstraße durch Palmenhaine und glänzend grüne Wiesen. Kleine Wasserlöcher und Teiche verstärkten zusammen mit vereinzelten Papyrusstauden und gigantischen Zypressenbüschen den Eindruck eines künstlich geschaffenen Paradieses.

Der sogenannte Pro-Course-Golfplatz war in der Vergangenheit aufgrund seiner Landschafts- und Gartenarchitektur mehrfach mit Preisen ausgezeichnet worden. Allein die Bewässerung verschlang jedes Jahr ein Vermögen.

Hinter dem Hotel lag eine eigene Zufahrt für die Küche und die übrigen Servicebereiche. Im Süden befand sich der Haupteingang mit der eigentlichen Zufahrt und den Parkplätzen, die im Moment nur spärlich belegt waren. Ein weißes Vordach spendete ankommenden Gästen Schatten. Links des Eingangs erkannte man eine Hochterrasse mit Swimmingpool und Sonnendeck, sie war nur von innen zu betreten. Eine weitere, größere Poolanlage befand sich westlich neben dem Hotel.

Aus Sicherheitsgründen war das Hotel für die drei Tage, die der Gipfel dauern sollte, für normale Besucher geschlossen worden. Erklärt hatte man den Umstand mit Renovierungsarbeiten nach einem größeren Wasserrohrbruch. Ebenso sollte ein kurzfristig beschlossener Wechsel des Konferenzsaals die Sicherheit erhöhen. Die Personenschutzkommandos hatten die Vorteile einer Verlagerung überzeugend herausgestellt und dabei auch auf die besseren Möglichkeiten zur Evakuierung hingewiesen. Ein Heer von eigens für den Gipfel eingeflogenen IT-Fachleuten und Dekorateuren hatte daraufhin einen Saal im Kellergeschoss des Hotels komplett neu hergerichtet. Leitungen waren neu verlegt worden, Übersetzerkabinen ab- und wieder aufgebaut, Computer neu angeschlossen und eine Leinwand für Präsentationen aufgebaut worden. Kellner hatten das gesamte Catering aus dem Konferenzsaal im Obergeschoss in den feuersicheren Kellerraum verlegt.

Neben dem eigentlichen Zugang über den Hotelflur gab es hier noch den Nordeingang, der zugleich einer etwaigen Evakuierung diente. Eine hinter Papyrusstauden getarnte und nur von innen zu öffnende Feuertür führte direkt auf die Rasenfläche neben dem Hotel. Ein kleiner Hubschrauberlandeplatz war über einen Weg durch einen Blumengarten schnell zu erreichen.

Die Minister und die übrigen Delegationsmitglieder speisten nahezu ausnahmslos auf ihren bewachten Zimmern. Die Personenschützer hatten eindringlich darum gebeten. Der große lichtdurchflutete Frühstückssaal im ersten Stock wurde daher überwiegend von den Stabsangehörigen der einzelnen Delegationen genutzt. Die Personenschützer aßen in einem Nebenraum oder zusammen mit ihren Schutzpersonen. Viele waren unruhig und blickten häufig auf die Uhr.

Nachdem sie sich an dem opulenten Frühstücksbüfett gütlich getan hatten, waren die ersten Beamten und Übersetzer bereits aufgestanden und begaben sich nun nach und nach in Richtung Konferenzsaal. Die Stimmung war angespannt und niedergedrückt, denn das Entsetzen über den Anschlag im Hafen, der gerade mal eine gute Stunde zurücklag, schwebte wie ein Schatten über dem Gipfeltreffen. Als erste Reaktion wollte die Organisation den Gipfel absagen und neu terminieren, doch aufgrund technischer Probleme konnten Flugzeuge den Flughafen weder anfliegen noch von Sharm El Sheikh starten. Gerüchten zufolge war die Stromversorgung des Flughafens komplett zusammengebrochen. Die Ägypter versicherten, es sei lediglich eine Frage von Stunden, bis die Schäden behoben seien. Bis es so weit sei, wollte man das Beste aus der Situation machen und wie geplant mit der Konferenz beginnen. Sobald der Flughafen wieder den Flugbetrieb aufnehmen würde, sollte neu über einen Abbruch der Konferenz entschieden werden.

67

Bundeskanzleramt
Lageraum 0.07
Spreeufer
Berlin, Deutschland

»Guten Morgen, ich begrüße Sie zu dieser unerfreulichen Lage.« Die Stimme des Kanzleramtchefs klang ernst, er erntete ein verhaltenes Murmeln.

»Die Zeit drängt, daher fasse ich mich kurz. Es gab vor einer guten Stunde einen Anschlag auf den Hafen von Na'ama Bay in Sharm El Sheikh. Derzeit ist der BND im FIZ dabei, alle aktuellen Informationen zusammenzutragen. Wir sind nachher per Videokonferenz mit Herrn Lohmann, dem Leiter der Abteilung Terrorismusabwehr, verbunden, allerdings ist das FIZ jetzt noch nicht zugeschaltet. Das erfolgt später, erst möchte ich in diesem Kreis kurz über den Anschlag sprechen.«

»Wenn Sie gestatten, Herr Bundeskanzler«, meldete sich der Präsident des Bundesnachrichtendienstes mit dünner Stimme zu Wort. Der hochgewachsene, weißhaarige Mann, der sich in seinem letzten Dienstjahr befand, trug einen dunkelblauen Nadelstreifenanzug und eine Lesebrille. Er war vorzeitig von einer Dienstreise aus Kanada zurückgekehrt.

»Bitte!«

Der Mann hinkte leicht, als er nach vorne zum Pult schritt. Mit einem Putztuch säuberte er umständlich seine Gläser.

»Die Medienproduktionsfirma der *Basis*, As-Sahab, hat den einschlägig bekannten Sendern Al Jazeera und Al Arabiya ein Video zugespielt, das diese heute Morgen gegen neun Uhr ausgestrahlt haben. Ich weise auf die einstündige Zeitverschiebung hin. Das Video zeigt keine identifizierbaren Personen, alle sind vermummt. Im Hintergrund spricht eine Stimme, die die Taten erklärt. Unsere Auswertung geht mit nahezu hundertprozentiger Sicherheit davon aus, dass es sich dabei um die Stimme von Aiman az-Zawahiri, der Nummer 2 der *Basis,* handelt. Der Sprecher nennt eine bislang unbekannte Gruppierung, die sich die »Brigaden der Rechtgeleiteten« nennt. Er bekennt sich im Namen dieser Organisation offen und klar zu dem Anschlag. Vor etwa zehn Minuten erfuhren wir, dass BBC und CNN das Video ebenfalls erhalten haben. Einer weltweiten Ausstrahlung steht also nichts mehr im Wege. Innerhalb der nächsten Stunden wird es im Internet zu sehen sein.

Inhaltlich spricht das Video von einem Angriff auf den dekadenten Westen, der die arabische Welt mit dem, so wörtlich, ›Virus einer kranken Kultur – der Demokratie‹ verdirbt und von dem Ziel der *Basis,* die arabische Welt vom westlichen Tourismus, der ein Vorbote dieser kranken Kultur sei, zu reinigen. Ferner befindet sich im Internet in den einschlägigen Foren seit etwa einer Stunde eine längere schriftliche Erläuterung, verfasst von einem Imam, der sich Abdulaziz nennt und den wir bislang noch nicht identifizieren konnten. Diese Erklärung hier zu zitieren, würde den zeitlichen Rahmen sprengen und auch keine neuen Erkenntnisse liefern. Klar ist für uns auf jeden Fall, dass dieser Anschlag von langer Hand geplant war.«

»Das heißt, der BND geht von der Authentizität dieses Videos aus?« Die Frage war vom Bundeskanzler mit der Intonation einer Aussage gestellt worden.

»Das ist richtig.«

»Haben Sie vielen Dank.«

»Gerne. Mein geschätzter Kollege aus dem militärischen Bereich des Dienstes, Generalleutnant Jochum, wird Ihnen jetzt etwas zu den Schäden und dem derzeitigen Rettungseinsatz berichten. Mir scheint, unsere Ärzte und Sanitäter sind am Limit.«

Mit diesen Worten tauschte der Präsident des BND mit seinem Vize, Generalleutnant Jochum, die Plätze.

»Guten Morgen«, begrüßte Jochum die Zuhörer.

»Die Fregatte *Sachsen* hat um ca. 09:45 Uhr lokaler Ortszeit erste Hilfsmaßnahmen eingeleitet und ist bald mit einem Helikopter – der zweite Bordhubschrauber ist bedauerlicherweise außer Betrieb – sowie drei Booten an dem Rettungseinsatz beteiligt. Wir gehen im Moment von knapp zweihundertsechzig Toten und einer doppelt so großen Anzahl an Verletzten aus. Genaues wissen wir noch nicht, außer, dass es sich bei dem Taucherschiff, mit dem der Anschlag verübt wurde, um die *Red Sea Explorer* handelte.«

»Ist das nicht das Schiff, das überprüft werden sollte?«

»Eben jenes, Herr Bundeskanzler.«

Es wurde still.

»Wie steht es nun um die Sicherheit des Gipfels? So furchtbar es sich auch anhören mag, so müsste die Konferenz ja ab jetzt reibungslos verlaufen.« Der Kanzler hatte das Geschehene akzeptiert und blickte nach vorn.

Jochum runzelte die Stirn: »Ich bedaure.«

Auf dem Gesicht des Kanzlers zeichnete sich Verwunderung ab.

»Wir haben soeben eine neue Meldung erhalten. Wenn Sie erlauben, werden wir den Sachverhalt kurz darstellen.«

»Sie haben unsere ungeteilte Aufmerksamkeit, Herr General.«

»Ich danke Ihnen. Damit würde ich das Wort gerne an Fregattenkapitän Rickmers übergeben. Kapitän Rickmers ist der Kommandeur des Kommandos Spezialkräfte Marine und war zufällig gerade in Potsdam. Sie hatten während unseres letzten Treffens die Anwesenheit eines Marineoffiziers gewünscht und es ist ein glücklicher Zufall, dass Kapitän Rickmers heute hier bei uns ist. Zudem war es einer seiner Männer, der das Versteck unter Wasser gefunden hat, und die neueste Meldung stammt ebenfalls aus dieser Quelle. Herr Kapitän?«

Fregattenkapitän Jörn Rickmers erhob sich. Alle Augen waren auf ihn gerichtet. Obwohl man es ihm nicht ansah, war es ihm äußerst unangenehm, derart im Mittelpunkt zu stehen. Lieber hätte er bei einem Sabotageeinsatz in einem feindlichen Hafen seinen Kopf aus dem Wasser gehoben, als vor diesem Gremium zu sprechen. Doch Steigers jüngste Theorie eines Anschlags auf die Konferenz war aus seiner Sicht kein Hirngespinst und verlangte nach sofortiger Erörterung. Am Stehpult angekommen, holte er tief Luft und blickte langsam in die Runde.

»Herr Bundeskanzler, sehr geehrte Damen und Herren. Es gibt in der Tat Anhaltspunkte zu vermuten, dass das Gipfeltreffen in Gefahr ist. Es deutet einiges darauf hin, dass ein Folgeanschlag geplant ist und diese erste Explosion heute Morgen im Hafen lediglich dazu gedacht war, Sicherheits- und Rettungskräfte aus der Stadt in Richtung Hafen abzuziehen, dort zu binden und dadurch, unterstützt durch die in den Medien veröffentlichten Tonbänder, vom eigentlichen Anschlagsziel abzulenken.«

Einige Zuhörer räusperten sich.

»Eine gewagte These, Herr Kapitän. Sie werden aber sicher gute Gründe für Ihre Annahmen haben, oder?«, fragte der Innenminister.

»Dazu komme ich jetzt, wenn Sie erlauben ...«

Mit diesen Worten drückte er auf den Knopf einer Fernbedienung und ein unter der Decke befindlicher Beamer warf ein Bild auf die Leinwand, die am Ende des Tisches ausgezogen worden war. Es erschienen zwei Fotos, auf denen Militärwaffen zu sehen waren. Die Waffen waren einmal in einer Art Container fotografiert worden und einmal einzeln vor einem hölzernen Hintergrund, der wie ein Schiffsdeck aussah.

»Diese Gewehre haben unsere zwei Männer vor Ort vor etwa 48 Stunden gefunden. Die Aufnahme zeigt einen Behälter mit zwölf Enfield-Sturmgewehren, wie sie in den britischen Streitkräften verwendet werden, mitsamt ausreichend Munition, um ein längeres Feuergefecht zu bestehen.«

Die Runde schwieg.

»Es ergibt keinen Sinn, derart viele Sturmgewehre an Bord zu haben, wenn man lediglich ein Sprengstoffattentat plant. Noch dazu stellt sich die Frage, warum die Wahl auf dieses wenig verbreitete Fabrikat fiel. Das Boardingteam der Fregatte *Sachsen* hat berichtet, dass es sich bei dem Angriff auf ihr Boot um maximal drei Schützen gehandelt habe. Beim Boarden der *Red Sea Explorer* am Tag zuvor waren allerdings 23 Personen an Bord gezählt worden. Das Gewehrfeuer stammte dabei eindeutig aus Kalaschnikow-

Sturmgewehren, die von einem Enfield deutlich zu unterscheiden sind. Jedoch wurde vermutlich aus nicht mehr als drei, maximal vier Waffen auf unser Boardingteam gefeuert. Ferner wissen wir nicht, was sich in den übrigen sechs versenkten Behältern befand. Es hätten neben Sprengstoff noch weitere Waffen dort unten lagern können.«

Einige der Anwesenden begannen nun allmählich unruhig zu werden.

»Die übrigen Passagiere des Taucherbootes müssen aber nicht zwingend zu den Terroristen gehört haben«, wandte der Staatssekretär des Auswärtigen Amtes, Dr. Minter, ein.

»Das ist korrekt, allerdings ist bislang nicht klar, weshalb sich drei oder vier Terroristen die Mühe machen sollten, sich mit zwölf oder mehr Sturmgewehren auszurüsten. Dann hätten drei oder vier Waffen mit ausreichend Munition es auch getan. Ferner muss man davon ausgehen, dass jemand, der einen solchen Anschlag plant, sich im Vorfeld viele Gedanken um Details macht«, erwiderte Rickmers.

Der Staatssekretär schwieg.

»Heute Morgen erhielt ich einen Anruf von OLZS Steiger, der mir versicherte, er habe drei schwere Schlauchboote mit etwa zwanzig schwer bewaffneten britischen Royal Marines vorbeifahren sehen.«

Er machte eine Pause.

»Die könnten von dem britischen Kriegsschiff HMS *Duncan* sein, das in den Gewässern kreuzt, denken Sie nicht?«, fragte der Verteidigungsminister.

»Der Verdacht lag nahe, Herr Minister, in der Tat. Tatsache ist, dass OLZS Steiger denselben Gedanken hatte und diese Möglichkeit gleich überprüfte.«

»Ach, wie denn das?«, wollte Dr. Minter wissen.

»OLZS Steiger befand sich auf der Motoryacht eines Freundes, zusammen mit Wolff – das ist der BND-Mitarbeiter, mit dem er die Waffen zuvor aus dem Meer geborgen hatte – und funkte per UKW die HMS *Duncan* an, um sich zu vergewissern. Sie müssen wissen, die vermeintlichen Briten fuhren mit ihren Schlauchbooten in Richtung Südwesten, bewegten sich also vom Hafen weg und halfen nicht, wie unsere Soldaten, in der nordöstlich gelegenen Na'ama Bay.«

»Aha, na und? Vielleicht haben die Briten ja eine heiße Spur und verfolgen die Attentäter des Anschlags von heute Morgen«, beharrte Dr. Minter.

»Negativ! Pardon, ich meinte, dem war offenbar nicht so. Die Briten antworteten zunächst nicht. OLZS Steiger erhielt dann die Auskunft, die *Duncan* habe keine Marines an Bord. Er rief mich an mit der Bitte, das noch einmal abzuklären. Ich leitete das Gesuch umgehend weiter. Die Abteilung J2 * im Einsatzführungskommando fand heraus, dass die HMS *Duncan* in der Tat kein Kontingent Marineinfanterie an Bord hat. Die Engländer verfügen lediglich über reguläre Matrosen und haben diese auch teilweise zur Unterstützung in den Hafen abkommandiert.«

Im Lageraum wurde es jetzt mucksmäuschenstill. Dann schaltete sich der Staatssekretär des Auswärtigen Amtes, Dr. Minter, erneut ein:

»Herr Kapitän, könnte sich Ihr Mann womöglich geirrt haben? Gab es Seegang oder schlechte Sichtverhältnisse? Könnten es nicht vielleicht auch Ägypter gewesen sein?«, fragte er.

»Nein, das ist wohl auszuschließen, Oberleutnant zur See ...«

Weiter kam er nicht, Dr. Minter fiel ihm ins Wort:

»Woher will Ihr Mann, dieser Steiger, denn so genau wissen, wie die Uniformen der britischen Marineinfanterie aussehen?«

Du lieber Gott ...

Rickmers verdrehte im Geiste die Augen und versuchte sich zu beherrschen.

Verstehe, ein Offizier der KSM, der ausgebildet wurde, draußen unter Extrembedingungen Entscheidungen über Leben und Tod zu treffen, während ihr hier die Sessel anwärmt, ist vermutlich zu blöde, britische Marineinfanterie als solche zu erkennen. Ihr aber erkennt die Damen auf euren Empfängen am Hintern und am Dekolleté wieder, dachte Rickmers, doch er riss sich zusammen:

* Sicherheit in der Flotte

»Ihre Frage ist nicht unberechtigt, Herr Staatssekretär. Ich darf hinzufügen, dass OLZS Steiger sich erst vor einigen Monaten in einem längeren Manöver mit einer Kommandoeinheit der Royal Marines befand, mit der wir regelmäßig auf Bohrinseln in der Nordsee Geiselbefreiungen trainieren. Ich denke, er ist durchaus in der Lage, die Uniformen und Ausrüstungsteile der britischen Streitkräfte, insbesondere die der englischen Marineinfanterie, wiederzuerkennen.«

Es folgten einige Sekunden des Schweigens.

»Haben Sie die Meldung der HMS *Duncan* noch einmal überprüft?«, wollte der Generalstabschef wissen.

Rickmers hatte die Frage erahnt und war vorbereitet.

»Eine Viertelstunde vor unserem Zusammentreffen hier rief mich der Kommandant der Fregatte *Sachsen*, Fregattenkapitän Otersen, zurück. Er hat auf Wunsch des Einsatzführungskommandos mit dem Kommandanten der *Duncan* persönlich gesprochen. Die Briten haben definitiv keine Marines vor Ort. Ein neues Kontingent Royal Marines geht erst wieder in Djibouti an Bord, wenn die Briten zurück ans Horn verlegen. Die Engländer befinden sich dort unten zusammen mit den Amerikanern auf Piratenjagd und da die Truppen unter anderem an Land operieren, wollten die Briten das vermutlich nicht an die große Glocke hängen. Wie Sie sicherlich alle wissen, haben weder die EU noch die UNO dazu ein Mandat vergeben. Diese Information ist geheim.«

»Verständlich«, murmelte der Generalstabschef.

»Besteht theoretisch die Möglichkeit, dass die Briten uns nicht die Wahrheit sagen? Ich denke, was verdeckte Kommandounternehmen betrifft, haben die Briten Erfahrung und Tradition«, meinte der Bundeskanzler, der sich bis jetzt bewusst zurückgehalten hatte.

»Das wäre theoretisch natürlich denkbar, ist aber eher unwahrscheinlich. Es gäbe in diesem Falle schlicht und ergreifend keinen Grund hierzu«, schaltete sich der Präsident des BND ein.

»Wo liegt das Konferenzhotel, Herr Kapitän?«

»Rund sechs Kilometer westlich von Na'ama Bay, im Inland, Herr Bundeskanzler.«

Daraufhin wurde es wieder ruhig im Lageraum. Einige der Anwesenden räusperten sich ab und zu.

»Ich bin der Auffassung, dass Kapitän Rickmers uns hier extrem beunruhigende Nachrichten überbringt. Das ändert die Lage drastisch«, sagte der Verteidigungsminister.

»Dem schließe ich mich an«, antwortete Generalleutnant Jochum.

»Die Frage ist: Was können wir tun?« Der Kanzler blickte ernst in die Runde.

»Können wir überhaupt etwas tun, oder wäre es vielleicht besser, die Amerikaner zu benachrichtigen?«, fragte Dr. Minter.

Der Bundeskanzler blickte zu seinem Kanzleramtschef und hob eine Augenbraue. Karl Steinberg ließ seine Augen zur Decke wandern. Dann richtete er seinen Blick wieder auf den Kanzler. Die Andeutung eines Lächelns auf dem Gesicht seines Vorgesetzten zeigte Steinberg, dass sie beide sich in diesem Punkt einig waren.

»Wo befinden sich die nächstgelegenen amerikanischen Einheiten?«, wollte der Bundeskanzler wissen.

»Der US-Trägerverband um die *USS Ronald Reagan* kreuzt derzeit vor Mogadischu, Somalia. Weiterhin verfügen die Amerikaner über Spezialkräfte in Djibouti«, ergänzte der Präsident des BND.

»Also nicht in Reichweite?«

»Korrekt.«

68

Divine Palace Conference Hotel & Spa
Sharm El Sheikh
Sinai, Ägypten

Der stellvertretende Premierminister Ägyptens hatte sich erhoben, nachdem alle Konferenzteilnehmer Platz genommen hatten. Auf seiner blassen Stirn glänzten Schweißperlen. Im Konferenzraum herrschte eine gespannte Stimmung. Als schließlich Ruhe eingekehrt war, verkündete er mit staatstragender Miene:

»Meine sehr verehrten Minister, sehr geehrte Damen und Herren. Wenngleich unter sehr traurigen Umständen, möchte ich es mir nicht nehmen lassen, Sie alle im Namen meines Landes und im Namen unseres Staatsoberhauptes herzlich zu diesem Gipfeltreffen willkommen zu heißen. Wir freuen uns, dass Sie alle den Weg nach Sharm El Sheikh gefunden haben. Wir bedanken uns für Ihr Vertrauen und dafür, dass Sie sich entschlossen haben, unsere Einladung anzunehmen. Im Namen der ägyptischen Regierung darf ich Ihnen versichern, es wird Ihnen an nichts fehlen. Doch gestatten Sie mir, zuerst einige Worte zur aktuellen Lage zu verlieren:

Der heutige Tag hat – wie Sie alle wissen – sehr traurig begonnen. Ägypten blutet und trauert um die Opfer dieses grausamen Attentats. Am heutigen Tag ist die ganze Welt betroffen. Unter den Toten befinden sich Menschen aus 14 Ländern. Es war ein feiger und niederer Anschlag, der das Land und seine Menschen verletzt hat. Sinnlos, hinterhältig und perfide haben die Attentäter gehandelt, die sich Muslime nennen. An dieser Stelle kann ich Ihnen versichern, meine Damen und Herren, der Terror wird nicht obsiegen. Vereint wird die muslimische Welt diese Extremisten, die sich Salafisten nennen, überdauern. Wir werden diese Fehlgeleiteten verfolgen, so lange und so weit wie nötig. Sie werden uns nicht entkommen. Ich darf anmerken, dass die Ermittlungen bereits auf Hochtouren laufen.«

Er machte eine Pause.

»Was die Situation auf dem Flughafen betrifft, so habe ich leider noch keine neuen Informationen. Wir gehen davon aus, dass der Schaden bis zum Abend behoben werden kann, sicher ist dies jedoch nicht.«

Es ging ein Raunen durch den Raum.

Beschwichtigend hob der ägyptische Vizepremier die Hände.

»Bitte haben Sie Verständnis, dass wir unser Möglichstes tun, um Ihnen eine sichere Abreise zu ermöglichen. Der einzige Grund, weshalb wir unsere Arbeit hier heute beginnen wollen, ist, und da werden Sie mir alle zustimmen, dass die Thematik keinen Aufschub duldet. Zu wichtig ist der Dialog und zu wichtig ist das, was für die Nahost-Region auf dem Spiel steht. Das gilt für alle hier Anwesenden. Wir alle sollten uns einig sein: Gewalt bietet keine Lösung, kann auf Dauer keine Lösung sein. Ägypten wird ungeachtet des mörderischen und feigen Anschlages von heute Morgen seinen Kurs, den Frieden unter den Nationen des Nahen Ostens zu fördern, weiter fortsetzen und wird sich auch weiterhin bemühen, die Interessen der arabischen Welt zu vertreten. Und das, ohne die Bedürfnisse unserer europäischen und amerikanischen Partner zu ignorieren. Sie alle können dazu beitragen, dass dieser Tag, der so schrecklich begonnen hat, vielleicht doch noch ein gutes Ende nimmt.«

Mit einer Miene, die Hoffnung, aber auch einen Appell beinhaltete, blickte er in die Augenpaare der unterschiedlichen Delegationsleiter und verbeugte sich. Dann erhob sich ein Vertreter der syrischen Oppositionsbewegung. Der Mann wirkte ausgemergelt und blass. Er trug eine Brille mit runden Gläsern.

»Eben weil Gewalt keine Lösung sein kann, sind wir hier. Wir als Vertreter der säkularen syrischen Opposition stehen für Dialog. Vielen Dank!«

Dann ergriff der Ägypter wieder das Wort:

»Ich freue mich über diese Äußerung meines syrischen Kollegen und ich vertraue darauf, dass wir alle, die wir heute hier sitzen, der Weltöffentlichkeit zumindest den Willen zu ernsthaften Verhandlungen präsentieren können. Dialog lässt Platz für Hoffnung. Hoffnung, die uns Terroristen, wie es die Attentäter des heutigen Anschlags waren, nehmen wollen. An dieser Stelle darf ich mich im Namen meines Präsidenten auch noch einmal aufrichtig bei der deutschen Regierung bedanken, die diese Zusammenkunft weitestgehend arrangiert hat.«

Zaghaft fingen einige Gäste an zu klatschen, andere folgten. Es schien, als versuchten die Anwesenden nun mehr und mehr, das Beste aus der Situation machen. Das Eis war gebrochen, die Stimmung lockerte ein wenig auf. Der Vizepremier Ägyptens nahm ein Taschentuch aus seiner Westentasche und tupfte sich die Stirn.

»Sie alle befinden sich hier auf der Sinai-Halbinsel, einem geschichtsträchtigen Ort, an dem bereits viele berühmte Begegnungen stattgefunden haben. Bitte haben Sie Verständnis dafür, dass wir die Konferenz aus Sicherheitsgründen in diesen Raum verlegen mussten. Wir haben dem Drängen der Sicherheitsexperten nachgegeben und dabei versucht, alles so angenehm wie möglich für Sie zu gestalten. Den Tagesablauf entnehmen Sie bitte den Heftern auf Ihren Tischen. Und nun darf ich Ihnen für die kommenden Stunden und vielleicht auch Tage viel Erfolg wünschen.«

Die etwa vierzig Anwesenden spendeten verhaltenen Beifall.

Dann erhob sich ein Vertreter der französischen Regierung.

»Bitte erlauben Sie mir, ebenfalls einige Worte an die hier Anwesenden zu richten … «

69

Bundeskanzleramt
Spreeufer
Berlin, Deutschland

»Das FIZ im Gardeschützenweg ist nun zugeschaltet, Herr Bundeskanzler«, meldete ein Techniker.

»Ich danke Ihnen.«

»Selbstverständlich können wir etwas tun«, nahm der Verteidigungsminister den Faden wieder auf und blickte zum Generalstabschef der Bundeswehr hinüber.

»Wenn wir doch nur über KSK-Einheiten verfügen könnten … «, sagte der Generalstabschef leise.

»Die haben wir aber nicht, Herr General. Wir würden knapp sieben Stunden benötigen, um einen einsatzfertigen KSK-Zug einzufliegen«, sagte Jochum, der ihn gehört hatte und ins Leere starrte.

»Sie meinen, eine Gruppe deutscher Soldaten zusätzlich ins Hotel entsenden?«, fragte der Kanzler.

»Verzeihung, aber das ist völlig unmöglich, dazu benötigen

wir die Zustimmung des Bundestages und auch die der Ägypter«, schaltete sich Staatssekretär Minter empört ein. Seine Aussage hatte etwas Finales. »Außerdem, wie sähe das aus? Stellen Sie sich das Medienecho vor: Deutschland schickt Truppen in einen souveränen Staat ohne dessen Zustimmung. Ein Alptraum!«

»Lieber Herr Dr. Minter, ich danke Ihnen für Ihre Einschätzung«, erwiderte der Kanzler schneidend. Dann wurde es still im Raum.

Der Kanzler ließ nicht locker.

»Meine Herren, die Zeit drängt, das Gipfeltreffen in Sharm El Sheikh hat bereits begonnen. Über die internationale Bedeutung dieser Konferenz brauche ich Ihnen nichts zu sagen. Unser geschätzter Kollege, der Außenminister, ist jetzt ebenfalls dort. Nur so viel: Ich werde nicht sehenden Auges eine zweite Katastrophe zulassen. Meine Frage an die militärisch Kundigen unter Ihnen: Inwieweit könnten die Personenschützer vor Ort effektiv Widerstand leisten?«

Einige Herren räusperten sich. Dann ergriff der Präsident des Bundeskriminalamtes das Wort:

»Widerstand könnten sie natürlich schon leisten, Herr Bundeskanzler, die Personenschützer des BKA und der Bundespolizei sind hervorragend ausgebildet. Das gilt auch für die ausländischen Kolleginnen und Kollegen. Auch haben wir eine erhöhte Bedrohungslage einkalkuliert. Maschinenpistolen werden geführt, aber militärisch ausgerüstet sind die Kollegen nicht. Die Sicherungsgruppe verfügt lediglich über leichte Waffen. Ferner haben die Ägypter seinerzeit darauf bestanden, die eigentliche Sicherung der Delegierten zu übernehmen. Die Ägypter haben im Nahen Osten nach Israel und Jordanien mit den besten Ruf, was die Kompetenz ihrer Sicherheitskräfte angeht. Im Übrigen war der Gipfel ja derart kurzfristig angesetzt, dass noch nicht einmal die Presse davon wusste, der Hälfte der hier Anwesenden war er ebenfalls nicht bekannt. Wir verfügen vor Ort zwar über insgesamt etwa fünfzig internationale Personenschützer und zusätzliche ägyptische Sicherheitskräfte, aber gegen ein Kommando militärisch bewaffneter, kriegserfahrener Mujaheddin würden die Beamten wahrscheinlich massive Probleme bekommen.«

Die Worte verfehlten ihre Wirkung nicht.

»Und das ägyptische Militär? Sie erwähnten, das Gipfeltreffen wird von Soldaten gesichert?«

»Das kommt immer ganz darauf an, welche Einheit vor Ort sichert«, schaltete sich Generalleutnant Jochum ein.

»Eine leichte Infanterieeinheit, die im Orts- und Häuserkampf ausgebildet ist, wäre hervorragend, Teile der Brigade 777 wären am besten. Bei einer regulären Panzereinheit wäre ich dagegen eher skeptisch«, ergänzte Jochum.

»Können wir denn keine sonstige Hilfe leisten?«

»Na ja, möglicherweise schon, aber …« Weiter kam der Verteidigungsminister nicht.

»Bitte, ich möchte Ihre Vorschläge hören, meine Herren, egal wie unausgereift und unrealistisch sie Ihnen auch erscheinen mögen.«

»Eine militärische Einheit sollte immer die zweite Wahl sein, Herr Bundeskanzler«, meldete sich der Innenminister zu Wort. »Die GSG 9 der Bundespolizei wäre mit Sicherheit die beste Lösung. Die Männer trainieren diese Szenarien tagtäglich und wir bräuchten kein Bundestagsmandat. Das sind Polizisten.«

Generalleutnant Jochum runzelte die Stirn. Der Bundeskanzler schaltete sich ein:

»Lieber Herr Minister, ich bin mit den Leistungen der GSG 9 vertraut und schätze ihre Dienste, aber diese Einheit aus Deutschland einfliegen zu lassen, würde uns noch mehr Zeit kosten. Zeit, die wir nicht zur Verfügung haben«, korrigierte er den Innenminister.

Generalleutnant Jochum meldete sich nun zu Wort:

»Mit Verlaub, meine Herren, wir haben Soldaten vor Ort, die die Personenschützer hervorragend unterstützen könnten …«

Der Generalstabschef der Bundeswehr nickte langsam:

»Auch wenn ich als Heeresoffizier eine natürliche Affinität zum Kommando Spezialkräfte habe, so weiß ich doch, was die Kampfschwimmer der Marine leisten können. Sie haben sich bereits in vielen schwierigen Einsätzen hervorragend bewährt.«

Kapitän Rickmers wurde bei diesen Worten unruhig.

»Kampfschwimmer? Sie meinen Taucher?«, fragte der Bundeskanzler. Sein Erstaunen war deutlich zu hören.

Der Generalstabschef schaute zu Jochum. Der spielte den Ball weiter, blickte zu Fregattenkapitän Rickmers hinüber und machte diesem mit einer aufmunternden Geste klar, dass man nun auf seine Vorschläge gespannt war.

Fregattenkapitän Rickmers spürte, wie ihm der Schweiß ausbrach. Das war es nun also. Seine Jungs mussten es irgendwie wuppen, welche Alternativen gab es auch? Zögerlich ergriff Rickmers das Wort. Nervös zupfte er sich an seinem Schnurrbart.

»Herr Bundeskanzler, die Kampfschwimmer der Marine sind speziell dafür ausgebildet, kleine Kommandounternehmen durchzuführen. Sie sind auch im Antiterrorkampf ausgebildet – ähnlich wie die SEKs, Verzeihung, die Sondereinsatzkommandos der Polizei oder das KSK in Calw.

Ein Standardszenario sind beispielsweise Geiselbefreiungen auf Kreuzfahrtschiffen oder Bohrinseln. Wir arbeiten zwar meistens in einem maritimen Umfeld, haben sozusagen oft ›eine Flosse im Wasser‹, aber wir haben uns über die Jahre auch schon unter anderem auf dem Balkan und in Afghanistan engagiert und können solche Einsätze hervorragend leisten. Wir haben zufällig ein Team mitsamt Ausrüstung unter der Führung eines erfahrenen Offiziers an Bord der Korvette *Erfurt* sowie zwei Mann auf der *Sachsen*. Wenn wir dann noch unseren Mann, OLZS Steiger aus dem Urlaub heraus verpflichten, hätten wir einen zweiten geeigneten Offizier, der zudem noch über Ortskenntnisse verfügt. Ich möchte aber darauf hinweisen, dass ein solcher Einsatz ad hoc und noch dazu bei Tage, denn darauf wird es ja hinauslaufen, keinen Erfolg garantieren kann.«

»Präzisieren Sie bitte Ihre Bedenken, Herr Kapitän«, ermunterte ihn der Kanzler.

»Bitte entschuldigen Sie, wenn ich jetzt sehr offen rede: Es ist nicht nur eine Frage des Know-hows, sondern auch eine Frage der taktischen Umstände. Ich sende meine Männer am helllichten Tag in ein Gebäude, das sie nicht kennen, um einen Gegner auszuschalten, den wir noch nicht annähernd aufgeklärt haben. Ein Objekt zum Üben haben wir auch nicht, die Zeit dazu genauso wenig. Noch dazu sollen die Männer Geiseln retten, von denen wir nicht wissen, wie viele es eigentlich sind und wo sie sich befinden. Wir brauchen mehr Zeit, einen solchen Einsatz vernünftig vorzubereiten.«

»Das sehe ich ein, Herr Kapitän, aber Zeit scheint mir im vorliegenden Fall ein Luxus zu sein, den wir nicht haben«, entgegnete der Bundeskanzler.

»Und was ist, wenn sich unsere Vermutungen nicht bewahrheiten sollten und wir einem Phantom nachjagen? Das ist doch Wahnsinn!«, rief Staatssekretär Dr. Minter sichtlich irritiert dazwischen.

»Auch dann haben wir kaum Porzellan zerbrochen. Die Furcht vor einem Anschlag auf ein derart hochrangig besetztes Gipfeltreffen gibt uns hinreichende Legitimation, vermutlich geht in Sharm derzeit ohnehin alles drunter und drüber«, sagte Generalleutnant Jochum gelassen.

Erwartungsvolle Blicke richteten sich ans Ende des langen Tisches in Richtung Kanzler. Der Kanzleramtschef flüsterte seinem Vorgesetzten etwas zu. Der Kanzler nickte und schaute dann zu dem Flachbildschirm hinüber, auf dem der Abteilungsleiter für Terrorismusabwehr im BND, Lohmann, mit zwei Auswertern zu sehen war.

»Herr Lohmann, wie schnell kann Ihre Abteilung die Fregatte *Sachsen* mit allen notwendigen Informationen vor Ort versorgen?«

»Innerhalb von wenigen Minuten, Herr Bundeskanzler.«

Damit stand einer Entsendung zumindest rein organisatorisch nichts mehr im Wege. Im Raum wurde es jetzt still. Der Lüfter des Beamers war deutlich zu hören.

Eine derartige Situation hatte es in Deutschland seit 1977 nicht gegeben. Die »Operation Feuerzauber«, der Codename des Einsatzes zur Befreiung der entführten Lufthansa-Maschine *Landshut* war eine rühmliche Ausnahme im damaligen Westdeutschland gewesen. Die Regierung Schmidt war seinerzeit den Forderungen der Terroristen gegenüber hart geblieben und hatte sich der noch jungen Grenzschutzgruppe 9 des damaligen Bundesgrenzschutzes, besser bekannt als GSG 9, bedient. Dabei war die Regierung Somalias eingeweiht gewesen und hatte logistische Unterstützung geleistet. Der Erfolg dieser Mission hatte zum Nimbus der »9er«, wie die GSG 9 von Insidern auch genannt wurde, wesentlich beigetragen.

Formell gesehen handelte es sich bei den Grenzschützern allerdings um Polizisten, was die Aktion völkerrechtlich vereinfacht hatte. Nun ging es jedoch, wie seit einigen Jahren häufiger, um die Entsendung von *Soldaten* ins Ausland. Bisher hatte man dabei stets darauf geachtet, dass das Parlament zuvor unterrichtet wurde. Doch dies war in Anbetracht des Zeitfaktors im vorliegenden Fall unmöglich.

Ernst blickte der Bundeskanzler in die Runde, er wirkte um Jahre gealtert. Der Druck lastete schwer. Dann erhob er sich, stützte seine Fäuste auf den Tisch vor ihm und erklärte:

»Meine Damen und Herren, diese Entscheidung fällt mir nicht leicht, ich muss Ihnen nichts über den Parlamentsvorbehalt erzählen.« Er machte eine Pause.

»Aber in diesem Fall, so scheint mir, sind wir aufgrund der Umstände zu schnellem Handeln verpflichtet. Ich möchte mich bei Ihnen, Herr Kapitän Rickmers, für Ihr ehrliches Briefing bedanken und ich hoffe sehr, dass Ihr Oberleutnant sich irrt. Allerdings hat er uns ja schon einmal wichtige Informationen zur Kenntnis gebracht, es scheint mir, Ihr Mann, wie hieß er noch ...?«

»OLZS Steiger, Herr Bundeskanzler.«

»Ja richtig, dieser Mann scheint mir ein aufgeweckter Soldat zu sein. Bitte bereiten Sie zeitnah einen Unterstützungs- bzw. Rettungseinsatz vor. Tragen Sie dafür Sorge, dass die Soldaten behutsam vorgehen, unser alleiniges Ziel ist die Sicherung des Konferenzhotels sowie der Menschen vor Ort und damit des Gipfeltreffens. Nicht auszudenken, was Terroristen mit den Delegierten anstellen, wenn sie sie erst einmal in ihrer Gewalt haben. Terrorismus muss bekämpft werden! Melden Sie unser Vorhaben den ägyptischen Sicherheitsbehörden vor Ort. Die Ägypter müssen wissen, dass wir mit einem kleinen Team kommen, um zu helfen. Ich denke, ich brauche Sie nicht über die Brisanz dieses Einsatzes zu belehren. Es gilt höchste Geheimhaltung und das nicht nur gegenüber der Presse. Ich möchte 24 Stunden am Tag auf dem Laufenden gehalten werden.«

Dr. Minter meldete sich erneut zu Wort. Erregt fuhr er sich durch die Haare, seine Stimme bebte:

»Herr Bundeskanzler, ich bin davon überzeugt, dass Sie einen großen Fehler begehen. Der außenpolitische Schaden, der durch einen solchen Einsatz, noch dazu ohne vorherige Zustimmung des Parlaments ... « Doch weiter kam er nicht.

Der Kanzler hatte sich geräuspert und erhob sich erneut. Sein Ton war höflich, entbehrte jedoch nicht einer gewissen Härte. Er ließ keinen Zweifel daran, dass es ihm ernst war.

»Sehr geehrter Herr Dr. Minter, ich habe Ihre Bedenken zur Kenntnis genommen, aber ich teile sie nur bedingt. Ich möchte Sie bitten, sich den realen Schaden vorzustellen, wenn es sich denn in der Tat um einen Anschlag in zwei Phasen handeln sollte, wie es vom BND und dem Militär befürchtet wird, und die Konferenzteilnehmer mitsamt unserem geschätzten Kollegen, dem deutschen Außenminister, Ihrem Dienstvorgesetzten, einem Blutbad zum Opfer fallen sollten. In Bali gab es ebenfalls mehrere Sprengsätze und auch aus Afghanistan ist dieser Modus Operandi bekannt. Perfide geplant, wurden Sicherheitskräfte abgelenkt und die Opfer liefen im Glauben, sie seien in Sicherheit, in die Bereiche, in denen die Sekundärsprengsätze zündeten. Ich darf auch an das Massaker in Mumbai erinnern. Stellen Sie sich vor, was das für die an der Konferenz beteiligten Länder und in letzter Konsequenz für den gesamten Nahen Osten bedeuten würde, wenn sich ein solches Ereignis wiederholte.«

Der Bundeskanzler machte bewusst eine Pause und ließ seinen Blick auf Dr. Minter ruhen. »Ich danke Ihnen für Ihr Verständnis!«

Daraufhin setzte sich der Kanzler wieder. Der Kritiker verstummte augenblicklich. Der Kanzler fuhr weiter fort: »Meine Herren, ich möchte den BND bitten, Kairo, Washington, London und Paris diskret zu informieren.«

»Auch über die geplante Aktion?«

»Ja, sagen Sie, dass Hilfe unterwegs ist. Ach, und natürlich müssen unsere eigenen Leute informiert werden, dass wir ein Team Soldaten schicken.«

Zum Kanzleramtschef Steinberg gewandt sagte er:

»Bitte bereiten Sie eine kleine Pressekonferenz vor, die Medien werden etwas zum Anschlag auf das Hafenfest und den Hilfsmaßnahmen der Fregatte *Sachsen* wissen wollen. Liefern Sie der Presse ein paar Informationen, dann ist sie erst einmal beschäftigt. Ich kann gern etwas zur Tragödie dieses feigen Anschlags sagen. Ansonsten halten Sie uns die Journalisten vom Leib, Sie machen das schon. Und dann möchte ich bitte in Ruhe mit den Parteivorsitzenden und Fraktionschefs der Opposition sprechen, sie müssen informiert werden. Wir haben hier eine Situation, die das ganze Land betrifft.«

Dann richtete er sich an das Gremium:

»Für alle anderen gilt absolute Nachrichtensperre.« Sein strenger Blick wanderte von einem Teilnehmer zum anderen. »Das Leben unserer Kollegen, national wie international, steht jetzt auf dem Spiel. Nun gilt es, das Richtige zu tun und ausnahmsweise einmal nicht darüber zu sprechen.«

Es erklang zustimmendes Gemurmel. Die Situation hatte etwas Feierliches.

»Sie erlauben, dass ich mich jetzt für einige Zeit zurückziehe.«

Mit diesen Worten schritt der Bundeskanzler energisch aus dem Lageraum. Staatssekretär Minter schwieg. Er war düpiert und aus seinem Gesicht sprach blanke Wut.

»Durchleuchten Sie mir diesen Fregattenkapitän Rickmers, und wenn Sie etwas über diesen Oberleutnant Steiger rauskriegen können, soll es nicht zu Ihrem Nachteil sein. Ich will so viele Informationen wie möglich, und zwar schnell!«, zischte Minter seinem Stabsmitarbeiter zu.

»Selbstverständlich, Herr Dr. Minter.«

70

Wüste
Südlich von Sharm El Sheikh
Sinai, Ägypten

Auf einem kleinen Hügel verlangsamten die Geländewagen ihre Fahrt. Einen Kilometer vor ihnen befand sich die Stadt Sharm El Sheikh. Drei Kilometer westlich davon lag das Hotel. Rasul Khan wandte sich Oberst Hamad zu:

»Sie hatten recht, es war nur ein einzelner Kontrollposten.«

»Ich hatte Ihnen gesagt, wie sie in die Stadt kommen. Von außerhalb, über den Landweg hätte das nie funktioniert. Sharm ist dicht, komplett abgeriegelt. Aber jetzt sind Sie am Ziel.«

»Al-hamdu lillah!«

»Solche Ausbrüche sollten Sie sich als guter Engländer jetzt vielleicht besser verkneifen«, stichelte Hamad, doch Rasul Khan ärgerte sich schon selbst genug, soeben gegen seine eigene Anordnung verstoßen zu haben.

»Wie geht es nun weiter?«, fragte Khan mürrisch.

»Es ist nicht mehr weit, Sie stoßen gleich auf die westliche Ausfallstraße.«

»Sie kommen nicht mit, richtig?«

»Genau, mein Freund, ich werde in Kürze woanders erwartet. Ich erkläre Ihnen lediglich, wie Sie mit Ihren Leuten zum Hotel kommen und was Sie dort an welcher Stelle vorfinden werden. So lautete die Vereinbarung.«

Rasul Khan war darüber informiert, dass der Oberst sie zu gegebener Zeit verlassen würde, und nickte zustimmend.

»Ist das Hotel voll?«

»Nein, wie ich bereits erwähnt habe, wurde das gesamte Hotel exklusiv für die Konferenz reserviert und es ist nur ein Minimum an handverlesenem Personal anwesend. Die Stärke der Bewacher beläuft sich auf insgesamt 50 Soldaten, eingeteilt in drei Schichten zu jeweils acht Stunden. 15 zusätzliche Soldaten der Personenschutzeinheit, ebenfalls in Schichten eingeteilt, sind zivil gekleidet und nur mit Glock 17 Pistolen bewaffnet. Sie tragen leichte Schutzwesten und verhalten sich wie Gäste. Etwa 50 bis 60 ausländische Personenschützer, überwiegend amerikanischer Secret Service, die eigens mit den Delegationen angereist sind, kümmern sich um die Politiker. Alle Baupläne und Karten, die ich Ihnen habe zukommen lassen, sind korrekt und aktuell. Es ist alles verzeichnet, Nebeneingänge, Wachposten, Position der Scharfschützen, Mannschaftsquartiere, Küche, Konferenzsaal im Obergeschoss etc.«

»So sei es denn, ihr Schicksal soll besiegelt sein! Allahu Akbar!«

Der Oberst antwortete nicht, sondern schaute weg, um den Anflug eines Lächelns zu verbergen. Allah war für ihn nicht mehr als ein Mythos.

71

Deutsche Fregatte *Sachsen*

Das Schiff »brummte«. Das Lazarett war bereits überfüllt, überall wurden Verletzte behandelt. Auf den Gängen eilten Soldaten umher, Matrosen transportierten Decken und Verbandszeug. Verwundete wurden von Seesoldaten gestützt und geleitet. Die Gerüche im Schiff verrieten, dass in der Kombüse außerplanmäßig gekocht wurde.

Steiger und Wolff saßen in der Operationszentrale bei Fregattenkapitän Otersen und dessen IO, Korvettenkapitän Albrecht. Um sie herum standen Rechner, so weit das Auge reichte. Lüfter surrten, Dioden blinkten und Bildschirmschoner mit den Fotos vergangener Playmates schwebten über moderne Flachbildschirme.

»Gut, dass Sie gekommen sind. Wir sind zwar größtenteils im Bilde, aber Informationen aus erster Hand sind immer willkommen«, sagte Kapitän Otersen.

»Sie beide waren es also, denen wir das hier alles zu verdanken haben?«, fragte Albrecht.

»Na ja, nicht ganz, aber wir haben vermutlich den Stein ins Rollen gebracht«, antwortete Steiger bescheiden.

»OLZS Steiger hat das Caché bei einem Tauchgang entdeckt. Zusammen haben wir dann einige Teile geborgen und deren Inhalt ermittelt«, erklärte Wolff sachlich.

»Sind Sie auch Soldat?«, wollte Albrecht wissen.

»Technisch gesehen ja. Ich arbeite beim AMK.«

»Aha! Das erklärt einiges.«

»Meine Herren …« Kapitän Otersen hatte seine Lesebrille aufgesetzt und schaute auf ein Stück Papier, das er vor sich hielt.

»Ich habe den Auftrag direkt vom Einsatzführungskommando aus Potsdam: Wir sollen ein Team Kampfschwimmer ASAP zum Divine Palace Hotel verlegen, um dort den Gipfel zu sichern, die Zeit drängt! Der BND hat uns Unterlagen zukommen lassen, die einige Detailfragen klären, denke ich.«

Steigers Augen weiteten sich:

»Am helllichten Tag?

»Bis zum Einbruch der Dunkelheit zu warten ist nicht vorgesehen, Herr Oberleutnant«, stellte Kapitän Otersen nüchtern fest.

»Unter welcher Führung soll der Einsatz stattfinden?«

»Kapitänleutnant Rolf Schmitt wird den Einsatz führen, er ist gebrieft und befindet sich bereits beim Team auf dem Achterdeck.«

»Einen Besseren werden Sie nicht finden«, entgegnete Steiger.

»Ach ja: Wir haben die Anweisung, Ihnen zu sagen, dass Sie als Ortskundiger ebenfalls mit von der Partie sind, Herr Oberleutnant.«

Wolff blickte fragend zu Steiger. Steiger glaubte, sich verhört zu haben.

»Wie bitte?«

»So lautet der Befehl.«

»Gut, dann brauche ich Klamotten, ich meine, haben Sie Ausrüstung für mich?«

»Kriegen Sie. Sie werden komplett ausgestattet, Eckernförde hat uns alles Wissenswerte übermittelt.«

Zwanzig Minuten später und zwei Decks höher war Steiger eingekleidet und ausgerüstet und hatte seine Kameraden begrüßt.

»Na, Urlauber? Kannstet nich lassen, wa?«

Steiger drehte sich um und erkannte Tom Wussow, den Mann, der ihn seinerzeit in die *Kompanie* geholt hatte.

»Tom, schön dich zu sehen!« Die Männer umarmten einander innig.

»Ich dachte, du wärst am Horn?«

»War ick ooch, bis ick neue Order erhielt. Matze hat sich beim Abseilen verletzt.«

Steiger begrüßte nach und nach alle Kameraden, die für diesen Einsatz vorgesehen waren.

»Jan!«

»Rolf!«

Kapitänleutnant Rolf Schmitt, der einen ganzen Kopf kleiner war als Steiger, aber gefühlt doppelt so breit, klopfte Steiger freundschaftlich auf die Schulter.

»Du bist mit dabei, das freut mich, Ortskenntnisse hin oder her! Bist du fit?«

»Joa, passt schon, habe mich nicht gelangweilt die letzten achtundvierzig Stunden.«

»Hab' schon gehört.«

Von hinten meldete sich eine Stimme:

»Sie haben nicht zufällig noch Platz im Team für einen weiteren PUO?« Wolffs Frage war an Kapitänleutnant Schmitt gerichtet. Der blickte sich verwundert um, musterte Wolff von oben bis unten und fragte:

»Name, Dienstgrad, TSK*, Verwendung?«

»Mirko Wolff, Hauptfeldwebel, Heer, zuletzt Taucher bei den Pionieren, bin aber gelernter Grenadier. Spezialität Handwaffen und nun seit drei Jahren beim AMK**.«

Schmitt strich über seinen kräftigen braunen Schnurrbart.

»Ich fürchte, das geht nicht, Herr Hauptfeldwebel.«

* Teilstreitkraft

** Amt für Militärkunde (Tarnbezeichnung für Soldaten beim BND)

»Mirko ist in Ordnung, Rolf, vielleicht kann er uns bis zum Hotel begleiten. Zudem spricht er fließend Arabisch«, schaltete sich Steiger ein.

Schmitt machte eine ernste Miene. Dann blickte er zu Wolff, seine Stirn in Falten. »Hm, meinetwegen, aber ab dem Hotel ist Sense.«

»Habe ich verstanden. Danke!«

In dem Moment betrat Fregattenkapitän Otersen das Deck. Er lächelte milde.

»Männer, ich habe ein kleines Bonbon für euch. Die Kameraden von der Korvette *Erfurt* haben ihre neue kleine Drohne losgeschickt, als hier die Order einging, und es sieht so aus, als hätten sie ein paar nette Bilder und Filmchen geschossen. Die sollten Sie sich ansehen, bevor Sie in den Einsatz gehen. Ein wenig Vogelperspektive kann nie schaden.«

»Was hat das Baby denn für eine Reichweite?«, fragte Wolff.

»Etwa einhundertfünfzig Kilometer oder knapp fünf Stunden. Der Flug über das Hotel war für das Ding also ein Spaziergang. Außerdem haben die Jungs von der *Erfurt* ein kleines Genie am Joystick, habe ich mir sagen lassen.«

»Wenigstens etwas. Wann können wir uns die Aufnahmen ansehen?«, fragte Schmitt ungeduldig.

»In den nächsten Minuten. Die Drohne ist bereits sicher gelandet, wir warten nur noch auf die Aufbereitung der Daten. Hinten im Flugzeughangar steht ein großer Monitor.«

»Traumhaft. Ausnahmsweise klappt auch mal was«, sagte Steiger.

»Bliebe noch die Frage des Transports zum Einsatzobjekt«, gab Schmitt zu Bedenken. Kapitän Otersen verzog das Gesicht. Man merkte, dass ihm dieses Thema äußerst unangenehm war.

»Mit dem Sea Lynx können Sie nicht fliegen, der ist zu klein und unser zweiter Helo ist mittlerweile out of order. Ein Wunder, dass wir ihn überhaupt noch für drei Flüge einsetzen konnten – ein Trauerspiel! Und sämtliche Barkassen und Beiboote sind im Einsatz. Ein großes RHIB wird in etwa einer halben Stunde hier sein. Die Jungs bringen Sie an Land, von dort müssen Sie zu Fuß weiter.«

Kapitänleutnant Schmitt war nicht zufrieden.

»Mit voller Ausrüstung bei 36 Grad Hitze zehn Kilometer zum Einsatzort zu joggen, kann nicht der Weisheit letzter Schluss sein. Bei der Bullenhitze müssen wir aufpassen, dass wir nicht völlig dehydriert am Hotel ankommen. Und außerdem: Eine halbe Stunde auf das Schlauchboot zu warten, ist inakzeptabel. Ich dachte, die Zeit drängt?«

»Ja doch, natürlich haben Sie recht, eigentlich hätten wir schon längst den MH90-Helikopter haben sollen, aber der kann erst im kommenden Monat an unsere Einheiten ausgeliefert werden.« Otersen war sichtlich frustriert. »Da hat man mal einen realen Einsatz und kann noch nicht einmal unterstützen, weil die notwendige Hardware fehlt – und das seit fast fünfzehn Jahren. Es ist zum Kotzen!«

Steiger hatte eine Idee: »Herr Kapitän, haben Sie genug Treibstoff an Bord?«

Otersen war verdutzt: »Natürlich, jede Menge. Warum?«

»Weil mein guter Freund Omar eine Yacht hat, die schneller fährt als jedes unserer Boote. Sie ist nicht weit entfernt und groß genug, unser Team mitsamt Ausrüstung aufzunehmen. Leider ist sie etwas durstig.«

Kapitän Otersen zögerte zunächst. Der Einsatz der Yacht eines einheimischen Zivilisten war, gelinde gesagt, sehr ungewöhnlich. Aber er vertraute Steiger, und eine bessere Alternative schien es im Moment nicht zu geben. Nachdem er seine Zustimmung signalisiert hatte, fuhr Steiger fort:

»Prima, dann sagen Sie dem Puster, er soll Kontakt zur *Wave Dancer* aufnehmen, wir benötigen sie hier und zwar jetzt. Und ich muss mit Omar sprechen – oh Gott, ich hoffe, bei ihm zu Hause ist alles in Ordnung.«

»Sie meinen ...«

»Seine Frau ist schwanger und arbeitet in einem Hotel, keine acht Kilometer vom Hafen entfernt.«

»Kein Problem, ich kümmere mich sofort um eine Funkverbindung. Ach, noch etwas: Unser Funkraum hat versucht, die ägyptischen Behörden zu benachrichtigen, doch irgendwie sind die uns bekannten Anschlüsse ständig besetzt oder ganz tot. Erklären Sie sich also umgehend, sollten Sie auf ägyptisches Militär oder die Polizei treffen. Die werden nervös sein, nicht dass man Sie noch für Terroristen hält«, sagte Kapitän Otersen.

»Schätze, in diesem Fall bauen wir auf Sie und Ihre Sprachkenntnisse, Herr Hauptfeldwebel«, sagte Schmitt zu Wolff.

Wolff nickte. »Ich freue mich, wenn ich helfen kann!«

Der Anflug eines Lächelns huschte über sein Gesicht.

72

Deutsche Fregatte *Sachsen*
Hubschrauberhangar auf dem Achterdeck

Die ferngesteuerte Drohne hatte scharfe Aufnahmen der Umgebung des Hotels sowie des Gebäudes selbst geliefert. Das war dem Team sehr willkommen. Ungewöhnliches war auf den Bildern und Filmen allerdings nicht zu sehen, verdächtige Personen oder gar Kampfspuren ließen sich nicht ausmachen. Einige ägyptische Wachposten standen sichtbar an der Einfahrt. Zwei Scharfschützen der ägyptischen Armee befanden sich offenbar auf dem Dach. Die Lage schien ruhig.

Machte man sich in Berlin umsonst Sorgen? Hatte Steiger Gespenster gesehen?

Rolf Schmitt faltete ein vergrößertes Foto zusammen, steckte es in seine Beintasche und gab jeweils eine Kopie an Steiger und Wussow. Für ein paar Sekunden starrte Schmitt vor sich hin und schüttelte langsam den Kopf. Dann schaute er zu Steiger.

»Wir haben noch nicht einmal die Zeit, uns ein Modell zu bauen, Jan. Keine vernünftige Planung. Diese Aufnahmen zusammen mit dem Lageplan des Komplexes vom BND sind alles, was wir haben. Kein Swooper*, und so, wie es aussieht, gibt es auch keine Chan-

* kleiner bewaffneter Hubschrauber zur nahen Luftunterstützung

ce auf einen MedEvac*. Das ist, vorsichtig ausgedrückt, verdammt wenig.«

Alle Männer waren jetzt im Hangar versammelt. Es herrschte eine angespannte Atmosphäre. Die Bedingungen für einen Rettungseinsatz waren denkbar schlecht. In den Augen der Kampfschwimmer bestand das Problem darin, dass man einen professionellen Einsatz leisten wollte, sich aber gleichzeitig der katastrophalen Rahmenbedingungen bewusst war. Fregattenkapitän Otersen konnte sich gut in Schmitt hineinversetzen:

»Natürlich haben Sie recht, Herr Kaleu. Es könnte aber auch sein, dass die Terroristen oder Soldaten, oder was auch immer sie sein mögen, noch nicht dort angekommen sind. Und falls doch und der Baum brennt, dann lassen wir uns etwas einfallen, die Limeys sind ja auch noch da. Sobald Sie mit Ihren Männern auf dem Weg sind, versuchen wir, einen Helo aufzutreiben. Ich bin da zuversichtlich.«

Schmitt erhob sich. Er schien nicht überzeugt.

»Wie auch immer, wir haben einen Auftrag.« Er nickte seinen Männern zu. »Wir haben keine Zeit zu verlieren.«

Die Soldaten schulterten ihre Gefechtsrucksäcke und Gewehre und begaben sich an Deck. Die zwei Medics des Teams, Herrmann und Coester, hatten sich von Verbandszeug über israelisches Quick Clot Pulver bis hin zu Morphium mit allem eingedeckt, was sie auf die Schnelle im Lazarett auftreiben konnten. Jeder Mann hing seinen Gedanken nach. Hatte er alles? Würden sie ihre Waffen überhaupt brauchen? Wenn ja, würde die Munition reichen? War alles vielleicht nur falscher Alarm? Wie lange würde der Einsatz dauern? Wie gut war der Gegner ausgebildet?

Die Männer warteten an der Reling. Von dort führte ein Fallreep zur *Wave Dancer*, die bereits sanft in der Dünung schaukelte.

»Viel Glück!«, rief Kapitän Otersen vom Deck der *Sachsen* herab, nachdem alle Soldaten an Bord der *Wave Dancer* waren. »Dass ihr mir heil wiederkommt, Männer!«

»Aye, aye!«

* MEDical EVACuation, hier: Hubschrauber zur med. Evakuierung

An Bord der *Wave Dancer* schien Omar sichtlich erleichtert. Bereits auf halbem Wege zur Hotelmarina hatte er seine Frau per Funk erreicht und nachdem sie ihm versichert hatte, dass alles in Ordnung sei, war er dem Funkspruch der Fregatte gefolgt und sofort zur *Sachsen* zurückgekehrt.

73

Sharm El Sheikh
Sinai, Ägypten

Der kleine Hubschrauber vom Typ R22 Robinson war so schnell verschwunden, wie er gekommen war. Einen Kilometer außerhalb der Stadt war er kurz gelandet, hatte Oberst Hamad aufgenommen und war sofort wieder gestartet. Hamad hatte nicht mehr zurückgeschaut. Er hatte seinen Teil der Abmachungen erfüllt. Nun würde man sehen, ob seine Auftraggeber es ihm gleichtäten. Die Abholung per Helikopter war ein guter Anfang.

Fünfzehn Minuten später befand sich das Kommando, bestehend aus neunzehn schwer bewaffneten Terroristen, in Reichweite des Hotels. Ihre Geländewagen hatten sie abseits der Straße zurückgelassen. Sie würden sie nicht mehr brauchen.

Für die Tageszeit war es ungewöhnlich still, lediglich aus Richtung des Hafens drang noch immer vereinzeltes Sirenengeheul herüber. Kaum ein Mensch war ihnen begegnet, und bei den wenigen hatten ihre britischen Uniformen den gewünschten Eindruck hinterlassen. Niemand hatte Fragen gestellt.

Durch einen drei Meter hohen Maschendrahtzaun konnten sie nun die liebevoll angelegten Gärten der noch fünfhundert Meter entfernten Hotelanlage vor ihnen erkennen. Der Komplex sah aus wie ausgestorben. Vor ihnen schlängelte sich die Zufahrtsstraße durch dichtes Grün. Zu ihrer Rechten, hinter einem kleinen Palmenhain, so wussten sie, musste sich ein kleines Wachhäuschen und eine angeschlossene Baracke verbergen. Hier wurde der Zugang zum Hotel geregelt. Die Wache sicherte eine Schranke, die mit Natodraht umwickelt war. Aus einem Radio drang arabische Musik. Die Sonne brannte und hier im Windschatten war es besonders heiß.

Genau so, wie es der ägyptische Oberst beschrieben hat, dachte Khan.

Er drehte sich zu seinen Männern um und sprach in das Mundstück seines Funkgerätes:

»Also gut, Brüder. Unser Auftrag beginnt jetzt und hier. Ich erwarte, dass jeder von euch konzentriert ist. Beweisen wir den Kuffar, dass sie zwar unseren *Scheich* töten können, dass seine Ideen aber weiterleben!«

»Allahu Akbar!«

»Allahu Akbar!«

»Amin, Nizar: euer Einsatz!«, zischte Khan. »Und seid leise, die dürfen kein Funkgerät mehr bedienen können!«

Zwei Männer lösten sich aus dem Team und pirschten sich lautlos von der Seite an das Wachhäuschen heran. Der Rest des Kommandos hielt sich hinter dichtem Buschwerk versteckt. Gleichmütig spielte die arabische Musik aus dem Radio weiter, auch nachdem die zwei Männer mit blutverschmierten Händen zurückgekehrt waren.

»Nur zwei reguläre Wachen im Dienst«, sagte der eine.

»Vier weitere schliefen in der Baracke«, meldete der andere. »Sie werden nicht mehr aufwachen.« Der Mann schäftete eine lange, blutverschmierte Klinge.

Khan nickte ihnen zu: »Gut, weiter!«

Vorsichtig näherte sich der Trupp, abseits der Zufahrtsstraße und jede Deckung ausnutzend, langsam dem Hotelkomplex. Als sie auf etwa einhundertfünfzig Meter herangekommen waren, verharrten sie hinter einer Garage für elektrobetriebene Golfcaddys.

Rasul Khan adressierte seine Leute. Sie befanden sich jetzt kurz vor dem Ziel. Endlich. Die Spannung war ihnen deutlich anzusehen. *Nur ruhig Brüder, jetzt die Nerven behalten,* dachte er. Dann gab er seine Anweisungen:

»An alle: Nochmals Ausrüstung überprüfen, nichts rattert oder lärmt. Keine Gespräche, nur taktische Zeichen. Über Funk wird nur geflüstert. Disziplin!«

Und weiter:

»Team zwei und Team drei: Hier trennen wir uns. Denkt an den Seiteneingang und macht nach hinten zu! Los, ihr wisst, was zu tun ist!«

Rasul Khan führte sieben seiner Leute von Sträuchern und Blumen versteckt links am Hotel vorbei, während sich vier Leute des zweiten Trupps zum Seiteneingang rechts hinter dem Haupteingang vorpirschten. Aschraf, der zweite Truppführer, hielt vor dem Haupteingang verschanzt die Stellung und schaute auf seine Armbanduhr. Sie hatten dieses Szenario hundertmal durchgespielt. Aus der Deckung heraus brachten zwei seiner Männer zwanzig Meter voneinander entfernt ihre L96-Scharfschützengewehre in Anschlag. Der erste zielte auf den Haupteingang. Der andere nahm den Nebeneingang aufs Korn. Der sogenannte Spotter machte die Vorgabe, indem er durch sein Fernglas schaute:

»Laut des Plans von Hamad sitzt ein Scharfschütze im ersten Stock auf Position elf Uhr über dem zweiten Fenster von links.«

Der Schütze und Adressat, ein kleiner gedrungener Jemenit, flüsterte in sein Mikro: »Jetzt heißt es auf Aschrafs Signal warten.«

Etwa zweihundert Meter weiter vorne wandte sich Aschraf seinem Trupp zu: »Eingangsteam bereit?«

»Sind bereit!«

»Nutzt jede Deckung – los!«

Vom Vorgarten des Hotels arbeiteten sich zwei Terroristen geschickt an das Hauptgebäude heran. Zwei weitere Kämpfer robbten geräuschlos von hinten zu einem offenen Land Rover, der einige Meter rechts vom Haupteingang entfernt am einzigen Zufahrtsweg geparkt war. In dem Wagen saß ein ägyptischer Wachposten, der eine Zigarette rauchte.

Dann ging alles sehr schnell. Auf ein Signal warf sich ein Mann von hinten auf die ägyptische Wache, presste ihr eine Hand vor den Mund und schnitt ihr mit der anderen Hand geschickt die Kehle durch. Außer einem Gurgeln konnte der ägyptische Soldat keinen

Laut mehr von sich geben, er sackte sofort auf dem Sitz zusammen. Tiefrotes Blut färbte den Sitz und sickerte in den Fußraum des Wagens.

Lautlos stieß der Trupp weiter vor.

Auf der anderen Seite der Zufahrt, gegenüber dem Geländewagen und fünfzig Meter entfernt, war ein bulliger Fahd-Radpanzer im Schatten geparkt. Am Panzer angekommen, nickte Aschraf einem seiner Männer zu. Mit einem Satz war der Mann nahezu lautlos auf das Fahrzeug geklettert und hatte etwas, das aussah wie eine Dose, in den Turm des Panzers geworfen. Leise schloss er das Luk von außen. Aus dem Innern waren gedämpfte Schreie zu hören, dann wurde es still. Der Terrorist wartete einige Sekunden, öffnete daraufhin vorsichtig die Luke, während er sich ein Tuch vor Mund und Nase hielt. Rauch stieg auf. Dann schoss er mit einer schallgedämpften Pistole in den Panzer.

»Team zwei an alle: Eingangsbereich sauber! Keine Außenwachen!«

Die zurückgebliebenen Scharfschützen der Terroristen beobachteten derweil das Dach. »Die ägyptischen Scharfschützen auf dem Dach müssen doch irgendwas gehört haben?«, sagte Meshal ungläubig.

Dann sahen sie, wie sich ein Kopf auf dem linken unteren Dach bewegte.

»Der Scharfschütze, da!«

Der Terrorist zielte. Konzentriert betätigte er den Druckpunktabzug. 260 Meter entfernt brach der Präzisionsschütze der ägyptischen Armee lautlos auf dem Dach zusammen.

»Gleich wird sich etwas tun«, murmelte Khan.

Doch nichts geschah.

Der zweite Scharfschütze aus Aschrafs Team konnte sein Ziel nicht finden. Verärgert flüsterte er in sein Mikrofon: »Der ägyptische Kuffar-Oberst hat gelogen, auf dem oberen rechten Dach ist niemand postiert.«

»Geduld, Ali, dieser Hamad ist zwar ein Kuffar, aber er hat die Wahrheit gesprochen. Bis jetzt stimmte alles. Ich erwarte äußerste Konzentration!«, wies Khan den Mann zurecht.

Sekunden später erschien rechts auf dem Dach ein kleiner dunkler Kopf. Vorsichtig schaute sich die Person um. Durch sein Zielfernglas konnte der Terrorist erkennen, dass sich die Lippen des ägyptischen Soldaten bewegten.

»Aha …«

Der Schuss löste sich und der zweite Präzisionsschütze des ägyptischen Militärs hatte unerwartet den Tod gefunden.

Bilal, der zähe kleine Führer des dritten Trupps, hatte sich derweil langsam zum hinteren Teil der Ostseite des Hotels vorgearbeitet. Dabei waren vier ägyptische Wachen nahezu lautlos eliminiert worden. Patrouillen gab es laut Oberst Hamad nicht. Vorsichtig betrat Bilals Trupp das Hotel durch den Nebeneingang. Nun standen die Terroristen in einem langen Korridor vor zwölf verschlossenen Zimmertüren. Der Korridor wurde sofort an den Enden gesichert.

»Zimmernummern 6 bis 17: Das sind die Unterkünfte der Freiwache. Fertig?«

Jeder seiner Männer förderte einen Sprengsatz, nicht größer als eine Filmdose, zutage und pappte ihn an ein Türschloss. Dann setzten die Männer ABC-Masken auf und traten zur Seite.

»Trupp drei: klar!«

»Trupp drei: warten!«

»Warten: verstanden!«

Bilals Männer schwitzten unter ihren ABC-Masken. Doch diszipliniert harrten sie aus wie befohlen.

74

Divine Palace Conference Hotel & Spa
Westseite
Sharm El Sheikh
Sinai, Ägypten

Es hatte keine vier Minuten gedauert, da befanden sich Rasul Khans sechs Männer auf einem Dach im westlichen Bereich des Hotels. Leise brachten sie sich im ersten Stock unterhalb großer, dunkel getönter Scheiben in Stellung. Das mit Kies belegte Flachdach, auf dem sie standen, gehörte zu einer großen vollklimatisierten Fitnesshalle, in der sich die Hotelgäste 24 Stunden lang körperlich verausgaben konnten. Gewölbte Oberlichter aus Milchglas sorgten für Tageslicht.

Wie zuvor eingeübt, brachten Khans Männer Sprengsätze vorsichtig von unten an den großen Fensterscheiben an. Das Team agierte routiniert und sicher. Nachdem alle Fenster präpariert waren, gingen die Männer auf dem Dach hinter den drei großen Ventilatoren der Klimaanlage in Deckung. Rasul Khan schaute konzentriert auf seine Uhr.

»Trupps zwei und drei: Es geht los, möge Allah mit uns sein!«

Als das Kommando kam, nickte Bilal im Erdgeschoss seinen Männern zu. Die kleinen Sprengsätze detonierten auffallend leise. Es klang eher wie eine Verpuffung, als die Türen der Mannschaftsunterkünfte fast gleichzeitig nach innen aufsprangen. Sofort warfen die Terroristen kleine Gaskanister in das Innere der Räume. Es dauerte nur wenige Sekunden, bis die ersten hustenden ägyptischen Soldaten, aus dem Schlaf geschreckt, teilweise noch in Unterwäsche oder nur mit einer Kampfhose bekleidet, auf den Korridor flohen.

Sie liefen geradezu in das Feuer der wartenden Mujaheddin, die sie gnadenlos niedermähten. Da der eine oder andere Soldat nicht sofort tot war, halfen die Terroristen mit ihren Messern nach, um

Munition zu sparen. Der beigefarbene Teppich im Korridor war binnen Minuten von Blut durchtränkt.

Im selben Moment befand sich Aschraf mit dem zweiten Trupp in unmittelbarer Nähe des Haupteingangs. Als sie überfallartig in das Gebäude eindrangen und sich in der Empfangshalle verteilten, hörte er zu seiner Rechten mehrere Frauen kreischen und fliehen. Einer seiner Männer erschoss die Frauen mit seinem Sturmgewehr aus der Hüfte. Ein flüchtender Mann, offenbar ein Kellner, wurde von einer Kugel in den Rücken getroffen und fiel auf die glänzenden Marmorfliesen.

Was dann geschah, kam völlig unerwartet:

»Freeze! Don't move!«

Die Terroristen im Bereich der Rezeption gingen sofort in Deckung, während bereits Projektile hinter ihnen in das Holz des Tresens einschlugen. Einer der Terroristen erlitt einen Durchschuss am Oberarm und verzog das Gesicht zu einer Grimasse. Aschraf nickte seinem Nebenmann zu. Dessen Sturmgewehr ratterte los. Währenddessen bewegte sich ein zweiter Terrorist blitzschnell aus der Deckung und warf einen dosenförmigen Behälter über den Gang in die Richtung, aus der die Schüsse gekommen waren. Dann zischte es.

»Masken!«

Die drei Beamten des United States Secret Service hatten nicht die Spur einer Chance. Zu spät erkannten sie die Dimension der Gefahr. Vom Gift bereits leicht betäubt, verfehlten ihre Schüsse das Ziel. Am Ende lagen die Amerikaner benommen am Boden und husteten laut. Ein maskierter Terrorist schnitt den wehrlosen Männern mit seinem Kukri * die Kehlen durch.

»Ahmed, bist du verletzt?«

»Nur eine Fleischwunde am Arm.«

»Gut, weiter!«

»Achtung!«

Durch die Schüsse alarmiert, näherten sich plötzlich fünf ägyptische Soldaten mit gezogenen Pistolen aus einem Trakt des Ne-

* Krummdolch

bengebäudes. Ohne Warnung feuerten sie auf die Terroristen, doch ihre Schüsse lagen zu hoch. Sie wurden sofort mit Salven aus zwei Sturmgewehren niedergestreckt. Vier der Angreifer waren sofort tot, der Fünfte lag am Boden und stöhnte leise. Er war in die Schulter und in die Hüfte getroffen worden.

»Nizar: Den da – Ich will ihn lebend!«, zischte Aschraf.

Der Mann, der Nizar hieß, ein muskulöser Palästinenser, packte den ägyptischen Soldaten an den Haaren und schleifte ihn zu seinem Anführer. Aschraf lächelte kalt und sprach ihn an: »Du hast die Wahl: Du beantwortest jetzt meine Fragen, wir lassen dich hier liegen, dann schaffst du es vielleicht. Oder ...« Er zog ein langes Messer aus einer Scheide am Koppel.

Der ägyptische Soldat blickte den Terroristen mit weit aufgerissenen Augen an.

»Also: Wie viele seid ihr?«, fragte Aschraf.

»Z ... zwanzig«, log der Mann.

Aschraf machte ein enttäuschtes Gesicht, nickte seinem Gefährten Nizar zu, der dem Mann mit seinen kräftigen Händen von hinten festhielt, dann rammte er dem Mann sein Messer in den Oberschenkel. Langsam drehte er die Klinge in der Wunde. Der Soldat brüllte laut auf, sein ganzer Körper zuckte. Der langgezogene Schrei war im ganzen Eingangsbereich bis in die Lounge zu hören.

»Wie viele seid ihr?«

»Z ... zwanzig ...«, stöhnte der Soldat, dem die Tränen in die Augen geschossen waren.

»Wo ist der Rest?«

»Im ... im ersten und zweiten Stock, und an den Ausgängen sind die anderen.«

»Und die ausländischen Bodyguards?«

»Auch zwanzig ... alle o ... oben!«

Scheinbar gelangweilt schaute Aschraf Nizar an und nickte unmerklich. Blitzschnell hatte dieser ebenfalls ein Messer gezückt und dem Soldaten die Kehle durchgeschnitten.

»Kuffar!«, zischte Aschraf. »Ich weiß, dass ihr allein mindestens sechzig Mann zur Sicherung im Hotel habt!« Dann wandte er sich Nizar zu:

»Wie auch immer. Die Staatsgäste sind unser Ziel, wir müssen sie finden. Und zwar alle. Aber denkt daran: Wir brauchen sie lebend, ihr Tod soll vor laufender Kamera stattfinden!« Aschraf grinste breit.

75

Hafen von Na'ama Bay
Sharm El Sheikh
Sinai, Ägypten

Vorsichtig lenkte Omar seine Yacht durch das Hafenbecken. Ein gelegentliches »Klonk« deutete an, dass der Rumpf der *Wave Dancer* wieder eines der Holzstücke gerammt hatte, wie sie zuhauf im Wasser trieben. Omar schauderte jedes Mal und hoffte insgeheim, keine Leiche überfahren zu haben. Ihm wurde schlecht bei dem Gedanken und er beobachtete die vor ihnen liegende Wasseroberfläche sehr genau. Auch die deutschen Soldaten betrachteten den Ort der Verwüstung mit ernsten Gesichtern.

»Mein Gott! Wer auch immer das war, hat ganze Arbeit geleistet.«

»Disziplin, Jungs! Wir haben es hier mit einem Gegner zu tun, der nichts dem Zufall überlässt«, mahnte Schmitt. Er winkte Steiger zu sich nach vorn an den Bug des Bootes und fragte leise:

Wie viele, sagtest du, saßen in den Zodiacs?«

»Siebzehn, vielleicht zwanzig Mann, vielleicht auch mehr. Es ging zu schnell, Rolf.«

»Hm …«

Rolf Schmitt spuckte ins Wasser.

»Wir sind jetzt zehn Mann, mit Wolff elf, ausgerüstet mit einem leichten MG4, G36K-Gewehren, MP5-Maschinenpistolen und einem G28. Und wir operieren am helllichten Tag. Keine Vorbereitung, kaum Intel * und, so wie es aussieht, kein Überraschungsmoment. So, jetzt kommst du!«

Schmitt fixierte Steiger.

»Nicht ideal, jeder würde gerne etwas mehr über die Bogeys ** wissen, aber es muss irgendwie gehen. Die Personenschutzkommandos und die Ägypter sind ja auch noch da. Was man so hört, ein Kumpel von mir ist bei der SG *** des BKA, sollen die Ägypter ganz fit sein«, entgegnete Steiger.

»Allerdings. Und dieser BND-Typ, Wolff?«

»Mirko? Der ist echt okay, wenn er so schießt, wie er taucht, haben wir Glück. Er ist ausgebildeter Grenni, im Grunde spricht er unsere Sprache, Rolf.«

»Hm, mir gefällt das trotzdem nicht. Er ist keiner von uns, kennt unsere Prozedere nicht und …«

Rolf Schmitt beendete seinen Satz nicht, denn vom Steuerstand rief Omar:

»Da drüben lasse ich euch an Land. Das, was noch von der Pier übrig ist, sollte euch tragen.«

Rasch war das Team an Land gesetzt. Omar winkte zum Abschied:

»Soll ich hier warten?«

»Halt dich bitte in der Nähe der *Sachsen* auf, wir funken dich an. Ich danke dir für deine Hilfe – ach, und auf der *Sachsen* bekommst du Sprit.«

Omar bestätigte mit dem OK-Zeichen der Taucher. Steiger tat es ihm nach.

»Pass bloß auf dich auf, sonst kriegst du nicht nur mit mir Stress, sondern auch mit Samira«, sagte Omar lahm. Doch der Trupp hatte sich bereits in Richtung Innenstadt in Bewegung gesetzt.

Im lockeren Lauftempo durchquerten die Männer den Hafen. Stellenweise brannte es und ein beißender Qualm zog durch die Gassen. Der Schrecken hatte sich in sämtliche Winkel der Stadt

* Hintergrundinformationen (i. d. R. durch einen Geheimdienst bereitgestellt)
** Gegner
*** Sicherungsgruppe (Personenschutz)

ausgebreitet. Anwohner hatten sich in ihre Häuser zurückgezogen. Sharm El Sheikh glich einer Geisterstadt.

76

Divine Palace Conference Hotel & Spa
Sharm El Sheikh
Sinai, Ägypten

Oben auf dem Dach des Westtraktes des Hotels schaute Rasul Khan seine Männer verblüfft und zugleich entsetzt an: »Was zum Teufel …«

Er konnte es nicht fassen. Nachdem sie die Fensterscheiben gesprengt hatten, waren die Männer blitzschnell eingestiegen. Nun standen sie alle mitten in einem großen Raum, der vorher einmal ein Konferenzsaal gewesen war. Unter ihren Kampfstiefeln knirschten Glasscherben. Einige Tische und Stühle standen noch herum, auf dem Boden lagen ein paar lose Kabel, aber ansonsten hatten sie gähnende Leere vorgefunden. Rasul Khan sprach in sein Funkgerät:

»Bilal: Wo seid ihr?«

»Im Erdgeschoss, Rasul. Die Soldaten der Freiwache werden uns keine Probleme mehr machen.«

»Sehr gut! Hört zu, hier oben ist nichts, wir ändern den Plan, sucht alles ab! Die Kuffar müssen die Konferenz in einen anderen Raum verlegt haben.«

»Wir werden gründlich suchen, Rasul.«

»Ja, aber passt auf, der Gegner ist nun alarmiert, nutzt das Gas!«

»Ja, Rasul!«

»Wir machen hier oben weiter – Allahu Akbar!«

»Allahu Akbar!«

Ein Stockwerk tiefer, in den Büros hinter der Rezeption, hörte man wiederholtes Kreischen, das durch gedämpfte Schüsse beendet wurde. Innerhalb einer Viertelstunde hatten die Terroristen, die sich Mujaheddin nannten, siebenundsechzig Menschen getötet.

77

Bundeskanzleramt
Spreeufer
Berlin, Deutschland

Enttäuscht und mit Herzklopfen legte der Bundeskanzler den Hörer wieder auf die Gabel. Noch immer gab es nichts Neues. »Das Team ist im Einsatz, Operation *Spare Chute** ist angelaufen«, hatte es geheißen.

Er machte sich große Sorgen. Nicht um seine politische Karriere. Die war das kleinste Problem. Insgeheim hatte er sich davon bereits verabschiedet, als er den Befehl gegeben hatte. Dies war kein Aufklärungseinsatz. Kein Zugriff auf versteckte Kriegsverbrecher mit vorteilhafter Planung. Dies war ein geheimer Kampfeinsatz ohne vorherige Beteiligung des Parlaments. Wie auch? Gefahr war im Verzug! So argumentierten seine Rechtsberater. Und immerhin hatte er alle Fraktionschefs informiert. Das Team hatte noch nicht einmal Zeit für eine Einsatzplanung gehabt, die eigentlich Voraussetzung für ein solches Unternehmen war. *Aber es war primär ein Rettungseinsatz,* rechtfertigte er seine Entscheidung vor sich selbst. Steinberg sah das genauso.

Trotzdem wird es in einem medialen Desaster enden. Das weißt du. Die Opposition wird dich dafür kreuzigen, dachte er.

Er malte sich bereits im Geiste die Schlagzeilen aus. Die Oppositionsparteien würden ihm unter anderem mangelndes demokratisches Verständnis vorwerfen. Eigenmächtigkeit. Verantwor-

* Reserveschirm

tungslosigkeit. Selbstgefälligkeit. Möglicherweise würde ihm das Parlament das Vertrauen entziehen. Das wäre dann das Ende.

Und wenn es so wäre? Was wäre auf der anderen Seite, wenn es zu Enthauptungen von Staatsmännern und hohen Regierungsbeamten vor laufenden Kameras käme, begleitet von unerfüllbaren Forderungen, verlesen durch vermummte Terroristen?

Vor wenigen Stunden hatte er junge deutsche Soldaten ausgeschickt, um gegen die *Basis*, also gegen Terroristen zu kämpfen. Allein. Diesmal waren es nicht die Amerikaner. Nicht die Briten. Nicht die Franzosen. Er hoffte sehr, dass das Unternehmen irgendwie Erfolg haben würde. Er wusste, er selbst konnte keinen Einfluss mehr nehmen. Es war, wie es war. Die Würfel waren gefallen.

Eigentlich wäre es sein Part gewesen, in Ägypten die Verhandlungen zu führen, den syrischen Konfliktparteien die Lage klar zu machen, mögliche Lösungen zusammen mit den Franzosen und Briten aufzuzeigen. Das war der Plan gewesen. Und nun hatte die *Basis* ganz unabhängig davon eine neue Partie auf dem internationalen Schachbrett eröffnet. Eine Partie, die außer diesen Terroristen niemand spielen wollte. Er würde sich ewig Vorwürfe machen, sollte dem Außenminister und den übrigen Konferenzteilnehmern etwas zustoßen.

Vielleicht haben wir Glück … Kampfschwimmer … Ich drück euch die Daumen, Jungs!

Er blickte aus seinem Fenster. Der Himmel war wolkenverhangen und ein leichter Nieselregen hatte eingesetzt. Als es klopfte, hatte er ein flaues Gefühl in der Magengegend. Karl Steinberg trat ein und machte ein betroffenes Gesicht.

»Es wird Ihnen nicht gefallen …«

Besorgt blickte der Kanzler Steinberg an. Er rechnete mit dem Schlimmsten.

»Was gibt es denn?«

Steinberg legte ihm vorsichtig eine Vorgangsmappe auf den Tisch. Der Kanzler klappte sie auf.

»Das ist die Vorabfassung, dankenswerterweise haben sie uns die heute schon zukommen lassen, dann wissen wir wenigstens, was uns morgen erwartet …«

Die Augen des Kanzlers weiteten sich zunächst, doch dann verengten sie sich wieder. Er rieb sich das Kinn. Eine große Boulevardzeitung brachte in ihrer neuesten Ausgabe folgende Überschrift:

Geheimer Einsatz am Sinai!

Abgebildet waren Soldaten der Kampfschwimmerkompanie bei einer Häuserkampfübung in Lehnin bei Berlin. Es handelte sich um Archivaufnahmen. Das Blatt berief sich auf höchste Quellen und beschrieb den »gewagten Alleingang« des Bundeskanzlers, der eine »Marineeinheit« in einen »Landeinsatz« gesendet habe. Dabei sei das Parlament nicht im Vorfeld informiert worden. Der Einsatz wurde nicht näher beschrieben, außer, dass es sich dabei um einen angeblichen Rettungseinsatz handele. Der leitende Offizier, ein gewisser OLZS Steiger, gelte intern als unzuverlässig und müsse sich derzeit wegen fahrlässiger Körperverletzung vor Gericht verantworten. Alkohol am Steuer werde ihm ebenfalls vorgeworfen, hieß es.

»Allmächtiger Gott!«

»Sie sagen es.«

»Minter?«

»Wer sonst?«

»Können wir das beweisen?«

»Wird schwierig und könnte etwas Zeit in Anspruch nehmen.«

»Diese Ratte!«

»Antonia sollte doch den Kontakt zu den Fraktionschefs der Opposition suchen?«

»Ist erledigt. Fernmündlich sind alle unterrichtet und ein Treffen im Paul-Löbe-Haus des Bundestages ist für heute Mittag angesetzt.«

»Na, wenigstens etwas. Dann können wir darauf verweisen, dass wir es zeitnah mitgeteilt haben.«

Der Kanzleramtsminister zog die Stirn in Falten.

»Hm. Ja, das können wir.«

»Hören Sie zu, Steinberg: Die Marine soll ein Pressebriefing vorbereiten, schalten Sie mir den Kommandeur KSM auf meine schwarze Leitung. Ich muss wissen, was dieser Steiger auf dem Kerbholz hat.«

»Kein Problem!«

»Steinberg?«

»Ja?«

»Sie sind sich darüber im Klaren, dass wir das politisch wahrscheinlich nicht überleben werden?«

»Das ist mir klar, es war aber trotzdem richtig.«

»Sehen Sie das immer noch so?«

»Ja, und die Bevölkerung wird es auch so sehen.«

»Hm, da bin ich mir nicht sicher ... aber danke!«

»Dafür nicht!«

Ein Lächeln huschte über das Gesicht des Kanzlers, der Anstalten machte, sich auf sein Sofa zu legen.

»Herr Dr. Steinberg?«

»Ja?«

»Bringen Sie mir 'nen Tee?«

Steinberg lächelte.

»Ich kümmere mich darum.«

78

Divine Palace Conference Hotel & Spa
Sharm El Sheikh
Sinai, Ägypten

Bevor die drei Beamten des US Secret Service der Tod ereilte, hatten sie noch versucht, per Funk eine Warnung an ihre Kollegen abzusetzen. Allerdings war der Empfang im Gebäude extrem schlecht. Besonders im Untergeschoss, wo sich der größte Teil der Personenschützer in einem Vorraum des Konferenzsaals befand, hatte man noch nichts von dem, was oben vor sich ging, mitbekommen.

»Larry? Nicht verstanden, nochmal!«

Rauschen.

Der Leiter des United States Secret Service Details, Special Agent John Griffith, blickte seinen Kollegen Liam Murphy mit ernster Miene an.

»Hast du irgendwas verstanden?«

»Nicht wirklich!«

»Hörte sich an wie *alpha* *.«

»Was ist mit Steve und William?«

»Müssten noch in der Hotelküche sein.«

»Ich kriege sie über Funk nicht.«

»Ich auch nicht!«

»Shit!«

Ihr britischer Kollege, Alistair Campbell vom New Scotland Yard, SO1, schaute neugierig zu ihnen herüber.

»Etwas nicht in Ordnung?«

»Alles unter Kontrolle, nur ein kleines Funkloch«, log Griffith.

»Sollen wir mal nachsehen?«

»Das machen wir schon.«

Der Leiter der Sicherungsgruppe der französischen Groupe d'appui pour hautes personnalités (GAHP), Jean-Christian Roche, und Hauptkommissar Bernd Zoller von der Spezialeinheit Sicherungsgruppe Ausland des BKA, die gemeinsam eine Zigarette rauchten, hatten sich nun dazugesellt.

»Alles okay?«, fragte der Franzose.

»Wir gehen davon aus. Nur zwei Kollegen, die sich nicht melden.«

»Vielleicht kein Empfang, ist schlecht hier unten ...«

»Ja, das haben wir auch festgestellt. Überhaupt scheint hier unten alles gut gedämmt zu sein«, meinte Zoller.

»Jep!«

»Waren das die Kollegen, die oben etwas zu essen organisieren wollten?«

»Korrekt.«

»Wir können ja mal nachsehen.«

* höchste Alarmstufe, Ernstfall

»Gut, ich komme mit«, sagte der Deutsche. »Ich muss eh mal austreten, die Toiletten hier unten sind für die Konferenzteilnehmer reserviert.«

»Ich komme auch mit«, sagte der Franzose.

»Gut, der Rest bleibt hier in Alarmbereitschaft«, bestimmte Griffith. »Neunzehn Mann hier unten sollten reichen.«

»Alles klar.«

Die übrigen Kollegen wurden informiert.

Lautlos begaben sich die vier Männer die Treppe hinauf, konnten aber außer einem seltsamen Geruch, der in der Luft hing, nichts Ungewöhnliches feststellen. Sie hatten gerade das Erdgeschoss erreicht, als der Franzose eine verwischte Blutlache auf dem hellen Marmorboden entdeckte. Er winkte die Kollegen zu sich und schaute sich, die Waffe gezückt, vorsichtig um.

»Was ist das für eine Schweinerei? Was läuft hier?«

Die Beamten befanden sich nun in unmittelbarer Nähe der Rezeption. Entgeistert blickten sich die Männer an.

»What the hell ...«, flüsterte Griffith und blickte sich um. »Einer von uns sollte sich am Treppenaufgang postieren und beobachten und wenn er etwas sieht, sofort runterkommen.«

»Und sie auf die richtige Fährte locken? Wer auch immer hier agiert, muss doch glauben, die Konferenz findet oben statt«, wandte Zoller ein.

»Richtig, die Hinweisschilder hat man stehen lassen.«

»Stimmt.«

»Wenn sie in den ersten Stock wollen, müssen sie den Aufgang gegenüber nehmen. Wenn wir uns an diesem Treppenabsatz im Erdgeschoss postieren und warten, können wir sehen, wie viele es sind und was vor sich geht. Die Treppen lassen es zu, dass man sehen kann, ohne gleich gesehen zu werden. Wir können uns dann immer noch zurückziehen«, sagte der Franzose.

»Zuallererst müssen wir die Kollegen unten informieren.«

»Ich mache das sofort«, entgegnete Roche.

Was die Personenschützer nicht wissen konnten, war, dass sich die Terroristen in drei Gruppen aufgeteilt hatten und sich langsam, das eine Team von oben, die anderen zwei Teams im Erdgeschoss,

Stück für Stück durch das Hotel mordeten. Die Beamten zuckten zusammen, als sie von oben Schüsse und Schreie hörten. Dann plötzlich tauchten vor ihnen Teile von Aschrafs schwer bewaffnetem Trupp auf.

»Shit!« Das kam von John Griffith.

»Cover!«

Doch es war zu spät. Aschraf und seine Männer hatten leichtes Spiel. Aus einer provisorischen Deckung hinter zwei großen Polstersofas versteckt, bellten Sturmgewehre auf und die Terroristen streckten die Beamten, die völlig schutzlos waren, binnen Sekunden nieder. Den Franzosen Roche, der versucht hatte, die Treppe herunterzustürmen, um die Kollegen zu warnen, hatte es noch auf dem Treppenabsatz erwischt. Vom Gefechtslärm alarmiert, kamen wenige Sekunden später die Personenschützer der europäischen Freiwache aus dem Obergeschoss vorsichtig die Treppe herunter, um ihren Kollegen zur Hilfe zu eilen. Es entwickelte sich ein zähes Gefecht mit den Terroristen.

Der Lärm der Schusswechsel war nun auch bis in das Untergeschoss zu hören, und als sich über Funk immer noch keiner ihrer Kollegen meldete, war den übrigen Personenschützern im Kellergeschoss klar, dass der Ernstfall eingetreten war. Nun bereiteten sich die übrig gebliebenen Leibwächter auf das Schlimmste vor. Professionell kamen sie ihrem Schutzauftrag nach und begannen damit, den Kelleraufgang zu verbarrikadieren. Sie waren entschlossen, ihr Leben und das ihrer Schutzpersonen mit allen Mitteln zu verteidigen.

79

Zufahrtsstraße zum Hotel
Divine Palace Conference Hotel & Spa
Sharm El Sheikh
Sinai, Ägypten

Es war heiß und die Flecktarnsmocks der Männer waren von Schweiß durchtränkt. Zügig bewegte sich der deutsche Trupp über die staubige Straße. Einige der Männer saugten an den Mundstücken ihrer Camelback-Trinkrucksäcke. Oberbootsmann Krieger, der die Navigation übernommen hatte, lief vor und scannte dabei die Umgebung.

Sie waren noch knappe drei Kilometer vom Hotel entfernt, als plötzlich Soldaten aus einer Seitengasse auf sie anlegten. Ihre Rufe konnten die Deutschen nur deuten.

»Ägyptische Infanterie!«, rief Wolff.

Eine Patrouille schwer bewaffneter ägyptischer Soldaten näherte sich vorsichtig, die Waffen in Vorhalte. Ihr Anführer rief den Deutschen etwas zu, das lediglich Mirko Wolff verstand. Der Trupp blieb augenblicklich stehen. Wolff übersetzte, ohne den Befehl hierzu abzuwarten. Schmitt schaute ihn fragend an.

Die Ägypter wollten, dass sich die Deutschen auswiesen und erklärten. Währenddessen richteten sich die Mündungen der Kalaschnikow-Sturmgewehre auf sie.

Schmitt, Wolff und Steiger blickten sich an. Die Zeit lief ihnen davon. Der Truppführer der Ägypter wiederholte seine Aufforderung, nun mit erhobener Stimme. Es war offensichtlich: Der Ägypter war sehr nervös.

»Erklären Sie es ihm, wenn Sie können!«, wandte sich Schmitt an Wolff.

»Alles?«

»Alles!«

Wolff wandte sich an den ägyptischen Offizier, der den Trupp befehligte, holte tief Luft und sprach mit ruhiger Stimme in einem weichen Arabisch. Der Ägypter schaute noch immer misstrauisch, schien aber von dem Auftreten des Deutschen beeindruckt. Er stellte offenbar weitere Fragen, auf die Wolff respektvoll zu antworten schien. Dann diskutierte der ägyptische Offizier mit einem seiner Leute.

»Er ruft jetzt seine Vorgesetzten per Funk«, klärte Wolff seine Kameraden auf, die die Konversation teilweise staunend beobachtet hatten. Die nach einer Weile entstehende Unruhe der Ägypter konnten die Deutschen abermals nicht ohne die Hilfe von Wolff deuten.

»Er sagt, er könne niemanden erreichen, auch nicht per Handy. Wir sollen unsere Waffen entladen, seine Leute sammeln dann die Magazine ein und wir sollen mitkommen in sein Hauptquartier.«

»Das kann doch nicht wahr sein …«, rief Schmitt.

Steiger wirkte gefasst und schlug vor:

»Sag ihm doch, dass die Fregatte *Sachsen* da draußen Hilfseinsätze für seine Landsleute fährt und dass das Terrorkommando wahrscheinlich gerade dabei ist, sich durch das Divine Palace Hotel zu schießen. Sag ihm, er trägt die volle Verantwortung, wenn von den Konferenzteilnehmern keiner überlebt!«

Dann blickte er zu Schmitt herüber, als wollte er sagen: *Stimmt doch, oder?*

Schmitt nickte.

Wolff übersetzte, wie ihm geheißen, doch der Ägypter war noch nicht restlos überzeugt. Steiger setzte nach:

»Schlag ihm doch vor, einen seiner Leute zum Hauptquartier loszuschicken, um Verstärkung zu holen, dann kann er uns mit seinen übrigen Leuten unterstützen.«

Schmitt drehte seinen Kopf in Richtung Steiger. Sein Blick sprach Bände: *Das ist jetzt nicht dein Ernst!*

Der Adressat zuckte mit den Schultern und sagte:

»Besser so, als ohne Mumpeln * in deren Hauptquartier und es heißt am Ende: ›Terrorists win!‹«

Nach einer Diskussion, die den Deutschen wie eine halbe Ewig-

* Munition

keit vorkam, lösten sich zwei ägyptische Soldaten aus dem Trupp und verschwanden in der Gasse, aus der sie gekommen waren.

Wolff übersetzte wieder: »Hauptmann Ghalib, so heißt der Mann, ist einverstanden. Er will uns aber führen.«

»Dann ist das so«, entgegnete Schmitt genervt, der das Gefühl hatte, dass ihnen die Zeit davonrannte. Die Kampfschwimmer hatten ungewollt drei Mann Verstärkung bekommen.

80

Divine Palace Conference Hotel & Spa
Sharm El Sheikh
Sinai, Ägypten

Die vierzehn Soldaten hatten mittlerweile das Hotel erreicht und lagen hinter dichten Büschen versteckt. Die bestialisch getöteten Wachen am Eingang der Hauptzufahrt waren nicht zu übersehen gewesen. Der ägyptische Hauptmann Ghalib hatte mehrfach versucht, per Handy Kontakt zu seinen hierher abkommandierten Männern aufzunehmen. Ohne Erfolg.

»Sagen Sie ihm, er soll das Ding jetzt besser ausschalten«, raunte Schmitt zu Wolff, der die Order sofort übersetzte.

Der ägyptische Offizier nickte einsichtig und tat, wie ihm geheißen. Die Deutschen waren ihm noch immer nicht ganz geheuer. Er hatte ihre Ausrüstung gescannt und genau registriert, wie sie sich bewegten. Ihre Konstitution und Fitness sprachen für sich. Alle waren überdurchschnittlich trainiert, ruhig und wirkten professionell. Er hatte es eindeutig mit Spezialkräften zu tun.

Mit Ferngläsern suchten Schmitt und Ghalib nun das Umfeld des Hotelgebäudes ab.

»Die Bogeys müssen hier aufgeschlagen sein, nachdem die Drohne von der *Erfurt* die Aufnahmen gemacht hat«, sagte Schmitt.

»Jep, zu dem Zeitpunkt war hier wohl noch alles chic. Das heißt aber auch, dass wir die Terroristen nur knapp verpasst haben, die Leichen der Wachposten waren noch warm«, erwiderte Steiger.

Sie blickten durch die Deckung über einen knapp 70 Meter breiten Rasen, der sich an den geteerten Eingangsbereich anschloss. Leere Cafétische standen auf einer kleinen Terrasse etwas links vom Haupteingang. Die dazugehörige Cabana war unbesetzt. Weiß getünchte Mauern sowie die großen getönten Scheiben des Hotels reflektierten das grelle Sonnenlicht. Von außen war nichts Auffälliges im Hotel festzustellen.

»Siehst du den Schützenpanzer?«, wandte sich Schmitt an Steiger. »Meinst du, da ist jemand drin?«

»Ich erinnere mich noch an die Temperaturen im Dingo, wenn er in Kunduz im Sommer ein paar Stunden ohne Klimaanlage in der Sonne gestanden hat«, antwortete Steiger und rückte den Ohrstecker seines Funkgeräts zurecht. »Die Luke ist zu und der Motor steht, da drin hockt definitiv niemand.«

»Das denke ich auch. Aber was haben wir unter dem Landy da hinten?«, sagte Wolff. Doch Schmitt sah unter dem geparkten Land Rover nur einen toten ägyptischen Soldaten liegen.

»Sieht so aus, als hätte der Gegner keine Wachposten aufgestellt.«

»Vielleicht haben die stattdessen irgendwo einen Scout versteckt ...«, meinte Schmitt.

»Du meinst, so wie bei den Anschlägen auf die Hotels in Mumbai?«

»Warum nicht? Der beobachtet uns schon seit unserer Ankunft in aller Seelenruhe und hält seine Leute drinnen auf dem Laufenden.«

Steiger wandte ein:

»Seht euch doch um, wir haben hier eine ganz andere Umgebung. Hier sind keine Gebäude in der Nähe, die einen erhöhten Einblick gestatten, auch ist hier viel zu viel Grünzeug, das die Sicht behindert. Sie müssten eine Menge Leute abstellen, um alles im Blick zu haben. Ich denke also, über einen Scout brauchen wir uns keine Gedanken zu machen.«

»Also gut.« Schmitt hatte einen Entschluss gefasst:

»Wir teilen uns hier auf. Jan, du nimmst Tom, Chris und Rudi.

Ihr schaut, ob ihr westlich einen Eingang oder ein Fenster findet. Ich arbeite mich mit Hauptmann Ghalib, seinen zwei Männern sowie Jörg, Mattes, Pit und Olaf über den Ostflügel vor. Wir kommen dann von hinten rein. Sternförmig sichern – wie bei einer Amok-Lage! Beeilt euch! Wir sehen uns im Hotel!«

»Okay, kann Mirko bei mir bleiben?«

»Das ist eigentlich nicht in Ordnung, technisch gesehen ist er Zivilist, aber mach, was du willst. Schätze, wir können hier jeden Mann brauchen ...«

Steiger bestätigte.

»Viel Glück!«

»Viel Glück!«

Die beiden Gruppen nickten einander mit ernsten Gesichtern zu, dann trennten sich ihre Wege.

Methodisch führte Steiger seine Leute. Tom Wussow befand sich einige Schritte vor ihnen, er war erster Mann. Steiger bemerkte nun zum ersten Mal, dass sein Körper ihm nicht hundertprozentig gehorchte. Er glaubte Taubheit in seinen Fingerspitzen festgestellt zu haben und fühlte sich hundemüde. Stellenweise plagten ihn Schwindel und Übelkeit. Das durfte nicht sein. Noch nie hatte er in über zwanzig Jahren Taucherei die unsichtbare Grenze überschritten. Doch die Signale waren eindeutig. Hatte er es diesmal doch übertrieben? Waren dies die ersten Anzeichen der gefürchteten Dekompressionskrankheit?

Verdammte Axt!

Vorsichtig bewegten sich die Kampfschwimmer, immer wieder Deckung suchend, auf das Hotel zu. Nach einer schier endlos erscheinenden Zeit hatten sich die beiden Trupps auf etwa zwanzig Meter an das Gebäude herangearbeitet.

Dann hörten sie gedämpftes automatisches Gewehrfeuer.

»Erdgeschoss!«

»Also dann los – wie besprochen!«

Systematisch arbeiteten sich die Soldaten weiter vor. Deckung – Bewegung – Deckung. Keine Minute später rauschte es in Steigers rechtem Ohr:

»An alle!«

»Was?«

»Passt auf, das Gelände ist vermint!«

Das letzte Wort sorgte bei jedem Soldaten für einen sofortigen Adrenalinschub. Wolff übersetzte auf Arabisch. Hauptmann Ghalib bestätigte.

Steiger spürte, wie ihm der Schweiß ausbrach. Er lag auf dem Bauch und scannte das Hotel mit seinem Fernglas. Der Schweiß rann seine Schläfen hinab. Er war müde, sein Schädel dröhnte und er hatte Probleme, sich zu konzentrieren. Die Meldung seines Kameraden Krieger holte ihn in die Realität zurück.

»Vermint, verstanden!«, bestätigte er.

»Jep! Sieht nach 'ner Claymore aus, wir haben aber noch keine Kabel entdeckt.«

Eine Claymore! Steiger spürte sein Herz klopfen.

»Habt ihr gehört? Du auch, Tom? Keiner bewegt sich!«

Vier rauschende Klicks im Äther bestätigten den Empfang der unerfreulichen Meldung.

Kein Wunder, dass die Terroristen draußen keine Wachposten zurückgelassen haben, dachte Steiger.

Schmitt meldete sich wieder:

»An alle: Keiner bewegt sich, Jörg wird erst ...«

Ein ohrenbetäubender Lärm erfüllte die Luft.

—

Als die Explosion im Hotel zu hören war, befand sich Rasul Khan mit seinem Trupp noch im Obergeschoss. Jeden Raum, jede Kammer hatten sie durchsucht, ohne auf die Konferenz und ihre Teilnehmer gestoßen zu sein. Nun stürmten sie auf die Hochterrasse, auf der sich der Swimmingpool und das Sonnendeck befanden. Von oben herabschauend, gab Rasul Khan Anweisungen:

»Aschraf, bleib, wo du bist und sichere weiter die Eingänge, wir können von hier oben besser sehen.«

Zwei von Khans Leuten rannten an leeren Liegestühlen und bunten Sonnenschirmen vorbei zur Brüstung, von der aus man auf den Vorplatz des Hotels hinunterblicken konnte. Ihre Gewehre hielten sie im Anschlag.

Als sie auf den Rasen hinabblickten, war ihnen klar, dass eine Claymore-Mine gezündet haben musste, aber sie sahen keine Toten.

»Rasul, da drüben: Blut!«

Dunkelrote nasse Flecken zierten den makellos gestutzten Rasen.

Ohne zu antworten, verfeuerte Rasul Khan in wildem Zorn ein ganzes Magazin seines Sturmgewehrs in das Gebüsch, zu dem die Blutspuren führten. Sofort entnahm er das leere Magazin, ersetzte es durch ein neues und lud durch.

Unten im Dickicht schlossen Coester, Scheuermann und Schmitt die Augen. Sie ergaben sich in ihr Schicksal. Sie hatten die Verwundeten und Toten so weit weg gezerrt, wie es in der kurzen Zeit möglich war. Vier Meter entfernt mähten nun Kugeln das Buschwerk nieder, einige Projektile schlugen vor ihnen im Boden ein.

»Ihr zwei bleibt hier«, wies Khan seine Leute an.

»Wenn die Konferenz nicht im Obergeschoss stattfindet, dann wird es wohl noch einen anderen Raum geben. Abgesagt ist sie auf keinen Fall, schließlich stehen dort unten die ganzen Limousinen, SUVs und Busse auf dem Vorplatz.«

»Aschraf, hörst du mich?«

»Laut und klar, Rasul.«

»Hör zu, nimm dir alle Büsche vor, wir geben dir von hier oben Deckung. Wer auch immer da draußen herumspukt, er hat sich irgendwo ins Gestrüpp zurückgezogen.«

»Verstanden, Rasul, wir werden gleich sehen, wer sich dort versteckt.«

Dann drehte sich Khan um und winkte seinem MG-Schützen zu.

»Hier herüber, ich will, dass du Aschraf von hier oben Deckung gibst. Schieß auf alles, was sich bewegt! Wir suchen im Hotel weiter.«

Rasul Khan hatte seine Kommandos laut genug für die Kampfschwimmer geschrien. Doch keiner der Soldaten hatte auch nur ein Wort verstanden. Lediglich Mirko Wolff hatte in etwa begriffen, was als Nächstes passieren würde.

81

Divine Palace Conference Hotel & Spa
Sharm El Sheikh
Sinai, Ägypten
Sechs Minuten zuvor

Oberbootsmann Jörg Krieger war mit seinen 31 Jahren bereits ein »alter Hase« und einer der kompetentesten Sprengstoffexperten der *Kompanie*. Als Krieger den feinen Draht, der unwesentlich stärker war als ein menschliches Haar, entdeckt hatte, warnte er seine Kameraden sofort. Er bedeutete auch den drei Ägyptern, in Deckung zu bleiben, hatte aber keine Ahnung, ob sie ihn verstanden hatten.

Als er dann den Verlauf des Drahtes weiterverfolgte, hatte er feststellen müssen, dass dieser an einer Mine endete. Genauer gesagt an einer M18A1, im Volksmund Claymore genannt. Die Mine, rechteckig und konvex gebogen, steckte auf zwei langen Kunststoffdornen zwischen Blumen sorgfältig getarnt im Boden.

Krieger scannte sein Umfeld und dachte fieberhaft nach.

Kein Problem, nur mit der Ruhe … vorsichtig den Stecker entfernen und die Mine ist erst einmal inaktiv.

Er erinnerte sich an seine Ausbildung. Die Worte von Oberstabsfeldwebel Menzel klangen noch in seinen Ohren:

»Eine Claymore wird mit C4-Plastiksprengstoff betrieben, der euch 700 Projektile jeweils von der Größe einer überdimensionierten Schrotkugel mit einer Geschwindigkeit von über 1200 Metern pro Sekunde entgegenschleudert. Dann gibt's schwarze Essensmarken und 'nen Holzkolani.«

Damals hatten alle über den makabren Spruch des Ausbilders gelacht. Das war auf einem Lehrgang gewesen. Damals.

Hier und jetzt, das war die bittere Realität. Krieger bewegte sich langsam und konzentriert. Sein Gehirn lief auf Hochtouren. *Ich werde dich jetzt unschädlich machen …*

Die Schnitte in der Grasnarbe, unter der eine Druckplatte verborgen war, die mit einer zweiten Mine gleicher Bauart verbunden war, hatte Krieger, in der Freude, die erste Mine gefunden und identifiziert zu haben, glatt übersehen.

Langsam und vorsichtig setzte Krieger seinen linken Fuß nach vorn, um sich der ersten Mine zu widmen. Zu seinen 94 Kilogramm Körpergewicht addierten sich weitere 25 Kilogramm Ausrüstung, sodass eine Drucklast von fast 120 Kilogramm auf die Kontaktplatte wirkte. Der Druckzünder löste im Bruchteil einer Sekunde aus. Die Mine detonierte mit ohrenbetäubendem Lärm und Oberbootsmann Krieger, Oberbootsmann Petersen und zwei der Ägypter fanden augenblicklich den Tod.

Weitere fünf Projektile hatten sich, nachdem sie teilweise einen Palmenstamm durchschlagen hatten, trotz Schutzweste scharfkantig und deformiert im Körper von Kapitänleutnant Schmitt verteilt. Auch Bootsmann Coester hatte etwas abgekriegt.

Schmitt hatte starke Schmerzen und stöhnte leise. Er verlor viel Blut, doch noch hatte er Gefühl in sämtlichen Körperteilen und konnte sich bewegen. Das gab ihm etwas Zuversicht. Beim *combat first responder* hatte man ihm beigebracht, nach Schuss- und Sprengverletzungen auftretende Symptome zu deuten. Er wusste, kein Gefühl zu haben, war ein sehr schlechtes Zeichen.

Unter Aufbieten schier übermenschlicher Kräfte hatte Schmitt, der den Toten am nächsten war, zusammen mit Scheuermann und Coester die Kameraden mitsamt ihrer Ausrüstung nach und nach ins Dickicht großer Hecken und Zierbüsche gezogen. Raus aus dem Blickfeld und aus der Feuerlinie. Die drei Männer wussten, dass sie ihre Position verändern mussten, die Zeit drängte. Scheuermann rammte Schmitt, der vor Schmerzen leise stöhnte, eine Morphiumspritze in den Körper. Blutüberströmt, teilweise auch mit dem Blut der Toten befleckt, keuchte Schmitt in sein Mikro:

»Jan?«

»Hier!«

»Jörg, Olaf und zwei ägyptische Kameraden hat's erwischt!«

Steiger antwortete mechanisch:

»Verstanden!«

Er starrte vor sich hin. Sein Herz pochte wild. Sein Schädel dröhnte. Die Gesichter seiner soeben getöteten Kameraden vor Augen, fragte er:

»Und du? Du hörst dich nicht gut an, Rolf.«

»Ich hab' auch was abgekriegt, geht schon, ich kann aber nicht weitermachen. Du übernimmst!«

»Mattes und Pit?«

»Sind okay, Mattes hat wohl einen in die Wade bekommen, Pit verbindet ihn gerade. Er kann laufen.«

»Und du, schwer?« Steigers Herz pumpte.

»Ich komm klar, wie weit seid ihr?«

»Gleich bei euch!«

»Nein, verdammt! Ihr sollt westlich herum und von hinten rein und sie dann dort treffen, wo sie euch nicht erwarten, außer uns kennt keiner den Konferenzraum. Die Schutzpersonen haben absolute Priorität, Jan!«

Doch Steiger wollte nichts davon wissen.

»Kannst du vergessen, Rolf! Ich werde nicht zulassen, dass ihr euch hier opfert. Um mit diesen Typen fertig zu werden, brauchen wir außerdem jeden Mann.«

»Wir kommen schon irgendwie klar. Jan, das war ein Befehl!«

»Rolf, wenn es so viele Terroristen sind, wie ich glaube, dann bekommt ihr gleich Gesellschaft, die wollen euch noch den Rest geben ...«

Er verharrte und schaute vorsichtig in Richtung Hoteleingang.

»... aber wir können den Spieß ja auch einmal umdrehen!«, beendete Steiger den Satz düster.

»Jan, die anderen, da müssen welche auf dem Dach sein«, sprach Schmitt leise ins Mikro.

»Weiß ich, Kumpel! Mirko hier hat so ziemlich alles verstanden. Bleibt, wo ihr seid, wir kommen gleich von links, also aus der Richtung, in die wir losgegangen sind. Schießt nicht auf uns!«, flüsterte Steiger.

»Jan, du sturer Idiot ...«, stöhnte Schmitt, der einsah, dass er seinen Kameraden nicht umstimmen konnte.

Im selben Moment hörten Steiger und seine Männer Geräusche.

Eine Gruppe schwerbewaffneter Terroristen trat vorsichtig, in geduckter Haltung und die Gewehre in Vorhalte, aus dem Hoteleingang heraus.

82

Bundeskanzleramt
Spreeufer
Berlin, Deutschland

»Haben Sie etwas herausfinden können, Herr Dr. Steinberg?«, fragte der Kanzler streng.

»Das kann man wohl sagen.«

»Na?«

»Fregattenkapitän Rickmers war ursprünglich für die Minentaucherkompanie vorgesehen, bevor er dann zu den Kampfschwimmern wechselte. Er ist seit zwei Jahren Kommandeur der KSM.«

Der Kanzler stutzte.

»Minentaucher? Sind das diese Verrückten, die Minen unter Wasser zur Explosion bringen?«

»Also als verrückt würde ich diese Soldaten nicht bezeichnen. Mir scheint, diese Männer sind sehr gut ausgebildet und extrem durchtrainiert. Spezialisten halt.«

»Erstaunlich, was wir für Kapazitäten haben …«, sinnierte der Kanzler.

Dr. Steinberg nahm den Faden wieder auf:

»Der Mann ist absolut sauber. Ein Vorzeigesoldat. Siebzehn Einsätze, einmal verwundet. Unpolitisch und absolut integer. Verheiratet, ein Kind. Er restauriert in seiner Freizeit Holzsegelboote.«

»Hm, ich bin froh, dass mein erster Eindruck mich nicht getäuscht hat. Und sein Mann, dieser Oberleutnant Steiger?«

»Tja, der Fall Steiger ist wohl etwas komplizierter. Steiger ist

Kampfschwimmer und der Soldat, der vor zwei Jahren in Afghanistan mit seinem Trupp die eingekesselten Fallschirmjäger und diesen Journalisten Rothe von der ARD befreit hat.«

»Den Auslandskorrespondenten Christian Rothe?«

»Genau den.«

»Kampfschwimmer, einer von Rickmers Leuten, richtig, ich erinnere mich. Ich habe da mal im Fernsehen einen Bericht gesehen, beeindruckend. Hatten wir nicht auch mal einen hier im Kanzleramt?«

»Genau.«

»Gut. Und weiter?«

»Ungewöhnliche Vorgeschichte, dieser Steiger – hat einen Abschluss in International Affairs von St Andrews. Unpolitisch und soldatisch einwandfrei. Er hat allerdings zu viele Punkte in Flensburg gesammelt und deshalb keinen Führerschein mehr. Scheint, als fahre er gern schnell Auto, was etwas seltsam ist.«

»Weshalb das?«

»Weil er einen klapprigen Golf sein Eigen nennt, so ein altes Ding.«

»Aha.« Der Kanzler zuckte mit den Schultern. »Und wieso ist der Fall kompliziert?«

»Tja ...« Steinberg runzelte die Stirn.

»OLZS Steiger war vor kurzem offenbar in einen schweren Autounfall verwickelt: Überholmanöver mit einem nahezu frontalen Zusammenstoß. Steiger behauptet, nicht gefahren zu sein, er habe lediglich das Fahrzeug von der Straße entfernen wollen, um den weiteren Verkehr nicht zu gefährden. Sie haben 1,1 Promille bei ihm festgestellt. Das darauffolgende Ermittlungsverfahren ist auch der Grund, weshalb er noch nicht befördert wurde. Seine Beförderung zum Kapitänleutnant ist längst überfällig.«

Die Miene des Bundeskanzlers verfinsterte sich.

»Dann ist also etwas dran.«

»Nicht wirklich. Denn wir sind schon etwas weiter!«

Steinberg lächelte.

Der Kanzler wurde ungeduldig.

»Erklären Sie mir das?«

»Was Steiger noch nicht weiß: Sein Kamerad, ein gewisser Oliver Rauch, übrigens auch ein Kampfschwimmer, ist vorgestern aus dem Koma erwacht und auf dem Weg der Genesung. Er hat ausgesagt, dass er selbst gefahren sei und dass Steiger sich deswegen habe fahren lassen, weil er etwas trinken wollte. Damit wird das Verfahren gegen Steiger mit hoher Wahrscheinlichkeit eingestellt.«

»Dann ist unser junger Oberleutnant bis auf seine Punkte in Flensburg also sauber«, resümierte der Kanzler.

»Korrekt.«

»Für diese unnötige Lancierung an die Presse, noch dazu mit dem Klarnamen, ohne Rücksicht auf Menschen und deren Reputation werde ich unseren Staatssekretär Minter grillen!«

»Der Mann ist eine Katastrophe.«

»Jeder weiß das. Keiner hat sich dem angenommen. Aber nun reicht's. Eine solche Indiskretion ist absolut inakzeptabel«, verkündete der Kanzler düster.

Karl Steinberg kannte den Bundeskanzler gut genug, um zu wissen, dass mit ihm nicht zu spaßen war. Es schien, als habe Dr. Eduard Minter, Staatssekretär im Auswärtigen Amt, eine rote Linie überschritten. So wie damals, als ein Oberst der Heerestruppe, der seinerzeit eine militärisch schwierige und folgenreiche Entscheidung getroffen hatte, später gezwungen war umzuziehen und seine Kinder aus der Schule zu nehmen, weil man seinen Namen samt Foto öffentlich gemacht hatte.

»Stellen Sie mir bitte das BKA auf meine geschützte Leitung, bitte den Leiter des Staatsschutzes.«

»Kein Problem, sonst noch was?«

»Nein. Ich bin noch nicht gesund, aber wenn es unbedingt sein muss, geben wir morgen eine Pressekonferenz. Aus Ägypten gibt's immer noch nichts Neues?«

»Ich hätte Sie sofort informiert.«

»Klar.« Der Kanzler nickte wissend.

»Vielen Dank, Steinberg!«

»Nicht dafür!«

»Ach, Steinberg?«

»Hm?«

»Unsere Jungs da unten sollen ihren Einsatz nicht bereuen.«
»Ganz Ihrer Meinung. Gute Besserung, Herr Bundeskanzler!«
»Danke, Steinberg!«

83

Divine Palace Conference Hotel & Spa
Untergeschoss
Sharm El Sheikh
Sinai, Ägypten

Im Kellergeschoss hatten die Konferenzteilnehmer dank dicker Mauern und doppelter Feuertüren nicht die Spur einer Ahnung von dem, was oben im Erdgeschoss vor sich ging. Ein Angehöriger der syrischen Opposition hatte gerade noch einmal darauf hingewiesen, dass man nicht bereit sei, mit den nicht aus Syrien stammenden Salafisten zu verhandeln, als ein französischer Stabsmitarbeiter den Raum betrat. Er wirkte blass und verwirrt und stand zunächst wie angewurzelt da. Sein Verhalten löste Unruhe aus. Wieder an seinem Platz, flüsterte er seinem Vorgesetzten etwas zu.

»Ich bitte vielmals um Verzeihung, aber was gibt es denn so Wichtiges, dass Sie die Ansprache unseres geschätzten syrischen Kollegen stören?«, wollte der britische Gesandte wissen. Auf einmal befand sich der Franzose im Zentrum der Aufmerksamkeit.

»Ich ... ich wollte nur ... die Personenschützer, sie lassen uns nicht die Toiletten benutzen, es sei etwas vorgefallen, sie hätten die Situation aber unter Kontrolle, sie ...«

Im selben Moment öffnete sich die holzvertäfelte Doppeltür und Alistair Campbell vom britischen Personenschutzkommando betrat den Raum. Sofort eilte er zum Rednerpult und griff sich das Mikrofon:

»Meine Damen und Herren, wir haben eine Lage! Bitte bleiben Sie ruhig, wir haben so weit alles im Griff. Aus Sicherheitsgründen müssen wir allerdings darauf bestehen, dass Sie sich vertagen. Ich möchte Sie bitten, sich am hinteren Eingang des Raumes zu sammeln und auf weitere Anweisungen zu warten. Bitte nehmen Sie nur das Nötigste mit. Setzen Sie sich am Ende des Raumes bitte auf den Boden. Wir werden Sie dann gleich nach draußen begleiten.«

Die Reaktion war eine Mischung aus Sorge, Empörung, Erstaunen und Misstrauen. Unsicher blickten die Teilnehmer einander an. Es folgte ein unkoordiniertes Stühlerücken.

»Wie darf ich das verstehen? Was verheimlichen Sie uns?«, fragte ein Angehöriger der syrischen Regierung erregt.

Campbell reagierte ungerührt. Es war nicht seine erste heikle Mission in 22 Dienstjahren.

»So wie ich es eben beschrieben habe, sehr geehrter Herr Minister. Wir werden versuchen, Sie geordnet nach draußen zu leiten, um Sie zu evakuieren. Doch zuallererst möchte ich Sie erneut bitten, unbedingt die Ruhe zu bewahren.«

Ein aufgeregtes Raunen war die Antwort.

Die Delegierten wussten, dass es am klügsten war, sich in die Obhut der Experten zu begeben und diesen, zumindest in Fragen der persönlichen Sicherheit, zu vertrauen.

84

Divine Palace Conference Hotel & Spa
Eingangsbereich
Sharm El Sheikh
Sinai, Ägypten

Die Kampfschwimmer pressten sich an die Häuserwand westlich des Haupteingangs, um im toten Winkel zu bleiben. Steiger wartete, bis sich die fünf Terroristen, die sich vorsichtig aus dem Hoteleingang schlichen, auf dem Rasen verteilt hatten. Er brauchte nichts zu sagen, seine Männer verstanden sich blind. Auch wussten sie, dass sie keine Munition zu verschwenden hatten. Ein Teil des Teams hielt Blickkontakt mit Steiger. Der andere Teil zielte auf die Terroristen. Auf Steigers Nicken hin fächerten sich die Soldaten vorsichtig, den Gegner im Visier haltend, auf.

–

Währenddessen hatte sich Rasul Khan mit seinen restlichen Leuten wieder am Treppenabsatz des Obergeschosses versammelt. Er hatte keine Ahnung, mit wem er es hier zu tun hatte. Aber der Umstand, dass keine Leichen vor dem Gebüsch zu sehen waren, verhieß nichts Gutes. Es *musste* Tote gegeben haben, seine Männer hatten die Minen intelligent gelegt und keine Schutzweste der Welt war in der Lage, den Projektilen einer Claymore auf kurzer Distanz zu widerstehen. Offensichtlich gab es Überlebende, die die Leichen außer Sicht geschafft hatten. Er hoffte, Aschraf würde das regeln.

–

Steiger und sein Trupp lagen nun westlich des Eingangsbereichs flach auf dem Rasen, Tom Wussow deckte nach hinten ab. Damit befanden sie sich gut vierzig Meter hinter den fünf Terroristen, die sich langsam aus dem Hotel heraus auf die Büsche zubewegten. Geduckt näherten sich Aschrafs Kämpfer dem Dickicht, an dem die erste Mine gezündet hatte. Ihre Sturmgewehre hielten sie im Anschlag. Ohne es zu wissen, standen sie damit nur noch fünfzehn Schritte von Schmitt und seinen Leuten entfernt.

Aus dem Gebüsch zielten die verletzten Kampfschwimmer, blutüberströmt und inmitten ihrer toten Kameraden, auf die Terroristen. Sie wussten, wenn sie feuerten, gaben sie ihre Position preis, und zu einem weiteren Stellungswechsel waren sie nicht mehr in den Lage.

Hinter den Terroristen machte Steiger eine Bewegung in Richtung des Kameraden, der von allen nur »Rudi« genannt wurde. Bootsmann Rudolf Huber, im bayerischen Murnau geboren und am Ammersee aufgewachsen, war in der Kampfschwimmerkompanie für drei Dinge bekannt: Er war derzeit der einzige Bayer, er hatte mehr Tätowierungen als alle anderen und war der beste MG-Schütze. Routiniert richtete Huber sein MG4 aus.

Christopher »Chris« Herrmann konzentrierte sich derweil auf ein anderes Ziel. Seine ganze Aufmerksamkeit galt einer Person oben auf dem Dach, die sich ab und zu bewegte und in die falsche Richtung schaute. Sorgfältig zielte er mit seinem G28 *.

Du verhältst dich nicht gerade unauffällig, mein Freund …

Durch seine Zieloptik sah er einen jungen rothaarigen Mann, dessen Gesicht voller Sommersprossen war. Herrmann stutzte, damit hatte er nicht gerechnet.

Du siehst aus wie ein Limey … Das gibt's doch nicht!

Der Mann oben an der Brüstung ahnte nicht, dass jemand ihn im Visier hatte.

»Feuer!«, flüsterte Steiger in sein Mikro.

Hubers Maschinengewehr hämmerte los. Die ausgeworfenen heißen Messinghülsen verteilten sich zischend im Gras.

–

Eigentlich hatten sich die fünf Terroristen darauf eingestellt, einem verwundeten Gegner den Rest zu geben. Nun sahen sie sich mit einem Hinterhalt konfrontiert. Die Anweisungen ihrer pakistanischen Ausbilder hatten sie offenbar längst vergessen. Anstatt sich sofort flach auf den Boden in Deckung fallen zu lassen, drehten sie sich alle in die Richtung, aus der die Schüsse kamen. Jeder Einzelne bezahlte dafür mit seinem Leben.

Von diesem Angriff völlig überrascht, beugte sich der Mann auf dem Dach oben auf der Terrasse weiter nach vorne über die Brüstung, um besser sehen zu können. Binnen weniger Sekunden war seine Gewissheit, in völliger taktischer Überlegenheit aus der erhöhten Position mehrere Gegner gleichzeitig ausschalten zu können, ehrlicher Angst gewichen. Nervös richtete er sein Gewehr aus. Er hatte sofort erkannt, dass die Schüsse von rechts gekommen sein mussten, aber während er sein russisches MG noch in diese Richtung schwenkte, wurde er bereits von Herrmanns Projektil in

* HK-G28 DMR (Designated Marksman Rifle = Scharfschützengewehr)

den Kopf getroffen. Julian Kingsley, vernachlässigter Sohn eines reichen Kunsthändlers aus Chelsea, London, und nach einer Drogenentziehungskur vor sieben Jahren zum Islam konvertiert, war sofort tot.

Unten vor dem Eingang sammelten sich die Kampfschwimmer. Steiger kommandierte:

»Wir haben keine Zeit zu verlieren! Seid vorsichtig! Mirko und Tom: euer Part hier! Nicht, dass uns von drinnen noch eine Überraschung bevorsteht.«

»Alaska!«

»Rolf, wir kommen jetzt. Die fünf hier sind ausgeschaltet«, sprach Steiger in sein Mikro.

»Jan – Pit hier, Rolf ist bewusstlos.«

»Verstanden. Sind gleich da.«

Die sechs Soldaten versammelten sich in der Hocke um ihren schwer verletzten Truppführer.

»Pit, funk die *Sachsen* nochmal an, wir brauchen sofort einen MedEvac-Helikopter – mir egal, wo sie den herzaubern. Und am besten Unterstützung von einem Zug der Boardingteams.«

»Wenn überhaupt noch irgendein Helo flugfähig ist ...«, sagte Chris leise. »Ich hab' Rolf Morphium und 'ne IV * gegeben, er ist jetzt erst mal halbwegs stabil und glücklich. Die Wirbelsäule scheint unverletzt, aber ...« Er senkte seine Stimme. »... die Lunge hat was abgekriegt. Viel mehr kann ich im Moment nicht sagen.«

»Verstanden.«

In dem Moment hob Schmitt seine Hand.

»Jan!«

Die Männer kamen näher.

In Steigers Schädel hämmerte es wild. Er beugte sich nach vorne zu seinem Kameraden und Freund. Wussow und Herrmann deckten ab, konnten aber nicht anders und schauten gelegentlich zu Schmitt herüber, der nun wach war.

»Rolf, mein Alter, wir kriegen dich wieder hin, wir sind hier bald fertig. Entweder wir fliegen dich gleich raus oder ich fahre dich spä-

* Infusion gegen hohen Blutverlust

ter mit dem Landy da vorne. Das wirst du mögen, du weißt ja, ich habe keinen Führerschein ...«

Schmitt versuchte, sich langsam aufzurichten,

»So wie du fährst, darfst du den Lappen nie wieder kriegen.« Er lächelte matt.

Scheuermann hielt ihn vorsichtig zurück.

»Halt doch mal die Klappe, Rolf. Verdammter Sturkopf!«

»Ah ... egal! Hört zu: Mich hat's erwischt. Du Jan, du musst das hier zu Ende bringen. Du kannst das. Hast alles richtig gemacht, auch mit dem Kameraden vom AMK, Wolff.« Er deutete mit seinem Kopf in Mirkos Richtung.

»Ich ... ich glaube, ich schaffe es nicht ...«

»Rolf, Mann, red' keinen Quatsch! Wir ...«

Doch Schmitt schüttelte langsam den Kopf. Er hustete. Blut sickerte aus seinem Mund. Mit einer Mischung aus Schmerz und Wohlwollen wanderten seine Augen von Steiger zu Scheuermann.

»Ihr macht das schon.«

Dann brach sein Blick.

»Rolf! Verdammt! So ein Mist!«

Steiger fuhr sich durch die Haare. Er hatte Tränen in den Augen. Die Blicke der Männer trafen sich. Alle waren gezeichnet.

In diesem Moment rauschte es im Äther.

»Jan? Tom hier – da läuft was, da kommt eine Gruppe Bogeys von oben die Treppen runter.«

Steiger hatte sich sofort wieder im Griff.

»Verstanden, Tom.« Er drehte sich um.

»Hört zu, Pit und Rudi: Ihr bewegt euch da lang – rechts am Haupteingang vorbei um das Hauptgebäude herum. Rolf sagte, der BND habe einen Kellerraum mit Notausgang in Richtung Nordosten erwähnt. Der war auch auf dem Plan verzeichnet, den der BND gemailt hat. Meidet die Seiteneingänge. Denkt daran, der Gegner ist vermutlich in der Überzahl. Wenn ihr den Eingang gefunden habt, nehmt Kontakt auf und sichert. Wenn der Helo wider Erwarten kommen sollte – einweisen! Und schießt mir nicht auf die Personenschützer, wenn ihr welche seht. Gebt euch zu erkennen. Die sind wahrscheinlich ziemlich nervös. Wir versuchen, die Konferenzteilnehmer zu finden. Das Hotel ist groß, wer weiß, vielleicht ist es noch nicht zu spät. Funken nur, wenn unbedingt nötig. Alaska?«

»Alaska!«

Die Soldaten trennten sich. Tom Wussow und Mirko Wolff warteten bereits am Haupteingang des Hotels, als Steiger angelaufen kam.

»Ich höre Kontakt im Keller«, sagte Wussow. »Die Bogeys sind im Untergeschoss.«

»Hoffentlich sind wir noch nicht zu spät. Dann leise sternförmig rein und Augen auf. Wer weiß, ob die Brüder nicht noch weitere Minen verlegt haben.«

»Und die anderen?«

»Pit und Rudi gehen außen rum und suchen den Hintereingang.«

»Rolf?«

»Ist nicht mehr bei uns!«

»Hm.« Wussow nickte, sichtlich in Gedanken.

»Also: Ausführung!«

—

In der Hotelküche bewegten sich die beiden US-Secret-Service-Agenten Steve Benning und William Casey äußerst vorsichtig. Das war vermutlich auch der Grund dafür, dass sie noch am Leben waren. Jedes Mal, wenn sie dazu angesetzt hatten, ihren Ort zu verlassen, waren sie beinahe einem Trupp der Terroristen in die Hände gefallen und schnell wieder zurückgekehrt. Ursprünglich lautete ihr Auftrag, über das Essen zu wachen, das für den amerikanischen Sonderbeauftragten zubereitet wurde. Beim Einsetzen der ersten Schusswechsel hatten sie das auf ein überschaubares Maß reduzierte Küchenpersonal in einem Vorratsraum zusammengepfercht und verzweifelt versucht, Kontakt zu ihren Kollegen aufzunehmen. Ohne Erfolg.

»Sieht so aus, als seien die Terroristen auf Gegenwehr gestoßen.«

»Da draußen geht die Post ab.«

»Trägst du 'ne Weste?«

»Nur die leichte.«

»Dito.«

»Shit!«

»Hör zu, wir müssen trotzdem unbedingt zu den anderen.«

»Du hast recht, es hilft alles nichts.«

Sorgfältig tasteten sich die beiden Männer an einer Vielzahl von Töpfen und Pfannen vorbei in Richtung Treppenabsatz. Der Geruch der Speisen wurde nun deutlich von einem beißenden Pulverqualm überlagert. Mehrere Leichen lagen verstreut in den Räumen und Gängen.

»Mein Gott, was für ein Massaker!«

Mit äußerster Vorsicht, die Pistolen im *High Ready**, stiegen die zwei Beamten die Treppen hinab, als sie plötzlich einen Schrei hörten. Es war ein kehliger Schrei, in einer Sprache, die ihnen fremd war, und er kam von einer Person, die sich über oder hinter ihnen befand.

Instinktiv drehte sich Benning um und feuerte. Der Mann, dem die Schüsse gegolten hatten, verzerrte sein Gesicht, doch bevor er zusammenbrach, entfuhr ihm erneut ein Laut, den die Amerikaner nicht zuordnen konnten. Und doch fühlten sie, dass der Gegner seine Mitkämpfer gerufen haben musste. Es entfaltete sich ein wahrer Kugelhagel auf die beiden Männer, die trotz tapferer Gegenwehr innerhalb weniger Sekunden den Tod fanden.

—

Aschrafs Trupp hatte nun das Kellergeschoss erreicht.

»Rasul, ich glaube, wir sind am Ziel. Nicht oben, sondern unten haben sie sich versteckt! Kommt runter, wir wollen uns …«

Weiter kam er nicht.

Drei Personenschützer aus dem Untergeschoss hatten sich freiwillig bereiterklärt, die Terroristen abzulenken und feuerten auf Aschrafs Trupp, der sofort in Deckung ging.

* Hohe Voranschlagsposition, von der sehr schnell in den Anschlag gewechselt werden kann

»Was ist da los, Aschraf? Ich kann dich nicht mehr hören.«

»Ra ... ul ... wir ... können ...« Die Verbindung brach ab.

Rasul Khan war nicht länger Herr seiner Emotionen. Wut, Frustration und Hass ließen ihn erzittern. Der mühsam ausgedachte Plan, Monate der Vorbereitung, alles drohte auf einmal umsonst gewesen zu sein. Es gab einen Faktor, den sie nicht einkalkuliert hatten. Jemand versuchte, ihnen einen Strich durch die Rechnung zu machen. Aber vielleicht konnten sie ihr Ziel doch noch erreichen. Ihr Leben war ihnen ohnehin egal. Es ging um das Ziel, das Signal, das man der Welt setzen wollte:

Seht her! Selbst eure Politiker sind nicht unantastbar!

Mit Gegenwehr hatten sie gerechnet. Aber das hier waren keine normalen Soldaten. Hatten sie es mit Spezialkräften zu tun? Wo sollten die auf einmal herkommen? Der Oberst hatte gesagt, die ägyptische Elitetruppe Force 777 sei in Kairo gebunden. Fieberhaft dachte Khan nach, als einer seiner Männer aufgeregt zu ihm gerannt kam:

»Rasul, dort ist ein großer Aufzug, er scheint für Personal oder Lasten gedacht. Und er fährt bis ins Untergeschoss. So könnten wir die Bodyguards in die Zange nehmen und Aschraf unten zur Hilfe kommen.«

»Werden wir da alle hineinpassen?«

Er rief einen kleinen drahtigen Mann zu sich:

»Bilal, du nimmst mit Efrem und Yassin die Treppe. Helft Aschraf unten im Kellergeschoss, wir benutzen den Aufzug.«

Im Nu hatten sich die übrigen Terroristen unter Rasul Khans Führung in den Aufzug gedrängt. Durch den Aufzugschacht konnten sie die Schusswechsel zwischen dem, was von Aschrafs Trupp noch übrig war, und den Bodyguards mit anhören.

Haltet durch, meine Brüder, gleich sind wir da, inschallah!

85

Deutsche Fregatte *Sachsen*
Vier Seemeilen vor Na'ama Bay
Ägypten

»Herr Kapitän?« Der Fernmeldeoffizier, der sich an Otersen wandte, machte ein ernstes Gesicht.

»Gibt es was Neues?«

»Jawohl, Herr Kapitän. Die Kameraden hatten *Kontakt*, es gab Tote und Verletzte. OLZS Steiger hat übernommen, sie fordern dringend einen MedEvac-Helikopter und Unterstützung durch die Kameraden von den Boardingteams an.«

Er hielt seinem Kommandanten ein Papier hin. Fregattenkapitän Otersen war sichtlich bewegt. Er setzte seine Brille auf und las:

»Schmitt, Petersen und Krieger tot. Sack und Asche! Zwei ägyptische Verbündete ebenfalls tot. Verbündete?« Otersen blickte den Kapitänleutnant über seine Brille an.

»Kann ich mir auch keinen Reim drauf machen ...«

»Gut, egal. Der Merlin-Hubschrauber der Briten sollte jede Minute hier eintreffen. Klären Sie, ob die für MedEvac gerüstet sind. Trommeln Sie die Jungs vom Boardingteam zusammen. Auch ein paar von Kellers Leuten von der *Erfurt*. Legen Sie mir Fregattenkapitän Seitz auf mein Telefon in der OPZ. Ausführung!«

»Jawohl, Herr Kapitän!«

86

Divine Palace Conference Hotel & Spa
Erdgeschoss / Empfangsbereich
Sharm El Sheikh
Sinai, Ägypten

Tom Wussow äugte vorsichtig an der Rezeption vorbei, als er die Schritte von oben hörte. Mit seiner linken Hand gab er Steiger und den anderen ein Zeichen. Ungestüm rannten zwei weitere Terroristen die Treppe herunter, durchquerten die Lobby und verschwanden auf der Treppe, die ins Untergeschoss führte.

Über Funk murmelte Wussow leise:

»Sieht nicht gerade geordnet aus.«

»Etwas hektisch, die Jungs«, flüsterte Wolff.

»Kommen noch welche nach?«

»Negativ!«

»Dann los, hinterher!«

Das Feuergefecht im Keller hatte an Schärfe verloren, nur noch vereinzelt waren Schüsse zu hören.

Kein Wunder, dachte Steiger, *den Personenschützern geht vermutlich bald die Munition aus.*

–

Im Untergeschoss hatten sich Campbell und Zoller mit einem Teil der restlichen Bodyguards hinter einer großen Kommode vor dem Eingangsbereich zum Konferenzsaal verschanzt. Sie waren in der Tat äußerst knapp, was die Munition betraf. Eigentlich war ihre Lage aussichtslos und sie wussten es.

»Letztes Magazin?«

»Jep!«

Sie vernahmen ein Geräusch, als rolle eine volle Coladose über die Fliesen, gefolgt von einem Ruf, den sie nicht verstanden. Die Tür des Personalaufzugs öffnete sich. Rasul Khan und seine Männer trugen ABC-Schutzmasken. Sie sahen die Personenschützer blinzelnd auf dem Boden liegen.

»Sehr gut, Aschraf!«

Khan tötete die drei wehrlosen Beamten mit mehreren Schüssen. Sofort fiel sein Blick auf eine große weiße Doppeltür. Rasul Khan winkte seine Männer zu sich. Er holte tief Luft, nahm sein Sturmgewehr in Anschlag. Endlich hatten sie ihr Ziel erreicht. In diesem Raum befand sich der Schlüssel, die gesamte westliche Welt in Angst und Schrecken zu versetzen. Nun konnte sie nichts mehr aufhalten.

Mit einem gewaltigen Tritt öffnete er die Doppeltür.

Hinter ihr lag ein Vorraum. Ein großer Spiegel hing an der linken Wand und eine automatische Schuhputzmaschine stand daneben. Die Türen rechts und links führten zu den Toiletten. An einer Wand stand ein langer Tisch mit leeren Saft- und Wassergläsern.

Rasul Khan war nun im Zustand höchster Erregung und schrie: »Es muss hier irgendwo sein!«

Ein lautes Krachen hinter ihnen schreckte Khan und seine sechs Gefährten auf.

—

Tom Wussow arbeitete sich weiter vor. Er erspähte unter sich in etwa zwanzig Meter Entfernung fünf Männer unterschiedlicher Hautfarbe, die in britischen Tarnuniformen steckten. Sie hielten ABC-Schutzmasken in den Händen. Zu ihren Füßen sah er die Leichen von Männern in Anzügen.

Royal Marines töteten in aller Regel keine Personenschützer und auch keine Konferenzteilnehmer …

Er winkte seinen Kameraden und erklärte ihnen die Lage per Handzeichen:

Fünf Gegner – im Gespräch.

Steiger bestätigte. Er bedeutete Coester, neben Wussow zu sichern und auf Befehl zu feuern. Dann würde er mit dem Rest überschlagen vorgehen*. Coester hatte verstanden und robbte vor, bis er neben Tom Wussow lag.

* taktisches vereinzeltes Vorgehen

Steiger riss sich zusammen. Ihm war schlecht. Seine Kopfschmerzen waren sein geringstes Problem, schlimmer waren seine gefühllosen Hände. Er schwitzte in seinen Oakley-Handschuhen und doch waren seine Finger kalt. Er fühlte sich seltsam. Schließlich hauchte er in sein Mikro:

»Feuer!«

Wussow und Herrmann schossen auf dem Bauch liegend vom Treppenabsatz aus zwischen Geländer und Boden hindurch. Die Terroristen hatten keine Chance. Dann sprangen Steiger, Herrmann, Wolff sowie der ägyptische Hauptmann Ghalib auf und rannten an den Kameraden Coester und Wussow vorbei die Treppe hinunter.

—

Rasul Khan hatte sich erschrocken umgedreht, doch es war nur die Feuertür, die hinter ihnen ins Schloss gefallen war.

»Vergesst die Toiletten, hier vor uns muss der Raum sein!«

Eine große, mit Holz vertäfelte Tür lag vor ihnen.

»Vorwärts!«

Er trat gegen die Tür. Nichts passierte.

Khan befahl zweien seiner Leute, die Tür aufzuschießen. Innerhalb von Sekunden war die Tür von Geschossen durchlöchert. Dann trat Khan sie auf. Doch ihm bot sich ein anderes Bild, als er es erwartet hatte.

Im hinteren Teil des langen Saales deckten die verbliebenen Personenschützer gerade den Rückzug der letzten Delegierten, die den Raum rasch und geduckt durch den Notausgang verließen. Aus der Tür drang Sonnenlicht hinein. Khan brüllte, legte an und eröffnete das Feuer, seine Männer taten es ihm nach.

Die Bodyguards wehrten sich tapfer, doch sie konnten der Wucht des Angriffs nicht standhalten. Binnen Sekunden hatten weitere vier Menschen ihr Leben verloren.

»Ihnen nach, sie können noch nicht weit gekommen sein!«, rief Khan.

—

Steiger war nun an der Tür zum Konferenzraum angelangt.

»Schießt mir nicht auf die Delegierten!«

Dann öffnete er die zerschossene Tür.

»Feuer!«

In höchster Erregung nahm Rasul Khan den Ruf und die anschließenden Schüsse hinter sich wie durch Watte hindurch wahr. Instinktiv warf er sich zur Seite, und während er fiel, schwang er sein Sturmgewehr herum, um einen Feuerstoß in die Richtung abzugeben, aus der er den Ruf vernommen hatte. Aus den Augenwinkeln konnte er sehen, dass seine Männer es ihm gleichtaten. Zu seiner Verwunderung hatte der Gegner das antizipiert. Bevor er sich aus der Schusslinie bringen konnte, hörte er von der Seite das erneute Hämmern fremder Waffen.

Als die Projektile in Rasul Khans Körper eindrangen, änderte sich sein Gesichtsausdruck. Zuvor von Wut und Hass erfüllt, spiegelten seine Züge nun Überraschung und Unglauben wider. Sein Verstand weigerte sich, die Niederlage einzugestehen. Sie waren so kurz vor dem Ziel …

Am Boden liegend sah er zu einem Gegner hoch, der ebenfalls zu bluten schien. Er sah auch noch, wie seine Leute neben ihm fielen. Khan blickte in die entschlossenen Gesichter von Soldaten, die er beim besten Willen nicht zuordnen konnte. Sie trugen olivfarbene Tücher vor Mund und Nase. Es waren keine Ägypter, aber es waren auch keine Amerikaner. Die Laufmündungen von Sturmgewehren waren das Letzte, was er sah.

Dann wurde es dunkel.

Epilog I

Fünf Wochen später
Schloss Bellevue
Sitz des Bundespräsidenten
Berlin, Deutschland

Der breite Rasen vor dem Schloss Bellevue war komplett mit Schnee bedeckt. Der helle Schein der eleganten altmodischen Außenlaternen verlieh dem Gebäude ein erhabenes Aussehen. Ein rauer Wind wehte aus Nordwest und es hatte wieder begonnen zu schneien.

Die Fenster im Hochparterre waren festlich erleuchtet. Im großen Empfangssaal hatten sich knapp zweihundert Gäste versammelt. Feierlich erhob der Bundespräsident das Wort:

»Monsieur le Président, Mr. President, dear Prime Minister, sehr geehrte Herren Botschafter, meine sehr verehrten Damen und Herren, liebe Gäste!

Wir sind heute hier versammelt, um einige Männer zu würdigen, die nicht nur für unser Land Besonderes geleistet haben. Die anwesenden Soldaten haben bei einem Einsatz Leben gerettet.«

Im Saal wurde es still.

»Doch sie haben nicht nur Leben gerettet, sondern auch Leben genommen. Die Männer, von denen ich spreche, haben in Ausübung ihrer Pflicht schwierige Entscheidungen getroffen, treffen müssen. Sie haben in einer Situation bestanden, von der wir uns alle wünschen, dass sie nie eintreten möge.«

Er machte eine Pause, um die Worte wirken zu lassen. Einige der Gäste murmelten verhaltene Zustimmung.

»Wenngleich die Einzelheiten der Aktion aus naheliegenden Gründen geheim bleiben müssen, so darf ich doch, basierend auf dem Ausgang, den dieser Einsatz genommen hat, den hier Anwesenden im Namen der Bundesrepublik Deutschland meinen allergrößten Dank aussprechen! Der Bundeskanzler bedauert sehr, heute Abend nicht hier sein zu können, doch er ist erkrankt und wie der Kanzleramtsminister bestätigen wird, wird es noch einen gesonderten Empfang im Kanzleramt geben.

Ich darf Sie nun bitten, Ihre Aufmerksamkeit auf die Herren zu meiner Linken zu richten.«

Der Bundespräsident wandte sich den Soldaten zu, die in makelloser »Erster Geige« neben ihm standen, ohne sich zu rühren. Dann verlas der Bundespräsident die Worte:

»Die syrische Regierung wie auch die syrische Opposition haben sich in aller Form in einem offiziellen Schreiben bei Ihnen, meine Herren, für diesen außerordentlichen Einsatz bedankt.«

Dann zum ägyptischen Botschafter gewandt:

»Herr Botschafter: Im Namen der Bundesrepublik Deutschland und der hier anwesenden Soldaten bedanke ich mich bei der Republik Ägypten und bekunde hiermit mein Beileid für die vielen ägyptischen Opfer, die dieser Anschlag verursacht hat.«

Der ägyptische Botschafter erhob sich und verneigte sich. Der Präsident fuhr fort:

»Es ist mir eine Ehre, nun die folgenden Soldaten zu bitten, nach vorne zu treten:

Oberleutnant zur See Jan Steiger
Hauptmann Mohammed Ghalib
Hauptbootsmann Pit Scheuermann
Hauptfeldwebel Mirko Wolff
Oberbootsmann Thomas Wussow
Bootsmann Christopher Herrmann
Bootsmann Rudolf Huber
Bootsmann Matthias Coester«

Ein anerkennendes Raunen erfüllte den Saal.

Die Männer standen nach Dienstgrad geordnet in einer Reihe. Der Bundespräsident schritt die Front ab und heftete jedem Soldaten bedächtig einen Orden an die Brust.

»Meine Herren, Tapferkeit verdient Würdigung. Sie haben Geistesgegenwart und Mut gezeigt und gegen einen zahlenmäßig deutlich überlegenen Gegner bestanden.

Es ist nicht zuletzt Ihnen zu verdanken, dass die *Basis* mit ihrem Plan, mehrere hochrangige Politiker als Geisel zu nehmen und grausam zu töten, scheiterte. Ohne Ihren beherzten Einsatz wäre die Welt heute eine andere. Dieser Orden wurde seit seinem Bestehen erst sieben Mal verliehen. Er ist gedacht als Auszeichnung für die Leistungen von Soldaten, die weit über die reine Pflichterfüllung hinausgehen. Tragen Sie ihn mit Würde!

Die Personenschützer, die Übermenschliches geleistet haben, sollen an dieser Stelle nicht unerwähnt bleiben. Auch sie haben maßgeblich dazu beigetragen, den niederträchtigen Plan der Terroristen zu vereiteln. Ich darf an die Veranstaltung im Präsidium der Bundespolizei in Potsdam vor zwei Tagen erinnern, wo auch die Vertreter der ausländischen Personenschutzkommandos zugegen waren.«

Nachdem sich die Soldaten wieder auf ihre Plätze begeben hatten, schritt der deutsche Außenminister zum Rednerpult und hielt eine kurze Ansprache. Er beschrieb das Erlebte aus seiner Perspektive.

Unter den Soldaten war die Stimmung trotz des feierlichen Rahmens eher gedrückt. Zu hoch war der Blutzoll gewesen, die Bilder der getöteten Kameraden waren stets präsent. Die tagelangen Debriefings im Verteidigungsministerium waren ihnen endlos erschienen. Im Kreuzfeuer der Rechtsberater zu stehen, die unablässig Fragen gestellt hatten und nicht begreifen konnten, dass man das eine oder andere Detail nicht mehr parat bzw. ausgeblendet hatte, hatte Kraft und Nerven gekostet. In der politischen Debatte war der Einsatz ein Dauerthema: Zwei Parteien hatten einen sofortigen Untersuchungsausschuss gefordert, verlangten rigorose Aufklärung und wie üblich die sofortige Auflösung des Kommandos Spezialkräfte Marine. Rücktrittsforderungen an die Adresse des Bundeskanzlers waren an der Tagesordnung. Der Bundestag hatte auf Bestreben der Opposition eine Krisensitzung einberufen. Ein Untersuchungsausschuss war offenbar unausweichlich. Die Fraktionen im Bundestag waren zerstritten.

Auch in den Medien hatte der Einsatz für Furore gesorgt. Die Boulevardpresse sprach vom »Killerkommando« des Kanzlers. Ein anderes Blatt titelte »Gefährlicher Alleingang«. Eine Zeitung sprach von »eigenmächtigem Vorgehen« und dem »Hintergehen des Parlaments«.

Lediglich die internationale Presse lobte das entschlossene Vorgehen des »Eisernen Kanzlers«, wie es in der *Times* hieß. Die *Neue Zürcher Zeitung* sprach von einem »beherzten Eingreifen zur rechten Zeit«. Die *Washington Post* konstatierte, dass die Deutschen offenbar das Potenzial hätten, auch unter Zeitdruck in kritischen Lagen Verantwortung zu übernehmen. Der französische *Figaro* titelte: »Deutschland hat gehandelt und ein Desaster verhindert!«

Eine Woche später brachte ein bekanntes Online-Portal einen Kurzartikel mit dem Titel: »Staatssekretär des Auswärtigen Amtes gibt seinen Rücktritt bekannt«. Es hieß, Herr Dr. Eduard Minter plane, sich mehr um seine Familie zu kümmern.

Doch all das interessierte die Kampfschwimmer herzlich wenig. Sie waren erschöpft und allesamt für drei Wochen beurlaubt.

»Wann kommst du in die *Kompanie* zurück, Mattes?«

»Wahrscheinlich im Frühjahr. War ein glatter Wadendurchschuss, darf zwar noch nicht joggen, aber Sex und Schwimmen sind in Ordnung.« Mattes Coester grinste breit.

»Großmaul!«

»Was macht ihr in den drei Wochen, bevor es mit dem Dienst wieder losgeht?«

»Abhängen«,

»Faulenzen«,

»Ausschlafen«,

»Mit meiner Familie in den Urlaub fahren«,

waren die Antworten gewesen.

»Und du, was machst du?«, fragte Mirko Wolff seinen Freund.

Steiger lächelte.

»Erst mal bin ich froh, dass unser Kamerad Olli Rauch nach dem Autounfall wieder vollständig gesund wird und das Verfahren gegen mich eingestellt wurde. Jetzt brauche ich nur noch meine TUKV * wieder und dann schauen wir mal.«

»Was sagt der Arzt?«

»Dass ich mehr Glück als Verstand hatte …«

»Du warst voll in der Deko.«

* Tauch- und Kampfschwimmerverwendungsfähigkeit

»Er will mich beobachten und noch einige Untersuchungen anstellen.«

»Und dann?«, wollte Coester wissen.

»Dann …«

»… machst du vielleicht mal richtig Urlaub?«, schlug Wolff vor.

»Keine schlechte Idee. Eigentlich würde ich zur Abwechslung gerne mal ein paar wirklich entspannte Tauchgänge machen. Aber erst mal abwarten, was die Untersuchungen ergeben.

Ich habe eine Freundin, die in Schottland lebt. Sie schließt gerade ihre Promotion ab. Ich glaube, ich sollte sie dort mal wieder besuchen. Nebenbei schaue ich mir dann vielleicht die Wracks von Scapa Flow an.«

Mirko Wolff schüttelte den Kopf.

»Du kannst es nicht lassen! Was wirst du bloß machen, wenn du einmal zu alt für die ganze Action bist …«

Die Männer lächelten und schwiegen, um den Worten des amerikanischen Botschafters zu lauschen, der das Wort ergriffen hatte.

Epilog II

Eine Bucht in der Nähe von Cap d'Antibes
Côte d'Azur, Frankreich

Die kleine Bucht westlich von Port de la Galère war eine Art Geheimtipp, sofern man in diesem beliebten Segelrevier überhaupt noch von solchen sprechen konnte. Sie war in den meisten Seekarten nur angedeutet, aber unter Einheimischen längst als ideal bekannt, wenn man sich nach etwas Abgeschiedenheit sehnte oder vor einem Sturm Schutz suchte. Von See her war die Bucht nur schwer zu erkennen, da sich der innere steinige Hintergrund kaum von den Felsen am Eingang abhob und der Durchlass einem Flaschenhals glich. Die Tatsache, dass sich hinter der 18 Meter breiten und 45 Meter langen Durchfahrt eine tiefere Bucht verbarg, konnte das menschliche Auge erst unterhalb einer Distanz von 150 Metern erkennen.

Erik Jörgensen manövrierte an diesem Morgen seine Charteryacht *Jalouse* mit der Souveränität eines Skandinaviers, der am Meer groß geworden ist. Der Norweger war gespannt. Er hoffte sehr, einen der begehrten Liegeplätze in diesem traumhaften *sanctuaire* zu ergattern. Ganz früh war er an diesem Morgen aufgestanden, hatte den Anker, während seine Familie noch schlief, leise von Hand gelichtet und hielt nun Kurs, wie es ihm der Franzose am Tag zuvor geraten hatte. Nur seine siebenjährige Tochter Ylva hatte etwas gehört und sich kurz unter Deck geräkelt. Sie hatte sich dann aber umgedreht und war wieder eingeschlafen.

»Du wirst es erkennen, sobald du dich näherst«, hatte der französische Fischer gesagt. »Sollte bereits ein Schiff in der Bucht sein, ist sie leicht von draußen auszumachen, es sei denn, das Boot hat sich gedreht. Es ist genug Platz für zwei bis drei Yachten, vorausgesetzt, man denkt nicht nur an sich.«

Jörgensen kniff die Augen zusammen. Dort lag offenbar schon ein Schiff. Seine Enttäuschung war groß, hatte er sich doch so viel

Mühe gegeben. Aber vielleicht war ja trotzdem noch ein wenig Platz für seine *Jalouse*. Genau wie der Fischer es beschrieben hatte, erhoben sich die Felswände steil an den Seiten der Einfahrt und nach oben hin wucherten üppig die Olivenbäume.

Dann, während er die Einfahrt passierte, öffnete sich die Bucht weit nach innen und Jörgensen sah sie nun in ihrer ganzen Schönheit. Nach Backbord wurde die Bucht etwas flacher, was am hellen, türkisfarbenen Wasser zu erkennen war. Dort lief die Bucht in einem kleinen Sandstrand aus, den ein dichter Wald begrenzte.

Herrlich, dachte er, zugleich spürte er einen Hauch von Ärger in sich aufkommen über die futuristische Motoryacht, die dort ankerte. Er war sich ziemlich sicher, dass sie bereits seit Tagen dort lag. Schließlich hatte sie zwei Buganker ausgebracht, eine Maßnahme, die Skipper üblicherweise erst bei längeren Aufenthalten ergriffen. Ein ungeschriebenes Gesetz, so hatte es ihm der Franzose am Vorabend erklärt, lautete, dass man sich nicht mehrere Tage in der Bucht aufhielt, um auch anderen Yachten Gelegenheit zu geben, dort zu ankern.

Das Echolot im Auge, suchte der Norweger nach einer Möglichkeit, zu ankern, doch ohne Erfolg. Die Motoryacht nahm etwas mehr als die Hälfte der Bucht ein und ihre Lage konnte sich aufgrund des Windes jederzeit ändern. Hätte er sich irgendwo danebengelegt, würde es bei einem erneuten Drehen des Windes mit Sicherheit zu einer Kollision kommen.

»Das haut nicht hin«, grummelte er. Doch trotz seines Ärgers konnte Jörgensen nicht umhin, die große Motoryacht auch ein wenig zu bewundern.

Eine Wally, dachte er. *Unglaublich, diese Yachten sieht man nicht oft und schon gar nicht in dieser Größe.* Während Jörgensen seine Segelyacht routiniert wendete, konnte er auf dem Heckspiegel der futuristischen silbergrauen WALLYPOWER 73 den Namen der Yacht

LAZAR

erkennen. Den Heckstander konnte er zunächst keinem ihm bekannten Land zuordnen. Oder gehörte der doppelköpfige Adler mit der Krone zur Nationalflagge Serbiens? Er wusste es nicht mehr.

Vielleicht auch wieder so ein neureicher Russe mit Residenzen in aller Welt, dachte er und hielt wieder auf das offene Meer zu.

–

Das laute Zirpen der Grillen war das einzige Geräusch, das man an diesem heißen Mittag hören konnte, und die Segelyacht war gerade am Horizont verschwunden, als zwei Männer am Strand auftauchten.

»There she is«, murmelte der eine und schickte sich an, einen kurzen Neoprenanzug anzuziehen.

»You got it«, bestätigte der andere und schnallte sich ein langes Tauchermesser um die Wade. Damit verdeckte er eine mittelgroße Tätowierung, auf der ein breit grinsender Frosch zu sehen war. Die muskulösen Männer trugen einen gepflegten Kurzhaarschnitt. Beide waren unrasiert. Es schien, als bereiteten sie sich auf eine Schnorcheltour vor. Ein gummiertes Mobiltelefon, das aussah wie ein kleines Funkgerät, summte leise:

»ETA in one five – I repeat: ETA in one five.«

Der Mann nickte seinem Partner zu, schaltete das wasserdichte Telefon aus und ließ es in seinem Neoprenanzug verschwinden. Die Männer verglichen die Uhrzeit und bewegten sich aus dem Schatten des kleinen Wäldchens hinunter zum Strand. Sie trugen schwere Harpunen bei sich und begaben sich langsam ins Wasser, wo sie sich ihre Flossen anzogen. Sie schnorchelten einige Minuten im vorderen Teil der Bucht. Dann waren sie von der Oberfläche verschwunden. Knappe zwei Minuten später tauchten sie kurz im Bugbereich der großen Motoryacht wieder auf, um Luft zu holen und dann erneut abzutauchen.

Zur selben Zeit hielt draußen vor der Bucht ein großes schwarzes Schlauchboot auf die enge Einfahrt der Bucht zu. Die Motoren gedrosselt, schaute sich der Steuermann in aller Ruhe um.

Hinter dem Rudergänger saßen vier Männer auf Sitzen, die aussahen wie hintereinander angebrachte Fahrradsättel. Sie trugen beigefarbene Cargo-Hosen, T-Shirts und waren mit Maschinenpistolen bewaffnet. Dunkle Sonnenbrillen bedeckten ihre Augen.

Auf der *Lazar* saß ein Bootsmann in der Messe über Materiallisten gebeugt und führte im Geiste einige Berechnungen durch. Adrett in seine weiße Uniform gekleidet, hatte er nichts Auffälliges an sich, außer einem Hüftholster, in dem eine Glock 17 Pistole steckte.

Eine Wasserpumpe war ausgefallen und neue Impeller mussten besorgt werden. Er war derart in seine Arbeit vertieft, dass er das Schlauchboot mit seinen gedämpften Außenbordmotoren im Eingang der Bucht durch die dunkel getönten Scheiben der Messe nicht wahrnahm.

Ein stark tätowierter Matrose der *Lazar*, der ein dunkelblaues Uniformhemd zu seinen weißen Bermudashorts trug, machte gerade Pause. Er saß am Heck auf einem Hocker aus edlem Teakholz. Auch an seinem Koppel befand sich eine Glock 17. Soeben hatte er seine Zigarette zu Ende geraucht. Als er die Kippe wegwerfen wollte, glaubte er, vor sich etwas im Wasser gesehen zu haben. Vorsichtig, die Kippe noch zwischen Zeigefinger und Daumen, beugte er sich nach vorne, als plötzlich ein Schnorchler unter ihm auftauchte. Der Mann hatte nicht mehr die Zeit, zu begreifen, was vor sich ging. Eine sechs Millimeter starke Harpune aus Edelstahl bohrte sich durch seinen Thorax. Er war zu verblüfft, um irgendetwas unternehmen zu können und war vom Schmerz wie gelähmt. Sofort fiel er nach hinten, warf den Hocker um und konnte gerade noch erkennen, wie zwei große Männer in Neoprenanzügen das Heck der Yacht emporklommen. Dumpf hörte er noch die Bootsmotoren, doch noch bevor er das Schlauchboot, das hinter ihm längsseits gegangen war, sehen konnte, hatte sein Herz aufgehört zu schlagen.

Die Männer aus dem Schlauchboot waren binnen Sekunden in die Messe vorgedrungen und hatten den Skipper mit zwei Schüssen aus ihren schallgedämpften MP7-Maschinenpistolen ausgeschaltet. Zwei eilten zum vorderen Teil der Yacht, während die übrigen zwei zusammen mit den Schnorchlern das Schiff sicherten. Je weiter sich die beiden Männer der Bugkajüte näherten, desto deutlicher vernahmen sie die Schreie.

Die Lamellentür flog auf und die zwei Männer stürmten, die Waffen im Anschlag, die Kajüte. Den Eindringlingen bot sich ein unerwartetes Bild. Auf einem riesigen Bett kniete ein älterer Mann über eine nackte Frau gebeugt, die an den Handgelenken mit Handschellen an das Bett gefesselt war. Aus einer Wunde neben ihrem rechten Ohr sickerte Blut auf das Kopfkissen.

»Don't move!«

Blitzartig, ohne sich umzusehen, streckte der ältere Mann seine rechte Hand in Richtung Nachttisch aus, doch er kam nicht weit. Die darin liegende Pistole, eine CZ 75 Phantom, sollte ihm keinen Dienst mehr erweisen. Einer der zwei Eindringlinge streckte ihn mit einem wuchtigen Faustschlag zu Boden.

»Fool!«, zischte er.

Er winkte seinem Kameraden. Die Schlüssel für die Handschellen waren schnell gefunden.

Der andere Mann wandte sich an die junge Frau:

»Can you hear me? Do you understand, what I am saying?«

Sie rieb ihren Kopf auf der Matratze, was so viel wie ein Nicken bedeutete.

»We will stabilize you now. We will make sure you are okay. But we cannot stay here with you. Do you understand?«

Die Frau bestätigte erneut. Sie drehte nun den Kopf und der Anflug eines Lächelns war zu erkennen.

»Merci! Sänk you!«

Ihr Auftrag, einem vermögenden Unternehmer einige Tage auf seiner Yacht Gesellschaft zu leisten, hatte sich zu einem Alptraum entwickelt.

Der eine Mann nahm die Bettdecke und bedeckte damit die Frau. Der andere hatte aus einem der luxuriösen Badezimmer einen Wandschrank mit einem roten Kreuz darauf mit Gewalt entfernt und auf das Bett gelegt. Mit geübten Handgriffen verband der Mann die Wunde am Ohr.

»Looks worse than it is, she's gonna be allright.«

»Yep.«

Dann wandten sich die Männer dem Alten zu. Gemeinsam zogen die zwei dem Bewusstlosen notdürftig Kleider an und fesselten ihm mit Kabelbindern die Hände auf den Rücken. Ein mitleidiger Blick auf die Frau, dann verließen die Männer die Yacht mit ihrem Gefangenen. Zusammen mit den zwei Tauchern preschte das schwere Schlauchboot auf das offene Meer hinaus. Keiner der Männer sagte ein Wort, nur der Steuermann setzte einen knappen Funkspruch ab:

»OP as planned – bird is in the cage – I repeat: bird is in the cage – over and out!«

Zwei Tage später meldete die französische Presse:

»Serbischer Geschäftsmann spurlos von seiner Yacht in Südfrankreich verschwunden.«

Nautisches Glossar

abfendern/Fender Schützen eines Rumpfes mit sog. Fendern (ballonähnliche Kunststoffkörper), z. B. gegen andere Boote oder Kaimauern

Achterdeck/achtern in Fahrtrichtung der hintere Teil eines Schiffes

Backbord in Fahrtrichtung links

Bilge in der Regel tiefster Raum eines Schiffes, in dem sich Flüssigkeiten (z. B. Seewasser) sammeln. Eine trockene Bilge ist ein Zeichen für einen dichten Rumpf.

Deck der oberste horizontale Abschluss des Schiffsrumpfs

Drop-off Von einem Drop-off spricht man, wenn ein Riff entlang einer Kante steil in die Tiefe abfällt.

Echolot misst die Tiefe unter dem Rumpf eines Seefahrzeugs

fieren Lose geben, nachlassen

Finimeter Druckanzeige (Manometer) für ein Drucklufttauchgerät, gibt den verbleibenden Vorrat an Atemgemisch an

Fischfinder Gerät, welches ähnlich einem Echolot Körper unterhalb des Schiffsrumpfes erfasst und dies grafisch darstellt

Fluke verstärkte Spitze eines bestimmten Ankers (bspw. Stockanker); derjenige Teil, der sich in den Grund eingräbt

Flybridge offene Brücke auf Sportyachten, von der aus das Schiff gesteuert werden kann

gelascht mit einem Seemannsknoten befestigt

geriggt vertäut

GPS-Plotter Navigationsgerät

Klampe auch Belegklampe, oftmals im Deck eingelassene Vorrichtung zum Befestigen von Fasertauwerk

Knoten nautisches Geschwindigkeitsmaß, 1 Knoten entspricht 1,852 km/h

lenzen eingedrungenes Wasser aus dem Boot schöpfen oder pumpen

Logge Geschwindigkeitsmesser bei Seefahrzeugen

Lose geben Gegenteil von festzurren

Membrananlage komplexe und aufwendig konstruierte Füllanlage (inklusive Kompressor) für Drucklufttauchgeräte, mit der man in der Lage ist, verschiedene Atemgemische präzise herzustellen

Messe zentraler Bereich eines Schiffes mit Sitzgelegenheit

NITROX Atemgemisch aus Stickstoff (NITRogen) und Sauerstoff (OXygen), bei dem der Stickstoffanteil reduziert und der Sauerstoffanteil erhöht wurde, um längere Grundzeiten zu erreichen

Nock seitlicher offener Bereich neben der geschlossenen Brücke eines Schiffes

Persenning Abdeckplane für Boote, i. d. R. aus wasserfestem widerstandsfähigem Material

RecWing robuste, häufig U-förmige Tarierweste aus dem Bereich des technischen Tauchens, die auch für Doppelpacks (zwei Tauchgeräte nebeneinander mit absperrbarer Brücke verbunden) geeignet ist und viel Auftrieb generieren kann

Rig umgangssprachlich für Tauchgerät mitsamt Lungenautomat und Tarierweste

Schäkel kleine Bügel aus Metall, die man schnell öffnen und schließen kann, um Teile miteinander zu verbinden

Schapp eine Art Schublade, die man z. B. mit einem Knopfverschluss verschließen kann, damit sie sich bei Seegang nicht von selbst öffnet

Schwell Welle, die vom Wind aufgebaut wurde und noch steht, auch wenn der Wind bereits abgeflaut hat

schwojen kreisförmige Bewegung eines Seefahrzeugs um den Anker herum, wobei im Extremfall die gesteckte Ankerkette den Radius darstellt

Springleine Vorspring: Festmacherleine, die am Bug nach achtern verläuft; Achterspring: Festmacherleine am Heck, die nach vorne läuft

Steuerbord in Fahrtrichtung rechts

Strainer Filtersystem für das Kühlwasser (Seewasser) von Schiffsmotoren

Talje mehrmals umgeleitete Leine (ähnlich einem Flaschenzug)

Tampen Taue

verholen sich räumlich verändern, ein Schiff aus eigener Kraft an einen anderen Platz verlegen

Vorleine Leine, die vom Bug nach vorn vertäut wird

Winsch trommelähnliche Einrichtung (i. d. R. auf Deck befestigt), um die ein Tampen gewickelt wird. Mittels einer Kurbel können der Zug auf den Tampen bei gleichzeitiger Fixierung erhöht und größere Kräfte kontrolliert werden. (überwiegend auf Segelbooten)

Zodiac Firmenname für Schlauchboote (RHIBs), der mittlerweile oft mit Schlauchbooten gleichgesetzt wird (ähnlich Jeep = Geländefahrzeug, Tempo = Papiertaschentuch etc.)

Dank

Großer Dank gebührt neben meiner nachsichtigen Frau Maria meinen Freunden und Kollegen Lars, Mella, Kati, Thilo, Nadia, Dieter, Hannes und einigen anderen, die aus naheliegenden Gründen nicht genannt werden möchten. Der junge Künstler Noah sorgte dafür, dass auch der Leser, der mit der Geographie des Roten Meeres nicht vertraut ist, sich zurechtfindet und den Kurs der *Red Sea Explorer* verfolgen kann.

Dann wäre da noch Jens, der das »Leiden ohne zu klagen« beherrscht und sicherlich am besten beurteilen kann, wie schnell sich Konflikte entwickeln können und wie die Politik bisweilen auf derartige Situationen reagiert.

Matthias Knippel

Altwagen

Das neue Standardwerk für den sparsamen Autofahrer

E-Book

Erschienen im Februar 2014
ca. 568 Normseiten (VG Wort)
ISBN: 978-3-944977-21-8
€ 6,99 [D, A]

Gebunden

Erschienen im Oktober 2014
280 Seiten | 19,5 x 26 cm
ISBN: 978-3-944977-16-4
€ 19,90 [D]

Das Auto-Buch für die heutige Zeit: In »Altwagen« widmet sich Matthias Knippel den Gebrauchten für ganz wenig Geld. Hier geht es um Autos, die auch im vorgerückten Alter von 15 bis 25 Jahren noch gute Dienste leisten. Fahreindrücke, technische Daten, Zulassungszahlen, Abschneiden beim TÜV und vieles mehr helfen dem Leser dabei, die richtige Kaufentscheidung zu treffen. Auch die Themen Unterhaltskosten und Umwelt kommen nicht zu kurz. Das Buch lässt die ganze Vielfalt der Auto-Welt im untersten Preissegment lebendig werden und zeigt anschaulich, dass ein kleines Budget heute keineswegs Verzicht bedeuten muss.